Immer wieder JANE

Jenn Bennett

Immer wieder JANE

Aus dem Englischen von Claudia Max

CARLSEN

Wir produzieren nachhaltig
- Klimaneutrales Produkt
- Papiere aus nachhaltigen und kontrollierten Quellen
- Hergestellt in Europa

MIX
Papier | Fördert gute Waldnutzung
FSC
www.fsc.org
FSC® C083411

Völckersstraße 14–20, 22765 Hamburg

Originalverlag: SIMON & SCHUSTER BOOKS FOR YOUNG READERS
An imprint of Simon & Schuster Children's Publishing Division, New York
Originaltitel: Always Jane
Umschlagabbildungen: shutterstock.com © In Art/nadiia/Sloth Astronaut/Drawlab19/Emre Tarimcioglu
Umschlaggestaltung: formlabor
Aus dem Englischen von Claudia Max
Lektorat: Brigitte Kälble
Herstellung: Karen Kollmetz
Satz: Dörlemann Satz, Lemförde
ISBN: 978-3-551-58510-3

Für alle, die ihre Wörter verloren haben

Track [1] »Stella Was a Diver and She Was Always Down« | Interpol

Fen

Sommer vor zwei Jahren

Ich war total durch den Wind. Wie wäre ich sonst auf die Idee gekommen, Eddie und ich könnten uns in die Villa schleichen, ohne dass es jemand mitkriegte? Es war fast ein Uhr morgens – ich hätte längst zu Hause sein sollen. Und *logisch* wartete Mama im Nachthemd auf der Bank an der Treppe. Ich hatte bloß nicht damit gerechnet, dass sie im Dunkeln sitzen würde.

Als sie sich zu uns umdrehte, sah sie aus wie eine Gruselpuppe aus einem Horrorfilm – das Display ihres Handys warf ein unheimliches Licht auf ihr Gesicht. Es war nicht zu erkennen, ob sie wütend oder besorgt war. Kein gutes Zeichen.

»Sag Dad bloß nicht, dass ich dich mit seinem Auto habe fahren lassen«, flüsterte Eddie, als er das schmiedeeiserne Sicherheitsgitter vor der Tür zuzog. »Ich habe den Code vergessen. Stell ihn wieder scharf. Verschärf ihn. Ha! Schaaafmachen.« Er gab ein schnaubendes Lachen von sich, dann schaute er endlich auf die andere Seite der Eingangshalle. »Oh, Shiiit ... Mama. Du hast mir vielleicht einen Schreck eingejagt. Wie heißt noch mal der Film mit der Horrorpuppe? Du weißt, welchen ich meine, Fen.«

Ich gab keine Antwort, weil er ganz offensichtlich immer noch betrunken war, der Hauptgrund, warum dieser Abend so katastrophal gelaufen war. Der andere bestand darin, dass sich mein Bruder für einen Gott hielt.

»Warum hast du nicht auf meine Nachrichten reagiert?«, fragte Mama mich. Nicht etwa Eddie. Obwohl der achtzehn war und im Herbst aufs College gehen würde. Er war der Älteste von uns Geschwistern. »Ich habe angerufen, als stünde der Weltuntergang bevor. Meinst du, es macht mir Spaß, Sprachnachrichten zu hinterlassen? Macht es nämlich nicht.«

»Mein Handy funktioniert nicht. Es ist nass geworden. Ich muss es in Reis oder so legen. So viel zum Thema wasserfest.«

»Das Telefon ist nur bis zu einer bestimmten Tiefheit wasserfest, weiß doch jeder«, belehrte mich Eddie und schleuderte seine Schuhe beiseite.

»Tiefe«, verbesserte ich müde. Aber von was hatte er schon Ahnung? Von nichts, das war ja das Problem.

Mama eilte mit raschelndem Nachthemd durch die dunkle Eingangshalle auf uns zu. Sie strich sich die dunklen Locken aus dem Gesicht und ließ den Blick über uns wandern, von Eddie (angewidert – sie wusste, dass er betrunken war) zu mir (wütend, weil ich mitgemacht hatte), und dann zu den nassen Abdrücken meiner Turnschuhe auf den Terrakottafliesen. »Was hat das zu bedeuten? Du bist klatschnass! Was ist passiert? Alles in Ordnung mit dir? Fennec? Warum antwortest du nicht?«

Wenn Jasmine Sarafian *zu viele Fragen* stellt, hast du keine Chance. Sie schießt sie wie Pfeile ab, wohl wissend, dass einer aus dem Hagel treffen und dich umbringen wird.

»Er ist ins Stauwehr gesprungen. *Klatsch!*«, erklärte Eddie. »Als wir uns bei Betty's eine Band angehört haben, hat er ein Mädchen vor dem Ertrinken gerettet.«

Du verdammter Schwachkopf. Ehrlich ... Wie sollte ich ihm helfen, wenn er alles daransetzte, dass es herauskam? Denn genau so fühlte es sich an.

Mama erstarrte. »Ihr wart draußen am Stauwehr?«

»Tut mir leid«, murmelte Eddie achselzuckend. »Ein paar Freunde haben uns überredet. Du weißt ja, wie es läuft.«

»Uns? Du hast Fen mitgenommen? Ich weiß, was da draußen abgeht, Eddie. Junge Leute trinken Alkohol und nehmen Drogen. Dein Bruder ist gerade erst sechzehn geworden!«

»Man ist nie zu jung, um ein Held zu sein«, erwiderte Eddie, als er sie betrunken anstrahlte mit seinem goldenen Grübchenlächeln. »Sei stolz, Mama.«

Oh, wie sehr ich gehofft hatte, diese Unterhaltung zu vermeiden. Wäre Eddie klüger gewesen – aber das war er nun mal nicht –, hätte er gelogen. Denn das Wehr war haargenau der Ort, wo wir uns *nicht* aufhalten sollten. Und auch nicht im Betty's, der Bar mit der überdachten Bühne am Ende des Piers. War man alt genug, um den Eintritt zu bezahlen, konnte man sich das Konzert im Open-Air-Pavillon anschauen. Und wenn nicht? Tja ... dann zog man sich die Konzerte von Booten aus rein – oder von ein bisschen weiter weg auf dem Condor Dam, dort wo der Blue Snake River in den See mündet. Getränke sind in dem Fall selbst mitzubringen und außerdem ein jüngerer Bruder, damit er das Bier vom Auto anschleppt, während du mit deinen Kumpels abfeierst.

Ist es gefährlich, nachts auf dem Wehr Party zu machen? Ja. Ist es bescheuert? Total. Aber seit Jahren gehen alle dorthin, um sich die Konzerte bei Betty's anzuhören. Es ist quasi eine Tradition in Condor Lake, und die Cops mischen sich nur ein, wenn sie am Monatsende ihre Quote erfüllen müssen.

»Fennec«, sagte Mama. »Ich denke, du solltest erklären, was es mit dem Mädchen auf sich hat. Stimmt die Sache?«

Ich bemühe mich, möglichst ruhig zu klingen. »Nachts ist das Wehr unbeleuchtet. Sie ist über das Geländer gestürzt und ins Wasser gefallen. Vermutlich ist sie mit dem Kopf auf den Steinen aufgeschlagen – sie trieb Richtung See und niemand hat ihr geholfen.«

»Die Band war laut«, erklärte Eddie wenig hilfreich. »Wir haben sie nicht gehört.«

Haben uns nicht darum gekümmert, wäre zutreffender. Mein

Bruder kümmerte sich prinzipiell nur um sich selbst. »Ist ja auch egal, ich bin reingesprungen und hingeschwommen. Ich habe sie gefunden.«

»Sie hat nicht mehr geatmet«, fügte Eddie hinzu.

Sie ist gestorben. Ich glaube, sie ist gestorben. Eine Minute lang. Ein paar Sekunden. Ich bin mir sicher, sie war tot.

Es war kein Atem mehr zu spüren.

Kein Leben.

»*Was?*«, fragte Mama mit weit aufgerissenen Augen.

Hätte Eddie das doch bloß für sich behalten. Schließlich war er derjenige, der am Strand fast einen Nervenzusammenbruch gekriegt und mich angefleht hat, es nicht unserer Mutter zu erzählen. Und jetzt quatschte er einfach los? Lag es daran, dass er betrunken war? Oder war er einfach nicht der Hellste?

Jedenfalls fiel es mir jetzt zu, Mama den Rest zu erklären. »Es war nicht so dramatisch«, sagte ich mit meiner allerbeiläufigsten Stimme. »Ich hab sie im Wasser gefunden und an Land gezogen. Da sie sich nicht gerührt hat, habe ich sie reanimiert. Es war nicht weiter schwer. Nach ein paarmal Zudrücken hat sie Wasser gespuckt.«

Fest drücken, schnell drücken. Aber sie war keine Erste-Hilfe-Puppe. Sie war ein sterbender Mensch und so klein, dass ich nicht wusste, wie fest ich zudrücken konnte. Was, wenn ich ihr etwas brach? Was, wenn ich es vermasselte?

Es war das Furchterregendste, was ich in meinem ganzen Leben getan hatte.

»Heilige Mutter Gottes«, flüsterte Mama und presste die Hand aufs Herz. »Ich habe eurem Vater gesagt, wie wichtig diese Erste-Hilfe-Kurse sind. Danke, heiliger Georg!«

Jetzt kommen die Heiligen dran. Ich muss das zu Ende bringen, und zwar *schnell.* »Aber sie blutete am Kopf –« So viel Blut. Ich hielt sie für tot. »– und sie war bewusstlos. Irgendjemand hat einen Krankenwagen gerufen.«

»Da hat die Band dann auch aufgehört, weil Leute den Vorfall mitbekommen hatten«, fügte Eddie hinzu.

»Der Krankenwagen hat sie mitgenommen, aber nur, um sie durchzuchecken, auf Gehirnerschütterung oder so was. Sie meinten, sie würde es gut überstehen«, versicherte ich Mama. Sie sagten auch, sie würde eventuell einen Gedächtnisverlust erleiden.

Und sich vielleicht nicht daran erinnern, dass ich sie aus dem Wehr gezogen hatte.

»Held!« Eddie schlug mir ungefähr zum tausendsten Mal an diesem Abend zu hart auf den Rücken. Ich boxte gegen seinen Arm, dass er schwankte. »Autsch, Mann. Das tat weh, du Idiot.«

»Krieg dich ein«, sagte ich. »Du weckst noch die Zwillinge auf.« Wenn die beiden aufwachten, wäre Dad der Nächste. Und ihn konnte ich gerade echt nicht brauchen.

Mama schüttelte bedächtig den Kopf und presste fassungslos die Hand vor den Mund. »Wer, Fen? Wer war das Mädchen?«

Ich warf Eddie einen schnellen, finsteren Blick zu. *Verkack es nicht.* »Keine Ahnung«, erklärte ich Mama. »Irgendein Sommermädchen, das fürs Festival hier ist.« Sommerleute: so nannten wir die Touristen, die angeflogen und angefahren kamen, um bis Ende Juli aus uns zweitausend Einwohnern zweihunderttausend zu machen.

»Ihr wisst ihren Namen nicht?« Mamas dunkle Haare kräuselten sich wild an den Schläfen.

Und ab da ging es *richtig* mit den Lügen los. Denn ich wusste ganz genau, wer sie war. Und ich wusste, warum sie am Wehr abhing: Sie gehörte zu Eddies Verehrerinnen.

Ich kapierte es nicht. Er pupste im Schlaf, erzählte abgedroschene Witze und hatte einen unterirdischen Musikgeschmack. Und trotzdem konnte er nichts falsch machen. Und das galt nicht nur bei den Mädchen. Auch seine Lehrer und Lehrerinnen waren ganz vernarrt in ihn. Den Highschool-Abschluss hat er nur geschafft, weil er sich mit Charme durch die Nachprüfungen gemogelt hat. Ich wette den gesamten Inhalt meines Portemonnaies, dass er nicht weiß, wie der aktuelle US-Präsident heißt. Er hält die Schweiz und Schweden für ein und dasselbe Land.

Aber ein Lächeln genügte und schon hatte er die Note, die er zum Bestehen brauchte, in der Tasche. Mein Vater ist einer der einflussreichsten Leute der Stadt, aber das merkt man nicht, denn der wahre Star ist Eddie Sarafian.

»Wer ist dieses Mädchen, Eduard?«, bohrte Mama. »War sie mit dir dort?«

Ausnahmsweise bewies Eddie genug Grips, nicht noch mehr zu erzählen und sich selbst zu belasten. Er schüttelte bloß den Kopf. Ein bisschen zu heftig vielleicht, aber wenigstens hielt er die Klappe. Wie wir es im Auto geübt hatten. Und worum er mich angebettelt hatte. *Ich habe sie gefragt, ob sie zum Wehr mitkommt. Man wird mir die Schuld geben, so läuft es nun mal. Verrat mich nicht, Bro,* hatte er gesagt und dabei rumgeheult. Die letzten Tränen hatte ich bei ihm gesehen, als wir noch Kinder waren. Keine Ahnung, ob es am Bier lag oder ob er Schiss hatte, dass man ihn drankriegen würde, oder ob er sich Sorgen wegen des Mädchens machte, weil er sie wirklich mochte. Vielleicht alles drei, aber es war trotzdem seltsam.

Die braunen Augen meiner Mutter schimmerten im Mondlicht, als sie erst ihn, dann mich musterte. Mein Puls beschleunigte. Ich hatte das Gefühl, dass sie uns die Story nicht abkaufte. Warum auch? Alle kannten Eddie und Eddie kannte alle. Auch das Mädchen, das fast ertrunken wäre. Was echt daneben war, denn sie war so alt wie ich – zu jung für Eddie. Aber ich hatte mitbekommen, wie sie früher am Abend miteinander redeten. Später sah ich das Mädchen weinen.

Wenige Minuten bevor sie ins Wasser gefallen ist.

Nur um das klarzustellen. Ich will nicht sagen, dass er schuld ist. Ich hatte ja auch keine Ahnung, was zwischen den beiden gelaufen war. Eddie wollte es mir absolut nicht verraten. Aber mir war klar, dass Mama stinksauer wäre, wenn sie mitkriegte, dass er eine Zehntklässlerin angebaggert hatte. Und wenn sie wüsste, wer das Mädchen war, würde sie einen Tobsuchtsanfall bekommen.

Jane Marlow, die Tochter des Chauffeurs – Mad Dog Larsens Chauffeur.

Und ja, genau *dieser* Mad Dog. Der berühmte Rockproduzent. Eigentümer von Rabid Records.

Vergiss seine Grammys. Vergiss, dass er ein paar der größten Alben der letzten Jahrzehnte produziert hat. Entscheidend war, dass Mad Dog die Sommer nur deshalb hier in Condor Lake verbrachte, weil mein Vater ihm die Traumvorstellung von dieser Stadt verkauft hat, die er jedem verkaufte. Ein Märchen in der Sierra Nevada.

Mein Vater ist der letzte große Musikpromoter. Serj Sarafian. Und er hat eines der größten Indie-Musikfestivals in Kalifornien ins Leben gerufen.

Doch ohne eine Finanzspritze von einem der großen Player hätte er das Amphitheater und das Gelände, auf dem das Festival stattfand, verloren. Und sein großer Albtraum war, das ganze Ding für die Hälfte seines Wertes an einen nationalen Eventpromoter verkaufen zu müssen.

Deshalb brauchte er jemanden mit einem Haufen Geld, der gewillt war zu investieren. Jemanden wie Mad Dog.

Und der kam. Er brachte seine Familie mit und seinen guten Namen und zog in ein mehrere Millionen Dollar teures Sommerhaus auf der anderen Seite des Sees. Und nach und nach begann er, mit uns zusammenzuarbeiten. Leider musste der Vertrag für das Amphitheater alle zwei Jahre erneuert werden.

Mad Dog hielt sich sehr bedeckt, was seine Familie anbelangte: vier Töchter von drei verschiedenen Frauen. Doch am See kursierte ein Gerücht, dass das Mädchen, das ich heute Abend aus dem Wasser gezogen hatte, seine Tochter mit einer vor Jahren verstorbenen Haushälterin sein *könnte* – und dass der Chauffeur womöglich nur so tat, als sei sie sein leibliches Kind. Keine Ahnung, ob das stimmte, aber was, wenn es wirklich so war? Aber falls meine Mutter herauskriegte, dass Eddie was mit Mad Dogs jüngster Tochter laufen hatte, als sie vom Stauwehr stürzte und um Haaresbreite gestorben wäre – *bitte, bitte, bitte, lass sie auch heute Nacht nicht sterben* –, und falls Mad Dog herausfand, dass Eddie sie dorthin gebracht hatte?

Dann konnte meine Familie alles verlieren.

Ich log also für sie – für meine Mutter und die Zwillinge. Löschte Jane Marlow für sie. Nicht für Eddie, den ich heute Abend mit einer drückenden Schwärze verabscheute, die mir wie ein Stein im Magen lag.

Was mich allerdings nicht davon abhielt, an Janes Gesicht zu denken, sobald ich die Augen schloss.

Im Türbogen hinter der Treppe ging ein Licht an. Ms Makruhi, unsere neugierige Haushälterin. Und war das Geräusch über uns das Patschen von Zwillingsfüßen? *Bitte nicht!* Ich stand kurz vor einem Nervenzusammenbruch und wollte bloß noch hoch in mein Zimmer, ohne meinen Vater aufzuwecken.

War das zu viel verlangt?

»Mein Baby? Mein Augenstern?«, sagte meine Mutter und umfasste mein Gesicht. »Fen-jan?«

»Ich bin okay, Mama.«

Sie nickte. »Du bist ein guter Junge. So ehrenhaft. Immer denkst du an die anderen.«

Das gab mir den Rest. Es machte mich krank. Ich *hasste* es, sie anzulügen. Mein Vater konnte von mir aus ins Wehr fallen, aber sie anzulügen war schrecklich. Ich wollte ihr einfach erzählen können, dass es der schlimmste Abend meines Lebens war und dass nichts je wieder okay sein würde. Aber natürlich sagte ich nichts.

»Auf dich kann sich die Familie immer verlassen«, sagte Eddie hinter ihrem Rücken zu mir. Seine Stimme hatte einen Unterton, den ich nicht recht deuten konnte.

Einen Moment lang fragte ich mich, ob mein Bruder doch nicht so blöd war, wie ich annahm.

Condor-Festival-Freaks private Nachrichten

Eddie Sarafian:
Was geht? Noch ne Ahnung, wer ich bin?

Jane Marlow:
Eddie?

Eddie Sarafian:
Jo haha, genau, Haken drunter und so
Hab deinen Namen in dem Thread über Bühnenbeleuchtung gesehen.
Dachte ich meld mich mal. Wie läufts in LA? Ist ja n paar Wochen her

Jane Marlow:
Wow. Ganz schön überraschend, von dir zu hören. Aber gut! LA ist wie immer. Wie ist Condor Lake? Voll doof, dass ich das Festival verpasst habe

Eddie Sarafian:
Alles gut hier.
Bist du wieder fit?
Hab gehört du hast Sprachtherapie gemacht??

Jane Marlow:
Ein paar kleine Probleme mit dem Gehirn, weil ich so lange unter Wasser war. Noch nicht wieder in der Schule

Eddie Sarafian:
Ups. Aber keine Schule? Klingt super hahaha genieß es!

Jane Marlow:
Eigentlich nicht. Es ist beschissen
Aber meine Ärzte sagen, dass ich in ein paar Monaten wieder okay sein sollte

Eddie Sarafian:
Scheiße! Ich fühl mich mies. Tut mir echt voll leid

Jane Marlow:
Nicht deine Schuld, dass ich ungeschickt bin

Eddie Sarafian:
Bin froh, dass du das sagst ...
Aber wär cool, wenn du nicht rumerzählen würdest, dass wir zusammen gechillt haben
Will nicht dass mich Big Dog hasst
Oder haste ihm schon erzählt?

Jane Marlow:
Warum sollte ich!?
???

Eddie Sarafian:
Cool du bist echt Zucker die Beste Beste Beste
Hey vielleicht komm ich im Herbst nach LA
Musikbiz und so
Wollen wir uns sehen? Nur du und ich ...

Track [2] »Dreaming« | Blondie

Jane

Jetzt

Ich wollte bloß, dass sie sich mögen. Leo Marlow und Eddie Sarafian alias Dad und Boyfriend. Die beiden wichtigsten Männer in meinem Leben. Sie einander vorzustellen ging allerdings voll in die Hose und nun stand mein Vater auf dem Privatflughafen am Rand des Rollfelds neben dem 1965er Heckflossen-Mercedes unseres Arbeitgebers und kniff die Augen zusammen wie der Hulk. Dad war definitiv *nicht* beeindruckt von meinem Freund. »Mögen« hatte sich in Luft aufgelöst. Hier konnte man nicht mal von Ambivalenz sprechen. Oh nein: Das hier war Verachtung mit einem Schuss Ich-träume-von-deinem-Tod.

Dad hielt Fridas Leine für mich, sie fiepte und wollte sich losreißen.

Mein Vater. Der Hund. Ich. Eddie. Niemand auf der Startbahn war glücklich.

Ich gab meinem Vater ein Zeichen: *Nur noch einen Moment.* Eddie würde gleich mit ein paar Anwälten aus der Unterhaltungsbranche ins Ausland fliegen, und unser katastrophales Treffen wirkte sich nicht nur auf mein Herz aus, sondern auch auf mein Hirn. Im wahrsten Sinne des Wortes.

»Hey, ich muss da mal eben rangehen. Hallo-ho«, sagte Eddie zu mir und stieß einen Pfiff aus. »Ground Control an Space Cadet. Baby?« Er warf mir einen mitleidigen Blick zu.

»Kein Problem«, versicherte ich ihm, als er das Telefon hochhielt. Ehrlich gesagt war es eine Erleichterung, dass er für einen Moment zur Seite trat. Ich brauchte die Pause, um alles zu verarbeiten, denn die Wörter am Ende seiner Sätze dröselten sich auf und ich konnte mich nur mit Schwierigkeiten darauf konzentrieren. Der Teil meines Gehirns, der beim Unfall verletzt worden war, kam mit dem Stress nicht klar.

Die Ärzte bezeichneten meinen Zustand als »Aphasie«. Kurz gesagt, eine Kommunikationsstörung, ausgelöst von meinem Sturz vom Wehr. Ich war nicht blöd oder dauerhaft geschädigt oder begriffsstutzig. Ich hatte nur ab und zu Probleme mit einigen Wörtern. Wenn Leute laberten (lange Reden, gähn), blendete mein Hirn Teile davon aus – deshalb war es zum Beispiel besser, mir Wegbeschreibungen aufs Handy zu schicken, statt mir zu erklären, wie ich irgendwo hinkam. Wenn ich unter großem Druck stand, suchte ich manchmal nach bestimmten Wörtern, doch sie verschwanden, bevor sie es aus meinem Mund herausschafften. Pfft! Weg waren sie.

Und das war das Schlimmste. Alles andere konnte ich irgendwie überspielen. Doch wenn man simple Wörter vergaß, fiel es den Leuten auf.

Manchmal fühlte es sich an, als würde ein wörterfressendes Ungeheuer in meinem Gehirn leben.

Ich hasste diese scheiß Wörterfresserin.

Ich hatte wochenlang keine Probleme gehabt, deswegen war es einfach unglaublich frustrierend, dass die Wörterfresserin nun ausgerechnet zum Beginn meiner Sommerferien ihr hässliches Gesicht zeigen musste. Genau in dem Moment, in dem ich bereit war, aus meinem Kokon herauszukriechen.

Dad und ich waren auf dem Weg nach Condor Lake in der Sierra Nevada, um den Sommer dort zu verbringen. Vor drei Stunden waren wir von Mad Dogs Haus in Bel Air, Los Angeles, losgefahren. Das übrige Hauspersonal von Mad Dog war bereits gestern in der Lodge eingetroffen, um alles vorzubereiten. Er und »die Familie«, wie wir sie nannten, waren morgens mit dem Privatjet angereist. Der nun hier auf dem Asphalt stand.

Ich hatte heute Morgen noch an der Abschlussveranstaltung meiner Highschool teilgenommen (nicht weiter aufregend), deshalb kamen Dad und ich als Letzte am See an. Außerdem war ich für Frida Kahlo zuständig – die aufgeregte, spitzohrige mexikanische Mini-Nackthündin, die sich von meinem Vater loszureißen versuchte. Die Kleine gehörte Mad Dogs Tochter Velvet und da sie nicht gerne flog, hatten wir sie im Auto mitgenommen.

Der Condor-Lake-Privatflughafen liegt ein paar Meilen vom eigentlichen See entfernt, daher hatte unser Zwischenstopp den militärisch genauen Zeitplan meines Vaters durcheinandergebracht. Und zu allem Übel brannte auch noch die heiße Nachmittagssonne auf meinen Nacken, weil ich bei einer spontanen Aktion gestern Abend meine dunklen Haare habe abschneiden lassen. *Schnippschnapp*, fertig war der Pixie Cut. Meine Haare waren nun ebenso kurz wie meine Aufmerksamkeitsspanne. Der Hairstylist nannte es einen *Rosemaries Baby*-Haarschnitt, was mir nichts ausmachte, bis wir vor ein paar Minuten hier angekommen waren und Eddie mir erklärte, ich würde »viel jünger« damit aussehen.

Jetzt war ich paranoid.

Dads stechender unzufriedener Blick folgte Eddie über den Asphalt des Privatflugplatzes. Der Wind zerrte an Eddies weißem T-Shirt und den langen Shorts, er presste eine Hand aufs Ohr, um zu telefonieren. Gleich würde er in einen Flieger Richtung Philippinen steigen und ein paar Wochen weg sein. Ich hatte ihn seit den Frühjahrsferien nicht mehr gesehen. Unsere wenigen kostbaren Minuten zusammen verrannen einfach, aber Eddie schien das nicht zu kümmern. An ihm perlte alles ab.

Frida kläffte leidend, sie verstand nicht, dass Eddie allergisch gegen Hunde war.

Ich versuchte, einfach die Ruhe zu bewahren.

»Wie nennt man das noch mal, wenn ein alter Löwe einen jungen Löwen sieht und grundlos Panik kriegt, dass sein Rudel in Gefahr ist?«, fragte ich den hochgewachsenen Schwarzen im teuren Anzug, der uns auf dem Asphalt entgegenkam.

»Das Gesetz des Dschungels?«, tippte er und hievte seine Umhängetasche von einer Schulter auf die andere. Gordon Goodman war Mad Dogs Top-Anwalt für Medienrecht. Er wohnte in L.A. und ging im Haus in Bel Air ein und aus. Er war heute Morgen mit Mad Dog hergeflogen.

»Das alte Männchen hat nur ein Junges, aber die Kleine ist nicht in Gefahr«, fügte ich wenig hilfreich hinzu. Das Wort lag mir auf der Zunge ...

»Er verhält sich wie ein guter König«, sagte Gordon.

»Nein, das ist es auch nicht. Es ist überfürsorgliches Pinkeln auf ... etwas.«

»Revier?«

Ich klatschte in die Hände. »Das wars! Revier markieren.«

»Leo ist Ihr Vater, Jane. Das Revier zu markieren ist seine Pflicht. Er tut es den ganzen Tag für Mad Dog – schaltet sämtliche Bedrohungen aus. Es ist ihm in Fleisch und Blut übergegangen.«

»Eddie ist keine Bedrohung«, antwortete ich bockig.

»Hey. Ich kenn den Jungen nicht«, erwiderte Gordon sachlich und ging seinen Hut festhaltend auf die offene Flugzeugtür zu. »Aber ich werde einige Zeit mit ihm verbringen. Allein der Flug nach Manila dauert vierzehn Stunden und dann müssen wir noch mit Auto, Fähre und Helikopter weiter, um zu dieser entlegenen Insel zu kommen. Da werde ich mir dann eine Meinung bilden können.« Er klang nicht besonders angetan. »Wir sehen uns Ende des Monats, Miss Marlow.«

Gordon flog mit Eddie und dem Anwalt der Sarafians zu irgendeiner idyllischen philippinischen Privatinsel, um den Mietvertrag zu unterschreiben, der Auswirkungen auf die Zukunft des Condor Musikfestivals haben konnte. Die Details verstand ich nicht so genau, nur dass der Vertrag bis Ende Juni unterschrieben sein musste, damit das Festival nächsten Monat nicht gefährdet war. Sprich, nicht abgesagt werden musste. Viele Millionen Dollar standen auf dem Spiel. Die Tickets waren bereits verkauft, die Visen für die Bands beschafft, die Werbung geschaltet, die Hotelzimmer gebucht.

Aber Eddie würde sich darum kümmern, dass alles glattlief. Er war der Erbe des Sarafian-Imperiums und sein Vater, Serj, ein legendärer Musikpromoter, brachte ihm die Spielregeln bei. In den wenigen Monaten, die Eddie und ich zusammen waren – vor allem online –, hatte ich eine völlig andere Seite des Musikgeschäfts kennengelernt als die, die ich durch mein Leben im Haus von Mad Dog Larsen mitbekommen hatte. Vielleicht sogar mehr.

Eddie wollte mir das Geschäft beibringen und mich Musikern vorstellen.

Mad Dog wollte, dass ich auf seine Haustiere aufpasste und ihm Limo brachte.

Eddie kniff die braunen Augen gegen die Nachmittagssonne zusammen, schob sein Handy in die Hosentasche und lächelte mich an. Wow. Er sah echt verdammt gut aus. Alle sagten, er könne als Model arbeiten. Er hatte seine Haare kürzer schneiden und aufhellen lassen, und jetzt sah er wirklich von Kopf bis Fuß golden aus. »Muss los, Babe.« Er rieb sich die Nase. »Wir müssen am LAX einen Linienflug kriegen. Bis zu den Philippinen schafft es dieser Hüpfer hier nicht.«

Hüpfer? Hallo? Ich hatte keine Vorstellung, wie viel es kostete, im Privatjet nach L.A. zu fliegen. Dieser Flieger war Mad Dogs normales Beförderungsmittel nach Hause. Ich hatte noch nie einen Fuß hineingesetzt. Mad Dogs persönlicher Bodyguard war der einzige Angestellte des Haushalts, der mitfliegen durfte.

»Du musst schon los?«, beschwerte ich mich. »Aber ich hab dich kaum gesehen.«

»Na ja ... als du vorgeschlagen hast, uns hier zu treffen, hast du nicht erwähnt, dass du Daddy mitbringen würdest.« Er warf einen Seitenblick auf meinen Vater und lachte affektiert. Als ich protestierte, milderte er ein wenig ab: »Er wird mich schon noch ins Herz schließen. Tut jeder irgendwann.«

Wohl wahr. Eddie hatte den Dreh raus, wie er Leute einwickeln musste, damit sie nach seiner Pfeife tanzten. Die eine Minute versuchte man, aus seinen konfusen Nachrichten schlau zu werden, und in der nächsten ließ man bereits auf dem Rücksitz eines italienischen Sportwagens seinen besten BH fallen.

»Du bist wieder zurück hier am ...« Ich konnte das Wort nicht finden – großes blaues Dings mit Wasser drin ...? Ich bekam ein bisschen Panik und versuchte, mich zu fangen, bevor er was merkte. »In ein paar Wochen?«

Das traurige Gesicht, mit dem er mich ansah, verriet mir, dass ich und meine Gehirnprobleme ihm leidtaten. »Vermutlich. Das Haus von diesem Mogul ist am Ende der Welt, der Empfang ist schlecht dort. Ich versuche anzurufen, aber falls du die nächsten paar Tage nichts von mir hörst, schicke ich dir Schildkrötenpost aus China.«

»Äh, ja?« Ich sah ihn fragend an.

Er lächelte. »Sollte ein Witz sein. Verstehst du? Eine Anspielung auf den Song *Slow Boat to China*? Aber ich bin ja auf den Philippinen und da haben sie vermutlich eher Schildkröten als Boote. Egal, wollte damit nur sagen, dass es vielleicht ein bisschen dauert.«

Wer hätte das gedacht ... Sinnlos, ihm zu erklären, dass ich nicht blöd war. Anfangs hatte ich vermutet, dass die Wörterfresserin mich davon abhielt, Eddies Potenzial als Komiker zu erkennen, aber nein: Er war einfach nicht der Hellste. Dafür sehr hübsch. Und lieb. Ich war schon als Kind in ihn verknallt gewesen. An dem Abend, an dem er mich zum Wehr einlud, hatte er mich zum allerersten Mal zur Kenntnis genommen. Das zweite Mal war, als wir nach dem Unfall online Kontakt aufnahmen. Da habe ich dann auch herausgefunden, dass er derjenige gewesen ist, der mich aus dem Wasser gezogen und mir das Leben gerettet hat.

Vermutlich war das heute in den Augen meines Vaters sein einziger Pluspunkt. Aus meinem Dad wird man nur schwer schlau.

Aber egal, einfach schräg, dass etwas so Schreckliches Menschen zusammenbringen konnte, die sonst nichts gemeinsam hatten. Glück im Unglück, nahm ich an.

Mein Handy vibrierte. Norma. Die Haushälterin von Mad Dog fragte, wo wir blieben. Ihre nächste Nachricht war die Bitte, Eis mitzubringen, weil der Gefrierschrank in der Anrichteküche der Lodge nicht schnell genug funktionierte. Oh Mann.

»Da läuft aber bei jemandem das Telefon heiß«, bemerkte Eddie.

»Arbeit«, nuschelte ich.

»Der große Hund? Du hast Urlaub, Babe. Er soll sich mal einkriegen und dich in Ruhe lassen. Du bist mein Mädchen, nicht seines.«

Nein, ich hatte keinen Urlaub. Ich machte einen bezahlten Job und solange ich bei freier Kost und Logis unter Mad Dogs Dach wohnte, lebte ich nicht nur nach der Stechuhr, die Uhr und ich waren sozusagen eins. Abgesehen davon konnte ich schwer einschätzen, wie viel Mad Dog über mein Leben wusste. Wir sahen uns zwar jeden Tag im Vorbeigehen und wechselten ab und zu ein paar Worte, doch als ich Dad fragte, ob Mad Dog weiß, dass Eddie und ich zusammen sind, brummte er bloß: »Er merkt, dass irgendwas im Gange ist.«

Was immer *das* bedeutete.

»Hey, schauen Sie noch mal nach, ob meine blaue Tasche eingeladen wurde«, rief Eddie dem Anwalt der Sarafians hinterher, der gerade ins Flugzeug stieg. »Ich komme sofort!«

Mist. Das wars dann. Er schaute wieder auf sein Handy. Zeit zu gehen.

»Wenn du zurückkommst, verbringen wir dann Zeit hier am

See?« Ich wusste, dass ich wie eine Klette klang. Ich *fühlte* mich wie eine Klette. Was ich hasste. Aber das passierte, weil Eddie nie da war und sich auch nie auf irgendetwas festlegen ließ. Würde er auf meine Nachrichten antworten? Würde er wie versprochen anrufen? Würde er dieses Wochenende nach L.A. kommen? Ich wusste es nie. Alles war »unser kleines Geheimnis«. Es war aufregend, aber auch ermüdend. Klar, er hatte viel um die Ohren, weil er seinem Vater half. Aber trotzdem.

Sein Versprechen lautete immer: morgen.

Morgen, morgen, morgen.

Ich wollte nicht heulen, aber ich spürte die Tränen unter den Augenlidern kribbeln. Wie bescheuert war das denn? Der ganze Tag war einfach zu viel. Schulabschluss. Rückkehr an den See. Eddie und mein Vater.

»Hey! *Hey.*« Er sah mir in die Augen. »Nicht das jetzt.«

»Schon vorbei.« Ich nahm mich zusammen. »Es wäre einfach schön, wenn wir mehr Zeit hätten.«

»Weißt du, was? Wenn ich zurückkomme, sehen wir uns nach einer Wohnung am See um. So wie wir es besprochen haben. Du und ich. Und wenn wir eine finden, gehst du am Ende des Sommers vielleicht gar nicht nach L.A. zurück ...? Du musst ja nicht mehr zur Schule. Du könntest das College hier besuchen oder eventuell für meinen Dad arbeiten. Oder einfach chillen. Jede Menge Möglichkeiten. Was meinst du? Bist du dabei?«

»Eddie«, sagte ich so leise wie möglich über dem entfernten Motorenlärm des Jets. Ich traute mich nicht, zu meinem Vater zu schauen. »Meinst du das ernst?«

Er legte mir die Hände um den Hals. »Klar. Überleg dir einfach, wo am See du wohnen möchtest. Ich werde mit meinem alten Herrn reden. Ihn muss ich als Erstes rumkriegen, denn ohne seine Zustimmung läuft nichts. Also keine Versprechungen. Aber es *sollte* schon klargehen. Lass es uns trotzdem erst mal für uns behalten. Wir reden weiter, wenn ich zurück bin, okay?«

Er sprach so schnell, dass ich nicht zum Antworten kam. Mein Herz war voller Freude. Er hatte es gesagt, oder? Ich hatte es nicht missverstanden? Das hier war kein Hirnchaos der Wörterfresserin?

»Zusammenleben? Eine eigene Wohnung?«, fragte ich.

»Hey, denk dran, Velvet auszurichten, sie soll bei der Battle of the Bands für Tell & Show stimmen«, kam statt einer Antwort. »Das ist *mega*wichtig. Du bist jetzt ihre Assistentin, sorg dafür, dass sie das auf die Reihe kriegt. Das ist entscheidend für meinen Dad. Der Wettbewerb findet dieses Wochenende statt – nicht vergessen, okay? Versprochen?«

Die Battle of the Bands war mir so was von egal. Ich dachte nur daran, mit ihm zusammenzuziehen. »Warte! Die Wohnung –«

»Drück mir die Daumen!« Er löste sich von mir und legte den Finger an die Lippen. Unser kleines Geheimnis. »Bis in ein paar Wochen! Dann reden wir länger!«

Er trat zurück, schenkte mir ein prinzliches Lächeln und rannte zum Flugzeug. Und weg war er. Ich wäre gern zum Abschied geküsst worden, aber vielleicht machte er sich Sorgen, weil mein Vater uns beobachtete. Und vielleicht war es ja auch nicht wichtig. Was brauchte ich einen Kuss, wenn ich das Versprechen hatte, dass wir zusammenziehen würden?

Track [3] »Summer Girl« | HAIM

Jane

Nachdem Eddies Flieger abgehoben hatte, verließen Dad und ich den Flughafen. Zwischen uns herrschte eine angespannte Stille. Es fiel mir schwer, glücklich zu sein, wenn er so griesgrämig war, aber als uns die Sonne hinter einem Straßenschild zuzwinkerte, gab ich mein Bestes, um seine schlechte Laune auszublenden. Ich hielt die Hand vor die Augen und lächelte, als ich las:

CONDOR LAKE, 2 MEILEN
GAS – FOOD – LODGING

Endlich! Alles war genau so, wie ich es vor zwei Sommern verlassen hatte. Die Berge. Die Riesenmammutbäume. Die felsige Landschaft vor der Stadt. Nichts hatte sich geändert. Außer mir. Tschüs, ungeschickte Jane, Tochter des Chauffeurs, die in den Stausee gestürzt war. Hallo, Jane, zukünftige Verlobte des Erben eines kalifornischen Konzertimperiums. Okay. Vielleicht nicht gleich *Verlobte*. Aber mit Eddie zusammenzuziehen – in unsere eigene Wohnung? Der Gedanke brachte mich total durcheinander.

Sollte mein Vater doch auf dem Fahrersitz herumschmollen, mir würde er die Laune nicht vermiesen.

»So ... Das war also der berühmte Eddie Sarafian«, bemerkte er, eine Hand auf dem Lenker, als wir uns auf dem Freeway unserer Abfahrt näherten.

Ich seufzte tief. »Spuck es aus, Dad. Ich weiß, dass du etwas sagen willst.«

Er schmollte stumm weiter, eine Kiefer lang, zwei Kiefern lang, drei ... Dann konnte er nicht mehr an sich halten. »Er ist so was von eingebildet, Küken. Und zu alt für dich«, brummte er und legte den Kopf mit der wirren goldenen Lockenmähne schief, um mich über den Rand seiner dunklen Brille zu mustern.

»Er ist zwanzig. Ich bin achtzehn.«

»Aber es hat ihn überrascht, dass Mad Dog mich mit dem Mercedes quer durch den Bundesstaat fahren lässt?«

Ich stöhnte auf, als sich meine schwelende Verlegenheit erhob wie ein Zombie in einem Horrorfilm. »Das war ein Witz. Sein Sinn für Humor ist nicht besonders ausgeprägt.«

»Das kannst du laut sagen. Ich habe diese Karre eigenhändig aufgemöbelt, verdammt noch mal, und ich arbeite seit einundzwanzig Jahren für Mad Dog – da war wie-hieß-er-gleich noch nicht mal auf der Welt.«

»Eddie.«

Er machte eine ausladende Handbewegung, ohne die Augen von der Straße zu nehmen. »Außerdem ist er unhöflich. Warum hat er mich als ›der Chauffeur‹ bezeichnet? Er sollte mich mit Mr Marlow ansprechen. Was stimmt nicht mit diesen Typen von heute? Reiche Scheißkerle ohne Manieren ...«

Er würde das nicht auf sich beruhen lassen. Mein Vater war ein alter Surf-Punk – dass im Auto gerade die angejahrte Punkband Agent Orange lief, war seine Wahl – und Golfkrieg-Veteran, er stemmte Gewichte, war sehr fürsorglich und mochte es, wenn Leute pünktlich waren. Er hatte ein verblasstes Pin-up-Tattoo meiner Mutter mit Engelsflügeln auf dem Unterarm, und auf der Innenseite seines Handgelenks wand sich eine dünne Schriftrolle mit meinem Namen.

»Eddie ist zu allen so locker, nicht nur zu dir. Ich glaube, er war nervös, weil wir ihn überrumpelt haben. Was er auf den Philippinen macht, ist eine große Nummer. Es ist das erste Mal, dass ihm sein Vater einen so wichtigen Deal anvertraut. Und er war noch nie so weit weg von … von …« Argh.

Mein Vater warf mir einen Blick zu. »Von zu Hause.«

»Von zu Hause«, wiederholte ich frustriert und streichelte Frida.

Er drehte die Musik leiser und ich sang den Refrain mit, bis ich ruhiger war. Musik schaffte es, die Wörterfresserin zu hypnotisieren. Es hatte mit dem Rhythmus zu tun. Mein Hirn sehnte sich danach.

»Küken?«, sagte mein Vater sanft. »Ich muss ihn nicht mögen. Du hast gerade deinen Schulabschluss gemacht, du bist achtzehn – damit bist du erwachsen. Es ist dein Leben. Deine Entscheidung. Wenn du willst, dass ich mich einmische, oder wenn du meinen Rat haben oder nach Hause gefahren werden möchtest – sag Bescheid. Okay?«

Ich nickte. »Okay.« Man konnte immer darauf zählen, nach Hause gebracht zu werden. Das war Leo Marlows Grundsatz. Egal, was man veranstaltet hatte, in welchem Schlamassel man steckte, man rief ihn an. Er würde einen abholen und nach Hause fahren, ohne Fragen zu stellen. »Danke.«

»Ich werde mich bemühen, meine Meinung für mich zu behalten. Aber ich werde nicht zulassen, dass irgendjemand meinem Kind wehtut. Das ist die rote Linie. Abgemacht?«

»Hier tut niemand irgendjemandem weh. Er hat sich nicht mal getraut, mich vor deinen Augen zu küssen. Sei zufrieden.«

Mein Vater wirkte nicht zufrieden. Vermutlich besser, dass ich das mit dem Zusammenziehen nicht angesprochen hatte. Sollte er Eddie erst mal kennenlernen, wenn er wieder zurück war. In der Zwischenzeit hatte ich am See genug zu tun. Dazu gehörte das schmale braune Bündel auf meinem Schoß. Als Frida die kleinen Vorderbeine streckte, um aus dem Fenster die vorbeiziehende Landschaft zu beobachten, drückte ich ihr einen Doppelkuss hinter eins ihrer spitzen Ohren.

»Endspurt«, sagte Dad, als er an der großen Tankstelle vom Freeway abbog. »Bereit?«

War ich bereit? Ich atmete tief durch und betrachtete mit Frida im Arm die vertrauten Wahrzeichen. Mit einer Mischung aus Aufregung und Angst sah ich zu, wie die Nachmittagssonne Flecken auf das Wandbild der Tankstelle warf: Es zeigte eine Sammlung der Superstars, die seit den 1990ern auf dem Condor Musikfestival gespielt haben: alle von Prince, der sein eigenes Plattenlabel besaß, bis Nirvana, die auf dem Festival gespielt hatten, als sie noch bei Sub Pop unter Vertrag standen, und später dann als Headliner, kurz vor Kurts tragischem Ende.

Das Festival war bekannt dafür, die neuesten Trends zu präsentieren. Nicht nur während des Festivals, sondern das ganze Jahr über, überall in der Stadt. Am See konnte man immer auf Live-Musik zählen. Leute aus dem Musikbusiness besaßen Häuser hier oder machten Urlaub in der Gegend, damit sie sich die Nachwuchsbands anschauen konnten, die in den Clubs und Bars entlang der historischen Hauptstraße spielten, die als »Strip« bekannt ist. Die Stadt hatte sich den Ruf erworben, ein Paradies für Musikliebhaber in der Sierra Nevada zu sein.

Aber Condor Lake war nicht immer eine Musikoase gewesen. Im neunzehnten Jahrhundert war dieser kleine Weiler im kalifornischen Nirgendwo eine Goldgräberstadt. Es ließ sich noch immer an den Gebäude- und Straßennamen der Außenbezirke erkennen, zum Beispiel Mother Lode Antiques, nach der Goldader, die sich quer durch die Sierra Nevada zog, oder Eureka Lane, die an den »Heureka – ich habs!«-Moment erinnerte.

Doch es war nicht nur Goldrauschland, sondern auch wildes Land. Sprich, Berge und Wälder. Ein Teil des Sees grenzte an einen State Park mit einigen der größten Bäume der Welt, den Riesenmammutbäumen.

Dad und ich waren gerade an einem vorbeigefahren, einem der letzten kitschigen ›Tunnelbäume‹ Kaliforniens. In den 1920ern war ein Blitz in diesen Mammutbaum eingeschlagen. Doch statt ihn zu fällen, hatten die Ortsansässigen ihn zu einer Touristenattraktion gemacht, indem sie einen Tunnel in den Baum schlugen, durch den ein ganzes Auto passte. Heutzutage durften man allerdings nicht mehr durchfahren, aber man konnte halten und zu Fuß hindurchlaufen.

»Wir müssen unser alljährliches Foto machen«, stellte Dad fest. Wir lassen uns immer zusammen unter dem Tunnelbaum fotografieren. Dad druckt es dann aus und steckt es in den Rahmen zu den anderen Fotos, die wir gemacht haben, seit ich sechs war. Es ist unser Ding. Nur letztes Jahr mussten wir aussetzen.

Mir blieb keine Zeit, mir darüber allzu viele Gedanken zu machen, denn nach dem Tunnelbaum bog Dad auf den Strip ein. Zwischen hohen Kiefern öffnete die Stadt ihre Arme.

Condor Lake.

Grünblaues Wasser umgeben von schneebedeckten Bergen. Backsteingebäude aus der Pionierzeit säumten die trubelige Innenstadt – eine Mischung aus Bars und skurrilen Clubs (immer mit Live-Musik) und familienfreundlichem See-Tourismus (Kanuverleih, Tausende von Eisständen, ein Fahrgeschäft, das nach dem kalifornischen Condor benannt war). Die Straßen waren zu eng und einen Parkplatz zu finden stellte eine Herausforderung dar. Die Touristen fuhren mit der Bonanza, einer Straßenbahn, die den Strip hoch- und runterbimmelte. Doch das war mir gerade alles egal. Meine Augen suchten nach dem pfeilförmigen Schild, das mein Herz höherschlagen ließ:

CONDOR PARK UND AMPHITHEATER
HIER FINDET DAS WELTBERÜHMTE
CONDOR MUSIKFESTIVAL STATT
EINE PRODUKTION VON SARAFIAN EVENTS

Yep, da war es. Dad und ich waren totale Musiknerds. Wenn man in einem Umfeld wie meinem aufgewachsen war, konnte man Musik nicht hassen. Außerdem liebte ich Festivals. Coachella war unten in der Nähe von Los Angeles, und über uns in Nevada gab es Burning Man, aber das war etwas völlig anderes. Condor fand ein Wochenende lang in einem Wald am See statt, mit Zelten und Lichterketten. In den kleinen Veranstaltungsorten auf dem Strip spielten überall Bands, die noch keinen Vertrag hatten, die größeren gaben tagsüber Open-Air-Konzerte.

Condor war magisch.

Jedenfalls sprach man in den Festivalforen dieses Jahr ausschließlich über etwas, das so neu war, dass es noch keinen Namen hatte. Es wurde nur *der Sound* genannt. West Coast Indie, *Post*-Post-Punk. Er brach einfach über die Szene herein und plötzlich gab es ungefähr zehn Bands, dann ein Dutzend. Danach, wer weiß. Es war voll meine Musik und ich schaute mir online Clips an und träumte davon, wieder am See zu sein.

Ja, ich hatte eine Liste von Bands im Kopf, die ich diesen Sommer sehen wollte. Vielleicht würde ich sogar ein paar Bandmitglieder kennenlernen. Durch Eddie natürlich. Manchmal begegnete ich Bands in Mad Dogs Studio in Bel Air, aber es war garantiert anders, wenn ich sie als Eddies Freundin traf und nicht als Hausangestellte. Bestimmt, oder?

Von der Straße aus erkannte man im Vorbeifahren nicht viel vom Festivalgelände, dafür sahen wir etwas, das ich lieber nicht gesehen hätte. Den Blue Snake River. Betty's on the Pier.

Und den Condor-Stausee. Meinen Erzfeind.

Dad deutete darauf, als wir über die Autobrücke hinter dem Wehr fuhren, und meinte nüchtern: »Da ist er.«

UFFF. Ich verdrehte mir den Hals, um hinter den Sitz zu schauen, als der Mercedes über die Brücke rumpelte. »Da gibt es jetzt ein Tor?« Mein Vater war letzten Sommer hier gewesen, als ich zu Hause in L.A. geblieben bin.

Dad räusperte sich. »Nach Einbruch der Dunkelheit wird es abgeschlossen. Das ist eine gute Sache, Baby. Jetzt kann niemand mehr ins Wasser fallen. Positive Veränderung. Dieses Geländer ist gefährlich bei Nacht.«

Meine Kehle schnürte sich zusammen. Jetzt war ich also das Mädchen, das die Stadt veranlasst hatte, nachts das Wehr abzuschließen? Die Jugendlichen hier hassten mich bestimmt. Jane, das Sommermädchen, das die Party versaut hatte – für immer. Argh.

Mein Vater wollte nie Einzelheiten über diesen Abend wissen. Er hat nicht gefragt. Ich habe nichts erzählt. Ich versteckte mich hinter der Ausrede, dass ich mich nach meinem Sturz an kaum etwas erinnern konnte, und Dad versteckte sich hinter seiner Angst. Warum war ich auf einer Party am Stauwehr gewesen? Wer hatte mich dorthin mitgenommen? Mit wem war ich zusammen gewesen? Wie war ich reingefallen? Wer hatte mich rausgezogen? Diese Fragen waren für ihn nicht so wichtig wie die Frage: *Wird meine Tochter wieder sprechen können?* Das war am Anfang seine Priorität gewesen. Sobald ich zu reden begann, konzentrierte er sich auf meine Sprachtherapie. Als Eddie und ich anfingen zu chatten – und uns ab und zu in L.A. trafen –, redeten wir auch nicht weiter darüber. Bis heute.

Eddie wollte unsere Beziehung geheim halten. Kein Drama, nur wir beide. In L.A. war das in Ordnung, aber den Sommer über konnte ich das hier am See nicht durchziehen. Hoffentlich war er nicht sauer auf mich, dass ich mit meinem Vater aufgekreuzt war und unsere kleine Zweisamkeits-Bubble hatte platzen lassen.

Es würde so schon hart genug für mich werden, zum ersten Mal nach meinem Sturz an den See zurückzukehren. Ich brauchte Eddie als Teil meiner Gegenwart. Ich hatte mich verändert und war erwachsen geworden. Er durfte kein Geheimnis sein. Keine verschwommene Erinnerung an eine schreckliche Nacht, die mich in meinen Albträumen verfolgte.

Ich wollte diese Nacht loslassen. Zumindest *versuchte* ich es.

»Hey«, warnte mich mein Vater vorsichtig, als wir vom Damm wegfuhren. »Lass dich vom Anblick dieses verdammten Stauwehrs nicht runterziehen. Wir sind Marlows. Und was tun wir?«

»Wir stellen uns wieder aufs Board«, zitierte ich, obwohl ich in Wahrheit nicht mal auf ein Surfboard raufkäme, wenn man mir Geld dafür gäbe. Mein Vater hatte versucht, es mir beizubringen. Aber Sport und ich waren nicht kompatibel.

»Genau«, erklärte er mir. »Als du im Krankenhaus Probleme mit dem Sprechen hattest, sagten die Ärzte, dass es vielleicht irreversibel sei. Ich sagte, Von wegen. Sie braucht bloß Zeit. Das wird wieder. Und schau dich jetzt an? Schulabschluss. Zurück am See. Und Velvets persönliche Assistentin.«

Er hatte recht. Letzteres war allerdings nicht besonders beeindruckend. Ja, ich würde diesen Sommer die persönliche Assistentin einer reichen Musikproduzententochter sein. Doch im Haus der Larsens bedeutete »PA« Einkäufe zu erledigen, Anrufe zu beantworten, Termine zu buchen und Rezepte abzuholen. Mein Dad war auch eine Art PA von Mad Dog. Allerdings hatte Mad Dog zusätzlich eine professionelle Assistentin, die sich zu Hause im Bel-Air-Studio um Musikbusiness-Angelegenheiten kümmerte: Denise. Sie war um die fünfzig, ehemalige Chefin einer Plattenfirma und weigerte sich, nach Nordkalifornien zu fahren. Aber sie verdiente gutes Geld. Mein Vater hingegen bekam nicht viel mehr als ich, die Mindestlohnsklavin. Mad Dog war geizig.

»Hey, PA macht sich auf deinem Lebenslauf jedenfalls besser als Hundesitterin ... *Shit*«, brummte Dad bei einem Blick auf sein Handy. »Das ist jetzt Mad Dog, er fragt, wo wir bleiben.«

Dad gab Gas. So viel zu einer entspannten Tour durch die Stadt. Bis zur Lodge waren es noch ungefähr zehn Minuten. Und mit Lodge meine ich kein Ferienhaus, sondern ein weitläufiges luxuriöses Anwesen aus den 1920ern auf der Nordseite des Sees, weit weg vom Strip und dem Festivalgelände. Weit weg von allem, meilenweit keine Nachbarn. Das Anwesen war von irgendeinem reichen Eisenbahnmagnaten aus San Francisco erbaut worden, der Tiger und Prostituierte in separaten Bungalows hielt. Es besaß einen privaten Bootssteg, einen Pool sowie eine Mehrfachgarage in einem separaten Gebäude, das Kutschenhaus genannt wurde – dort wohnten wir Hausangestellten. Als wir die hufeisenförmige Auffahrt hochfuhren und vor dem Eingang hielten, ragte die Lodge überlebensgroß vor uns auf. Einen Moment lang vergaß ich das Stauwehr – und Eddie.

»Warum parken wir nicht im Kutschenhaus und gehen durch die Küche?«, fragte ich. Wir nahmen immer die Hintertür. Niemals den Eingang des Haupthauses. Nie.

»Mad Dog kommt runter. Er möchte, dass ich ihn in die Stadt fahre.«

»Jetzt?«, beschwerte ich mich. »Auf dem Rücksitz liegen noch Gepäck und Eis.«

»Beeil dich, Küken. Bring Frida zu Velvet und erkundige dich, ob sie deine Hilfe braucht. Ich werde alles ausladen. Sag Kamal und Norma, sie sollen beim Reintragen helfen. Vergiss aber nicht, ihnen Bescheid zu sagen, dass hier draußen zwanzig Kilo tauendes Eis warten, okay?«

Puh. Dreißig Sekunden in der Lodge und schon waren wir wieder am Arbeiten. Ich befestigte die Leine an Fridas Halsband und nahm Handtasche und Crossbody-Bag. Dann zerrte mich Frida über die Auffahrt zu den Leuten, die vor der offenen Haustür zwischen zwei Säulen mit riesigen Condor-Skulpturen standen und diskutierten.

»Ich warte noch auf die erste Küchenlieferung«, hörte ich eine unzufriedene Stimme sagen. Als ich über die Schwelle trat, entdeckte ich eine vertraute Gestalt mit Leinenschürze und einem gelben Tuch um den Kopf. »Wie soll ich da eine Party auf die Beine stellen?«

»Keine Party-Party«, beruhigte sie jemand, der ein paar Jahre älter war als ich. »Bloß Cocktails und ein einfaches Abendessen. Kleine Gerichte. Es sind nur vier Leute zusätzlich. Und Daddy. Und Rosa. Und ich. Und vermutlich Starla und Leo, weil ich die Assistenten auch einladen soll. Und sieh an – da kommt ja auch schon meine höchstpersönliche Assistentin! Whoa. Hast du dir die Haare für die Abschlussfeier abgeschnitten? Gefällt mir.«

Wirklich? Wenn meine Haare Velvet Larsen gefielen, fühlte ich mich schon viel besser damit, sie abgeschnitten zu haben.

»Jane wird auch dabei sein – schlichtes Sommerkleid. Irgendwas Ärmelloses mit Sandalen wird gut zu deiner neuen Frisur passen. Vielleicht hab ich da was Kleines, das ich dir leihen kann«, erklärte mir Velvet lächelnd. Sie stand mit bloßen braunen Füßen und wallendem Maxikleid in der gefliesten Eingangshalle. Als sie die Hand nach Frida ausstreckte, klimperten Dutzende von Goldarmreifen. »Komm, *mija*!«

Frida tänzelte zu Velvet und stellte sich auf die Hinterbeine, um sie zu begrüßen. »Gib Hunde-Küsschen, schmatz, schmatz, schmatz!« Beide Parteien verloren schnell das Interesse aneinander. Für Frida gab es zu viele andere Gerüche zu schnüffeln, zum Beispiel das kunstvolle Blumenarrangement, das größer war als ich. Frida kläffte es an, um sich zu vergewissern, dass es kein verkleideter Feind war.

Ich stand unter einem schweren rustikalen Kronleuchter, links und rechts von mir führten Treppen nach oben. Durch ein Fenster sah man den Pool auf der Rückseite. »Was hat es mit der Cocktailparty auf sich?«

»Sie wird nicht stattfinden«, erklärte Exie. »Das hat sie auf sich.«

»Tut mir leid, aber ich habe schon alle eingeladen«, sagte Velvet ungerührt. »Keine Shrimps übrigens.«

»Wen denn?«, fragte ich.

»Bloß ein kleines romantisches Kennenlernen.« Sie zwinkerte mir zu. Ich wusste nie, was ihr Zwinkern bedeutete. Es war verwirrend. Vor allem, weil ich keine Ahnung hatte, dass sie mit jemandem zusammen war. Waren schon andere aus L.A. da? In der Nebensaison lebten nur Einheimische in Condor Lake. Das bedeutete nicht, dass es nicht ausreichend interessante Singles in Velvet Larsens Umfeld gab, aber normalerweise datete sie Studienabbrecher von der UCLA-Kunstakademie, Söhne von Hollywood-Schauspielern, den jungen Neffen eines vermögenden lateinamerikanischen *narcotraficante* – ganz normale Leute also.

»Jetzt sind es also schon zehn Leute?«, hakte Exie genervt nach. »Morgen Abend? Weiß Mad Dog Bescheid?«

»Er weiß ... dass ein paar Leute kommen.« Das klang ziemlich vage. Sie führte weiter aus. »Als ich ihn gefragt habe, meinte er ›Mach es so, Nummer eins‹«, sagte Velvet mit verstellter Stimme, die sich irgendwo zwischen dem starken dänischen Akzent ihres Vaters und Patrick Stewart bewegte.

Exie stieß leise einen ordinären Fluch aus. Mad Dog war ein massiger tätowierter Metal-Wikinger, aber er hatte ein Faible für Star Trek und Science-Fiction-Filme alter Schule. Das hörte sich definitiv nach ihm an.

»Es ist doch etwas Nettes«, argumentierte Velvet und holte weit aus. »Du wirst schon sehen. Es ist eine Überraschung, die allen gefallen wird.«

Velvet war die Jüngste von Mad Dogs Brut, seine einzige Tochter mit seiner momentanen Frau, Rosa Garcia, einer ehemaligen preisgekrönten Dichterin. Velvet war diesen Sommer das einzige Larsen-Kind in der Lodge. Sie strotzte vor Energie und im Großen und Ganzen war sie lustig, allerdings auch eine Prinzessin; die Familie ihrer Mutter in Mexiko war ebenfalls reich. Ihre manchmal unrealistischen Erwartungen bereiteten den Hausangestellten Kopfschmerzen.

Wie jetzt gerade. Partys waren einfach zu planen, aber nicht mal eben so mit einem Armreifklimpern umzusetzen.

Aber wir kriegten es hin. Die Hauptverantwortliche bei Partys war Exie. Sie war eine achtunddreißigjährige Schwarze aus Baldwin Hills, die ein paar Jahre vor Dad und mir als Köchin bei Mad Dogs Crew angefangen hatte. Ich würde sie nicht als Mutterfigur bezeichnen, weil sie das hassen würde, aber als ich in die Pubertät kam, hat sie mehr Aufklärungsarbeit geleistet als Dad. Inoffiziell war sie die zweite Chefin für das Hauspersonal – offiziell die dritte, nach dem Security-Chef.

Ich mochte es nicht, wenn es Spannungen zwischen ihnen gab. Und heute brauchte ich es schon gar nicht.

»Was kann ... ich tun?«, fragte ich Exie, nach Wörtern suchend, während ich gleichzeitig Frida zu bändigen versuchte. »Helfen? Argh.« Ich hob die Hand, um ihr zu bedeuten, dass ich gerade Wortfindungsschwierigkeiten hatte.

Die Sache bei Gehirnverletzungen ist, dass einen jeder anders behandelt. Dad war überfürsorglich. Eddie wurde ungeduldig – das sah ich ihm an. Exie behandelte mich einfach wie zuvor. Sie half mir nicht, wenn mir Wörter nicht einfielen. Sie ignorierte es und machte weiter.

Ihr Lachen war trocken. »Keine Ahnung, wobei du helfen könntest, Baby. Du stehst nicht mehr unter meiner Befehlsgewalt. Unter Normas auch nicht. Frag deine neue Chefin hier. Schließlich bist du auch bei der Party dabei.«

Velvet lächelte. »Genau! Aber erst mal brauch ich mein Spezialshampoo, das habe ich nämlich vergessen. Du müsstest also irgendwohin fahren und mir vor Donnerstagabend eine Flasche besorgen, Jane. Ich bezweifle, dass es hier zu bekommen ist. Vielleicht in Fresno. Oder irgendwo in der Bay Area?«

»Velvet Larsen«, brummte Exie so laut, dass ihre Stimme durch den Raum hallte. »Hier fährt niemand stundenlang wegen einer Flasche Shampoo spazieren. Deine kaputten Spitzen werden es überleben, wenn sie nicht denselben Scheiß kriegen, der in Bel Air verkauft wird. Jane ist deine PA, nicht deine Babysitterin, die du herumschikanieren kannst. Hast du verstanden?«

Velvet zog eine Schnute. »Meinetwegen. Aber wehe, die kleinen Gerichte sind nicht lecker am Donnerstagabend. Ich möchte Sonnenschein auf einem Teller oder ich gehe.«

»Oh. Dann geh doch, alles klar.« Exie ließ ihr Küchenhandtuch durch die Luft schnalzen und Velvet flüchtete lachend die Treppe hinauf. Von einem Moment auf den anderen war alles wieder gut zwischen ihnen. Meine Schultern sackten nach unten und ich fühlte mich leichter. Krise abgewendet.

»Hierher, Assistentin«, rief Velvet neckend über das Geländer. »Hilf mir beim Auspacken und lass uns diesen wunderschönen Tag genießen. Daddy fährt in die Stadt. Der See gehört uns.«

Von einem Moment auf den anderen kam sie zurück zu mir, die berauschende Freude dieses Ortes. Hier konnte ich eine andere sein. Vielleicht sogar eine Prinzessin wie Velvet ...

Nachdem ich zwanzig Kilo tauendes Eis hereingeschleppt hatte.

CONDOR LODGE SOMMERPERSONAL

Kutschenhaus Zimmerplan

Zimmer 1: Norma Dewberry, Hauswirtschafterin

Zimmer 2: Exie Johnson, Köchin

Zimmer 3: Kamal Reddy, Mad Dogs Bodyguard/Security-Chef

Zimmer 4: Starla Pham, Rosas Masseuse und PA

Zimmer 5: Marie Keyes, stellvertretende Hauswirtschafterin und Serviererin

Zimmer 6: Leo Marlow, Chauffeur und Mad Dogs PA

Zimmer 7: Jane Marlow, Hundesitterin und Velvets PA

Track [4] »Help I'm Alive« | Metric

Jane

Am nächsten Morgen schmollte Dad immer noch wegen Eddie. Es war ihm anzusehen. Als Velvet mich auf meine erste Mission als persönliche Assistentin in die Stadt schickte, um im einzig wahren Friseursalon am See Shampoo zu kaufen – Mandy's Hair Caboose und Big T's Barber zählten nicht –, plante ich einen kurzen Zwischenstopp ein, der seine Stimmung vielleicht ändern würde.

Wenn mein Vater nicht zufrieden ist, ist es niemand. Ich war es definitiv nicht. Aber ich brauchte ihn gerade auf meiner Seite. Ich wollte mich im Schein meiner Zukunftspläne mit Eddie sonnen, nicht dem finsteren Blick meines Vaters ausweichen. Und das würde ich mit der einen Sache erreichen, die er noch mehr liebte als alte Autos. Musik.

Genauer gesagt alte Platten.

»Diese Stadt ist so genial wie ein Bucket Fried Chicken«, sagte Starla und bretterte mit dem Hybrid auf den überfüllten Parkplatz neben dem Strip, um mich abzusetzen. »Alle sind so nett. Ich war gestern mit Norma in der Stadt und nach gerade mal fünf Minuten hatte ich schon einen Job bei einem Mann, dessen Hüfte behandelt werden muss. Reizender Mann, nicht irgendein schmieriger Typ, der glaubt, nur weil ich eine Massagetherapeutin bin, gäbe es ein Happy End gratis.«

»Rosa möchte bestimmt nicht, dass du außerhalb der Lodge arbeitest«, warnte ich sie. »Das musst du dir vorher genehmigen lassen, genau wie in Bel Air.«

»Jeder braucht ein kleines Nebeneinkommen«, sagte Starla und lächelte mich verschwörerisch an, als sie ihren Pferdeschwanz über eine Schulter warf. Er war blau-grün gefärbt und ließ sie wie eine Nixe aussehen. »Abgesehen davon kriegt Rosa nicht mit, was ich in meiner Starla-Zeit mache. Ich bin schließlich nicht ihr Eigentum. Hab ich recht, Frida-Hündchen?«, gurrte sie.

Frida hechelte sie von meinem Schoß aus an und versuchte, ihr die Nase abzulecken. Starla Pham war ein paar Jahre älter als ich – einundzwanzig – und arbeitete seit Herbst als PA und Masseurin für Mad Dogs Frau. Sie war gerade dabei, sich auf den Armen und Beinen Akupunkturpunkte tätowieren zu lassen. Ich hätte die Hausregeln auch gern so locker genommen wie sie.

Aber ich lebte schon zu lange bei den Larsens und hatte zu oft mitbekommen, wie Angestellte gefeuert wurden. Mad Dog behandelte sein Personal fair, aber das Tagesgeschäft überließ er der Hauswirtschafterin, Norma, auch Mutter Oberin genannt. Norma duldete weder Idioten noch Leute, die sich nicht an die Regeln hielten. Bisher war Starla ihrem Zorn entgangen, aber es war leicht, hier am See etwas zu vermasseln. Wer wusste das besser als ich.

Nach dem Vorfall am Wehr war ich sicher gewesen, dass Dad und ich rausfliegen würden. Immerhin hatte ich für öffentliches Aufsehen gesorgt und Mad Dog hasste Aufmerksamkeit. Er lebte sehr zurückgezogen und war ein Mann weniger Worte – niemand, der wilde Drogenpartys schmiss oder Hotelzimmer kurz und klein schlug. Er mochte den See, weil er sich hier zurückziehen und aus der Presse bleiben konnte. Diesen Zustand hatte ich definitiv unterbrochen. Als ich in jenem Sommer ins Wasser stürzte, berichteten die lokale Zeitung und der Fernsehsender von nichts anderem als dem Staudamm und Betty's – unerwünschte Aufmerksamkeit für Mad Dog. Aber vermutlich hatte er zu viel Mitleid mit mir, um uns vor die Tür zu setzen. Vielleicht mochte er auch meinen Vater zu sehr. Wenn man Mad Dogs Level erreicht hat, vertraut man den Leuten nicht so schnell, und Dad ist so loyal, wie man nur sein kann.

»Ach was, ich würde sagen, was Norma nicht weiß, macht Norma nicht heiß«, winkte Starla ab. »Wenn ich diesen Sommer noch ein paar zusätzliche Kunden unterbringen kann, werde ich mir das Geld nicht entgehen lassen. In die Stadt zu kommen ist das Problem. Warum liegt die Lodge so weit draußen? Wäre ich Mad Dog, hätte ich mir eine bessere Lage ausgesucht.«

Da Starla und ich beide PAs waren, würden wir uns über den Sommer diesen Wagen teilen ... zusammen mit Exie und der stellvertretenden Hauswirtschafterin. Wir mussten uns eintragen, wenn wir damit das Haus verließen. Starla hatte nicht unrecht. Mit einem Auto für vier Leute und ohne öffentlichen Nahverkehr außer der Bonanza-Straßenbahn war ziemlich viel Jongliererei nötig, um die Fahrten von und zur Lodge zu koordinieren.

Das Benzin wurde mit der Firmenkreditkarte bezahlt. Ich hatte meine erst heute Morgen bekommen. Jeder Einkauf musste notiert und jede Quittung aufbewahrt werden. Ich konnte mir nicht mal eben Lunch davon kaufen. Ließ sich eine Ausgabe nicht erklären, müsste ich sie aus eigener Tasche bezahlen und würde außerdem gefeuert werden. Und damit würde ich dann auch mein Zuhause verlieren.

Alles.

Eines Tages würde ich mir über so etwas keine Gedanken mehr machen müssen. Vielleicht ja schon bald. Eddie sollte sich besser beeilen und von den Philippinen zurückkommen, damit wir über eine eigene Wohnung reden konnten.

»Danke, dass du mich mitgenommen hast«, sagte ich zu Starla.

»Leo holt dich ab, richtig?«

Ich nickte. Wenn er aus den Bergen zurückkam. Er hatte Mad Dog und Rosa heute Morgen für eine Sonnenaufgangsmeditation zu irgendeinem Guru gefahren, mir blieb also ungefähr eine Stunde in der Stadt.

»Alles klar. Mach nichts, was ich machen würde«, ermahnte mich Starla grinsend. »Bis nachher in der Lodge.«

Ich sprang aus dem Auto und lief mit Frida den Strip hinunter. Die Saison fing gerade erst an und es waren nur wenige Touristen unterwegs, aber das Wetter war schön und eine Familie in Shorts mietete gerade Kajaks, alle trugen Sonnenbrillen. Ich machte einen Bogen um sie und erspähte über einem Schaufenster einen halben Block weiter, wonach ich suchte – ein Schild mit glänzender goldener Retroschrift:

VICTORY VINYL
NEUE UND GEBRAUCHTE PLATTEN SEIT 1980

Eine Institution am See, und zwar eine, die mit Eddies Familie verbunden war. Allerdings nicht den Sarafians. Der Plattenladen gehörte Eddies Großvater mütterlicherseits, Großvater Kasabian. Als er ihn gekauft hatte, war Victory Vinyl bloß ein winziger runtergekommener Laden gewesen. Nun wurde er von Eddies Tante geführt – der älteren Schwester von Eddies Mutter, es blieb alles in der Kasabian-Familie – und gelegentlich signierten hier Bands vom Festival oder es gab Überraschungsevents. Ich zog an Fridas Leine und steuerte auf den Ladeneingang zu. Die Spiegeltür war mit einer bunten Sammlung sich ablösender Aufkleber beklebt: Zildjian Cymbals, 2Pac, Dead Kennedys, die armenische Flagge.

An der Wand daneben hing eine Sammlung regionaler Auszeichnungen. Aber auch landesweite: Der Laden stand auf einigen der nationalen Best-of-Listen. Außerdem gab es einen Artikel aus dem San Francisco Chronicle: »Zwei Migrantenfamilien finden über die Musik zueinander«.

»Hey«, warnte ich Frida. »Benimm dich. Wenn du mich nicht blamierst, darfst du Captain Pickles durchkauen, wenn alles vorbei ist, okay?« Wir trafen ein stillschweigendes Abkommen und ich stellte mir schnell den Wecker auf meinem Handy, damit ich das Shampoo nicht vergaß – ein Trick, den ich von meinem Vater gelernt hatte, Mr Militär. Komm niemals zu spät, wenn du für die Reichen und Berühmten arbeitest.

Als ich den rustikalen Laden betrat, drangen Gitarrengeklimper und weiche Trommelbeats aus den Lautsprechern. Entlang der Gänge standen Holzkisten mit LPs. Alte Linolschnitt-Konzertplakate. Hohe Wände. Eine dunkle Galerie über den Deckenbalken, auf der signierte Gitarren hingen. Alles roch angenehm nach muffiger Pappe und altem Plastik. Mich überkam ein gutes Gefühl, als ich schnupperte.

Obwohl nicht viel los war im Laden, war es eng, deshalb musste ich mich auf meinen Größe-37-Sneakers an einem Paar vorbeischieben, das konzentriert die Platten durchging. Ich behielt außerdem das Hündchen im Auge, das jeden Moment einen Ausraster haben und entweder lskläffen oder jemand auf die Schuhe pinkeln konnte.

Vor allem aber hielt ich Ausschau nach Eddies Tante, Pari Kasabian. Eventuell gab es noch eine andere Tante in der Stadt, ich war nicht sicher. Er erwähnte die Familie seiner Mutter nur selten. Mit meinem neuen Haarschnitt würde sie mich zwar vermutlich sowieso nicht erkennen, trotzdem wollte ich nicht überrascht werden.

Der Kassenbereich befand sich im hinteren Teil des Ladens, unter der Galerie mit den Gitarren. Links beim ANKAUF-Schild lehnte eine schlanke Frau am Tresen und plauderte mit einem Kunden – war das Eddies Tante? Ich war mir nicht sicher. Rechts stand eine kleinere Glasvitrine mit einem VERKAUF-Schild. Hier war niemand. Gut. Das war der Bereich, wo ich mich umsehen musste – hier bewahrten sie die guten Sachen auf.

Dad hatte eine Riesensammlung seltener Platten, eine Leidenschaft, die er mit Mad Dog gemeinsam hatte – die Liebe zu altem Vinyl. Es gab ein Album, nach dem mein Vater schon eine Weile suchte, sein heiliger Gral. Eine rare Fehlpressung von *My War* der legendären L.A.-Punkband Black Flag. Sie waren seine Lieblingsband, seit er so alt war wie ich jetzt; er hatte signierte Exemplare von Henry Rollins' Gedichtbänden und gerahmte Fotografien, die sie beide zusammen zeigten. Ihr habt noch nie einen erwachsenen Mann so dahinschmelzen sehen, wie es mein Vater in der Nähe von Henry Rollins tat. Er fuhr tausend Stars herum, ohne dass seine muskulösen Arme auch nur zuckten. Aber bei Henry? Da wurde er zum absoluten Fanboy.

Wann immer ich in einem Plattenladen war, hielt ich Ausschau nach dem heiligen Gral.

Als ich die Reihen mit Albumcovern in Plexiglashüllen durchging, kam von der anderen Seite der Vitrine ein Mitarbeiter näher. Kurzes Herzklopfen, aber es war nicht Eddies Tante.

Auch nicht Eddie. Natürlich nicht. Er saß ja gerade im Flieger Richtung Philippinen.

Aber es war ein Junge. Ein gutaussehender Junge, ungefähr so alt wie ich.

Er hatte wild um den Kopf stehendes dichtes braunes Haar und eine Mega-Ausstrahlung. An dem zerknitterten schwarzen Hemd, das er über einem T-Shirt trug, waren mehrere Badges befestigt: ein winziges Emaille-Klavier und ein schallplattenförmiges Namensschild, auf dem FALSCH stand.

Er war definitiv anziehend, auf so eine gequält düstere Art. Nicht dass ich auf der Suche war, neben Eddie hatte keiner eine Chance. Aber das war auch nicht der Punkt. Da war etwas unter seiner Oberfläche, das mir verborgen blieb, spürbar, aber unerreichbar. Wie ein Wort, das mir auf der Zunge lag, das ich aber nicht zu fassen bekam. Und dieses verborgene Ding schaltete sämtliche Lichter in meinem Kopf an, was bedenklich war. Nicht im Sinne von gefährlicher Fremder. Ich hatte eher Angst, dass die Wörterfresserin aufwachte.

Ich vermied es, in seine Habichtaugen zu schauen. Dafür fielen mir seine Hände auf. Ich hatte noch nie zuvor auf die Hände von jemand geachtet, aber seine passten nicht zu dem Rest von ihm – lange elegante Finger, die sich beängstigend bogen, wenn er sie spreizte oder aneinanderdrückte.

Ich starrte und er bekam es mit. Unser Blick traf sich und löste sich nicht mehr. Ein paar Momente zu lang. Ich war ein Fisch, der angebissen hatte, mich überkam Panik. Ich war ertappt.

Meine Verlegenheit verlieh mir schließlich die Kraft, wegzuschauen.

Wörter. Ich brauchte sie. Macht schon.

»Entschuldigung«, nuschelte ich, während Frida am Tresen kratzte.

»Kann ich helfen?« Er kam einen Schritt näher, bis wir uns, nur vom schmalen Glas des Tresens getrennt, gegenüberstanden.

»Ich suche eine bestimmte Platte«, erklärte ich. »Äh ... Ich sehe sie aber nicht. Egal. Sie ist superselten, deshalb ... Wäre wirklich ein Glücksfall gewesen. Sorry. Danke. Sorry. Ich wollte sagen ... sorry.«

Hilfe. Wie oft konnte man sich entschuldigen? Wenigstens hatte ich mich nicht bei den Wörtern vertan. Höchste Zeit, die Suche nach dem heiligen Gral meines Vaters abzubrechen und zuzusehen, dass ich hier rauskam, bevor ich mich voll zur Idiotin machte.

Doch als mich zum Gehen wandte, sprach mich der Junge noch mal an.

»Fuck, du bist es«, sagte er mit tiefer dunkler Stimme. »Du ... lebst.«

Track [5] »Unrequited Love« | Thundercat

Fen

Natürlich lebte sie. Das wusste ich schon. Erstens stand sie vor mir und zweitens hatte ich ihren Post im Festival-Freaks-Forum gesehen. Nicht, dass ich ihr etwa hinterherspionierte. Es ist einfach, ihr wisst schon. Wenn du siehst, wie der schlaffe Körper von jemand um Mitternacht als Notfall ins Krankenhaus geschafft wird, und deine Knie kurz vorm Nachgeben sind, weil du eine Scheißangst hast, dass du ihr bei der Wiederbelebung eine Rippe gebrochen hast, weil du irgendwas falsch gemacht hast – *und* dein Arschloch von Bruder sich darauf verlässt, dass du ihn deckst und keine Fragen mehr ihretwegen stellst …?

Dann macht einen das neugierig.

Zumindest eine Weile lang. Doch dann ging das Leben weiter und ich verdrängte die Gedanken.

Bloß eine kleine Verschiebung von vorn nach hinten. Trotzdem war sie immer da, meine Ophelia, bewusstlos im Wasser, ihr Körper blutüberströmt und überall Haare, als ich sie an die Wasseroberfläche zog.

Ich hatte sie ganz bestimmt nicht vergessen. Das würde ich nie. Nicht mal mit mehr Fleisch auf den Rippen und ohne die Haare. Sie sah jetzt besser aus. Eine kleine Waldelfe. Mir gefielen ihr zierlicher Schneewittchen-Vibe und ihre Leo-Schuhe – ein bisschen trashig und schrill. Aber sie hatte immer noch denselben Blick eines erschrockenen Vogels wie damals, als sie Eddie hinterherlief.

»Kenn ich ... wir, warum ...« Sie verzog das Gesicht und setzte zögernd noch mal neu an. »Kennst du mich?«

»Jane, Jane Marlow? Du wohnst drüben bei den Larsens.«

Sie nickte verdattert, dass ich ihren Namen kannte.

»Du erinnerst dich wirklich nicht mehr an mich«, sagte ich verblüfft.

»Sollte ich?« Ihr Hund kratzte an der Vitrine. Sie befahl ihm aufzuhören und er ließ es, doch zuerst schaute sie zu dem ANKAUF-Tresen hinüber. Was meine Tante zu Mr Applegate sagte, schien sie mehr zu interessieren als unser Gespräch.

Ich ignorierte den frustrierten Stich in meiner Brust. »Als wir uns das letzte Mal gesehen haben, hast du vermutlich nicht mehr viel mitgekriegt.«

Whoa. Der verschreckte Vogel verschwand. Jetzt war Schneewittchen sauer. »Das glaube ich nicht.«

»Ziemlich sicher.«

»Du verwechselst mich garantiert.« Sie gab ihrem Hund ein Zeichen, sich zu setzen. »Ich war zwei Jahre lang nicht mehr am See.«

Shit. Sie erinnerte sich wirklich nicht mehr an mich. »Du *bist* aber Jane, richtig?«

»Ja, du liegst aber trotzdem falsch.« Sie deutete mit einem Kopfnicken auf mein Namensschild, ihre Stimme klang leicht gereizt. »Oder liegt das an Mr Falsch?«

Ich gluckste in mich hinein, aber es kam fies rüber. Vermutlich war ich wütend, dass sie sich nicht an mich erinnerte. In letzter Zeit machten mich viele Dinge wütend. »Lass es uns noch mal versuchen«, sagte ich vorsichtig und stützte die Hände auf den Tresen. »Wie kann ich Ihnen helfen, Ms Marlow?«

Sie runzelte die Stirn. »Falls du dich für ... Hör zu. Du machst mir keine Angst. Du hast meinen Namen in diesem Ding gesehen – mit den Reportern. Programm. Wetter, Verkehr, und ...«

Was stimmte nicht mit ihr? Stand sie unter Drogen? Sie wirkte nüchtern.

»Nachrichten?«, tippte ich.

»Nachrichten«, wiederholte sie überdeutlich. Sie klang, als würde sie mir am liebsten den Kopf abreißen und in den See werfen. Vergiss den verschreckten Vogel. Jetzt war sie richtig sauer. Und ich war total verlegen, weil ich sie, ohne es mitzukriegen, wütend gemacht hatte.

»Ich brauche dein Mitleid nicht«, blaffte sie.

»Okay?« Hatte sie irgendein Sprachproblem? Vielleicht hatte es gar nichts mit Drogen zu tun. Nun war ich doppelt verlegen. Und verwirrt.

»Ich brauche bloß deine Hilfe.«

Wie sie es sagte, klang für mich nach *Behandle mich einfach ganz normal*. Okay, ging klar.

Auf einen Ellbogen gestützt lehnte ich mich über den Tresen. Betont lässig. »Falls es um ein signiertes Taylor-Swift-Album geht, hast du leider Pech. Ich kann dir eines besorgen, aber wir haben sie nicht auf Lager.« Ich redete nicht weiter. »Ich meine ja nur, du hast was von einer Swiftie.«

Ihre Nase legte sich in Falten. »Das habe ich überhört.«

»Ist doch nichts Schlimmes.«

»Habe ich ja auch nicht gesagt. Sie ist eine geniale Songwriterin.«

»Hab ich ja nicht bestritten. Ich hab ihr ganzes Zeug zu Hause. Aber hier im Laden bin ich der Einkäufer für seltene Platten und dazu gehört auch alles, was signiert ist. Deshalb weiß ich, was wir haben und was nicht.«

»Warum hörst du dir nicht erst mal an, was ich will, statt es für mich zu entscheiden?« Schmale Brauen zogen sich zu einem schmalen V zusammen.

Ich verschränkte die Arme und wartete. »Leg los.«

»Ich suche eine extrem seltene Platte.«

»Falls es sie gibt, kann ich sie finden«, informierte ich sie. *Für dich werde ich alles finden …*

Sie trommelte mit dem Mittelfinger aufs Glas. *Tap, tap, tap.* Als gebe in ihrem Kopf ein langsames Metronom den Takt vor. Irgendetwas an Jane war definitiv anders.

Als ich schon dachte, von ihr käme überhaupt nichts mehr, sagte sie: »1984 gab es nur fünfundzwanzig davon. Eine steckt in der Jukebox einer Bar in Highland Park auf der Figueroa. Eine gehört dem ehemaligen Leadsänger Henry Rollins. Eine wurde letztes Jahr im Internet verkauft, aber ich wurde in letzter Minute überboten. Ein paar befinden sich angeblich im Besitz irgendwelcher Privatsammler hier in Kalifornien. Wo der Rest ist, weiß niemand.«

Aha. Okay. Ich scherte mich nicht um das Klopfen und die merkwürdige Art, wie sie ihren Tonfall nach dessen Rhythmus richtete. Ich versuchte sogar einen Moment lang, nicht daran zu denken, dass sie meine verschollene Ophelia war. Meine Jane.

Bloß das Mädchen, das mir die letzten zwei Jahre durch den Kopf geisterte.

Keine große Sache.

Trotzdem strengte ich mich an, diesen ganzen Ballast wegzuschieben und sie nun wie eine Fremde zu betrachten. Was sie – letzten Endes – ja auch war. Wenn ich sie einfach als jemanden betrachtete, den ich nicht kannte, stand ich bloß vor einem Mädchen, das über Vinyl reden wollte. Einem hübschen Mädchen in meinem Alter, keinem verrückten alten Sack, der älter war als mein Vater und nach Gras und billigem Aftershave roch.

Das hier war aufregend. Es passierte nicht alle Tage.

»Du redest von den Black Flag«, sagte ich. »Der Double-Deuce-Pressung von *My War.*«

»Genau«, sagte sie und klopfte ein bisschen schneller. »Die erste Pressung ging daneben, bei den ersten fünfundzwanzig Exemplaren war auf beiden Seiten ›Seite 2‹ aufgedruckt.«

Ich beugte mich weiter vor. »Es gibt Leute, die behaupten, die Double Deuce gäbe es gar nicht.«

»Tut sie aber. Glaub mir. Mein Vater ist ein Black-Flag-Fanatiker. Sie waren ein bisschen vor seiner Zeit, aber als er 1991 aus dem Golfkrieg zurückkam, hat er Rollins auf der ersten Lollapalooza-Tour spielen gesehen. Es war ein Erweckungserlebnis für ihn.«

Meine Hände fingen an feucht zu werden. Nachdem sie so lange in meinem Kopf gelebt hatte, war es komisch, ihr wieder gegenüberzustehen. Ich versuchte, mir weiter einzureden, sie wäre eine andere Jane. Irgendeine Jane. »Mit Henry Rollins kann man nichts falsch machen.«

»Tja, viele halten Henry Rollins für einen megakrassen furchteinflößenden Dude.«

»Stimmt. Schließlich ist er Henry fucking Rollins.«

»Dabei ist er ein echt anständiger Typ, wenn man ihn kennenlernt.«

»Hab *ich* seltsamerweise noch nicht.«

Sie hörte auf zu klopfen, ihr Blick begegnete meinem. »Du scheinst zu wissen, für wen ich arbeite.«

Ich nickte.

»Einmal hat er das Küchenteam überredet, für uns Eisbecher zu machen, und dann hat er sich mit mir hingesetzt.« Sie lächelte und zuckte leicht mit einer Schulter. »Ich war elf und hatte einen schlechten Tag. Er war einfach ... nett. Mehr nicht.«

»Klar, logo.« Der seltsam aussehende haarlose Hund winselte zu ihren Füßen. »Kann ich nachvollziehen. Können bestimmt nicht viele von sich behaupten, dass Henry Rollins wie eine gute Fee bei ihnen auftaucht und Eisbecher herbeizaubert.«

Sie lachte; ein echt nettes Lachen, bei dem mir sofort warm wurde. Es fühlte sich vertraut an. Das war meine Jane. Die Jane, die ich gekannt hatte.

Wie konnte sie sich nicht an mich erinnern? Hatte ich mich in den letzten zwei Jahren so sehr verändert?

»Stehst du auch auf alten L.A.-Punk?«, fragte ich.

Sie zuckte mit den Achseln und holte ein Hundespielzeug aus

der Tasche – das Ding sah wie ein grüner Dildo aus. Als ich einen langen Blick darauf warf, hielt sie es hoch, damit ich das Gesicht und den Piratenhut sehen konnte. »Das ist Captain Pickles. Ihr Lieblingsspielzeug.«

Ich räusperte mich. »Nicht zu übersehen.«

»Dann ist ja gut.« Ihre Ohrmuscheln färbten sich rosa, als sie sich bückte und dem Hund das Spielzeug hinhielt. Er kriegte sich vor Begeisterung gar nicht mehr ein und hörte auf zu winseln. Sie richtete sich wieder auf. »Ähm, also oldschool L.A.-Punk …? Nicht besonders. Ich mag ein paar Sachen von X. Das Medley am Ende von *Golden Shower of Hits* ist cool – die Coverversionen von den Singles?«

»Die Circle Jerks?«

»Bei denen haben mein Vater und ich früher immer mitgesungen. Mir gefallen ein paar von den Punk-Revival-Sachen aus den Neunzigern, die er sich anhört, Bad Religion zum Beispiel. Aber vieles von dem frühen Hardcore-Zeug ist mir zu schwierig. Hast du *The Decline of Western Civilization* gesehen? Über die L.A.-Punk-Szene in den 1980ern?«

Whoa. Ich kannte niemanden, der das gesehen hat. »Klar.«

»War ganz schön aggro damals.« *Tap, tap, tap.* Da war es wieder, das Finger-Metronom. »Ich finde es komisch, wenn Bands einen auf hart machen und zwar keine Shirts anhaben dürfen, aber drauf bestehen, in Südkalifornien Lederhosen zu tragen. So schräg.«

»Und prompt krieg ich die Punk-Version von ›Afternoon Delight‹ nicht mehr aus dem Kopf. Danke für den Ohrwurm.«

»Die kommt gut.« Ihre Wangen zogen sich nach oben, als sie lächelte, ich spürte es in meiner Brust.

»Wie auch immer, ich wollte nur sagen, dass mein Vater nach der Black Flag –«

»Der raren Double-Deuce-Pressung sucht.«

»Genau. Die will er schon seit Jahren haben. Wir nennen es

seinen heiligen Gral der Platten und es gibt nichts, was ihn glücklicher machen würde.«

Von welchem Dad redet sie gerade? Mad Dog oder seinem Fahrer? Dem Fahrer, oder? Ein Teil von mir war neugierig, vor allem, damit ich in meinem Kopf ein Bild mit dem Mann verbinden konnte, von dem sie gerade sprach. Aber es ging mich nichts an, also fragte ich nicht. »Ich würde deinen Vater ja gern glücklich machen«, sagte ich, »aber momentan haben wir die Platte nicht auf Lager.«

»Aber kannst du sie finden?«

»Falsche Frage.«

Auf ihrer Stirn erschien eine kleine Falte. »Wie lautet die richtige Frage?«

»*Warum* sollte ich sie suchen? Du erinnerst dich ja nicht mal an mich.«

Das Klopfen hörte auf. Sie sah mich fragend an. »Ich ... sollte dich kennen. Wir haben uns schon mal gesehen.«

»Mmm. Als du im Sommer vor zwei Jahren das letzte Mal am See warst, hab ich versucht, mit dir zu reden, aber damals war ich ein dürres Gerippe mit Akne, das beim Laufen immer nur auf seine Füße gestarrt hat. Kommt dir das irgendwie bekannt vor?«

Der Hund hechelte zu ihren Füßen. Ihr Blick wanderte über mein Gesicht, hin und her, als versuche sie, es zu kartografieren. Es jagte mir einen leichten Schauder über den Arm – was sich gut anfühlte. Bis Bob Hayworth, unser UPS-Fahrer, hinter den Counter geflitzt kam. »Mr Sarafian«, grüßte er fröhlich. »Wo ist Ihre Tante? Ich hole Ware ab, außerdem habe ich zwei Overnight-Sendungen für Sie. Eine braucht ihre Unterschrift.«

Ich wies ihm die richtige Richtung, aber seine Worte hatten mich schon enttarnt.

Jane starrte mich an. »Moment. Sarafian?«, fragte sie leise.

Ich nickte. *Denk nach, Jane. Nicht so schwer. Wie viele Sarafians kennst du?*

Sie holte schnell Luft. »Du bist *er*.«

»Bin ich? Und das wäre?«

Sie blinzelte schnell. »Du bist der Bruder. Du bist Fen.«

»Der Bruder«, spottete ich. Immer wurde ich über Eddie definiert.

»Du solltest doch eigentlich ... Du hast dich von deiner Familie losgesagt.«

Ich hielt den Finger hoch. »Mein Vater hat mich aufgefordert, das Haus zu verlassen – wegen ›kreativer Differenzen‹. Ich bin zu meiner Tante gezogen und alle sind happy. Eine große, glückliche, dysfunktionale Familie.«

Sie spähte zum anderen Counter, zu Aunt Pari. »Das ist die Schwester deiner Mutter.«

»Wow, du hast dich ja echt auf dem Laufenden gehalten all die Jahre. Immer noch in Eddie verknallt? Aber wir sind nicht die Kardashians, da musst du dir eine andere armenische Familie mit mehr Geld suchen. Wir kommen nämlich schrägerweise nur wegen deines Arbeitgebers über die Runden. Mad Dogs Finanzspritze hat Sarafian Events wirklich weitergeholfen. Insoweit sollte ich mich vielleicht vor dir verbeugen oder so.«

Verwirrung. Dann wurden ihre Augen dunkel. »Eddie hat mich vor dir gewarnt.«

»Kann ich mir vorstellen –« Moment, warte. Was?

»Wenn ich gewusst hätte, dass du hier arbeitest, wäre ich nicht reingekommen«, blaffte sie mich an. »Und nur ... nur damit du es weißt, ich finde es schrecklich, wie du deinen Bruder behandelt hast.«

In meinem Kopf explodierte ein gigantischer Feuerball. »Ich? Wovon zum Teufel redest du? Und wann hast du mit Eddie geredet?«

»Gestern Morgen. Als er abgeflogen ist.«

Ich starrte sie an. »Bullshit!«

»Was ist eigentlich dein Problem? Wir sind zusammen und er

fliegt um die halbe Welt, also wollte ich ihn sehen. So ist das nun mal – und es geht dich einen ... einen ... Egal!«

Einen Moment lang war mir schwindlig vor Schock. »*Zusammen?* Zusammen-Zusammen?«

Sie gab keine Antwort. Vielleicht, weil ich mich wie ein defekter Roboter aufführte. Die anderen Kunden starrten uns schon an. Ich war völlig überfordert.

Dann räusperte ich mich und fragte leiser: »Seit wann?«

»Schon eine Weile. Ein paar Monate. Ich ... wir ... Lass das, Frida!« Sie befreite den Hund, der mit der grünen Piratengurke um ihre Beine herumrannte, aus der Leine. »Keine Ahnung! Wir haben nach meinem Unfall zu chatten angefangen. Vielleicht weißt du nicht mehr, was in dieser Nacht passiert ist, weil du zu betrunken warst, aber er war mein ... mein ...«

Was zur Hölle? Stand die ganze Welt kopf? *Eddie* war in dieser Nacht der Besoffene gewesen – nicht ich. Und sie war schon seit Monaten mit ihm zusammen? Seit ich aus dem Haus meiner Eltern ausgezogen war.

Dieser stinkende, versiffte, waschbärfickende Scheißhaufen ...

Ich tobte innerlich.

»Er war mein ... Das Ding in Rüstung«, sagte sie matt. »Glänzend. Auf dem Pferd.«

Ich brauchte entschieden zu lange, um zu kapieren, was sie meinte.

»Ritter?« Ich biss die Zähne aufeinander. »Willst du mich verarschen? Eddie, ein Ritter?«

»Du richtest nur Chaos an. Das hat mir Eddie gesagt. Ein Ruinierer.«

Ich presste die Hand aufs Herz. »Ich? Ein Ruinierer?«

»Du hast dafür gesorgt, dass er vom College geflogen ist.«

»Damit habe ich ihm heimgezahlt, was er mir angetan hat!« Ich schrie schon fast wieder. »Er ist ein Lügner, ein Manipulierer, ein Betrüger. Er ist Machiavelli mit Grübchen.«

»Hmm ... Nein«, sagte sie und ließ ein bitteres Glucksen hören. »Eddie ist vieles, aber kein bösartiges Genie.«

»Wollen wir wetten? Er hat alle an der Nase herumgeführt, selbst dich. Der wahre Eddie ist nicht gut. Der wahre Eddie macht vor keinem Mädchen halt und hat dafür gesorgt, dass ich zu Hause rausgeflogen bin.«

Meine Tante stieß einen Pfiff aus und gab mir mit einem verärgerten Blick zu verstehen, dass ich leiser sein solle. Diesen Blick bekam ich in letzter Zeit häufig zu sehen; ich gab ihr ein Handzeichen, dass ihre Botschaft angekommen war. Ich vergraulte die Kundschaft.

Kein Mensch mag aggressive Verkäufer.

Auch Jane nicht. Sie straffte die Schultern, als hätte ich sie beleidigt. »Keine Ahnung, wie du darauf kommst, dass ich dir das einfach so ... glaube.«

»Wie ich darauf komme?« Ich war verblüfft. Keine Ahnung, weshalb. Es war einfach so kränkend, dass sie Dinge infrage stellte, von denen ich wusste, dass sie eine Tatsache waren.

»Sorry. Ich kenne Eddie. Ich vertraue ihm.«

»Ach, tatsächlich? Kennst du ihn wirklich?«

»Ja!«, sagte sie laut. »Es ist übrigens ernst mit uns.«

»Ha, das bezweifle ich. Für dich vielleicht, bestimmt nicht für ihn. Glaub mir.«

Nun war auch sie fuchsteufelswild und meine Tante kam herüber, um der Sache ein Ende zu machen.

»Sobald Eddie von den Philippinen zurückkommt, werden wir uns diesen Sommer eine eigene Wohnung hier am See suchen.« Jane nahm ihren Winzlingshund hoch und klemmte ihn sich unter den Arm. »Das hat er gesagt.«

»*Was?*«

»Sobald er ausgezogen ist, kannst du dich gerne mit deinem Vater aussöhnen und wieder einziehen. Das Leben ist kurz. Hör auf, so wütend zu sein.«

»Nie im Leben«, erklärte ich, ich glühte am ganzen Körper und fühlte mich so lebendig wie seit Monaten nicht. Hatte ich etwa Zornestränen in den Augen? Na und. Sollte sie mich doch heulen sehen. »Er hat mein Leben zerstört und ich werde alles kaputt hauen, was ihn glücklich macht. Das kannst du ihm ausrichten.«

»Es tut mir leid, was mit dir passiert ist, Fen«, sagte sie leise.

»Und ich bin froh, dass du nicht tot bist, Jane Marlow. Aber wenn du mit Eddie zusammen bist, betrachte ich dich ab jetzt als meine Feindin. Du bist mir viel zu lange durch den Kopf gegeistert, ich werde nicht mehr zulassen, dass mich dieser Scheiß fertigmacht!«

Jegliches Mitleid ihrerseits wurde von Verwirrung ausgelöscht. Sie spiegelte sich auf ihrem Gesicht wider und in der Kantigkeit ihres Körpers. Es war meine übliche Wirkung auf Menschen.

»Was meinst du damit, ich wäre ab jetzt deine Feindin?«, fragte sie.

»Das meine ich im übertragenen, poetischen Sinn.«

»Ich kenne dich überhaupt nicht.« Sie war genauso durcheinander wie ich. »Welcher Mensch sagt solche Sachen zu jemand Fremdem?«

»Du bist keine Fremde. Und vielleicht solltest du dich besser fragen, was *du* für ein Mensch bist, wenn du nicht mitkriegst, dass der Typ, mit dem du eine Beziehung hast, dich anlügt?«

Das traf einen Nerv. Ich war zu weit gegangen und bereute es auf der Stelle, doch ich traute mich nicht, es zuzugeben. Aufgebracht und sauer trat sie von der Vitrine zurück, schützend die Hand vor den bellenden Hund haltend. »Du bist total gestört, weißt du das?«

»Verdammt ja, das weiß ich«, stimmte ich zu. »Niemand ist so gefährlich wie derjenige, der sich für reinen Herzens hält.«

»Zitierst du mir hier jetzt James Baldwin?«

»Ich ...« Ich hatte nicht angenommen, dass sie das wusste. Es verunsicherte mich, aber ich schob es beiseite und kam wieder aufs Thema zurück. »Ich sage bloß, dass ich weiß, dass ich es nicht bin, Jane. Mein Herz ist nicht rein und mein Kopf ist ein einziges Chaos. Aber ich glaube, wenn du deine Erinnerungen durchgehst, wird dir der Grund einfallen. Du magst mich vergessen haben, aber ich habe dich nie vergessen.«

Sie prallte gegen den Mann, der hinter ihr stand. Und bevor Aunt Pari es zu uns schaffte und Schiedsrichterin spielen konnte, rannte Jane auch schon durch den Laden und zur Tür hinaus.

Nicht exakt das Wiedersehen, das ich mir in Gedanken ausgemalt hatte.

Track [6] »Get Me Away from Here, I'm Dying« | Belle and Sebastian

Jane

Als ich mit Velvets Shampoo, das in Seidenpapier eingeschlagen in einer Tüte thronte, aus dem Kosmetiksalon trat, wärmte die Frühsommersonne mein Gesicht. Mein Kopf war ein Chaos aus Kreditkartenbelegen – damit Norma mich in der Lodge nicht anmeckerte – und der Sorge, meinen Vater warten zu lassen, und warum Frida schon wieder herumwinselte und –

FEN FUCKING SARAFIAN.

Ich erinnerte mich an ihn. Natürlich. Jetzt, da ich das Bild des zerzausten Cholerikers im Plattenladen mit der Erinnerung an frühere Sommer am See zusammenbringen konnte. An den unbeholfenen Jungen, der nur aus braungebrannten Armen und Beinen bestand und eine markanten Nase hatte, die ein wenig zu groß war für sein Gesicht.

Fen blieb zurück, wenn Eddie einen Schritt nach vorn machte. Er war still, wenn Eddie den Mund aufmachte. Er war so alt wie ich. Beim letzten Mal, als ich Zeit mit ihm verbracht hatte, war ich fünfzehn gewesen und wir hatten über Musik geredet.

Er behauptete, wir hätten uns zum letzten Mal in jener Nacht am Stauwehr gesehen.

Meiner Horrornacht.

Ich konnte mich nicht daran erinnern, sein Gesicht dort gesehen zu haben. Andererseits konnte ich mich sowieso an kaum etwas erinnern. Bei jedem Versuch spürte ich von Neuem den Sturz über das Geländer. Die Todesangst. Und den Moment, in dem ich mich damit abgefunden hatte, weil ich wusste, dass ich sowieso nichts daran ändern konnte. Ja, daran erinnerte ich mich. Dann an nichts mehr. Ich konnte mich erst wieder an den nächsten Tag im Krankenhaus erinnern.

Aber das stimmte nicht ganz. Es *gab* ein klitzekleines Bild von dieser Nacht, das durch meinen Kopf taumelte. Bruchstücke von Bildern, die ich mir nicht zusammenreimen konnte.

Vielleicht wollte mein Hirn es auch nicht.

Jetzt war es sowieso egal. Ich regte mich wegen nichts auf. Hatte ich also Fen gesehen. Na und? Eddie hatte mich gewarnt, dass sein kleiner Bruder ein Arsch war. Ich hätte Eddie gern erzählt, dass ich seinen Bruder getroffen hatte. Im Friseursalon hatte ich mehrmals angefangen, ihm eine Nachricht zu schreiben, mich dann aber beherrscht. Er war zwar bestimmt schon auf den Philippinen gelandet, aber er hatte ja erwähnt, dass er während der Weiterreise auf die Insel ein paar Tage »nicht erreichbar« sein würde. Insoweit wollte ich ihn jetzt lieber nicht mit Nachrichten über seinen schwierigen Bruder bombardieren, die tagelang auf ihn warten würden.

Argh. Warum musste ich auch heute in den Plattenladen gehen? Alles war gut gewesen, bis Fen mich mit seinem kumpelhaften Musikgelaber eingewickelt hatte – *Oh, la-la-la, ich bin der Einkäufer hier. Schau mich und meine elegant außerirdischen Hände an, ich weiß alles über die Double Deuce.* Was war er? Eine Art Sirene? Eddie wusste nicht mal, was Punk war – wie konnte es sein, dass sein schrecklicher Bruder mehr Ahnung von Musik hatte?

Es kam mir vor, als hätte ich mein ganzes Geld für ein Konzert gespart, das man nur einmal im Leben geboten kriegt, und dann wäre eine andere Band auf der Bühne erschienen. Es war völlig unerwartet passiert, und nichts konnte es besser machen. Dieser Junge mit seinen wilden dunklen Haaren und seinen Laseraugen und das ganze Rumgeschreie – mein Gott! Wenn ich mich so auf der Arbeit aufführen würde, wäre ich sofort raus.

Andererseits gab es vermutlich einen Grund, warum Fen nicht mehr zu Hause wohnte. Das schwarze Schaf. Mehr als schwarz. Kohlpechrabenschwarz.

Aber. Andererseits hatte Fen am Ende unseres Schlagabtauschs Tränen in den Augen gehabt. Er war durcheinander. Verletzt. Und das war völlig ungewohnt für mich. Im Haus der Larsens zeigten Männer keine Gefühle. Mein Vater nur selten. Wut verstand ich, Tränen nicht.

Ich hatte doch bloß meinen Tagträumen über eine Wohnung mit Eddie nachhängen wollen. Jetzt konnte ich nicht mal mehr das, ohne Fens Gesicht vor mir zu sehen.

Ich durfte ihn nicht so sehr an mich heranlassen.

Dad wartete an der vereinbarten Stelle im hochglanzpolierten und schwärzer als schwarzen Heckflossen-Mercedes. Doch da meine Gedanken um Fen kreisten, bekam ich nicht mit, dass er mir durch das heruntergelassene Fenster ein Zeichen gab, mich auf die Rückbank, nicht auf den Beifahrersitz zu setzen – meinen gewohnten Platz, wenn er mich mitnahm. Es drang erst zu mir durch, als die hintere Tür aufging und Mad Dogs Gesicht mich anstarrte.

Shit. Das war so ungefähr das Allerletzte, was ich gerade brauchen konnte.

Mad Dog musterte mich durch eine Brille mit dickem Rahmen und zupfte sich den angegrauten rötlichen Bart, der die Tattoos verdeckte, die aus einem weiten weißen Meditationsshirt herauslugten: knurrende mythische Bestien und Werwölfe umgeben von skandinavischen Runen.

Die Rückbank des Mercedes bog sich unter seinem massigen Körper.

»Spring rein, *kattekat*«, sagte er mit tiefer Stimme und dänisch gefärbtem Akzent.

Was blieb mir anderes übrig, als in das zinnoberrote Lederinterieur des Mercedes zu steigen, in dem man sich wie im Rachen eines Wals vorkam. »H-hey, Mad Dog. Hatte nicht erwartet, dass wir zusammen fahren würden, Sir.«

»Ich kann laufen, falls du den Wagen für dich haben willst«, scherzte er. »Dir ist wohl dein tolles Highschool-Diplom zu Kopf gestiegen. Herzlichen Glückwunsch übrigens.«

Ich lachte nervös. »Danke. Und da wir vermutlich dasselbe Ziel haben, können wir ja auf jeden Fall eine Fahrgemeinschaft bilden«, erwiderte ich. Hoffentlich klang ich ebenso locker wie er. »Hey, Dad.«

»Hey, Küken. Wie läuft Tag eins als Velvets Assistentin bisher? Hast du bekommen, was du besorgen solltest?«

»Erfolg.« Ich schlug die Tür zu. Es war nicht das erste Mal, dass ich mit Mad Dog mitfuhr, aber es passierte auch nicht jede Woche oder so. Er brauchte so viel Platz, körperlich wie geistig, abgesehen davon fühlte es sich komisch an, hier hinten zu sitzen. Wo ich nicht hingehörte.

Frida kümmerte das nicht. Sie sprang mit einem Satz über Velvets Shampoo-Tüte, um Mad Dog schwanzwedelnd zu begrüßen.

»Hey, du Zwerg. Wie geht es meiner anderen Tochter?«, zog er sie auf.

Mein Vater beobachtete ihn im Rückspiegel. Nur ein kurzer Blick. Aber er entging mir nicht.

»Dem haarlosen Wunder«, stellte Mad Dog klar.

Natürlich meinte er *Frida*. Dass er es erklären musste, sprach allerdings Bände.

Ich hatte durchaus mitbekommen, was andere Leute über mich redeten. Meine Mutter war die stellvertretende Haushälterin gewesen. Dad und sie verliebten sich unsterblich ineinander. Eines führte zum anderen und sie wurde schwanger. Neun Monate später kam ich zur Welt … und als ich fünf war, starb sie. Das hätte eigentlich das Ende der Geschichte sein sollen. War es aber nicht, weil irgendjemand im Haus – eine der unzähligen Haushälterinnen oder einer der Gärtner oder wer auch immer im

Lauf der Jahre im Dienst gewesen war – das Gerücht in Umlauf gebracht hatte.

Und das Gerücht ging folgendermaßen:

Meine Mutter hatte, als sie was mit meinem Vater anfing, zur gleichen Zeit was mit Mad Dog laufen. Oder kurz vor Dad. Oder es gab eine wilde Nacht zwischen den dreien. Suchs dir aus. Es lief alles auf dasselbe hinaus.

Ich könnte das Kind von Mad Dog sein.

Das erste Mal hörte ich es von Velvets ehemaliger Nanny, die kurz nach dem Tod meiner Mutter gelegentlich auf mich aufpasste. Aber ich verstand es nicht. Zum einen Ohr rein und zum anderen raus. Beim zweiten Mal war ich zehn und es passierte in der Schule. Mein Vater musste sich mit mir hinsetzen und mir versichern, dass es nicht stimmte. Und dass, selbst wenn die *allerwinzigste* Möglichkeit bestand, er niemals einem Vaterschaftstest zustimmen würde, weil er es nicht wissen wollte. Und dass er mein Vater war und ich sein Kind und damit Schluss.

Punkt.

Wir redeten nicht darüber. Das war die Marlow-Methode: Worüber man nicht sprach, das verschwand irgendwann von selbst. Aber manchmal dachte ich trotzdem darüber nach. Weil ich nicht aussehe wie mein Vater, der blonde Löwe. Ich sehe allerdings auch nicht aus wie der rothaarige Mad Dog. Ich sehe aus wie meine Mutter. Mehr wusste ich nicht. Und so versuchte ich, nicht zu viel darüber nachzugrübeln.

»Wo ist Rosa?«, fragte ich. Seine Frau – Velvets Mutter – eignete sich gut als Puffer. Außerdem war sie nett und bot mir immer an, mir Bücher aus ihrer Bibliothek auszuleihen.

»In der Lodge«, antwortete er. »Leo und ich haben sie vorhin abgesetzt, weil sie Rückenschmerzen hatte. Sie ist heute zu viel gelaufen. Vor Velvets Party muss sie sich noch gründlich ausruhen.«

Party. Es war fast Mittag und ich hatte keine Ahnung, wobei

ich Velvet außer Shampoo besorgen noch helfen musste. Vermutlich war es mein Job, das zu wissen – wenn Eddies Familie denn mal aufhören würde, mich in Plattenläden zu belästigen.

»Wie gehts deinem Kopf?«, erkundigte sich Mad Dog, als der Wagen vom Strip abbog.

Mies. Durcheinander. Durch den Wind. Und daran war allein Fen Sarafian schuld. Ich wusste, dass er gesehen hatte, wie ich mit dem Finger auf den Counter trommelte. Ich musste was tun, ansonsten hätte ich keinen vollständigen Satz herausgebracht. Mit einem vorgegebenen Rhythmus fällt es mir leichter; meine Wörterfresserin schläft dann ein und lässt mich in Ruhe.

Doch über den aktuellen Zustand meines Hirns mit Mad Dog zu reden war ein weiteres heikles Thema. Denn unsere Krankenversicherung hatte die Ärztinnen und Ärzte, die ich nach meinem Unfall aufsuchen musste, nicht abgedeckt. Als Monate später eine horrende Krankenhausrechnung kam, war mein Vater ein paarmal kurz vor einem Nervenzusammenbruch gewesen – erst, weil er dachte, dass er die Rechnung zahlen musste, und danach, weil er sie nicht zahlen musste.

Ich hatte das Gefühl, dass ich Mad Dog dafür etwas schuldig war. Ein bisschen Ehrlichkeit. Ich musste ja nicht alles rauslassen, aber ein wenig. »Seit gestern hab ich ein bisschen Probleme. Vielleicht stressbedingt. Weil ich wieder hier bin«, antwortete ich.

Er nickte. »Du musst dich eingewöhnen. Der See ist ein reiner Ort. Du hast sein Wasser vollgeblutet, nun musst du Frieden mit ihm schließen. Ihr müsst einander verzeihen.« Er klang sehr Zenmäßig.

»Äh …«

»Geh zum Stauwehr und schau dir an, wo du reingefallen bist.«

Dad hüstelte auf dem Fahrersitz. »Ich weiß nicht, ob das so eine gute Idee ist, M.D. Jedenfalls nicht gleich.«

»Ich habe ja nicht gesagt, dass es heute sein muss.« Mad Dog zuckte mit den Schultern. »Aber bald. Schließ Frieden mit dem

See, damit dein Gehirn die Heilung abschließen kann. Dann kannst du es dir in ein paar Wochen mit deinem Pin-up-Boy beim Festival gut gehen lassen.«

Pin-up-Boy? Was zum Teufel …?

Mad Dog warf mir einen Blick zu. »Tu nicht so überrascht. Ich weiß Bescheid über dich und Serjs Jungen.«

Okay, diese Unterhaltung fand also wirklich statt. Ich rutschte nervös auf meinem Platz hin und her, um mein unruhiges Bein vom Zappeln abzuhalten, während das Unausgesprochene zwischen uns schwebte: Eine Hausangestellte, die was mit dem semiberühmten Sohn des Geschäftspartners hatte, verstieß gegen die Klassenregeln. Aber wie ich schon meinem Vater erklärt hatte, als ich ihm das erste Mal von Eddie erzählte: Daddy und ich arbeiteten schließlich nicht in den 1950ern für irgendeinen Milliardär. Mad Dog war Rock 'n' Roll, pfiff auf Regeln und was weiß ich.

Moderne Zeiten: Man musste mitgehen.

»Serj Sarafian und ich kennen uns schon ewig«, sagte Mad Dog und betrachtete die vorbeiziehende Landschaft. »Wir sind Partner. Ich habe eine Meinung zu unseren Geschäften … Geschäften, bei denen leider dein Pin-up im Zentrum steht. Das trübt mein Bild von ihm. Ich wollte, dass Serj auf die Philippinen fliegt, aber er war zu sehr mit dem Festival beschäftigt.«

»Ach so?« Den Teil hatte ich von Eddie nicht gehört. Andererseits fragte ich mich nach dem Gespräch mit Fen im Plattenladen sowieso, was Eddie mir alles verschwieg.

»Falls Serjs Junge die Verlängerung des Mietvertrags für das Amphitheater auf die Reihe bekommt, kriegt ihr zwei von Leo und mir den päpstlichen Segen und wir werden ihn mit offenen Armen in die Familie aufnehmen«, sagte Mad Dog. »Oder, Leo?«

»Bei allem gebotenen Respekt, Boss, sprich bitte für dich«, knurrte Dad vom Vordersitz.

Mad Dog lachte. »Hey. Ich habs versucht, *kattekat*.«

»Jawohl, Sir.« Ich heuchelte ein Glucksen, als würde das

Gesagte mich nicht berühren. Aber es setzte mir zu. Es klang, als machte Mad Dog es von Eddies Leistung abhängig, ob er meine Beziehung akzeptierte. War Eddie erfolgreich, dann würde Mad Dog ... was? Was würde seine Zustimmung bedeuten? Keine Ahnung, aber es passte mir nicht, dass er sich in mein Privatleben einmischte. Ich fühlte mich allerdings zu unbedeutend, um ihm das zu sagen; abgesehen davon war mein Kopf voll mit den ganzen Vorwürfen, die Fen Sarafian erhoben hatte.

Keiner glaubte an Eddie. Weder Fen. Noch mein Dad. Noch Mad Dog. Die geballte Negativität weckte Zweifel in meinem Kopf, über die ich nachdenken musste. Ich musste herausfinden, was davon stimmte.

»In der Zwischenzeit lasst uns gute Miene zu Velvets Überraschungsparty machen«, schlug Mad Dog vor.

»Ich bezweifle, dass es noch für irgendjemanden eine Überraschung ist«, erklärte ich ihm. »Exie hat alles im Griff.«

»Wenn Velvet eine Party plant, gibt es *immer* eine Überraschung«, sagte Mad Dog geheimnisvoll und kratzte Frida hinterm Ohr. »Hab ich recht, du Zwerg?«

Frida gab nach und legte sich zwischen uns auf den Rücken. Taten Dad und ich das auch – nachgeben?

Und hatten es bloß noch nicht mitgekriegt?

NORMAS GEBOTE

SEIEN SIE PROFESSIONELL

- Die Uniform wird von 8:00–20:00 Uhr getragen.
- Vor dem Betreten von Privaträumen wird angeklopft/um Erlaubnis gefragt.
- Privateigentum der Familie wird nur mit Erlaubnis angefasst.

ZEIGEN SIE RESPEKT

- Keinerlei Klatsch über die Familie, deren Geschäfte oder ihr Privatleben.
- Im Haus herrscht grundsätzlich Ruhe, Handys müssen auf lautlos gestellt werden.
- Im Umgang mit der Familie ist das Verwenden von »Sir«, »Ma'am«, »Bitte« und »Danke« angebracht.

REAGIEREN SIE

- Hat ein Familienmitglied einen Wunsch, kümmern wir uns darum, ohne Fragen zu stellen.
- »Nein« gehört nicht zu unserem Vokabular; lassen Sie sich etwas einfallen.
- Aufgaben erledigen wir umgehend; wenn jemand nachfragen muss, haben Sie zu lange gebraucht.

SEIEN SIE EIN TEAMPLAYER

- Keine Diskussionen mit Ihrer/m Vorgesetzten oder anderen Hausangestellten, auch nicht in den Personalunterkünften.
- Besucher benötigen eine vorherige Genehmigung; kein Übernachtungsbesuch in den Zimmern.
- Keine ungemachten Betten, schmutzigen Zimmer oder Unordnung in Gemeinschaftsbereichen.

Track [7] »This Town Ain't Big Enough for the Both of Us« | Sparks

Fen

Nachdem Jane den Laden verlassen hatte, brauchte ich exakt zwei Minuten und achtundvierzig Sekunden, bis ich mich von der Stelle rühren konnte. So lange dauert »September Gurls« von Big Star, das gerade aus den Lautsprechern kam, während ich die Plattenregale anstarrte und alles katalogisierte, was sie mir erzählt hatte.

All die falschen Dinge, die ich gesagt hatte. Das enttäuschte Gesicht meiner Tante teilte mir unmissverständlich mit, dass ich es vermasselt hatte. Und als ich mir alles durch den Kopf gehen ließ, waren Janes Reaktionen eine weitere Bestätigung dafür.

Momentan schnellte bei mir immer alles von einer *entspannten Zwei* zu einer *angespannten Zehn* hoch.

Bedauern nagte an mir.

Als Haley am Ende des Songs hereinkam, um die letzte Kassenschicht zu übernehmen, konnte ich endlich von der Verkaufsfläche verschwinden. Meine Gedanken waren sowieso nicht mehr bei der Arbeit. Sondern bei Janes Gesicht. Und wie unglücklich ich sie in so kurzer Zeit gemacht hatte.

Wie Eddie mir mein beschissenes Leben selbst in Abwesenheit noch schwer machen konnte.

Aunt Pari unterhielt sich gerade mit einem Stammkunden, daher huschte ich, sobald Haley sich registriert hatte, an dem NUR FÜR PERSONAL-Schild vorbei und stieg die Treppe zu der dunklen Fachwerkgalerie über dem Verkaufsraum hinauf. Oben angekommen öffnete ich die Tür und war kurz geblendet.

Die Mittagssonne durchflutete das Büro über dem hinteren Teil des Ladens mit Licht. Es herrschte Chaos: Auf der traurigen Couch, die aussah, als sei sie 1985 gestorben, türmten sich Lieferscheine und Bücherstapel. Der Schreibtisch war vermutlich seit zwanzig Jahren nicht mehr abgewischt worden. Eigentlich sollte ich Aunt Pari helfen, hier oben Ordnung zu schaffen, aber bisher hatten wir gerade mal ein Drittel der vielen Hundert Platten in den Wandregalen durchgesehen – Artikel für unseren Versandhandel oder Raritäten, die wir nicht auf der Verkaufsfläche anboten. Ein paar zerkratzte LPs.

Aber das war alles unwichtig. Was zählte, war das Bürofenster.

Was zählte hier oben, war die perfekte Aussicht.

Die Hälfte der Wand bestand aus Glas und blickte über den See. Man sieht nur blaues Wasser. Himmel. Berge. Die Ausläufer der Stadt, die sich an den See schmiegen. Den Wasserfall. Man sieht alles.

Alles.

Hier oben kommt man sich wie der König der ganzen verdammten Stadt vor. Es hilft, wenn man sich fühlt wie ich gerade: voller Reue und verunsichert.

Aber auch –

Aufgeregt. Überdreht.

Total neben mir.

Ich war ein Nervenbündel.

Schließlich war Jane gerade wieder in mein Leben getreten. Sie verbrachte den Sommer am See. Ich würde sie sehen. Das Mädchen, das seit Jahren durch meine Träume geisterte.

Das Mädchen, das mit Eddie zusammen war.

»Alles Scheiße.« Ich drehte mich mit dem Bürostuhl und stützte stöhnend das Gesicht in die Hände.

»Ich will kein Gejammer im Büro hören.« Aunt Pari kam in den

Raum und musterte mich durch ihre Drahtgestell-Brille. »Wenn du da unten rumbrüllst, wirst du uns die Kundschaft vergraulen. Wenn du hier oben rumbrüllst, wird es dir irgendwann das Herz brechen. Ich weiß nicht, was heute unten vorgefallen ist, aber trag es nicht hier hoch. Negativität hat in diesem Büro nichts zu suchen.«

»Tut mir leid«, antwortete ich. »Ich werde sie in mich hineinfressen, bis ich irgendwann platze.«

»So haben wir das in meiner Jugend auch gemacht. Hat mir nicht geschadet.«

Seit mein Vater mich rausgeworfen hatte, verbrachte ich die meiste Zeit mit der Kasabian-Seite der Familie. Ihre schräge Art färbte vermutlich allmählich auf mich ab.

»Als dein Großvater diesen Ausblick sah, wusste er, dass er das Haus haben musste.« Aunt Pari erzählte mir eine Geschichte, die ich schon bis zum Abwinken gehört hatte. »Nicht Bradys Laden zwei Blocks weiter. Es wäre die billigere Wahl gewesen, aber Papa wollte diesen Blick.«

»Weil er der beste war.«

»Der beste. Also zahlte er viel zu viel und genießt nun seinen Ruhestand in Glendale, während wir hier die Aussicht genießen.« Sie drehte sich mit einem milden Lächeln zu mir. »Dieses Büro ist besonders. Der Ausblick ist wunderschön. Lass deine Wut nicht am See ab.«

»Würde mir nicht im Traum einfallen.«

»Dann frage ich dich auch nicht, warum du dieses Mädchen angebrüllt hast«, fügte sie hinzu und reichte mir das dildoähnliche Hundespielzeug. »Das hat sie übrigens vergessen.«

Oh. Ups. Vermutlich war sie abgelenkt, weil ich sie wie ein wütender Troll angeschrien hatte. Echt jetzt … was war mein Problem?

Aunt Pari kramte auf dem langen Tisch unter dem Fenster einen Stapel Unterlagen durch. Das kleine Goldkreuz um ihren

Hals glänzte, als sie eine Telefontaste drückte. »Haley? Wo ist die Liste mit den Bands des Festivals? Und zwar von denen, die ein Event hier im Laden haben?«

»In deiner E-Mail«, brummte ich. »Klick sie einfach an und lies sie auf dem Bildschirm.«

»Ich brauche einen Ausdruck.« Aunt Pari winkte ab. »Ich muss die Liste in den Händen halten. Ihr Kids versteht das nicht. Aber wenn diese ganze Technik zusammenbricht, werde ich immer noch meinen Ausdruck haben.«

Aunt Pari machte sich ständig Sorgen, dass die Technik versagen könnte. Für jemanden, der darauf bestand, dass im Büro alles positiv sein musste, war sie, was das Internet anging, eine ziemliche Schwarzseherin.

Nach einem Moment kam Haleys Stimme aus dem Lautsprecher. »Wenn Sie sie nicht finden können, drucken Sie sich doch eine neue aus Ihrer E-Mail aus. Denken Sie nur daran, dass der letzte Druckauftrag abgebrochen wurde, weil die Etiketten im Drucker festklebten, die müssen Sie erst entfernen. Soll ich Ihnen noch mal zeigen, wie das geht?«

»Nein.« Aunt Pari beäugte den Riesendrucker auf dem Tisch wie ein Raubtier, dann wanderte ihr Blick zu mir. »Kannst du so einen Was-auch-immer-Auftrag von einem Druckerspulendingsbums kratzen?«

Leider wusste ich, was sie meinte. Sie brauchte zwar ungefähr drei Leben lang, bis sie die richtige Mail fand, doch als sie sie endlich hatte, machte ich den Drucker flott und reichte ihr das gewünschte Blatt Papier. Es waren fünf Minuten, in denen ich nicht an Jane dachte. Danach katapultierte mich das Universum allerdings postwendend in mein Elend zurück.

»Okay, danke. Dem Geschrei von vorhin nach zu schließen ist sie Eddies Freundin? Das Mädchen mit dem grünen Hundespielzeug?« Aunt Pari deutete auf die Gummigurke, die neben meinem Ellbogen auf dem Tisch lag.

»Scheinbar«, antwortete ich und versuchte meinen Magen am Verkrampfen zu hindern.

»Wusste gar nicht, dass er jemanden hat.«

»Wusste, dass er eine Menge Jemands trifft. Bloß von dieser einen wusste ich nichts«, verbesserte ich sie.

Nicht diese *eine*. Nicht Jane. Meine Jane. Nicht, dass sie wirklich jemals meine gewesen wäre. Aber als ich jünger war, hatte ich viel Zeit damit zugebracht, mir zu wünschen, dass sie mal fünf Sekunden in meine Richtung schaute. Danach hat Eddie die Sicht versperrt.

»Ich sehe deinen Bruder momentan allerdings auch nicht oft.« Aunt Pari zuckte mit den Schultern. »Wüsste wirklich nicht, wie es gerade um sein Privatleben steht. Aber merkwürdig, dass deine Mutter es mir gegenüber nicht erwähnt hat. Normalerweise erzählt sie mir jeden Klatsch.«

Meine Mutter erzählte, was sie wollte. Sie wusste ganz genau, was Jane mir bedeutete. Wenn Eddie mit Jane zusammen war, würde mir meine Mutter das garantiert nicht auf die Nase binden. Wahrscheinlich hätte sie Angst, dass ich reagieren würde ... wie ich heute reagiert habe.

»Ist Eddie nicht auf die Philippinen geflogen?«, fragte Aunt Pari.

Richtig. Was bedeutete, dass Eddie nicht hier war.

Ich starrte auf das grüne Hundespielzeug.

»Aunt Pari?«, fragte ich. »Glaubst du an eine zweite Chance?«

»Ich glaube an alles, was mit Hoffnung zu tun hat«, erwiderte sie lächelnd.

Ich glaubte an alles, was mit Vergeltung zu tun hatte, daran, einen Groll zu hegen, und an langfristige Rachepläne. Aber vielleicht konnte ich ja ein bisschen Platz für Hoffnung machen. Abwechslungshalber.

Ich war so lange in der Dunkelheit gewesen. Vielleicht war es an der Zeit, aus meiner Höhle zu kriechen und mich wie ein menschliches Wesen zu verhalten. Mich bei Jane dafür zu entschuldigen, dass ich mich wie ein Monster verhalten hatte, könnte der Anfang sein.

Vielleicht waren wir ja gar keine Feinde.

Vielleicht konnten wir Freunde sein. Freundlich? Ohne Geschrei?

Ich wusste nur Eines. Ich konnte nicht mit Jane in derselben Stadt sein und schweigen.

Das ging überhaupt nicht.

Track [8] »Goin' to the Party« | Alabama Shakes

Jane

Die Rückfahrt zur Lodge dauerte ewig. Dad setzte Mad Dog am Eingang des Haupthauses ab, wir parkten die Heckflosse sicher in der Garage und verloren kein Wort über Mad Dogs Bemerkung, ich solle meinen Frieden mit dem See machen. Aber es arbeitete in Dad, das sah ich. Als er den Wagen abschloss, flüsterte ich seinem Rücken zu: »Ich werde nicht in die Nähe des Wehrs gehen.« Er streckte die Hand nach hinten, tätschelte mir den Arm und nickte stumm.

Vielleicht hatte das geholfen. Wenn Gefühle im Spiel sind, wird man manchmal schwer schlau aus ihm.

Als ich Frida Kahlo im Kutschenhaus von der Leine ließ, raste sie durch die schmale Eingangshalle zu ihrer Wasserschale in der Anrichteküche – und verursachte dabei beinahe einen Zusammenstoß. Es wurden Flüche in ihre Richtung ausgestoßen. Offenbar waren sämtliche Hausangestellten gerade mit Velvets wilder Party beschäftigt. Einschließlich unserer Chefin, der Hauswirtschafterin.

Ich wollte mich verdrücken, war aber nicht schnell genug.

»Ich habe Sie überall gesucht«, beschwerte sich Norma Dewberry, eine Hand in die Hüfte gestemmt, mit der anderen fächelte sie sich Luft zu. Norma war immer heiß, auch wenn niemand sonst die Hitze spürte, und sie hatte immer schlechte Laune.

»Wow, hier hinten ist ja echt was los. Ich hole mir bloß Futter zum Lunch, dann bin ich aus dem Weg«, sagte ich.

»Futter« war das Geheimwort für Personalessen, das sich von den Mahlzeiten unterschied, die Exie für die Familie zubereitete. Unterschiedliches Essen für unterschiedliche Menschen. Unterschiedliche Zutaten, die in unterschiedlichen Kühlschränken aufbewahrt wurden, für alles gab es ein striktes Budget.

Norma musterte mich stirnrunzelnd unter ihrem grauen Bob. Sie trug die vorgeschriebene Uniform des Larsen-Hauspersonals: Khaki-Hosen und ein schwarzes Polo-Shirt mit dem aufgestickten Emblem von Mad Dog auf der Brust. »Haben Sie Ihre Firmenkarte benutzt? Wo ist die Quittung?«

»Sie haben gesagt, ich solle Buch führen und dann die Quittungen einreichen ...« Vergiss es. Mit ihr zu streiten war sinnlos. Frida rannte uns zwischen den Füßen herum, während ich in meiner Handtasche nach dem Kassenbon herumkramte. »Hier, bitte.«

Sie warf einen kurzen Blick darauf. Sie wollte ihn gar nicht jetzt. Sondern lediglich den Beweis, dass ich ihn aufbewahrt hatte. »Warum ist Ihr Funkgerät nicht eingeschaltet? Ich verstehe Sie zwar sowieso die meiste Zeit nicht, aber trotzdem.«

Exie ging mit einem Topf Wasser hinter Norma vorbei und zeigte ihr heimlich den Mittelfinger. *Danke,* antwortete ich der Köchin schnell mit den Augen. Norma bekam zu viel mit.

Von sämtlichen Angestellten wurde erwartet, dass sie von morgens bis abends ein Funkgerät dabeihatten. Es diente allerdings hauptsächlich dazu, dass Norma allen Befehle zublaffen konnte. Stundenlang Gelaber übers Kloputzen oder irgendwelche Vorratsnotfälle in der Küche mitzuhören war aber ziemlich anstrengend. Meine Wörterfresserin konnte das Funkgerät nicht leiden. Deshalb vergaß ich es praktischerweise oder schaltete den Ohrhörer ab.

»Und warum tragen Sie Straßenkleider?«, fragte Norma. »Wo ist Ihr Polo-Shirt?«

»Brauchen Sie mich, damit ich Exie bei der Vorbereitung des Abendessens helfe?«, fragte ich freundlich zurück. Ein Lächeln, aber nicht zu breit. »Ansonsten sollte ich nämlich zu Velvet, damit ich ihr vor der Party mit Assistentinnenkram helfe. Bei der ich dann ja auch dabei sein soll. Ich muss ihr dieses Shampoo bringen ... jetzt gleich.«

Das ist meine Taktik. Ablenkung und ab und zu ein kleiner Wink sind die Dreh- und Angelpunkte, wenn man sich mit einer Spaßbremse wie Mutter Oberin herumschlägt.

»Ach, richtig.« Als Norma ihren Ohrstöpsel zurechtrückte, fiel Licht auf die Narbe auf ihrer Wange. Bevor Dad und ich in Mad Dogs Haus kamen, hatte Norma einmal Einbrecher in die Flucht geschlagen, die das Studio in Bel Air ausräumen wollten. Bei dem Gerangel bekam Mad Dog einen Messerstich ins Bein und Norma endete mit zehn Stichen auf der Wange. Von den Einbrechern hingegen büßte einer ein Auge ein und der andere brach sich das Bein, als sie durchs Fenster zu flüchten versuchten, und beide durften viel Zeit im Gefängnis verbringen.

Norma war negativ. Fies. Tough. Einschüchternd. Aber für Mad Dog nahm sie im wahrsten Sinne des Wortes das Messer im Gesicht auf sich, und sie führte das Haus, als wäre ihr diese Aufgabe von einer höheren Macht übertragen worden. Sie würde nie woanders hingehen.

Wenn ich mich nicht bis in alle Ewigkeit Mutter Oberin unterwerfen wollte, musste ich irgendwann den Dienst quittieren.

»Velvet ist mit Rosa am Pool«, rief eine Stimme durch die Küche. Kamal Reddy. Er war ein indischstämmiger Amerikaner Mitte dreißig und seit ungefähr fünf Jahren für die Security bei Mad Dog verantwortlich, den Job hatte er von seinem Vater übernommen, der im Haus in Bel Air geblieben war. Obwohl von Haus aus eher ein nerdiger Techie – Kameras, Computer –, war er durchtrainiert und immer bis an die Zähne bewaffnet. Der Messervorfall hatte Mad Dog paranoid gemacht. »Ich gehe gleich raus. Wenn du möchtest, kann ich es ihr bringen«, schlug er vor und deutete mit einem Kopfnicken auf die Shampoo-Tüte. »Ich habe dir gerade was in dein Zimmer gelegt, sie wollte, dass ich es aus dem Haupthaus rüberbringe. Ein Kleid für heute Abend. Vielleicht willst du es dir mal anschauen … jetzt gleich«, neckte er mich.

Kamal konnte nett sein. Ich hatte eigentlich darauf gehofft, dass Velvet ihren Vorschlag, mir etwas zu leihen, vergessen hatte. Es war mir unangenehm. Aber zumindest entkam ich so Norma. Ich reichte ihm das Shampoo und er signalisierte mir mit einem Blick, dass er auf meiner Seite stand.

»Das gefällt mir nicht. Ich werde mit Velvet reden müssen. Ich borge mir schließlich auch keine Kleider von Rosa«, nörgelte Norma. »Und warum in Gottes Namen fiept dieser Hund die ganze Zeit? Wo ist ihr Spielzeug? Bringen Sie sie nach oben, sonst sorge ich dafür, dass Exie sie zum Abendessen serviert.«

Ich nahm mir ein Sandwich und etwas zu trinken aus dem Personalkühlschrank und pfiff nach Frida. Und bevor Norma ihre Meinung ändern konnte, ließen wir zwei das Chaos hinter uns und rannten die kurze Treppe hinauf, die auf die Etage über der Garage führte.

Personalunterkunft. Ruhe, zumindest ein paar Momente lang.

Es gab nicht viel zu sehen hier oben, lediglich einen Gemeinschaftsraum mit einem Fernseher und ein paar Sofas und in der Ecke Fridas Laufstall – ein Hundebett und ein Friedhof von ungeliebten Plüschtierkadavern. Da ich sie im Verdacht hatte, dass sie den Leichenhaufen zur Flucht benutzte, indem sie *Walking Dead*-mäßig darüberkletterte, verteilte ich die Tiere erst mal strategisch, bevor ich Frida in den Pferch setzte. Anschließend trat ich in den schmalen Gang, von dem unsere Zimmer abgingen.

Na ja. »Zimmer« war eine wohlwollende Bezeichnung dafür. Andere haben sie auch als Gefängniszellen bezeichnet wegen der grau gestrichenen Wände und der passenden grauen Bodenfliesen. Ich schaute mich einmal kurz in dem Raum um, der mir für diesen Sommer zugewiesen worden war, aber er war genau wie alle anderen: Nachttisch und Einzelbett an der Wand, ein winziges Fenster mit Blick auf den Schotterweg zur Garage. Der Fliesenboden war pflegeleicht, aber ziemlich kalt bei nackten Füßen, vor allem morgens, wenn ich zum Gemeinschaftsraum rannte, wo sich Toilette und Dusche befanden.

Aber immerhin hatte ich mein eigenes Zimmer. Und bevor mir Fen den Tag (den Sommer, das Leben) vermiest hatte, konnte ich davon träumen, hier rauszukommen und mit Eddie in meine eigene Wohnung zu ziehen. Ich checkte mein Handy, ob ich Nachrichten von ihm hatte, aber nope. Ich überlegte, meinen Leuten in L.A. zu schreiben, womit ich mich gerade herumschlug, aber sie würden es sowieso nicht verstehen. Wir hatten ein freundschaftliches Verhältnis, aber wir standen uns nicht so nah, dass sie sich schräge Beziehungsprobleme anhören würden. Unter Mad Dogs Dach Freundschaften aufrechtzuerhalten, war schon schwierig genug, aber durch die Sprachtherapie und das versäumte halbe Schuljahr war die Distanz noch größer geworden.

Das Kleid, das Kamal vorbeigebracht hatte, lag tatsächlich da, doch statt mich darum zu kümmern, aß ich mein Sandwich. Kaum war ich fertig und in meine Arbeitsklamotten geschlüpft, zitierte mich Norma auch schon wieder nach unten. Und als sie mich erst mal in ihren Fängen hatte, gab es kein Entrinnen mehr. Es kam eine Sache nach der anderen, niedere Tätigkeiten, die kein Ende nahmen. Das Anwesen war weitläufig, über den überdachten Weg vom Kutschenhaus zum Haupthaus zu laufen, dauerte also seine Zeit. Ganz zu schweigen von den vielen Treppen.

Irgendwie schaffte ich es trotzdem noch, Velvet bei der Kleiderauswahl und beim Frisieren zu helfen. Dass ich auch für Hairstyling unterschrieben hatte, war mir nicht bewusst gewesen. Oder dafür, im Hintergrund zu sein, wenn sie Video-Calls mit Freunden führte. Eine halbe Stunde bevor die Gäste erwartet wurden, merkte ich, dass ich weder geduscht noch mich angezogen hatte und dass Frida noch gefüttert werden und rausmusste.

Noch nie war ich so zufrieden über meinen neuen Schnitt gewesen, die Haare trockneten in ungefähr einer Minute und frisierten sich quasi von selbst.

Trotzdem war ich spät dran. Ich raste vom Kutschenhaus zum Haupthaus, steckte ein Walkie-Talkie in die Tasche des Kleides und befestigte den durchsichtigen Ohrhörer, damit ich die Küche schnell informieren konnte, wenn Velvet beim Dinner etwas brauchte – meines Wissens die einzige Aufgabe, die eine Assistentin bei solchen Partys hatte. Das hatte mir Starla erklärt. Und trotzdem war ich nicht schnell genug, denn schon vibrierte das Handy in der anderen Tasche und meldete eine Nachricht von Velvet:

Wo bleibst du Sis??

Mist. Von draußen waren Gelächter und Musik zu hören, als ich durch ein Wohnzimmer mit modernen Bücherregalen hastete. Die großen Glastüren zur Terrasse standen offen, ein nierenförmiger Pool wand sich um Naturstein, der Himmel war ein weiches Ombré aus Orange und Purpur – es war schon fast dunkel, aber nicht ganz.

Überall standen Tische mit Kerzen darauf, und auf der Seite zupfte ein indischer Sitar-Spieler hypnotische Melodien, die ringsum widerhallten. Einen Moment lang überlegte ich, ob er die »Überraschung« bei Velvets Party war. Dann sah ich mir die Gäste an.

Dad stand seitlich neben ein paar Büschen. Mad Dog saß mit Rosa in ihrem Rollstuhl an einem Tisch. Sie hatte Skoliose und deshalb häufig Rückenschmerzen. Daher auch Starla und ihre heilenden Hände. Apropos Starla, sie plauderte gerade fröhlich mit jemandem, den ich nicht kannte – einem uninteressanten weißen Typen um die dreißig –, und ein paar Leuten, die mir ein Begriff waren: die Taylors, ein Schwarzes Paar mittleren Alters, denen ein Weingut im Sonoma County gehörte. Sie waren mit Mad Dog befreundet und kamen jeden Sommer zum Abendessen in die Lodge – er kannte die beiden durch seine Ex-Frau Nummer zwei.

Danach entdeckte ich Velvet und ihre Partygäste. Es war ein Paar um die vierzig, die dunklen Haare mit Grau durchzogen. Die Frau war größer als der Mann und ihre üppige Lockenmähne und die hohen Absätze betonten den Unterschied noch. Hätte man mir gesagt, ich stünde vor Frank Zappa mit Hufeisenbart und Unterlippenbärtchen, hätte ich es geglaubt.

Mit Schrecken wurde mir klar, wer sie waren.

Die Sarafians. Also Serj und Jasmine.

Eddies und Fens Eltern. Ihre *sehr wichtigen* Musikindustrie-Eltern. Die ich noch nie kennengelernt hatte. Und Eddie war nicht hier, um uns einander vorzustellen.

»*Überraschung*«, flüsterte ich.

Track [9] »Second Hand News« | Fleetwood Mac

Jane

»Da kommt sie!«, verkündete Velvet aufgekratzt.

Sie warf einen Blick auf das Kleid, das sie mir ausgeliehen hatte. Obenherum war es weit und etwas durchsichtig, sodass meine eh schon bescheidene Oberweite an zwei erschrockene Kätzchen erinnerte, die sich in einem Kissenbezug versteckten. In Sandalen und mit den kurzen Haaren, in den Taschen Walkie-Talkie und Handy, die das Kleid erdenschwer nach unten zogen, hätte man mich für ein verirrtes Straßenkind auf der Suche nach einer Schale Porridge halten können.

Hätte ich geahnt, dass ich die Sarafians treffe, hätte ich eine magische Armee singender Vögel und Käfer herbeigezaubert, die mir geholfen hätten, aus den Gardinen meines Zimmers ein Kleid zu nähen.

»Serj und Jasmine, das ist unsere Jane Marlow«, stellte Velvet mich vor und lächelte alles weg. »Die für heute Abend natürlich von der Walkie-Talkie-Pflicht befreit ist, haha«, fügte sie kaum hörbar und fröhlich hinzu.

Jaa, ich bedauerte auch schon, dass ich es mitgenommen hatte. Normas Stimme in meinem Ohr, die dem Personal Befehle zublaffte, machte alles noch schlimmer.

»Sie ist sozusagen meine kleine Schwester«, erklärte Velvet. »Wir haben uns eine Nanny und so geteilt.« Äh, ja, aber nicht wirklich. Wo war mein Vater? Ich hasste es, wenn sie solche Sachen sagte ... »Und jetzt ist sie Eddies Freundin. Die kleinen Heimlichtuer haben sich hinter unserem Rücken zusammengetan – ist das zu fassen?«

Oh Gott. Nein, es ist nicht wahr ... dass du das gerade gesagt hast.

Ich wollte Velvet umbringen. Wollte sie so was von umbringen.

»Jane«, sagte Serj, sein Mund bewegte sich unter dem Schnurrbart nach oben. Freundlich. Nett und ziemlich locker, trotzdem lag eine gewisse Formalität in der Art, wie er mich im schwarzen Blazer und Jeans begrüßte. Als er hinter sich griff und ein Glas Wein vom Tisch nahm, musterte er mich kurz von Kopf bis Fuß. Und ich schwöre, er verzog dabei das Gesicht. Wie man es verzieht, wenn man über etwas lachen möchte, aber weiß, dass es gerade ganz und gar unpassend ist.

Entweder war er verwirrt oder er fand die Sache nicht gut. Sein Blick vermittelte mir jedenfalls das Gefühl, dass etwas mit mir nicht stimmte – war es das Kleid? Meine jungenhaft kurz geschnittenen Haare? Eine erdrückende Demütigung überkam mich. Ich schenkte ihm das schönste Lächeln, zu dem ich fähig war, und neigte höflich den Kopf, als seine Frau einen Schritt auf mich zu machte.

»Du bist mit Eddie zusammen?«, fragte Jasmine. »Ich fasse es nicht, dass er mir das verheimlicht hat. Ich freue mich so, dich kennenzulernen. Lass dich anschauen, Jane. Das ist keine Kurzform von irgendwas, oder? Wie alt bist du, Liebes?«

Whoa, eine Menge Fragen. Meine Antwort wurde von der Wörterfresserin verschluckt. Ich stand stumm und nervös da, und als Jasmines Arme sich unter dem schwarzen Glitzerschal hervorbewegten, den sie sich umgelegt hatte, starb ich innerlich einen kleinen Tod. Ihre Hände waren weich und warm, als sie meine ergriff.

»Einfach Jane«, kam mir Velvet schnell zu Hilfe, als sie meine Schwierigkeiten mitbekam. »Frisch von der Highschool in L.A. Achtzehn.«

»Fennecs Alter«, murmelte Jasmine und hielt weiter meine Hände. Sie verströmte einen schwachen süßen Blütenduft. Braune stark geschminkte Augen musterten mich forschend, als versuche sie, genau wie ihr Mann, aus mir schlau zu werden. Doch ihr Blick hatte nichts Wertendes. Er war einfach neugierig. »Wie lange geht das schon mit Eddie? Ich versuche das gerade ... logistisch zu verstehen. Ihr lebt schließlich nicht in derselben Stadt.«

»Wir haben nach meinem Unfall am Wehr zu reden angefangen.« Ich suchte nach Worten. »Danach. Die Festival-App. Wir haben ... einfach geredet.« Privat. Dass Eddie seiner Mutter nicht von mir erzählt hatte, machte mich ein bisschen sauer. Doch welches Recht hatte ich, ihn dafür zu verurteilen? Ich hatte meinem Vater schließlich auch erst von ihm erzählt, als ich sie einander am Flughafen vorstellte.

»Online?«

Ich nickte.

Sie kicherte amüsiert, als könne sie es nicht glauben. »Eddie ist nicht gerade wortgewandt.«

Darüber musste ich lachen. Ich entspannte mich. »Nein, Ma'am. Aber er ist nett.«

Jasmine lächelte sanft. »Das ist er, oder? Manchmal. Egal, was er macht, er strengt sich immer sehr an. Er will immer der Beste sein, wie Serj.«

»Ganz oder gar nicht«, sagte Serj über ihre Schulter und hob sein Weinglas in Richtung der Taylors. »Ist doch so, oder?«

»Konkurrenzkampf ist für junge Leute. Ich hatte einen Schlaganfall. Ich mache jetzt bloß noch Wein«, erklärte Mr Taylor.

Mad Dog hob sein Glas. »Und zwar einen guten. Ich sehe das genauso. Ich will einfach gute Musik machen und damit Geld verdienen.« Er deutete auf Serj. »Und je länger ich nichts von meinem Anwalt höre bei diesem kleinen Trip deines Sohnes über die sieben Meere, umso länger mache ich mir Sorgen über letzteren Teil.«

»Er wird schon anrufen, großer Hund, relax einfach. Meditiere oder was du sonst so machst«, antwortete Serj lachend.

Autsch.

Jasmine nahm den Schlagabtausch über Eddie gelassen. Sie hielt meine Hände vor ihr Gesicht und schnupperte. »Zwiebel.«

Meine Ohren glühten. »Ich … habe in der Küche geholfen, das Abendessen vorzubereiten.«

Velvet wirkte ebenso peinlich berührt, wie ich mich fühlte. »Hier am See muss jeder mit anpacken, Jas. Manchmal helfe sogar ich.«

Nun ja. Sie frühstückte ab und zu in der Küche und schwatzte mit Exie, während diese das Essen zubereitete. Wahrscheinlich zählte das auch.

»Du brauchst dich nicht zu schämen«, erklärte mir Jasmine. »Zwiebeln erinnern mich daran, wie ich in deinem Alter mit meiner Mutter gekocht habe. Wir schnitten ein Dutzend rote Zwiebeln klein, die sie einlegte. Unsere Hände rochen den ganzen Tag danach.« Sie lachte. »Und ich koche immer noch gern mit unserer Haushälterin, Ms Makruhi.«

»Wirklich?« Ich war ziemlich fasziniert von ihr. Vielleicht war es die Reihe tropfenförmiger Diamantanhänger, die ordentlich einer über dem anderen von ihrem Hals baumelten. Vielleicht war es ihr üppiges Haar, die Ringellöckchen. Es erinnerte mich an Fen. Nur sah es bei Jasmine sehr glamourös aus.

»Ich glaube, du wirst Eddie guttun.« Sie drückte meine Hände, dann ließ sie sie mit einem Lächeln los. »Ich freue mich sehr darauf, dich kennenzulernen. Wir werden gute Freundinnen werden. Komm, erzähl mir alles über dich.«

Kann man sich in die Mutter von jemand anderem verlieben? Ich jedenfalls verspürte eine Menge Tochterliebe für Jasmine. Sie hatte eine merkwürdige Anziehungskraft und ich wollte ihr wie ein Welpe hinterhertappen und ihr alles erzählen. Es war mir egal, ob mich die Wörterfresserin stolpern lassen würde. Ich kümmerte mich nicht um das Sackkleid oder dass Velvet uns allein gelassen hatte. Jasmine stellte genau die richtigen Fragen. Mein Hirn löste sich und ich konnte antworten. Ehe ich michs versah, hatte ich ihr schon von Frida und der Abschlussfeier erzählt. Dann führte ich sie zu Dad und stellte sie einander vor.

»Wir haben uns vor ein paar Jahren schon mal bei einer Benefiz-Veranstaltung kennengelernt, an der Mad Dog teilgenommen hat«, sagte sie. »Sie haben mich und meinen Sohn freundlicherweise zur Notaufnahme gefahren. Er hatte sich am Bein verletzt und Serj war nirgendwo zu finden.«

Das hatte ich total vergessen …

»Ich erinnere mich«, sagte Dad. »Sie haben ihm im Wagen vorgesungen. War das Oper? Sie haben eine wunderschöne Stimme.«

»Ich singe bloß im Kirchenchor. Aber mein Sohn wurde damals mit ein paar Stichen zusammengeflickt. Kinder …«

Kinder? Sie redete von *Fen. Er* hatte damals im Auto meines Vaters gesessen und war im Krankenhaus genäht worden. Jetzt erinnerte ich mich. Ich muss fünfzehn gewesen sein und am Tag zuvor hatte ich mit ihm geredet.

»Sie haben eine tolle Tochter großgezogen«, sagte Jasmine meinem Vater. »Das war sicher nicht einfach.«

»Nein, Ma'am«, antwortete er. »Aber sie ist es wert. Für sie würde ich alles tun.«

Jasmine nickte langsam. »Ja. Was wir für unsere Kinder auf uns nehmen …«

Aber das stimmte nicht ganz, oder? Schließlich hatten sie Fen zu Hause rausgeworfen.

Während sie plauderten, knisterte Normas Stimme in meinem Ohrhörer. Dieses Mal entschieden lauter und nachdrücklicher. »Norma an Jane, wiederhole – Norma an Jane!«

Shit. Ich drehte den Kopf zur Seite und auf Sprechen. »Poolterrasse«, informierte ich sie leise über meinen Aufenthaltsort.

»Vor der Tür des Haupthauses steht ein Besucher für Sie«, fauchte sie missbilligend.

»Wie bitte?« Ich verstand nicht, wie das sein konnte.

»Nicht genehmigter Besucher, Haustür. Beeilen Sie sich.«

Ich kannte niemanden hier und ich wollte nicht von Jasmine weggerissen werden. Es wurde jetzt richtig dunkel und sie trugen gerade die vielen kleinen Gerichte nach draußen, die Velvet sich gewünscht hatte. Wenn ich mich verdrücken wollte, war dies ein guter Zeitpunkt. Ich entschuldigte mich also und überließ Jasmine meinem Vater – der Normas Nachricht über sein Walkie-Talkie gehört hatte und mir die hochgezogene Augenbraue des Jahrhunderts zeigte. Ich antwortete mit einem verwirrten Kopfschütteln und lief schnell ins Haupthaus und an dem riesigen Blumenarrangement vorbei Richtung Foyer.

Ich spähte durch den Fensterschlitz neben der Tür, um zu schauen, ob ich den Besucher erkennen konnte.

Eine dunkle Gestalt stand mit dem Rücken zum Eingang auf der Veranda.

Ich holte tief Luft.

Als ich die Tür einen Spalt öffnete, drehte sich die Gestalt um und das Verandalicht fiel auf ihr Gesicht.

Fen.

»Hier wird wohl eine schicke Party gefeiert?« Er hielt die Hände auf dem Rücken verschränkt und wippte auf seinen abgewetzten schwarzen Sneakers. Er stand in einem seltsamen Winkel, als verberge er etwas. »Muss ja so sein, wenn Mad Dog irgendeinen Möchtegern-Ravi-Shankar rumklampfen lässt. Was ist da drinnen los? Schmeißen sie LSD ein? Und warum bist du angezogen wie ein Sektenmitglied von Charles Manson? Sieht nicht gerade nach Metal aus.«

Der Sturm konfuser Gefühle in meiner Brust ließ Blitze um meinen Körper zucken. Ich hatte gerade eine Viertelstunde mit seiner Mutter geredet. Und plötzlich kreuzt *er* hier auf?

Hatte ich irgendeinen Gott erzürnt?

Fen sollte nicht hier sein.

»W-was willst …?«, setzte ich an.

»… willst du hier?«, beendete er den Satz und sah mich fragend an, während er die hoffnungslos verstrubbelten Haare zurückstrich. Er deutete mit einem Kopfnicken zu den Autos, die auf der Schotterzufahrt parkten: ganz vorn zwei Luxuslimousinen, dahinter ein weißer Jeep mit schlammbespritzten Reifen und ohne Türen, bloß der blanke Rahmen – aber jede glatte Oberfläche mit Bandstickern bedeckt. »Lustig, dasselbe hab ich mich auch gefragt, als ich hier hochgefahren bin und den BMW meiner Eltern gesehen habe. Hat man vergessen, mich einzuladen, oder ist die Einladung in der Post verloren gegangen?«

»Deine Eltern sind bei Mad Dog zu Gast.« Ich war versucht, es dabei zu belassen und ihm die Tür vor dem dämlichen Gesicht zuzuschlagen, aber er trug ein T-Shirt (PSYCHOKILLER stand in großen Blockbuchstaben über der Brust, und in einer Sprechblase QU'EST-CE QUE C'EST) mit abgeschnittenen Ärmeln – eine Frechheit. Wollte er mit seinen Armen protzen? So nach dem Motto *Schau mich an, ich bin dünn und muskulös – es ist nicht mal heiß draußen, trotzdem laufe ich mit bloßen Armen rum wie ein cooles Straßenkid*. Argh! Er schaffte es wirklich, dass jede Zelle meines Körpers vor *Wut brannte*.

»Du hast das Grundstück widerrechtlich betreten«, erklärte ich ihm dümmlich.

»Weil ich auf der Eingangstreppe stehe? Ich habe geklingelt … Eine fiese Frau hat mich angeblafft, dann ist sie dich holen gegangen. Das ist kein widerrechtliches Betreten. Zusteller sind wesentlich widerrechtlicher als ich.«

»Was willst du hier?«

»Das hast du schon mal gefragt.« Er zog eine Papiertüte mit VICTORY VINYL-Aufdruck hinter dem Rücken hervor. Anhand der Form und des herausstehenden Piratenhuts konnte ich erraten, was es war. »Du hast dein Phallusspielzeug bei mir im Laden vergessen.«

»Das ist Captain Pickles. Du brauchst gar nicht so zu tun, als wäre es was Unanständiges.«

»Bitte. Erstens lieben mich Hunde. Zweitens gibt es selbst in dem Sexshop die Straße runter weniger vulgäre Dildos. Vielleicht versucht dir der Kleine was damit zu sagen. Ist er kastriert?«

»*Ihr* wurden die Eierstöcke entfernt. Sie heißt Frida Kahlo. Das kannst du ruhig mit ein bisschen Respekt sagen.«

»Von mir aus«, sagte er. »Wusste nicht, dass sie die Reinkarnation einer berühmten Malerin ist.«

Ich versuchte, ihm das Spielzeug abzunehmen, aber er hielt es außer Reichweite und ich fiel fast gegen ihn, als ich es zurückholen wollte. »Sie ist nicht mein Hund. Ich hüte sie für Velvet. Das ist mein Job. Ich bin ihre Assistentin.«

»Was du nicht sagst.«

Ich verschränkte die Arme vor meinem Sackkleid. »Was willst du von mir, Fen?«

»Eigentlich nichts. Wäre vielleicht einfach nice, unser Gespräch fortzusetzen.«

»Hatten wir eins? Ich dachte, du hast mich angebrüllt.«

Er hielt einen Finger hoch. »Hab ich und dafür entschuldige ich mich. Ich hab meinen Gefühlen freien Lauf gelassen, da kann nichts Gutes bei rauskommen. Tut mir echt leid, dass ich rumgeschrien habe. Können wir es noch mal versuchen?«

»Was noch mal versuchen? Den Teil, bei dem du mir erklärst, ich wäre deine Feindin, weil ich mit Eddie zusammen bin?«

Sein Kiefer verschob sich, als habe der Klang von Eddies Namen eine Art Macht über ihn.

»Und noch mal«, erinnerte ich ihn, »Eddie hat mir gesagt, ich solle mich von dir fernhalten.«

»Warum sagt er so was?«, fragte Fen. »Irgendwie komisch, findest du nicht?«

Fand ich auch, ehrlich gesagt. »Ich dachte, wir hätten schon geklärt, dass du das schwarze Schaf der Familie bist. Und zu

Hause rausgeflogen. Und so weiter. Scheint mir Grund genug zu sein.«

Fen erwiderte nichts darauf. »Weißt du, warum ich rausgeflogen bin?«

»Geht mich nichts an, warum du nicht mit deinem Vater klarkommst.«

»Stimmt. Das tu ich nicht.« Er konnte mir ansehen, dass ich den Grund wirklich nicht wusste. Nach einem Moment Schweigen bot Fen eine Erklärung. »Mein Bruder und ich haben schon immer ... konkurriert. So hat uns mein Vater erzogen. Es kann nur einen Gewinner geben. Wer liebt Daddy mehr? Eddie natürlich, also kriegt er den Trip nach Los Cabos. Fen verliert, also kriegt er kein Abendessen. Irgendwann hat Eddie angefangen sicherzustellen, dass er *immer* den Trip kriegt, verstehst du?«

»Okay?«

»Nach und nach ist es eskaliert. Vor etwa einem Jahr hat Eddie mitgekriegt, dass ich mit jemandem happy war – ein Mädchen, dessen Vater bei Sarafian Events im Marketing arbeitete. Prompt hat Eddie unseren Vater dazu gebracht, ihn zu feuern. Er erfand irgendeinen Scheiß von wegen, er hätte den Vater erwischt, als er was aus den Festivalbüros geklaut hat.«

Mir entfuhr ein leises Wimmern. »So etwas würde Eddie nicht tun.«

»Oh, und wie. Er tut es. Und er hat es getan. Am Ende zog die Familie des Mädchens auf die andere Seite des Landes. Danach wollte sie nichts mehr mit mir zu tun haben. Das hat das Fass zum Überlaufen gebracht bei mir. Von da an bin ich bei meinem Vater und Eddie auf Konfrontation gegangen.«

»Ich glaube –«

»Ich habe eine offizielle Beschwerde bei Eddies Universität eingereicht und erklärt, dass mein Vater Tausende von Dollar an die Uni bezahlt hat, damit sie Eddie an der Zulassungskommission vorbeischleusen. Ich habe damit gedroht, das FBI einzuschalten.

Sie haben ihn lieber stillschweigend rausgeworfen, als schlechte Presse zu riskieren. Danach hat mein Vater mich rausgeschmissen. Und nun bin ich im Exil.«

»Das ... Das glaube ich dir nicht.«

Er zuckte mit den Achseln. »Es ist die Wahrheit. Frag Eddie, wenn du ihm mehr traust als mir. Ich versteh bloß nicht, wie es so weit mit dir kommen konnte.«

»Wie weit?«

»Dass du ihm mehr traust als mir.«

Ich starrte ihn sprachlos an. »Ich kenne dich kaum.«

»Und genau das regt mich auf. Ich habe, seit du ins Stauwehr gestürzt bist, jeden Tag an dich gedacht.«

Stimmte was nicht mit ihm? Oder spielte gerade die Wörterfresserin verrückt und ich bekam es nicht mit? Hatte ich irgendwas durcheinandergebracht? Sollte ich mir Sorgen machen?

»Wir haben in dieser Nacht etwas geteilt«, sagte er leise. Als wolle er mich daran erinnern, dass wir besoffen rumgemacht hatten. Aber daran würde ich mich definitiv erinnern. Und nein. Nicht mit Fen. Definitiv nicht an dem Abend auf dem Wehr. Alles um meinen Sturz herum fühlte sich wegen meiner Verletzung verschwommen an, aber *daran* würde ich mich garantiert erinnern.

Ich spähte über die Schulter durch die dunkle offene Tür, konnte aber nicht weiter als bis ins Foyer schauen. »Nicht so laut, ich will nicht, dass dich jemand hört«, flüsterte ich. »Und wovon in aller Welt redest du? Ich habe an dem Abend vor meinem Sturz kein Wort mit dir gewechselt.«

»Ich rede nicht von davor. Sondern von *danach*. Du erinnerst dich wirklich nicht? Mein Mund, deine Lungen«, sagte er mit verführerischer Stimme. »Das Geschenk des Lebens.«

Ich starrte ihn an. Meine Hände begannen zu zittern.

Unser Blick begegnete sich, einen Moment lang war nur das Quaken der Frösche zwischen den Bäumen am See zu hören. Jetzt war er ernst. Das hier war kein Scherz und er zog mich auch nicht auf.

»Nun fällt es dir wieder ein, oder?«, sagte er sanft.

Fiel mir etwas ein? Ich erinnerte mich an ihn am Wehr ... Ich erinnerte mich an ein Gesicht über meinem, als ich Wasser herauswürgte. Ich erinnerte mich daran, dass jemand um Hilfe rief. Aber ich konnte mich nicht erinnern, wer mich gerettet hatte. Ich war nie in der Lage gewesen, mich an jenes Gesicht zu erinnern. Die ganzen zwei Jahre seit dem Unfall nicht.

Ich versuchte, es abzustreiten. »Du hast nicht ... hast nicht. Du warst nicht derjenige, der mich aus dem Wasser gezogen hat. Wer hat mich gerettet?«

Es war Eddie. Musste es sein. Als ich ihn meinem Vater vorgestellt hatte, hatte ich gesagt: »Das ist der Junge, der mich gerettet hat.« In den Augen meines Vaters war es Eddies einziger Pluspunkt.

»Ich habe dich aus dem Wasser gezogen«, beharrte Fen ruhig. »Du musst mir glauben, Jane.«

Und ich glaubte ihm. Ich konnte nicht sagen, warum, aber wir wussten es beide. Bei manchen Dingen kann man lügen. Aber dieses Gefühl gerade, dass meine Brust voller Wasser war und die Welt um uns herumwirbelte, als gäbe es nur das Gewicht unserer gemeinsamen Erfahrung ... das war real.

Wir standen da und starrten auf den See, dann starrten wir einander an.

»Warum?«, fragte ich mit gepresster Stimme.

»Weil.« Er schüttelte den Kopf und da war wieder dieses Gefühl in seinen Augen. Er war durcheinander. Meinetwegen? »Ich weiß nicht, warum. Du bist ins Wasser gefallen. Ich bin hinterhergesprungen. Es war einfach Reflex. Ich habe tausend Mal darüber nachgedacht. Warum ich? Warum nicht jemand anderes?«

Ich drückte einen Ellbogen an den Körper, damit das Zittern aufhörte. »Du warst ... einfach da.«

»Vielleicht.« Er zuckte mit einer Schulter und schüttelte den Kopf. »Ich habe es lange Zeit einfach als Zufall abgetan, für den es keinen Grund gibt. Und dann bist du plötzlich wieder hier. Nun glaube ich nicht mehr, dass es zufällig war. Ich hatte recht beim ersten Mal. Zwischen uns ist etwas, Jane Marlow.«

Er beugte sich vor, um mir zu zeigen, warum er so schief dagestanden hatte. Es war nicht wegen der Tüte gewesen, die er hinter dem Rücken verborgen hatte, sondern wegen des Tattoos auf seiner Schulter. Ein Tattoo, das einem Gemälde der Präraffaeliten ähnelte: ein schönes ertrunkenes Mädchen in einem Fluss, umgeben von Blumen.

Ophelia, aus *Hamlet*.

»Hab ich mir vor einem Jahr stechen lassen«, sagte er.

»Oh Mann«, murmelte ich, mein Hirn ratterte auf Hochtouren. »Das ist ... ein totes Mädchen? Ich bin ...«

»Ich weiß. War mir auch peinlich, es dir zu zeigen, aber es ist nun mal da.« Er legte eine Hand auf das Tattoo. »Es ist schräg. Ich bin schräg. Ich bin bescheuert. Es ist nicht fair dir gegenüber. Aber du bist in meinen Gedanken herumgegeistert und ich weiß nicht, wie ich damit umgehen soll.« Er ging ein paar Schritte und drehte mir den Rücken zu. »Ich sollte vermutlich nicht hier sein, oder?«

»Was willst du von mir?«

Er schüttelte den Kopf. Zuckte noch einmal mit den Schultern. Falls es lässig wirken sollte, Fehlanzeige. Seine Augen verrieten ihn. Wie er mich ansah, hatte überhaupt nichts Lässiges. Ich wusste nicht viel, aber diese Sehnsucht kannte ich, auch wenn ich mich fragte, woher. Denn ich konnte mich nicht erinnern, dass Eddie mich je so angesehen hätte. Konnte mich überhaupt nicht daran erinnern, dass mich schon mal *irgendjemand* so angesehen hat.

Ich schaute nervös zur Seite. »Ich bin mit deinem Bruder zusammen.«

»Liebst du ihn?«

»Was ist denn das für eine Frage?«

»Was ist denn das für eine *Antwort*?« Seine Selbstsicherheit kehrte zurück. »Liebst du ihn, ja oder nein? Ist doch eine einfache Frage.«

Ich liebte Eddies Aussehen. Ich liebte es, wie sich seine Arme um mich anfühlten. Ich liebte es, wie mich Leute ansahen, wenn ich mit ihm zusammen war. Doch nichts davon war die richtige Antwort. Außerdem brauchte ich zu lange, um überhaupt zu antworten, weil ich nur daran dachte, dass Eddie mich angelogen hatte, als er behauptete, er hätte mich aus dem Stauwehr gezogen.

Mein Schweigen sagte mehr, als ich beabsichtigt hatte.

Und Fens langsam nach oben wandernde Mundwinkel verrieten mir, dass es ihm auch etwas sagte.

Absätze klackerten, hinter mir war ein süßer blumiger Duft zu riechen. »Fen-jan? Mein Augenstern? Was im Namen der Heiligen machst du denn hier?« Jasmine zog Fen an sich und hinterließ dabei auf seinen Wangen Lippenstiftspuren. »Was ist los? Stimmt irgendwas nicht?«

»Mama«, protestierte er und schniefte kurz. »Ich habe ein Hundespielzeug vorbeigebracht, das, äh, im Plattenladen liegen geblieben ist.« Er überreichte mir mit seinen langen Fingern verlegen Captain Pickles. »Ich wusste nicht, dass ihr hier seid.«

Sie warf einen flüchtigen Blick auf die zerknautschte Tüte in meiner Hand. Ich versuchte, mich zu fassen und meine wilden Gefühle zu verbergen. Aber sie war schnell. Und scharfsinnig.

»Die Welt ist klein«, sagte sie freundlich und drehte sich zu ihrem Sohn. »Wir haben uns eine ganze Woche nicht gesehen, mein Lieber. Du hast noch ein halbes Kilo verloren. Ich komme morgen bei Aunt Zabel vorbei und füttere dich. Erzählt, woher kennt ihr euch?«

»Wir sind uns gerade erst begegnet«, sagte ich.

»Wiederbegegnet«, korrigierte er.

Sie legte den Kopf schief und wollte etwas sagen, doch dann überlegte sie es sich anders und biss sich auf die Lippe.

Wie nahe standen sich Jasmine und Fen? Näher, als mir bewusst gewesen war. Er hatte Zoff mit seinem Vater und Eddie, doch zwischen diesen beiden hier gab es eine Bindung. Sie kannte garantiert sein Tattoo – es war ja nicht zu übersehen. Wusste sie, dass er mich aus dem Wasser gezogen hatte?

»Jane hat mir gerade von sich und Eddie erzählt«, sagte Fen mit geheuchelt fröhlicher Stimme. »Und dass sie zusammenziehen werden, sobald er wieder am See ist.«

Ich blinzelte überrascht. Ein ungutes Gefühl breitete sich in meinem Magen aus.

»Was?«, murmelte Jasmine. »Stimmt das, Jane?«

Captain Pickles lag schwer in meiner Hand. In diesem Moment wünschte ich mir, dass ein Gummihundespielzeug ausreichte, um jemandem eins überzuziehen. Warum hatte er das gesagt? Ausgerechnet nach unserem Gespräch gerade eben?

»Wir ... also, äh ... Eddie hat es angesprochen, dass ...« Oh Gott. Nun schwitzte ich. »Er meinte, er würde gern ... etwas am See für uns suchen. Kein Haus. Kleiner.« Zum Teufel mit dir, Wörterfresserin!

»Eine Wohnung?« Sie bekam meine Formulierungsschwierigkeiten gar nicht mit. »Er will ausziehen? Soso. Das ist ja ernster, als ich dachte.«

»Er sagte, er müsse es erst ...« Ich versuchte, mich an Eddies exakte Wortwahl zu erinnern. »Es erst mit seinem Vater bereden. Dass der uns vielleicht weiterhelfen wird. Wenn Eddie aus dem Ausland zurückkommt. Dass ich mir überlegen solle, wo ich wohnen will. Aber das letzte Wort hätte Serj.«

Jasmine presste die Hand aufs Herz. »Natürlich wird Serj euch helfen. Aber Serj hat nie das letzte Wort.«

»Typischer Anfängerfehler«, sagte Fen. »Hätte ich dir gleich sagen können.«

Jasmine winkte ab und ließ ein Tsss hören, doch dann wurde sie weich und lächelte. »Eddie ist wie sein Vater. Er hält ihn und sich für den Mittelpunkt der Welt. Leute, die so denken, sind töricht. Aber wir lieben nun mal törichte Menschen, gegen unser Herz kommen wir nicht an, oder?«

»Das Herz ist ein großer dummer Muskel, Mama«, sagte Fen.

Sie lächelte erst ihn, dann mich an. »Hach, das ist alles sehr interessant und unerwartet.«

»Ja, oder?«, fragte Fen.

»Ich muss gestehen, ich habe durchaus Vorbehalte. Mit jemandem zusammenzuziehen ist ein großer Schritt. Zumindest war es das, als ich in eurem Alter war. Vielleicht ist es jetzt anders. Sag, Jane, ist es das, was du dir wünschst?«, fragte mich Jasmine. »Du möchtest eine Wohnung mit meinem Sohn?«

Hmm ... Was war das denn für eine Frage? Ich hatte keine Ahnung, was ich darauf antworten sollte. Es fühlte sich an, als würde sie mich fragen *Willst du mit meinem Sohn schlafen?* Deshalb sagte ich: »Wenn Eddie es möchte?«

Fen stöhnte gequält.

Jasmine schüttelte den Kopf. »Nein, nein. Es geht darum, was *du* willst, Liebes. Du.« Als ich keine Antwort gab, presste sie die Hände aneinander. »Lass es mich anders formulieren. Würdest du gern aus Mad Dogs sehr großem Haus aus- und in dein eigenes kleines Apartment einziehen?«

Ich antwortete: »Ja.«

Fen murmelte einen fiesen anzüglichen Kommentar. Ich warf ihm einen Blick zu, doch seine Augen waren so dunkel und schmal, dass ich nicht erkennen konnte, was er dachte. Ich wusste aber, was *ich* dachte, und versuchte, es ihm per Gedankenübertragung zu vermitteln. *Damit hast du angefangen, Arschloch. Du! Das ist deine Schuld!*

»Sehr schön«, sagte Jasmine mit einem knappen Kopfnicken. »Dann gehen wir auf Wohnungssuche.«

»Was?« Feuchtkalte Angst kroch durch meine Gliedmaßen.

Fen lachte, aber es klang freudlos.

In meinem Kopf herrschte völlige Panik.

»Nächste Woche. Gib mir ein paar Tage, um alles zu arrangieren«, sagte sie. »Der Ex meiner Schwester ist Immobilienmakler. Sie finden bestimmt was Nettes für ein junges Paar. Lass uns wieder reingehen, Jane, und es deinem Vater erzählen.«

Nein, nein, nein! Ich war noch lange nicht so weit, es meinem Vater zu sagen.

Fen warf mir einen finsteren Blick zu, den ich nicht deuten konnte, der aber noch ein paar Blitze in meiner Brust knistern ließ – bis seine Mutter unterbrach, was zwischen uns war, indem sie sein Gesicht in die Hände nahm. »Verschwinde jetzt, mein Fennec. Lass dich lieber nicht von deinem Vater hier erwischen, sonst ist die Hölle los. Ich liebe dich bis in alle Ewigkeit, bis die Sonne erlischt.«

»Ich liebe dich so sehr, dass es sich anfühlt, als sei sie schon erloschen«, erwiderte er finster.

Wer waren die Leute?

Sie waren nicht wie Eddie. Überhaupt nicht. Eddie schien voll und ganz Serjs Sohn zu sein.

Und ich war nicht sicher, was das für mich bedeutete.

Jane Marlow:
Eddie, wenn du das liest, kannst du bitte zurückschreiben?
Du bist jetzt doch in Manila.

Jane Marlow:
In Manila gibt es WLAN und schöne Hotels
Gordon wohnt jedenfalls in einem 5-Sterne-Teil

Jane Marlow:
Schreib mir einfach, wenn du aufwachst, okay?

Jane Marlow:
Ich habe mit Fen geredet

Jane Marlow:
Eddie?

Track [10] »Haunting« | Halsey

Fen

Mein Körper surrte. Ich war ein Bienenstock, der gerade einen Tritt bekommen hatte, und nun schwirrte die gesamte aufgestaute Energie durch meinen Brustkorb. Ich musste fliegen. Stechen. Ausschwärmen.

Doch ich fuhr bloß ein wenig zu schnell über die Auffahrt der Larsens, sodass der Motor des guten alten Skeleton King, meines aufs Wesentliche reduzierten 1997er Jeeps, aufheulte und der Schotter wegspritzte. Fast wäre ich ins Schleudern geraten. Mich zu überschlagen hätte mir gerade noch gefehlt. Bei einem brutalen Crash vor Mad Dogs Haus sterben, wo mein Vater schon mit einem Glas in der Hand darauf wartete, es zu feiern, ging gar nicht. Zu einfach.

»Durchatmen«, redete ich mir zu und umklammerte im sanften grünen Schein des Armaturenbretts das Lenkrad. Ich sah nur Janes Gesicht vor mir. Ihren erschrockenen Blick, als ich die Bombe abwarf, dass Eddie und sie sich eine Wohnung suchen wollen ... Warum hatte ich meine große Klappe aufgerissen? Könnte ich doch bloß alles, was passierte, nachdem Mama herauskam, löschen und noch mal an diesem Punkt anfangen. Wer weiß, wie es dann gelaufen wäre.

Vielleicht konnte es immer noch passieren?

Jane war in mein Leben zurückgekommen. Eddie versuchte, mein Leben zu *zerstören*. Und weil ich mich nicht im Griff hatte, tat ich offenbar alles dafür, ihm dabei auch noch zu helfen.

»Du hast es provoziert«, erklärte ich dem Rückspiegel. »Und wie willst du es jetzt geradebiegen?«

Ich konnte von meiner Mutter nicht verlangen, die Wohnungssuche wieder abzublasen. Dafür war es zu spät; ich kannte ihren Blick, wenn sie sich etwas in den Kopf gesetzt hatte. Aber wenn ich nichts unternahm, würde ich jede Chance auf ein normales Gespräch mit Jane verlieren. Und mehr wollte ich doch gar nicht.

Na ja ...

Besser, ich dachte nicht zu sehr an *alles* das, was ich wollte, ansonsten würde ich doch noch mit dem Skeleton King aus einer dieser felsigen Kurven fliegen und ein weiteres Mal in einem nassen Grab landen. Der See hats gegeben, der See hats genommen.

Wenn ich noch mal mit Jane reden wollte, und zwar ohne Schuldzuweisungen und Geschrei, dann musste ich einen Weg finden, mich nicht mehr ständig selbst zu boykottieren. Meine Gefühle in den Griff bekommen. Ein normaler höflicher Mensch sein.

Ganz ehrlich, ich brauchte Hilfe. Rat. Ich musste diese verflixten Bienen aus meinem Körper bekommen.

Der Wald auf dieser Seite des Sees war dunkel und tief, der Wind wehte kühl unter mein Shirt. Ich wählte guten düsteren Elektropop und ließ meine Gedanken der gewundenen Straße folgen. Auf halbem Weg in die Stadt wurde mir bewusst, wohin ich fuhr.

»Kumpel, wir fahren zu Moonbeam«, erklärte ich dem Jeep.

Doch zuerst musste ich etwas besorgen, das er haben wollte. Das dauerte länger, als ich wollte. Es war fast zehn, bis ich auf der anderen Seite des Sees war.

Moonbeam würde das nicht stören. Er war die ganze Nacht auf und schlief den ganzen Tag.

Ich schrieb ihm eine Nachricht, dass ich unterwegs war. Sein Haus befand sich im Nordosten von Condor, am Ende des Strips, wo die Lagerhäuser und Ferienhütten waren. Es lag zwar direkt am See, aber das Grundstück war nicht ideal. Trotzdem kostete es einen Haufen Geld, war aber immerhin ruhig und weit weg von allem anderen.

Was Moonbeam gefiel, weil er Angst vor öffentlichen Plätzen und Menschenmengen hatte.

Er brauchte die maximale Distanz zum Festivalgelände. Nicht nur wegen der Menschenmassen. Er hatte seine Gründe.

Es war ein schlichtes einstöckiges Haus ohne Schnickschnack. Ich parkte den Jeep und stieg die Hintertreppe hoch, die zu einer überdachten Terrasse mit Blick über den See führte. Das immer verschlossene Maschendrahttor war von Efeu überwuchert und mit einer Überwachungskamera und einem Summer gesichert. Lebensmittel ließ Moonbeam sich liefern – genau genommen eigentlich alles.

Ich drückte den Summer und zeigte ihm, was ich in der Hand hielt. »Ich bins, Mann. Lass uns tauschen.«

»Ist das ein importierter Curtis Mayfield?«, fragte eine raue Stimme. »*Sweet Exorcist* von Buddha Records?«

»Ich habe hier außerdem noch einen deutschen Import von 1970 von seinem ersten Solo-Album«, sagte ich und zeigte ihm eine Ecke des zweiten Albums, das ich als Lockmittel dahinter verborgen hatte. Moonbeam hatte eine Schwäche für Soul aus den 1970ern. »Ich muss unbedingt die Kiste mit Punk aus den Achtzigern durchschauen, die du mir vor ein paar Wochen gezeigt hast, außerdem will ich sämtliche Neuheiten sehen, die du seit meinem letzten Besuch aufgetrieben hast. Nicht den üblichen Scheiß. Keine Wiederveröffentlichungen.«

»Wieder auf der Suche nach seltenen Scheiben, oder was? Komm rein, mein Freund. Lass uns tauschen«, forderte mich eine aufgeregte Stimme durch den Lautsprecher auf. Er drückte auf den Türöffner. Damit hatte ich fest gerechnet. Moonbeam war ein alter Freund von Aunt Paris Cousine. Er machte seit Jahrzehnten Geschäfte mit Victory Vinyl – allerdings nur Tauschhandel. Mein

Grandpa Kasabian hatte ihn Anfang der 2000er immer mit Gras von irgendeinem Typ in Humboldt County versorgt.

Ich zog die Tür hinter mir zu und blieb stehen, um seine zwei Langhaarkatzen Peaches und Herb zu kraulen, die sofort meine Jeans vollhaarten. Die überdachte Terrasse ging in sein Wohnzimmer über, die Türen dazwischen waren immer offen. Seine aufwendige alte Stereoanlage stand im Haus – er liebte es, die authentische Wärme von Wachs zu hören – und war mit Lautsprechern auf der Terrasse verbunden. Die Hälfte seiner ramponierten Wohnzimmermöbel stand ebenfalls hier draußen. Zur Villa meiner Eltern gehörte auch ein schicker Bereich mit Outdoor-Küche direkt neben dem Steg, aber das hier war etwas komplett anderes.

»Lass mich mal sehen.« Er kam mit zwei aufeinandergestapelten Plattenkisten aus dem Haus, die Flip-Flops schnalzten gegen seine Fersen. Der große Mann trug seine übliche Kombi aus Poncho und Shorts, seine langen silbernen Haare waren im Nacken zusammengebunden … der noch längere silberne Bart bedeckte seine Brust.

»Was hörst du da?« Ich setzte mich auf eine Couch, von der man die funkelnden Lichter der Stadt sah. »Boz Skaggs? Dreh den Scheiß ab.«

Er stellte die Kisten auf den Boden und ließ sich stöhnend in einen abgewetzten Sessel fallen. »Lern den Boz zu lieben. Dachte, ich hätte dir ein bisschen was beigebracht. Wie gehts Pari?«

»Hat viel zu tun.« Ich reichte ihm die Curtis-Mayfield-Platten. »Und bevor du fragst, es ist ihr egal, dass ich mir die ausgeliehen habe. Ich bin jetzt offiziell der Einkäufer. Sie sind also nicht gestohlen.«

Er war viel zu entzückt, um sich Gedanken darüber zu machen. »Verdammt. Die sind echt wunderschön, Fen. Keine Gebrauchsspuren. Du musst was echt Wichtiges wollen, wenn du mir die bringst.« Seine eine Augenbraue wanderte nach oben. »Was ist los mit dir heute Abend?«

»Nichts.« Alles.

»Du hast so einen Blick. Hat dich Zabel rausgeworfen? Hier kannst du nicht bleiben. Ich brauche keinen Mitbewohner.«

»Mann, du hast echt kein Vertrauen«, beschwerte ich mich und klemmte mir eine der Plattenkisten zwischen die Beine, um die Hüllen durchzugehen. »Mich hat keiner rausgeschmissen. Ich hatte bloß ein ... grundlegendes spirituelles Erweckungserlebnis.«

»Klingt ernst. Gehts um Drogen oder ein Mädchen?«

»Nicht *irgendein* Mädchen. *Das* Mädchen. Ophelia.« Ich zuckte mit der Schulter in seine Richtung, um ihn daran zu erinnern.

»Das Mädchen im Wasser? Mad Dogs heimliches uneheliches Kind?«

»Das ist bloß ein Gerücht, Mann. Sie ist jedenfalls wieder in der Stadt. Wohnt in der Lodge. Arbeitet als Velvets persönliche Assistentin. Kam in den Laden. Kannte mich nicht.«

»Ohne Scheiß?« Er war echt überrascht und begriff den Ernst der Lage. War mir klar gewesen. Ich hatte ihm ... zu viel von meinen Problemen erzählt. Aber er hatte mir auch eine Menge über seine erzählt. Schon schräg, was man so rauslässt nach Mitternacht, wenn es ruhig ist am See. Außerdem ließ sich mit Moonbeam leichter reden als mit den Luschen in der Schule, die bloß Freitickets für das Festival und Backstage-Pässe von mir haben wollten, damit sie sich zum Affen machen konnten.

»Aber es ist nicht alles gut. Es gibt da ein Problem«, erklärte ich ihm. »Es hat mit Eddie zu tun.«

»Wie immer«, sagte er resigniert und hörte sich meine traurige Geschichte an.

Doch am Ende legte er die Mayfield-Platten beiseite.

»Mach schon«, sagte ich kläglich. In meiner Wut über Eddie hatte ich vergessen, wo ich im Plattenstapel gewesen war. »Sag mir, dass ich es verkackt habe.«

»Warum fragst du ausgerechnet mich bei Herzensangelegenheiten um Rat?«

»Weil du verstehst, wie schrecklich Liebe ist«, sagte ich.

Das traf ihn, aber er ging nicht weiter darauf ein. »Hey, ich will dir nicht deine Illusionen rauben, aber, Dude ... du kennst dieses Mädchen doch überhaupt nicht. Du hast kaum mit ihr geredet, bevor sie ins Wasser gestürzt ist – das hast du mir jedenfalls damals erzählt. Du kennst nur die Fantasiegestalt, die du dir ausgedacht hast.«

»Ich bin nicht blöd und durchaus in der Lage, Fantasie und Realität auseinanderzuhalten. Aber ich weiß auch, was ich fühle. Ich verbringe schließlich schon mein ganzes Leben mit meinen Gefühlen. Ich sags dir, als wir uns begegnet sind, ist irgendwas in mir explodiert. Und ja, ich habe sie zugetextet und es gab Geschrei – sie hat übrigens zurückgebrüllt, okay? Aber danach hatten wir auf irgendeiner inneren Ebene einen Draht zueinander.«

»Okay?«

»Es war, als ... wüsste mein Bauch irgendwas, das mein rationales Hirn nicht kapiert. Und jetzt fühlt sich mein Kopf an, als würde er zum ersten Mal aufwachen und ich bin einfach nur ... argh. Ein Nervenbündel. Es fühlt sich wie Bienen in meiner Brust an.«

»So was wie Hummeln im Hintern?«

»Ich hasse dich. Echt. Fuck off.«

»He, allmählich machst du *mich* nervös, komm ein bisschen runter.«

Ich atmete langsam aus. »Ich will bloß wissen, ob sie dasselbe fühlt wie ich. Verstehst du? Ich möchte sie kennenlernen.«

»Dir muss aber klar sein, dass sie dich vielleicht nicht kennenlernen will.«

»Ist natürlich möglich.« Ich ging den Plattenstapel durch und dachte daran, wie rot ihre Ohren geworden waren, als ich Mama gegenüber Eddie und die Wohnung erwähnte. Eine schöne Schattierung von Abscheu. »Warum sortierst du deine Platten nicht wie jeder normale Mensch nach Künstlern?«

Er schüttelte mitleidig den Kopf. »Wann kommt Eddie zurück?«

»In ein paar Tagen. Ein, zwei Wochen? Fuck, Mann, keine Ahnung. Es geht um den Vertrag für das Festivalgelände. Dad will den Mietvertrag nicht aufgeben und das Condor-Festival an Live Nation oder AEG verkaufen. Serj Sarafian wird als letzter unabhängiger Konzertpromoter Kaliforniens zu Grabe getragen werden.«

Moonbeam starrte über den See hinweg zu der Linie weißer Lichter, die sich den Strip hinunterbewegten. »Früher war das Festival halb so groß. Ob dein Vater es organisiert oder irgendein Konglomerat, es wird nicht kleiner werden. Und deine Familie verdient trotzdem noch Geld.«

»Das sieht mein Vater anders. Er verliert dann Millionen.«

»Seine Firma verliert Millionen. Wie viel Geld braucht er? Du wohnst in einer Scheune und fährst einen Jeep, der zweihunderttausend Meilen auf dem Buckel hat. Bist du deshalb unglücklich?«

»Mir gehts beschissen und das weißt du.«

»Hat es mit Geld zu tun?«

Ich schüttelte den Kopf. »Ich will bloß, dass Eddie leidet. Ich will weder meiner Mom noch den Zwillingen wehtun.«

»Weißt du«, sagte er. »Du ›willst bloß‹ ziemlich viele Dinge. Triff eine Entscheidung und bleib dabei. Aber hör auf, dieses Mädchen mit deinen Tiraden in die Flucht zu schlagen. Du bist zu düster, zu ...« Er holte mit der Hand aus und deutete auf mich. »Was immer dieses Neue ist. Entspann dich. Nur deshalb hat Eddie Tausende von Freundinnen. Jetzt wirst du mir zwar deinen üblichen finsteren Blick zuwerfen, aber ein paar Sachen könntest du dir von ihm abschauen.«

Eher werde ich mir meinen eigenen Grabstein meißeln.

»Möchtest du einen guten Pfefferminztee?« Er erhob sich aus seinem Sessel. »Ich koch mir welchen. Besänftigt die Seele. Und was immer dich da gerade umtreibt. Irgendeine verkorkste Bruderrache, das Stockholm-Syndrom, Rettergelüste.«

»Halt die Klappe, Mann.« Ich seufzte tief. »Aber ja, gib mir was von deinem Hippie-Tee. Viel Zucker. Sollen meine Zähne verfaulen, während meine Seele baumelt.«

Mit Moonbeam zu reden brachte mich nicht weiter. Vielleicht war es dumm gewesen herzukommen. Ich vergaß manchmal, dass er bei seinen Ratschlägen zu sehr ›Mittlerer Pfad‹ war. Nimm es sportlich, Fen. Mach kein Drama, Fen. Die Bremsschläuche an Eddies Auto durchzuschneiden ist eine schlechte Idee, Fen.

»Hey!«, rief ich ins Haus. »Hast du schon mal jemanden getroffen, der Probleme hat, sich an Wörter zu erinnern? Irgendwas stimmt nicht mit Jane. Sie versteht, was man sagt, aber ab und zu reagiert sie wie Miss Sara von der Tankstelle.«

»Leidet sie an Demenz?«, rief er zurück.

»Nein, sie ist voll da. Es ist bloß, sie muss sich total anstrengen, um ein Wort zu finden, und dann umschreibt sie es, anstatt das entsprechende Wort zu sagen. Meinst du, sie könnte einen Hirnschaden von der Kopfverletzung damals davongetragen haben?«

Er flip-floppte um den Küchentresen herum, während der Wasserkocher sprudelte. »Ich habe schon davon gehört, dass Menschen, die beinahe ertrunken sind, Sprachprobleme haben. Ich glaube, es ist der Sauerstoffmangel, der den Teil des Hirns schädigt, der für die Kommunikation zuständig ist.«

»Shit«, brummte ich. »Ist das dauerhaft?«

»Keine Ahnung. Warum fragst du sie nicht?«

Hallo. Ich gebe mein Bestes! Das war mehr, als ich von seiner Achtzigerjahre-Punk-Sammlung behaupten konnte. Keine Black Flag in Sicht. Aber es gab eine seltene LP von einer Band aus der Bay Area mit einer pseudo-künstlerischen Zeichnung von einem kleinen Jungen, der sich an einer Straßenecke nach einem altmodischen Münztelefon streckt.

Und in diesem Moment gaben mir die Bienen in meinem Körper eine honigsüße Idee ein.

Es war fast elf. Vielleicht zu spät, aber ich musste es versuchen.

Ich rief meine Mutter an. Es klingelte zu oft und ich erwartete schon, dass es auf Voicemail umschaltet, aber dann nahm sie ab.

»Fen?«, fragte sie mit gedämpfter Stimme. »Warum rufst du so spät an? Stimmt was nicht? Bist du verletzt? Wo steckst du?«

»Mama, mir geht es gut. Seid ihr von der Party bei Mad Dog zurück? Ich muss dich was fragen.«

Nach einem Moment Schweigen war ihre Stimme wieder zu hören. »Ganz Ohr. Mach schnell. Dein Vater hat schlechte Laune.«

»Ist das was Neues? Kannst du Mr Zahn auf den Philippinen anrufen?«

Erneutes Zögern. »Ja, ich denke schon.«

»Sag ihm, dass Live Nation eine höhere Miete für das Festivalgelände zahlen würde.«

»Fen ...«

»Bring ihn dazu, dass er den Typen von Live Nation auf seine philippinische Insel holt, um mit Eddie mitzubieten.«

»Ich soll einen beschlossenen Deal komplizierter machen? Warum?«

»Weil du das ganze Business satthast; du wolltest, dass Dad die Rechte am Festival verkauft, aber er hat sich geweigerte. Stattdessen hat er hinter deinem Rücken Mad Dog dazu gebracht, Geld zu investieren. Außerdem ist es bloß Show, dass er Eddie zum Unterschreiben des Vertrags hingeschickt hat. Soll Eddie mal wirklich verhandeln. Oder ist er nur zum Lächeln dort? Können Verträge nicht elektronisch unterzeichnet werden?«

»Ich werde die Arbeit deines Vaters nicht sabotieren.«

»Ich bitte dich um den Gefallen, den du mir noch schuldest.«

»Fen –«

»Du hast gesagt, wenn ich ausziehe, könnte ich dich um einen Gefallen bitten und du würdest keine Fragen stellen. Ich bin ausgezogen und habe den Frieden bewahrt. Ich habe meinen Teil erfüllt.«

»Geht es hier um das Mädchen?«

Ich zögerte. Moonbeams Wasserkocher piepte.

»Fen«, warnte Mama. »Du bist skrupellos. Sie ist keine Schachfigur.«

»Das weiß ich. Wirst du anrufen?«

»Wegen eines Mädchens, das du überhaupt nicht kennst? Vielleicht verabscheut sie dich.«

»Vielleicht auch nicht.«

»Außerdem könnte es für das Festival den Ruin bedeuten.«

»Vielleicht auch nicht«, widersprach ich, hoffte aber das Gegenteil. »Eddie könnte es schaffen, einen besseren Vertrag auszuhandeln. Beide Anwälte sind dort. Sie werden nicht zulassen, dass er irgendetwas ... allzu Dämliches tut. Es wird ihn vor allem auf Trab halten. Und ablenken. Warum soll er es einfach haben?«

Sie gab einen Laut von sich. »Ah, du versuchst mehr Zeit mit dem Mädchen herauszuschlagen, bevor Eddie zurückkommt. Du bist skrupellos und hinterhältig.«

»Hab ich von dir gelernt.«

»Ich werde dieses Wochenende in die Kirche gehen und für dich beten. Eddie ist noch nicht auf der Insel. Sie sind gerade in Manila angekommen und werden erst morgen weiterreisen. Er kommt frühestens in drei Wochen zurück.«

Drei Wochen? Das war eine lange Zeit. Das Blut pochte schneller durch mein rabenschwarzes Herz.

Mama ließ ein *Tsss* durchs Telefon hören. »Weißt du, du hättest mich das einfach fragen können, aber du musst ja immer gleich eine Atombombe einsetzen, wenn ein simples Messer auch ausreichen würde.«

»Ich bin gern sicher, dass mein Widersacher wirklich tot ist.«

»Eddie ist dein Fleisch und Blut und ihr führt keinen Krieg. Aber egal. Wenn ich also tun würde, worum du mich gebeten hast – und ich habe nicht zugestimmt –, dann denk daran, dass ich es deinem Vater sagen müsste.«

»Nein!«

»Und um dich schon mal vorzuwarnen: Es wird mich nicht davon abhalten, Miss Jane eine Wohnung zu zeigen.«

»Was? *Wo?*« Mein Herz hämmerte. »Mama?«

»Mmmh, vielleicht sehen wir dich. Ist schließlich eine kleine Stadt.«

AHHH. Ich hielt das Handy auf Abstand und überlegte kurz, ob ich es in den See schmeißen sollte, beherrschte mich aber gerade noch. Ich hatte schon zwei andere Handys dem Zorn geopfert. Ich konnte mir nicht schon wieder ein neues leisten. »Mama –«

»Gute Nacht, mein Lieber. Ruf nicht noch mal so spät an, außer du bist tot.«

Ein bisschen fühlte es sich schon so an. Mama würde nichts gegen Eddie unternehmen. Ich hatte zu viel verlangt, war zu impulsiv gewesen. Das bedeutete, er würde in drei Wochen zurück sein. Oder ... Er könnte Jane gerade in diesem Moment eine Nachricht schreiben und ihr sagen, sie solle sich von mir fernhalten, oder vielleicht mochte Jane ihn wirklich und ich deutete ihre Signale völlig falsch und all das hier war total sinnlos.

Aber wie sie mich heute Abend angeschaut hatte ...? Es konnte nicht ganz chancenlos sein. Ich musste sie wiedersehen. Wenn sie mir dann sagte, ich solle mich verpissen, würde ich sie in Ruhe lassen und für immer leiden.

»Der Tee ist fertig«, verkündete Moonbeam im Haus. »Hast du dein Problem gelöst?«

»Nein, einen Scheiß hab ich.«

»Du hast es immerhin versucht.«

Wusste er überhaupt irgendwas über mich?

Hätte ich doch bloß Janes Handynummer! Ich konnte nicht ständig bei Mad Dog aufkreuzen. Früher oder später hätte ich dann seine Security am Hals, weil Mad Dog im Team Serj spielte. Die Chance, dass sie einfach im Plattenladen auftauchte, war absolut null. Keine Ahnung, wo ich sie sonst finden konnte.

Moment. Jane hatte erzählt, dass sie für Velvet arbeitete. Ich wusste *ganz genau*, wo Velvet an diesem Freitagnachmittag anzutreffen war. Nämlich an dem Ort, wo jeder, der in der Stadt was zu melden hatte, sein würde. Nicht nur das, Velvet würde dort auch als eine der Preisrichterinnen auftreten.

Wenn ich Velvet finden konnte, bestand die verschwindend kleine Chance, dass ich auch Jane treffen würde.

Ich hatte schon mehr für weniger riskiert.

Ich schrieb Aunt Pari eine Nachricht: **Weißt du noch, wie ich gesagt habe, ich würde mir eher die Haut mit einem Feuerzeug versengen, als dieses Jahr zur Battle of the Bands zu gehen? Uups, war ein Scherz. Wie es aussieht, brauche ich das Gratisticket doch. Und einen freien Tag.**

PS: Ich habe zwei Curtis-Mayfield-Platten geklaut.

Track [11] »If I Believe You« | The 1975

Jane

»Wer ist diese J.H.-Person?«, neckte Velvet meinen Vater von der Rückbank des Larsen'schen SUVs, als wir die nächste Haarnadelkurve den Berg hinauf nahmen. »Sie werden ja mit Nachrichten bombardiert, als ginge jeden Moment die Welt unter, Leo. Vielleicht ist es ein Notfall.«

Dad ließ ein Brummen vom Fahrersitz hören. »Bloß ein Freund.«

»Jemand von hier?«, fragte sie.

»Aus Santa Monica, oder, Dad?« Ich saß neben ihm auf dem Beifahrersitz und klopfte ein paar Hundehaare von meiner Jeans. Frida war an diesem Nachmittag zwar nicht körperlich anwesend – Exie passte in der Lodge auf sie auf –, sonst aber schon.

»Genau. Helikopterpilot eines berühmten Schauspielers. Den Namen verrate ich nicht, also fragen Sie gar nicht erst.« Dads Augen wurden auf diese komische Art schmaler, wie sie es tun, wenn er nervös ist. Ich wusste, warum.

Ich war relativ sicher, dass er eine Dating-App benutzte. Aber über sein Liebesleben schwieg er sich aus – falls er denn eines hatte. Vielleicht war dieser magische J.H. tatsächlich *bloß ein Freund*. Dad rückte nicht damit raus.

Ehrlich gesagt redete er überhaupt nicht viel mit mir seit der Poolparty und seitdem Mrs Sarafian ausgeplaudert hatte, dass ich am Ende des Sommers am See bleiben und mit ihrem Sohn zusammenziehen würde.

Sagen wir einfach mal, er war überrumpelt. Wir redeten zwar noch miteinander, aber es war nicht besonders herzlich.

Beziehungen waren kompliziert. Und das Komische war, ich hätte nicht sagen können, wie es um meine mit Eddie gerade stand, schönen Dank auch für die Zweifel, die du gesät hast, Fen Sarafian. Zweifel hatten in den letzten Tagen meine Gedanken ziemlich beherrscht. Das und das Tattoo mit dem toten Mädchen auf Fens Schulter. Seine Behauptung, er würde von Geistern verfolgt? Tja, jetzt ging es mir so.

Fens dunkle Augen, die ein Loch in mein Hirn gebrannt hatten.

»Wann darf ich mit einem Anruf rechnen, um die Damen wieder abzuholen?«, fragte mein Vater Velvet.

»Kommt drauf an, wer bei dem Event ist«, sagte sie und tupfte im Spiegel Lippenstift nach. Dann fiel ihr ein, dass es mich ja auch betraf. »Ach, das ganze Gedöns wird am frühen Abend vorbei sein. Dann ist mein Teil gelaufen und Jane kann nach Hause gehen. Sie wird Sie anrufen. Ich werde wahrscheinlich spontan entscheiden – vielleicht kann ich mit jemand anderem zurückfahren. Machen Sie sich keine Sorgen um mich, Leo. Mir fällt was ein.«

»Schicken Sie mir eine Nachricht, wenn Sie mich brauchen«, sagte er ernst, als er auf den überfüllten Parkplatz oben auf dem Berg einbog. »Auch wenn es sechs Uhr morgens ist. Ich werde Sie abholen. Immer.«

»Wir kommen schon klar.« Und zu mir: »Los, wir geben unseren Senf zu ein paar Bands ab und essen *Barbacoa*!«

Wir stiegen aus und mischten uns unter die Menge, die vom Parkplatz zum Mission Bluff schlenderte: einem wunderschönen Park auf den Gebirgsausläufern, ein paar Meilen oberhalb der Stadt. Im neunzehnten Jahrhundert hatten spanische Missionare begonnen, hier eine Kirche zu bauen, doch ein Erdbeben hatte den größten Teil noch vor der Fertigstellung zerstört. Heute war nur noch ein kieferngesäumtes gepflastertes Rondell mit Rundumsicht auf den See davon übrig.

Mit Platz für Open-Air-Events wie die Battle of the Bands.

Die Luft roch nach Holzfeuer und Gewürzen, als wir auf das Tor zugingen. Die Tickets waren teuer – das Geld ging an den Fonds des Mission Bluff Park –, aber Velvet stand auf der Gästeliste. Doch selbst wenn das nicht so gewesen wäre, die Einlassleute wussten, wer sie war. Es war einer der Vorzüge, wenn man mit der Familie unterwegs war: Für sie öffneten sich alle Türen und ich trabte einfach hinterher.

»Willkommen.« Eine Frau am Tor reichte uns unsere Badges. »Der Aufenthaltsraum für die Jury befindet sich links von der Bühne – sehen Sie das Jurypult? Die Tür dahinter. Fragen Sie nach Cindy«, erklärte sie mir etwas nervös. So benahmen sich Menschen manchmal in Anwesenheit der Larsens. »Cindy müsste mit Velvet noch ein paar Dinge für die Show besprechen. Sie hat mich schon angefunkt, weil sie sie sucht.«

Ich hielt den Daumen hoch, dass ich verstanden hatte. Jetzt hatte ich eine Aufgabe. *Aufenthaltsraum ... Cindy,* wiederholte ich immer wieder, als wir auf den von weißen Gebäuden im spanischen Stil umgebenen Platz traten. Die Bühne bot einen grandiosen Ausblick auf den sonnigen Himmel, davor drängten sich schon die Leute, ein paar hatten Teller mit Carne Asada vor sich, einige unterschrieben an Tischen für lokale politische Anliegen. Ein paar winkten Velvet zu, die die Hälfte der Leute in eine Wiedersehensumarmung zog.

Ich war noch nie bei dieser Veranstaltung gewesen, sondern hatte bloß auf dem Festival-Freaks-Blog davon gelesen. Zwei regionale Bands, die noch keinen Vertrag hatten, spielten, im Anschluss kommentierten drei Preisrichter – wie bei Musikwettbewerben im Fernsehen –, die Menge jubelte oder buhte, und am Ende entschied die Jury, welche Band dieses Jahr die zweite Festivalbühne eröffnen würde. Irgendwann wurde auch noch die Glocke der Mission geläutet. Das alles hatte eine lange Tradition in Condor.

Letztes Jahr war Eddie einer der Preisrichter gewesen. Er hatte immer noch nicht auf meine Nachrichten geantwortet. In den letzten beiden Tagen hatte ich ihm insgesamt achtzehn geschickt. Megapeinlich viele. Vielleicht konnte er tatsächlich nicht antworten. Wenn ich bis zum Treffen mit seiner Mutter immer noch nichts von ihm gehört hätte, würde ich sie danach fragen. Bis dahin würde ich nicht über ihn nachdenken. Das Gleiche hätte ich gern über seinen Bruder behauptet.

»Dort drüben ist das Jurypult«, erklärte ich Velvet. »Wir sollen uns dort melden.«

»Erst wird gefuttert, *manita*.«

»Du musst dich vor der Show noch um ein paar Sachen kümmern«, erinnerte ich sie und fragte mich, ob es dafür wohl ein Zeitfenster gab. »Vielleicht könnten wir uns erst anmelden und ich bringe dir was zu essen?«

»Perfekt«, sagte sie und schlang mir den Arm um den Hals. »Die beste Assistentin aller Zeiten. Oh mein Gott – Erika Jones! Was geht, Partygirl?«

Und schon feierte sie das nächste Wiedersehen. Wie viele Freunde hatte sie am See? Mehr als mir klar gewesen war. Ich versuchte, geduldig zu bleiben, aber es kamen immer neue Leute zu dem Umarmathon. Als ich Velvet am Arm fasste, um mich in Erinnerung zu bringen, stöhnte sie. »Okay, okay. Weißt du, was, warum meldest nicht du mich an? Es ist die Tür da drüben, oder? Ich komm sofort. Maximal fünf Minuten. Halt sie ein bisschen hin, okay? Daaaanke!« Sie wandte sich wieder zu ihrer Gruppe. »Das ist bloß Jane. Sie ist meine Assistentin. Toll, oder? Und jetzt muss mir eine von euch alten Schachteln auf die Sprünge helfen …«

Frustriert ging ich zum Aufenthaltsraum und zeigte einem jungen freiwilligen Helfer mein Badge. Drinnen war es enttäuschend, nicht mehr als ein kleiner Gemeinschaftsraum mit langen Tischen. Für einen angeblichen VIP-Bereich absolut nicht beeindrückend. Es gab bloß ein paar Wasserflaschen und eine Frau, die Norma ähnelte – nicht äußerlich, aber in ihrer gestressten Art. Cindy.

»Entschuldigung«, wandte ich mich an sie. »Ich bin die Assistentin von Velvet Larsen. Sie ist draußen.«

Cindy war nicht happy. »Sie ist spät dran. Wir haben ihr gesagt, wann sie hier sein muss, es werden keine Ausnahmen gemacht. Sie soll in einer Viertelstunde live gehen. Ich muss mit ihr und den anderen Preisrichtern die Regeln durchsprechen. Die anderen warten schon.« Sie deutete auf zwei weitere Jurymitglieder. Ringsum Stirnrunzeln.

Shit. »Sie meinte, sie komme in fünf Minuten. Ich werde ... ich hole ...?«, schlug ich vor, ohne meinen Satz beenden zu können.

»Jetzt«, verlangte Cindy. »Sofort, bitte.«

Ich schrieb Velvet ein paar Hilferufe und stürzte mich wieder in die Menge. Sie war weder an der Stelle, wo ich sie zuletzt gesehen hatte, noch sonst irgendwo. Auf meine panischen Nachrichten antwortete sie ebenfalls nicht. Als ich mich ruckartig umdrehte, prallte ich mit dem Kopf gegen einen Oberkörper. Durch meine Augenhöhle zuckte Schmerz und ich fasste mir an die Wange.

»Fuck! Alles okay?«, fragte eine besorgte Stimme. Warme Hände hielten meine Oberarme.

Ich hob den Kopf, um mir die Brust anzusehen, gegen die meine Nase geknallt war. Auf dem schwarzen T-Shirt stand in weißer Schrift MOFI. Mein Blick wanderte nach oben. Adamsapfel, braune Haut. Fen Sarafians Habichtaugen starrten zu mir herunter, in ihnen knisterte elektrische Spannung.

»Nein!«, rief ich, als könne ich die Zeit zurückdrehen und den Zusammenprall vermeiden.

Er lachte mit finsterer Freude. Ich hatte mir vielleicht die Nase gebrochen und er freute sich darüber? »Danke, heiliger Gregor!«, rief er zum Himmel.

Wer? War mir auch egal. »Jetzt nicht, Fen«, erklärte ich ihm und schob seine Hände weg. Ich hatte gerade keine Zeit für so was. Oder ihn. *Konzentrier dich, Jane, konzentrieren.*

»Was für ein scheißfrostiger Blick. Ist das ein Augenleiden oder hasst du mich wirklich so sehr?«

»Beides! Und jetzt muss ich Velvet finden«, sagte ich. »Sie wird gebraucht ... in diesem Raum. Für die Jury. Warten. Sie ist spät dran. Sie muss gleich auf die Bühne.«

Er sah mich fragend an. »Im Aufenthaltsraum.«

»Genau!«, sagte ich und hielt mir wieder die Wange. »Autsch, mein Auge.«

»Verdammt. Tut mir voll leid. Hör zu, soll ich dir suchen helfen? Ich war schon ein paarmal bei diesem Quatsch. Es läuft immer gleich. Wo ist sie?«

»Wenn ich das wüsste –«

»Okay, dämliche Frage!«, sagte er leicht grinsend. »Aber sie ist irgendwo hier?«

Ich erklärte es ihm so schnell ich konnte und deutete zum Aufenthaltsraum. Er kapierte und verdrehte sich schon den Hals nach ihr. »Einfacher, wenn wir uns aufteilen. Dann können wir einen größeren Bereich abdecken. Gib mir deine Nummer, damit wir uns verständigen können.«

»Klingt wie ein Trick, um an meine Nummer ranzukommen.«

Er schnaubte leicht und reichte mir sein Handy. »Glaub mir, ich hab mir alle möglichen Tricks überlegt, um an deine Nummer ranzukommen – das hier war Schicksal oder ein Engel oder was weiß ich. Tipp sie schon ein, Jane, und lass uns deine verirrte Prinzessin suchen.«

Ein paar Sekunden später war er weg, der dunkle Lockenkopf verschwand in der Menge und auf dem Display meines Handys erschien eine knappe Nachricht: **Ich bins, dein Retter. Speicher mich in deinen Kontakten.**

Ich verdrehte die Augen, verspürte aber zu viel Panik, um wirklich sauer zu sein, und ging in die entgegengesetzte Richtung.

Wie schwierig konnte es sein, ein Promi-It-Girl zu finden? Während ich immer wieder ihre Nummer wählte und dem endlosen Klingelton zuhörte, hielt ich nach kleinen Gruppen und ihren verräterischen Armreifen Ausschau, ich spitzte die Ohren, ob ich ihr ansteckendes Lachen hörte, aber sie war nirgendwo. Sie hatte gesagt, dass sie Hunger habe, deshalb versuchte ich es mit den Foodtrucks. Aber sie stand nicht in der Schlange. Sie saß auch nicht an einem der Tische.

Die meisten Zuschauer waren zur Bühne vorgelaufen, die Crew war fertig mit dem Soundcheck. Das konnte kein gutes Zeichen sein. Ich überprüfte die Uhrzeit. Vierzehn Minuten waren vergangen. Mir brach der kalte Schweiß aus. Sie würde mir die Schuld geben. Ich konnte nicht mit ihr streiten. Das hier war mein Job und ich hatte versagt.

Mein Handy zeigte summend eine Nachricht an: **Hab sie**.

HEILIGE MUTTER ERDE.

Da er nicht schrieb, wo er war, rannte ich zum Aufenthaltsraum zurück und kämpfte mich durch die Menge, die zur Bühne strömte. Als ich endlich dort ankam, war ich klatschnass vor Schweiß und einem Herzinfarkt nahe. Aber er hielt ihr gerade die Tür zum Aufenthaltsraum auf und sie lachte. Ihre Augen waren weit aufgerissen, ihre Wimpern puppenhaft dick getuscht und sie war seltsam aufgekratzt.

»Velvet!«, rief ich.

Sie hörte mich nicht. »Dann wollen wir mal loslegen mit der Show!«, rief sie mit ausgesprochen fröhlicher Stimme. »Battle, Baby! Lasst uns die Glocke läuten!«

Als sich die Tür hinter ihr schloss, stand dem jungen Helfer leichtes Entsetzen ins Gesicht geschrieben.

»Wo war sie?«, fragte ich Fen.

Er verschränkte die Arme vor der Brust. »Hat sich auf dem Klo einen Berg Koks mit Erika Jones reingezogen.«

»Waaaas?«, flüsterte ich total geschockt.

»Hier oben liegt quasi permanent Schnee«, informierte er mich megalässig. »Du kannst keine zwei Schritte machen, ohne dass dir jemand anbietet, mal eben die Nase zu pudern.«

Ich hatte keine Ahnung, was ich darauf erwidern sollte. Das war jenseits meiner Gehaltsstufe. »Ich muss dafür sorgen, dass sie …« Sich nicht blamierte. Ich wollte mich von ihm verabschieden, doch dann änderte ich meine Meinung. Keine Ahnung, warum. Vielleicht, weil er mir schon geholfen hatte. »Kannst du auf mich warten?«

Die harten Linien um seine Augen glätteten sich. »Ich rühr mich nicht vom Fleck.«

Ich verbrachte ein paar stressige Minuten im Aufenthaltsraum und wartete auf Velvet, während Cindy sie und die anderen Jurymitglieder einwies, doch dann grölte draußen die Menge und es war zu spät. Als Velvet durch eine andere Tür zum Jurypult tänzelte, tappte ich wie ein Hündchen hinterher.

»Alles okay mit dir?«, flüsterte ich.

»Könnte nicht besser sein!«, versicherte sie mir im Hinausgehen. »Auf zur Schlacht der Bands, Leute!«

Und weg war sie. Ich hatte keine Ahnung, was ich tun sollte. Sie würden nicht zulassen, dass ich durch die Tür folgte – die ein paar Stufen hinauf direkt zum Jurypult führte. Das Einzige, was es hier für mich zu tun gab, war das Äquivalent meines Körpergewichts in Mineralwasser zu trinken. Also ging ich.

Fen wartete wie versprochen vor dem Aufenthaltsraum. Als ich ihn am Gebäude lehnen sah, machte etwas in meiner Brust einen Sprung, vielleicht, weil ich erwartet hatte, dass ihm langweilig geworden und er abgehauen war.

Denn das hätte Eddie getan. Sie waren also wirklich verschieden.

Wir wollten gleichzeitig etwas sagen, doch dann hielten wir beide inne und hörten zu, wie Velvet enthusiastisch über die Lautsprecheranlage rief: »Hallo, Cleveland!«

»Heilige Mutter Maria«, murmelte ich.

Fen lachte bloß. »Kokain ... ein echtes Höllenzeug.«

»Nicht lustig«, erwiderte ich.

»Oh, es ist definitiv lustig. Ihr gehts super. Aber sie sollte sich hier oben von bestimmten Leuten fernhalten, sonst wird das Ganze eine schlechte Angewohnheit. Einer der Gründe, warum mein Vater wollte, dass Eddie eine schöne lange Auslandsreise macht.«

Ich verstand *schon* richtig, worauf er da anspielte – oder? Innerlich war ich am Ausflippen, aber ich konnte ihn bloß anstarren. Wenn ich wegen Eddie nachfragte, würde ich klingen, als wüsste ich nichts über meinen Freund. Andererseits, wenn ich *nicht* fragte, würde ich weiter im Dunkeln tappen.

Fen schob seelenruhig die Hände in die Hosentaschen. »Willst du Mittag essen? Dieser Geruch nach gegrilltem Fleisch macht mich hungrig. Ob sie wohl auch Fisch haben? Außerdem sind Tell & Show gleich dran, und ich weiß, dass sie gerade jedermanns Liebling sind – *der* Sound, oder was immer alle darüber behaupten. Aber für mich klingen sie eher, als würde ein Zahnarzt im Clownskostüm Karies wegbohren.«

Mist. »Tell & Show? Ich hab total vergessen, Velvet auszurichten, dass sie für diese Band stimmen soll. Ich musste Eddie versprechen, dass ich ihr das sage. Er meinte, dein Dad wolle, dass sie gewinnen oder so?«

Fen gab einen Würgelaut von sich. »Mein Vater versucht, den Wettbewerb zu manipulieren, *logisch*. Was für ein Drecksack. Es steht dir natürlich frei, aber das ist Beschiss. Und Eddie befolgt bloß Befehle, also befolgst du seine Befehle. Warum solltest du das tun?«

»Warum sollte ich tun, was *du* verlangst?«

»Ich verlange nichts von dir. Ich fordere dich bloß auf, dir deine eigenen Gedanken zu machen. Du arbeitest nicht für mich; du bist nicht mit mir zusammen. Wir kennen uns kaum. Du bist mir einen Scheiß schuldig.«

»Richtig, bloß mein Leben – Retter.«

»Ach, das. Pfft. Das hätte jeder tun können. Ich bin kein Held.« Ich glaube, er zog mich auf. Aber vielleicht machte er sich auch bloß klein. Sein Lächeln war unmerklich, aber hinter seinen Augen explodierten Feuerwerke.

»Ernsthaft, willst du nun Lunch?«, fragte er. »Es sind die Foodtrucks von Mr Hernandez. Er macht die besten Tacos der Stadt und seine Pommes sind zum Reinlegen.«

»Wenn ich es mir recht überlege, bin ich am Verhungern«, gab ich zu. Am Verhungern und ratlos. »Und richtig durstig.«

»Dann scheiß auf den ganzen Radau und komm mit.« Er deutete mit dem Kopf und dem Oberkörper weg vom Aufenthaltsraum.

Diese ganze Aktion war vermutlich der Fehler aller Fehler. Aber ich folgte ihm.

Track [12] »What If« | Frankie Cosmos

Jane

Wir schlängelten uns durch die Menge und stellten uns in die kurze Schlange vor einem der Foodtrucks. Die beiden näselnden Gitarren von Tell & Show begannen zu spielen – kurz darauf stimmte ein aufgekratzter Sänger ein, der extrem bemüht rüberkam. Wir holten uns einen großen Teller Pommes mit Käse und Carne Asada und zweimal Ananas-Agua-Fresca ... und Fen schwatzte einem der Köche ein Tütchen Tylenol für mein Auge ab.

Velvet saß immer noch am Jurypult. Und dort würde sie während der beiden Sets auch bleiben, informierte mich Fen, als wir unser Essen hinter eines der Missionsgebäude trugen, wo ein Pausenplatz für die Festivalcrew abgegrenzt war. Man hörte die Musik nur gedämpft, aber durch eine Lücke zwischen den Bäumen hatte man Aussicht auf den See. Wir setzten uns nebeneinander auf eine Picknickbank, um sie zu genießen.

Ich spülte das Tylenol mit der Hälfte des Ananas-Wassers herunter.

»Shit«, brummte er. »Alles gut mit dir?«

»Die Hitze. Und Stress.«

»Aha.« Er reichte mir eine Plastikgabel und pickte im Carne Asada herum. Er verstummte, aber ich fragte nicht nach dem Grund. Je länger wir schweigend dasaßen, umso mehr raste mein Hirn durch wirre Gedanken – über Velvet und über Fens letzte Bombe zum Thema Eddie. Ob er mir vielleicht nur fieses Zeug über Eddie erzählte, weil er ihn fertigmachen wollte.

»Der Stress wirkt sich auf dein Hirn aus?«, fragte er unvermittelt. Als ich ihn aus dem Augenwinkel musterte, fügte er hinzu: »Ich versuche, das zu kapieren, seitdem du das erste Mal in den Laden gekommen bist. Seither habe ich versucht mich schlauzumachen. Mein Freund Moonbeam meinte, es könnte eine Verletzung des Gehirns sein.«

Er hat mit seinen Freunden über mich geredet? Oh Mann. »Es ist Aphasie.«

»Das war auch meine Vermutung. Hättest du mir sagen sollen. Du brauchst ein T-Shirt oder ein Schild oder irgendwas, damit Leute Bescheid wissen, wenn du dich nicht an Wörter erinnerst.«

Ich zog den Reißverschluss meiner Tasche auf, die ich quer über die Brust trug, und kramte eine Art Visitenkarte heraus. Ich beobachtete sein Gesicht, als er sie las.

Ich leide aufgrund einer Gehirnverletzung an Aphasie. Das bedeutet, dass ich gelegentlich Formulierungsschwierigkeiten habe, und wenn ich unter Druck stehe, fallen mir manchmal bestimmte Wörter nicht ein. Sie können mir helfen, indem Sie deutlich und langsam sprechen und mir mehr Zeit geben.

»Verdammt. Du hasst es bestimmt, diese Dinger rauszuholen«, sagte er.

Ich hielt einen Finger hoch. »Ein Mal. Das wars. Die Miene von dem Typen …« Ich schüttelte den Kopf. »Blankes Mitleid. Ich habe es nicht noch mal über mich gebracht. So was von demütigend … lieber stehe ich es durch.«

»Verständlich«, sagte er und musterte mich aus dem Augenwinkel. »Ich würde mich auch immer für Stolz statt Mitleid entscheiden.«

Das glaubte ich ihm aufs Wort. Fen war definitiv stolz. Es war in seine Gesichtszüge gemeißelt. »Es ging nicht unbedingt um Stolz. Ich bin nicht stark. Ich bin eine Schisserin.«

»Mir kommst du ziemlich stark vor. Die Schisser, die ich bisher kennengelernt habe, taten immer so, als hätten sie keine Angst.«

Ich wusste nicht, was ich darauf erwidern sollte. »Egal, die Karten hat mir mein Sprachtherapeut gegeben, aber ich brauche sie eigentlich nicht mehr. Mittlerweile ist es meistens okay. Aber am Anfang musste ich neu sprechen lernen. Nach Aussage der Ärzte sollte ich mich mittlerweile erholt haben, aber ... es ist noch nicht ganz weg.«

»Wie ein Geist.«

»Vermutlich verfolgt uns beide was«, sagte ich mit einem angespannten Lächeln.

Er bohrte seine Gabel senkrecht in den klebrigen Pommesberg. »Ich muss etwas wissen. War es ein Unfall, dass du ins Wehr gefallen bist? Oder warst du traurig wegen Eddie? Hat er dir was angetan? Dich zurückgewiesen? Bist du ... absichtlich reingefallen?«

Ich sah ihn fragend an. »Es war ein Unfall.«

»Ich würde dir gern glauben«, sagte er leise und richtete seine dunklen Augen auf meine.

Meine Kehle schnürte sich zu. Ich musste die Wörter herauspressen. »Das brauche ich nicht von dir. Es ist meine Vergangenheit, nicht deine. Nur weil du zufällig aus Reflex ins Wasser gesprungen bist, schulde ich dir keine Antworten. Man baut ja auch keine Beziehung mit dem Notfallchirurgen auf, der einem das Leben gerettet hat. Und er kreuzt nicht vor deiner Tür auf und erzählt dir, wie sehr es ihn mitgenommen hat, dich zusammenzuflicken, und dass es deine Schuld ist, weil du an diesem Tag in der Notaufnahme gelandet bist.«

Er zuckte zusammen, als habe ich ihm körperliche Schmerzen zugefügt, die Stimmung zwischen uns veränderte sich. Ich spürte ihn auf Distanz gehen, ihn und seine intensive Energie. Und ich hatte keine Ahnung, wie ich damit umgehen sollte.

Okay, das war vielleicht wirklich ein bisschen unfair von mir gewesen. Auf jeden Fall unfair genug, um mich schrecklich zu fühlen.

Situationen wie diese wurden in meiner Therapie nicht angesprochen. Im Büro meiner Ärztin gab es kein Flugblatt zum Thema ›Wie verhält man sich dem Jungen gegenüber, der einem das Leben gerettet hat‹. Und ich war ja auch davon ausgegangen, ich hätte bereits mit diesem Jungen zu tun gehabt – Eddie. Er war easy und cool und wollte nie über die Nacht am Wehr oder meine Verletzung reden. Und so haben wir das Thema einfach ignoriert. Was okay für mich war.

Und jetzt kam Fen an. Mein tatsächlicher Retter – weil mich mein Freund aus *weeeelchem* Grund doch gleich angelogen hatte? Und Fen wollte *nur* darüber reden. Ich war genervt, weil Fen etwas von mir brauchte. Und genervt, weil ich keine Ahnung hatte, was es war. Er kam mir vor wie einer dieser überdimensionierten Riesenbecher, die man in Fast-Food-Restaurants bekommt – ich hatte keine Ahnung, wie ich ihn vollkriegen sollte.

Als er vom Tisch aufstehen wollte, legte ich ihm die Hand auf den Arm, um ihn davon abzuhalten, doch dann zog ich sie sofort wieder zurück. Es fühlte sich komisch an, ihn zu berühren, zu vertraut.

Doch er setzte sich wieder hin.

Als ich mich zu ihm umdrehte, achtete ich auf ein wenig Abstand zwischen uns. »Tut mir wirklich leid, dass ich das gesagt habe. Ich hab es nicht so gemeint. Ich will bloß nicht … Das hier ist neu für mich? Ich bin verwirrt.«

»Nein, du hast recht. Es ist nicht deine Aufgabe, mich wieder geradezubiegen. Abgesehen davon, worüber sollte ich mich beschweren? Ich habe meine Probleme schon immer selbst verursacht, woran mich mein Vater mit Vorliebe erinnert.«

Das klang traurig, aber ich wusste nicht, was ich darauf erwidern sollte. »Dein Vater hat mich überrascht. Als ich ihn bei Mad Dog kennengelernt habe? Vermutlich weil Eddie über ihn wie über einen Gott redet, und weil er Serj Sarafian ist. Eine Legende. Keine Ahnung. Ich hatte irgendwie erwartet, dass er total besonders sein würde. Wie deine Mutter.«

»Er ist ein Verkäufer und ein Hai. Wenn du etwas brauchst, das er verkauft, überschlägt er sich vor Charme. Falls nicht, bist du der Gehweg unter seinen Füßen. Er läuft einfach über dich hinweg.«

»Menschen entsprechen nie den Erwartungen.«

Er warf einen Blick auf mein Gesicht. »Nein, tun sie nicht«, sagte er leise.

»Fen?«

»Jaaaa?«

»Als wir über Velvet und Drogen geredet haben – wie meintest du das, von wegen dein Vater würde Eddie genau deshalb auf die Philippinen schicken?«

Er lachte freudlos. »Alles führt immer wieder zu Eddie.«

»Du hast mich darauf aufmerksam gemacht! Und mich mehr oder weniger herausgefordert nachzufragen. Du hast mich ... provoziert.«

»Glaub mir« – er sah mich durchdringend an –, »wenn ich dich provoziere, kriegst du das mit.«

Leichte Wärme stieg in meinem Nacken auf. Ich presste schnell die Hand darauf, bevor sie meine Ohren erreichte. »Ich hatte keine Ahnung. Falls das also der Erfolg war, auf den du mit deinem Kommentar aus warst, hast du gewonnen, okay? Bravo. Ich hatte keine Ahnung, dass er feiern geht. Absolut. Keine. Also erkläre es mir bitte, damit ich mir zu Hause nicht die ganze Nacht den Kopf zerbrechen muss.«

»Nur um das mal festzuhalten, ich wollte dich weder aufziehen noch dir eine reinwürgen. Ich wollte bloß sagen, dass es Eddie beim Feiern manchmal übertreibt. Weihnachten dieses Jahr war richtig hart. Frag ihn einfach, wenn du mir nicht glaubst.« Er holte mit der Hand aus. »Los. Schreib ihm.«

»Kann ich nicht, okay? Ich habe schon das Limit erreicht. Ich habe ihm …« Ich wusste nicht mehr, wie die Zahl hieß. »Übertrieben viele Nachrichten geschickt, und er antwortet nicht.«

»Oh«, sagte Fen, sein Mund war ein Kreis, die Silbe hing in der Luft.

»Lass es, okay? Mein Leben ist seit dem Unfall ein einziger Albtraum ist es das, was du hören willst?«

»Jane –«

»Leute behandeln mich anders«, erklärte ich ihm. »Die paar Freunde, die ich hatte, wollten lieber mit ihren Liebsten abhängen als mit mir. Das Leben ist ohne mich weitergegangen. Und Schule? Eine Katastrophe, okay? Ich war auf so einer Schule mit lauter superschlauen Strebern, wo ich nach dem Unfall total hinterherhing. Vergiss College, jedenfalls fürs nächste Jahr. Mein Vater kann es sich nicht leisten, deshalb brauche ich bessere Noten für ein Stipendium, aber um ehrlich zu sein, selbst mit vollem Einsatz habe ich gerade mal …« Ich winkte genervt ab. »Das Diplom geschafft.«

»Den Abschluss.«

Ich nickte. »Eddie war im letzten Jahr der einzige Lichtblick in meinem Leben. Und jetzt erzählst du mir, dass das alles nur Schwindel war? Lass mir wenigstens meine Würde und erzähl mir von diesem Vorfall, von dem ich nichts weiß. Ich bin es nämlich leid, dass man mich verhätschelt und wie ein kleines Kind behandelt und bemitleidet – und ja, sogar, dass man mich *rettet*, Fen Sarafian.«

Sein Adamsapfel ging hoch und runter, aber dann nickte er. »Ich glaube, ich versteh, worauf du hinauswillst. Und es tut mir leid. Lass uns Waffenstillstand erklären und zivilisiert miteinander reden, okay? Ich will nicht mit dir streiten. Es ist viel zu emotional, außerdem mag ich dich zu sehr.«

Das traf mich wie ein sanfter Schlag gegen die Brust. Nicht schmerzhaft, aber mit einem gewissen Gewicht, das ich spürte. »Erzähl es mir einfach.«

»Da ist nicht viel zu erzählen. Am Stadtrand gibt es in der

Nähe des Privatkrankenhauses diese Klinik. Wenn ihr über den Freeway hergekommen seid, hast du bestimmt die Schilder gesehen. Condor Wings Clinic?«

»Das? Ich dachte, das wäre für verletzte Vögel. Also, wegen der *Wings*, der Flügel.«

Er lächelte mich an und schüttelte den Kopf. »Die meisten nennen es nur Wings. Eddies bester Freund heißt Tim Albertson. Tims Eltern haben ihn im Januar für zwei Wochen dorthin geschickt, vielleicht hätte Eddie das auch tun sollen. Nachdem Tim und Eddie an Weihnachten besoffen im Haus meiner Eltern aufgetaucht sind und meine kleine Schwester zum Heulen gebracht haben, sind die beiden vor Silvester drei Tage auf Tour gegangen.«

»Was für 'ne Art von ... Tour?« Ich wollte es gleichzeitig wissen und nicht wissen.

Fen kniff die Augen zusammen. »Vor allem Koks und Alkohol. MDMA. Mein Vater hat sie gefunden, nachdem sich eines der Ski-Resorts bei ihm gemeldet hat, weil Eddie und Tim im besten Chalet dort mit einem Baseballschläger einen Schaden von mehreren Tausend Dollar verursacht hatten, und weil jemand um drei Uhr morgens nackt durch die Hotellobby rannte. Das Hotel war kurz davor, die Cops zu rufen, aber dann haben sie mitgekriegt, wer Eddie ist.«

Hitze stieg in meiner Brust auf. Es ist nicht so, dass ich nie mit Drogen in Berührung gekommen wäre, allerdings nicht bei Mad Dog, der nur ab und zu Gras rauchte und nach einem Glas Wein einschlief. Aber jetzt fragte ich mich, ob Eddie in meinem Beisein jemals high war und ich es bloß nicht mitbekommen hatte.

»Ich halte Eddie nicht für süchtig, falls du dich das fragst«, fügte Fen hinzu. »Keine Ahnung. Vielleicht doch? Ich glaube auf jeden Fall, dass er oft zu viel Zeit mit den falschen Leuten verbringt und schlechte Entscheidungen trifft. Wolltest du noch wissen, wer nackt in der Hotellobby gewesen ist, oder ...«

Ich hielt die Hand hoch, damit er aufhörte.

Er lenkte achselzuckend ein.

»Vielleicht stand er unter Druck«, sagte ich, mehr zu mir selbst als zu Fen. »Vielleicht war es ihm zu peinlich, um es mir zu erzählen. Jeder macht Fehler. Wenn er jetzt nüchtern ist und es bei deinem Vater wiedergutzumachen versucht, indem er den Deal mit dem Festival hinkriegt, hat er dann keine Anerkennung dafür verdient?«

»Klar, okay. Warum nicht«, sagte Fen und klang mental erschöpft. »Eddie bekommt für fast alles Anerkennung, was er tut, und zwar egal, wie übel er es verkackt oder wen er dabei verletzt.«

»Darauf kann ich schwer was erwidern. Er hat mich nicht verletzt, wie er dich verletzt hat.« Sondern offensichtlich nur angelogen. Immer und immer wieder ...

Fen warf mir einen durchdringenden Blick zu, als läge ihm etwas auf der Zunge, das er aber doch nicht aussprechen wollte. Dann war er plötzlich abgelenkt. »Hör mal – hörst du das?« Es war die Glocke der Mission. »Die schreckliche Zahnarztclownsmusik ist vorbei. Zeit für Band Nummer zwei. Das bedeutet, Velvet wird zwischen den beiden Sets aufs Klo hechten.«

»Ernsthaft? Nicht schon wieder.« Panisch stieß ich mich von dem Picknicktisch ab. »Das stand nicht in meinem Vertrag! Was, wenn sie eine Überdosis erwischt?«

»Ich denke, das passiert vor allem bei Süchtigen?«

»Aber macht Koks nicht voll süchtig?«

»Schon, ja klar«, räumte er ein und stand ebenfalls auf. »Ich will damit nicht sagen, dass es harmlos ist. Kokain ist riskant und krass.«

»Mad Dog wird mich umbringen, wenn ihr irgendetwas zustößt.« Und ich machte mir auch Sorgen um sie, aber das wollte ich nicht zugeben.

Fen strich zögernd mit den Fingerspitzen über meinen Handrücken. Die Berührung war sowohl beruhigend als fragend, und sie fühlte sich ziemlich dreist an.

Seltsamerweise störte sie mich nicht.

Überhaupt nicht.

»Hey.« Er sah zu mir herunter. »Falls du Hilfe brauchst, um Velvet zu suchen, ich hab frei. Ich weiß, du musst nicht gerettet werden oder so. Aber mein Jeep steht da drüben. Ich kann euch zurückfahren.«

Ich zögerte. »Warum bist du so nett zu mir?«

»Ist es einfacher für dich, wenn ich's nicht bin?«

»Irgendwie schon, ja.« Ich lächelte verhalten.

Er erwiderte mein Lächeln und kratzte sich am Hinterkopf. »Ich könnte mich wie ein Arschloch benehmen und uns beiden den Nachmittag versauen, wenn das hilft. Sag einfach Bescheid. Ich kann Monster Fen sein.«

»Oder du könntest noch eine Weile so wie jetzt sein und wir könnten uns überlegen, wie wir uns gegenseitig helfen. Du weißt schon. Unsere gemeinsamen Geister austreiben und so.«

»Ohrwurm, ›If You Have Ghosts‹ von Roky Erickson.«

»Perfekter Song ist perfekt«, sagte ich anerkennend.

Er streckte mir die Hand entgegen, um Frieden zu schließen. »Geisterjägerkumpels? Und vielleicht Freunde?«

Ich nahm seine Hand, lange Finger umfassten warm und sanft meine. Wir schüttelten uns langsam und entschieden zu lange die Hand, ohne den Blick voneinander zu lösen. Ich vergaß die Bands und die Missionsglocke und Velvet. Einen Augenblick lang vergaß ich alles bis auf die schwache Elektrizität, die wir mit diesem Händedruck erzeugten.

Es fühlte sich an, als würde ich wesentlich mehr zustimmen als Freundschaft.

Vielleicht etwas, das ich nicht im Sinn hatte.

Oder etwas, das ich insgeheim wollte, mir aber nicht eingestehen konnte.

Fen Sarafian:

Wollte nur mal hören, ob Velvet und du Mad Dog überlebt habt.
Hier ist Fen, falls du mich nicht in deinen Kontakten gespeichert hast.

Jane Marlow:

Haben wir und habe ich! Danke übrigens für dein Angebot, uns zu fahren.

Fen Sarafian:

War vermutlich besser, dass ihr nicht im Jeep mitgefahren seid.
V hatte ganz schön einen im Tee

Jane Marlow:

Übrigens, als du losgefahren bist ...
Ich wollte nicht, dass du denkst, ich hätte versucht, dich vor meinem Dad zu verstecken
Es ist nur so, er kann Eddie nicht besonders leiden

Fen Sarafian:

Kluger Mann. Ist mir jetzt schon sympathisch

Jane Marlow:

Kein Kommentar: 😛
Tut mir jedenfalls leid, dass V so anstrengend war

Fen Sarafian:

Frage: Ich hab Sonntag eine Begutachtung von einer Plattensammlung
Hast du Lust, mitzukommen?
Ein Vinyl-Sammler aus der Stadt. Hat vielleicht ein paar Punk-Titel aus den Achtzigern

Jane Marlow:
Den heiligen Gral von meinem Vater? Das Double-Deuce-Album?

Fen Sarafian:
Findet man immer erst raus, wenn man nachschaut
Außerdem können Privatsammlungen faszinierend sein
Jedenfalls für mich. Vielleicht auch für dich? Falls du nicht arbeitest

Jane Marlow:
Muss schon irgendwie arbeiten, aber wenn die Mitfahrgelegenheit hundefreundlich ist, dann ja
Frida hat gestern aus Rache die ganze Lodge vollgepinkelt
Sie kann es nicht leiden, wenn man sie allein lässt

Fen Sarafian:
Respekt, Hündchen, bist eine verwandte Seele. Das Gefühl kenn ich

Fon

»Ich dachte, Sie würden allein kommen«, erklärte mir die silberhaarige Witwe, als Jane und ich ihr Ranchhaus betraten. Es lag hinter der Stadtgrenze, auf der anderen Seite des Freeway in der Nähe des Privatflughafens, ringsum waren nur flaches Buschland und Felsbrocken. Mrs Tybalts Mann war Viehzüchter gewesen und früher hatten sie Geld gehabt. Doch er war vor ein paar Monaten gestorben und nun stand das Haus mitsamt seiner Plattensammlung zum Verkauf.

An jedem anderen Tag hätte ich mich voll auf diese Sammlung konzentriert.

An jedem anderen Tag *wäre* ich allein gewesen.

Doch im Moment interessierte mich mehr, wie schwungvoll eine Strähne von Janes Pony über ihre linke Braue fiel. Sie ähnelte einem Baiserkringel auf einer Torte.

Ich konnte Jane während der Fahrt im Jeep nicht ansehen – jedenfalls nicht richtig – und jetzt hatte ich irgendwie meine Sauerstoffreserve bei dem Versuch aufgebraucht, auf dem Weg von der Auffahrt zur Haustür nicht über meine Füße zu stolpern.

»Mr Sarafian?«, fragte die Witwe gereizt.

»Richtig. Wissen Sie … Meine Kollegin ist Expertin für bestimmte Musikgenres«, improvisierte ich und freute mich, wie Janes Augen größer wurden, als ich das sagte. »Es kann schließlich nicht schaden, sich eine zweite Meinung einzuholen, wenn Victory Vinyl einen Preis für eine Sammlung wie Ihre festsetzt.

Vergessen Sie nicht, Sie können Ihr Gutachten Ihrer Versicherungsgesellschaft aushändigen oder als Druckmittel einsetzen, wenn Sie zum Verkauf bereit sind.«

Meine Tante sollte mir mehr zahlen. Ich bin ein verdammtes Genie.

»Kann ich die komplette Sammlung an den Plattenladen verkaufen?«, fragte sie. »Ich möchte sie bloß loswerden, bevor mein Sohn auf die Idee kommt, die Platten aus sentimentalen Gründen zu behalten. Ich weiß, dass sie *einiges* wert sind.«

Das sagen sie immer. Aber meistens ist es nicht so. »Lassen Sie mich erst mal schauen, was Sie haben, dann können wir reden. Falls wir sie nicht kaufen können, kann ich vielleicht trotzdem den Verkauf für Sie organisieren.«

Mrs Tybalt wirkte frustriert. Sie beäugte Frida, die unter Janes Arm geklemmt ein leises Knurren von sich gab, während sie die winzigen Zähnchen bleckte, was irgendwie süß aussah. Na ja, der Hund war so groß wie eine Ratte. »Sie ist hervorragend erzogen«, versicherte Jane der Witwe.

Ich lachte. Ich konnte nicht anders.

Jane warf mir einen wütenden Blick zu, der mich in dunkle Aufregung versetzte.

Guter Gott. Ich sollte mich vielleicht nicht mit ihr in der Öffentlichkeit zeigen. Ich würde mich unweigerlich zum Affen machen. Es war bloß eine Frage der Zeit.

»Halten Sie den Köter von den Möbeln fern«, warnte uns die Frau, bevor sie uns in ein ringelblumengelbes Fernsehzimmer mit großen Fenstern führte, durch die in der Ferne der See zu erkennen war, wenn man die Augen zusammenkniff. Bei Nacht vermutlich auch die Lichter der Stadt. Entlang der Wände waren spindeldürre Regale, penibel mit Platten gefüllt. »Hier ist die Sammlung. Ungefähr zweitausend Alben, die meisten davon aus den Fünfzigern bis Siebzigern. Mein Sohn hat mehrere Wochenenden damit zugebracht, sie nach Genres zu sortieren.«

Na klar. Das war der erste Schlag. Noch entscheidender war die schmerzliche Erkenntnis, dass sich in diesem tristen ringelblumengelben Raum kein heiliger Gral für Jane befand. Wir wussten es beide. Was bedeutete, dass ich sie umsonst hergeschleppt hatte. Ich spürte einen Anflug von Panik.

Als die Witwe uns allein ließ und die französische Tür hinter uns schloss, nahm ich den Rucksack von der Schulter und holte einen Spiralblock und einen Bleistift heraus. Ich tat, als würde ich nicht an den heiligen Gral denken und dass wir ihn heute garantiert nicht hier finden würden. »Nur damit du es weißt, es gibt nur eine Art, Vinyl zu sortieren, und das ist nach Künstlerin oder Künstler. Nicht nach Genre, nicht nach Jahr und schon gar nicht nach der Farbe des verdammten Coverrückens. Diese Vinyl-Shelfie-Fritzen können von mir aus in der Hölle schmoren.«

»Pah!«, sagte Jane und hielt den Daumen nach unten. »Ich mag ein gutes Shelfie. Nicht alle denken nach Künstlern. Manchmal erinnert man sich an eine Platte wegen der Coverfarbe. Ansonsten hätten Wheezer kein ›Blue Album‹ und die Beatles kein ›White Album‹. Das sind selbst gewählte Titel, aber man nennt sie so, weil Farbe und Erinnerung miteinander verbunden sind. *Dein* Hirn spricht nicht für *alle* Hirne.«

»Okay, seh ich ein, aber ...« Ich deutete auf den Raum. »Zweitausend Platten. Bis auf zwanzig werden die alle weniger als einen Dollar wert sein. Wären sie nach Künstlern sortiert, könnte ich sie schnell durchgehen und schauen, ob wichtige darunter sind. So muss ich sie alle durchschauen.«

»Es ist also in Wirklichkeit bloß unbequem für dich«, stellte sie fest und setzte Frida auf den Boden.

Ich schob den Bleistift hinters Ohr. »Im Großen und Ganzen ja.«

»Einzugestehen, dass man ein Problem hat, ist der erste Schritt«, witzelte sie und grinste, bevor sie sich umsah. »Okay, ich mach mir keine großen Hoffnungen, das Double Deuce hier zu finden ...«

Sie hatte es auch gemerkt. Mein Herz zog sich zusammen.

»Hör zu, ich habe auf der Arbeit jede Menge Quellen«, fing ich an zu handeln. »Ich hab die Fühler im Internet ausgestreckt und Alerts eingeschaltet, außerdem habe ich einen Tipp bekommen, dass es eine ernsthafte Sammlerin mit einem Sommerhaus in Condor gibt. Im Sinne von, sie hat eine Riesensammlung und sie ist superreich. DJs in San Francisco erzählen sich wilde Geschichten über sie.« Jane wirkte nervös, starrte sie etwa auf meine Hände? Warum? Das machte *mich* jetzt nervös. »Aber vermutlich ist es ein vergeudeter Tag für dich, wenn du eigentlich Velvet helfen solltest oder was auch immer. Wenn du möchtest, kann ich dich zurückfahren, bevor ich anfange?«

Sie schüttelte den Kopf und lehnte mit einem *Pfft* ab. »Velvet? Die schläft.«

»Um zwei Uhr nachmittags?«

»Sie war letzte Nacht lange unterwegs. Abgesehen davon bin ich immer noch sauer auf sie wegen der Battle of the Bands. Ich habe ihr eine Nachricht hinterlassen. Und sonntags habe ich eigentlich sowieso frei. So wie jeden Tag nach acht Uhr abends.«

»Und warum ist Frida bei dir, wenn es dein freier Tag ist? Sollte sie nicht mit Velvet ausschlafen, wenn es ihr Hund ist?«

»Ha, nein. Frida schläft in meinem Bett. Und ich passe eigentlich immer auf sie auf, nur manchmal lasse ich sie bei Exie, unserer Köchin, oder bei einem der anderen Hausangestellten.«

»Klingt, als wäre Frida dein Hund.«

»Nein, wir sind bloß Kumpels. Ich bringe sie zu ihren Tierarztterminen und in den Hundesalon. Ich habe es auch mit Trainingsstunden versucht, aber sie hat total rumgelosert – das dumme Ding.« Sie betrachtete lachend Fridas wedelnden Schwanz. »Außerdem steht auf ihren schnieken Hundepapieren, dass sie Velvet gehört. Wer kümmert sich um eure Haustiere? Also bei euch zu Hause. Ich weiß, dass die Sarafians auch Hausangestellte haben.«

»Nur eine, eine Haushälterin, die wie eine Tante für uns ist, Ms Makruhi. Sie kocht, macht sauber und früher war sie unser Kindermädchen. Sonst wohnt keiner bei uns im Haus. Meine Eltern heuern bloß Leute für den Garten und so an. Wenn meine Mutter Leute zum Abendessen da hat, lässt sie catern.«

»Hmm. Das überrascht mich.«

»Meine Eltern fahren auch ihre Autos selbst.«

»Mad Dog ist praktisch blind«, sagte sie und klang ein bisschen defensiv.

»Das verstehe ich.«

»Dein Vater hat doch garantiert einen persönlichen Assistenten.«

»Im Büro, für die Arbeit. Nicht zu Hause. Und meine Eltern haben keine Haustiere, das weißt du ja aber vermutlich schon.« Erwähn jetzt nicht Eddies Namen. *Bitte.*

Tat sie nicht. Sie nickte bloß. »Also, wie gesagt, hier gibt es zwar keinen L.A.-Punk, aber vielleicht sagst du mir, wie ich dir helfen kann, damit es schneller geht – ich kann Notizen machen oder sortieren helfen. Was immer du brauchst. Den Nachmittag gehöre ich dir.«

Verdammt. Ich wusste natürlich, dass sie nicht flirtete. Aber trotzdem. Das Wichtigste war, sie blieb. Was vermutlich bedeutete, dass sie meine Gesellschaft nicht hasste.

Es war ein Anfang.

Sie sah mich fragend an. »Also, ähm, nach was suchst du genau? Ein bisschen was weiß ich über Vinyl, aber ich kann schnell dazulernen. Und zwei Hände sind besser als eine. Warte: Vier? Ha.«

»Plus vier Pfoten.« Ich deutete auf den Hund. »Du hast nicht zufällig das grüne Spielzeug dabei?«

»Oh – Frida, nein! Lass das!«, schimpfte Jane. »Nicht den Teppich der gemeinen Frau anknabbern.«

Als sie den Hund weggezogen hatte, machte Jane sie von der

Leine los und ließ sie mit dem grünen Spielzeug herumtollen. Da ich nicht das Risiko eingehen wollte, dass sie ihre Meinung änderte und ihren Dad anrief, damit er sie abholte, stürzte ich mich voll in das Thema Musik, während wir uns die Plattensammlung vornahmen, und erklärte ihr, wonach ich suchte. Ich ging die Basics wie Plattengröße und die Umdrehungen pro Minute durch. Fotocover und Booklets. Acetat versus Vinyl. Zustand der Platte und Bewertungskriterien. Ob sie verzogen waren. Abgenutzt.

Wow, Jane roch gut. Ich versuchte, nicht zu tief einzuatmen. Und sie auch nicht zu intensiv anzuschauen, wenn sie mir nahe kam. Immer wieder verlor ich den Faden und wusste nicht mehr, was ich gesagt hatte.

»Echt krass, wie groß die Cover sind. Kunst war damals wichtig. Auf unseren Displays sind die Cover so winzig. Ich denke nicht mal darüber nach, wenn ich Musik streame, aber schau dir die an, die man wie ein Buch aufblättern kann, und dann ist Kunst darin – wie nennt man das noch mal?«

»Klappcover«, erklärte ich ihr. »Bob Dylans *Blonde on Blonde* war eines der ersten Klappcover mit zwei LPs darin.«

»Cool.« Ich mochte ihren Respekt vor dem Vinyl und dass sie selbst beschissene wertlose Weihnachtsplatten vorsichtig anfasste. »Hey, ich wette, die haben sie jedes Jahr mit ihren Kindern abgespielt«, sagte sie. »Schau mal, wie zerkratzt die sind. Und das Cover klebt. Pfefferminz. Wow.«

»Nicht wow. Wertlos. Dasselbe klebrige Kid hat vermutlich diese ganzen Platten falsch sortiert, als es groß war.«

»Ich habe die Vorstellung von einer großen Familie, die es sich Weihnachten schön macht, immer geliebt.«

»Nur weil eine Familie groß ist, muss sie nicht zwangsläufig nett sein.« Ich bedauerte es, dass ich das gesagt hatte. Ich wollte nicht daran denken, wie mir meine Mutter letztes Jahr erzählt hat, dass meine Schwester weinen musste. Und dass ich dieses Jahr nicht dabei sein würde. Vor allem aber wollte ich nicht, dass

Jane an meinen Bruder dachte, schon gar nicht, nachdem unsere Gespräche heute so wundervoll Eddie-frei gewesen waren.

Doch sie nickte bloß und stellte die Platte zurück. »Trotzdem halte ich diese Weihnachtsecke für sehr wertvoll. Das ist meine Expertinnenmeinung. Alles, was funkelnde Lichter hervorzaubert, Familie, Essen und glückliche Momente, ist wertvoll.« Sie zog ein Townes-Van-Zandt-Album aus dem Regalbrett darüber. »Auf dem da ist dieses traurige Lied ›Waiting Around to Die‹, deshalb schätze ich es auf einen Cent.«

»Absurderweise ist dieser deprimierende Schrott tatsächlich ein bisschen was wert, wenn das Vinyl in gutem Zustand ist. Ich habe ein System, wie ich das gute Zeug herausfiltere. Schau. Ich zeigs dir …«

Zu meiner Überraschung war sie sowohl an meiner Methode als auch an der Sammlung dieses Mannes interessiert. Wir saßen zusammen auf dem Boden, zogen kleine Stapel heraus, während Frida aufgeregt mit dem Schwanz wedelte und von einem Schoß zum anderen sprang. Die Plattensammlung war Schrott. Also im Sinne von komplett wertlos. Aber Jane und ich redeten ununterbrochen über Musik. Über die Bands, die sie bei Aufnahmen in Mad Dogs Studio gehört hatte. Die Soundchecks, die ich beim Festival backstage beobachtet hatte. Über die Stars, die schrecklich klangen, wenn man sie live erlebte, und diejenigen, die echtes Talent hatten.

Wir redeten so viel, dass ich überrascht feststellte, dass wir uns bereits durch ein Drittel der Sammlung gearbeitet hatten. Noch überraschter war ich, als die Tür aufflog.

»Schnell raus hier!«, brüllte Mrs Tybalt panisch. »Alle beide, sofort. Mein Sohn kommt gleich vorbei.«

»Wir sind noch nicht fertig –«, setzte ich an.

Sie scherte sich einen Dreck darum. »Kommen Sie später wieder. Wenn Chet Sie hier erwischt, wird er einen Tobsuchtsanfall bekommen.«

Wir sammelten schnell alles ein, schnappten meine Notizen und Frida an ihrer Leine und rannten durch den Zigarettenrauch von Mrs Tybalt nach draußen. »Wir werden Ihnen das trotzdem in Rechnung stellen«, erklärte ich ihr, als wir die Auffahrt hinunterliefen.

»In Ordnung«, rief sie zurück. »Ich rufe im Laden an, wenn es sicher für Sie ist, herzukommen. Was ist mit den ganzen Elvis-Presley-Alben? Wie viel sind die wert?«

Shit. Da war Elvis dabei? Wäre die Sammlung ordentlich sortiert gewesen, hätte ich das mitgekriegt. »Was immer Sie tun, lassen Sie nicht zu, dass Ihr Sohn die mitnimmt, Mrs Tybalt. Rufen Sie im Laden an. Ich werde wiederkommen.« Ich setzte den Jeep in einer Staubwolke zurück und fuhr Richtung Freeway-Auffahrt.

»Läuft das immer so?«, fragte Jane und beobachtete im Rückspiegel, ob der Wagen hinter uns bremste, um beim Haus der Tybalts abzubiegen. »Verdammt, ich glaube, das war Chet.«

»Sammler sind immer ein bisschen seltsam, und zwar egal, was sie sammeln«, erklärte ich ihr. »Aber ich wurde noch nie wie ein Liebhaber um Mitternacht aus dem Haus gejagt.«

»Sie war keine Sammlerin.«

»Hä?«

»Sie will bloß die Kohle«, sagte Jane. »Ihr Mann war der Musikliebhaber. Und vielleicht hat ihr Sohn recht damit, dass er die Platten behalten will. Was ist wichtiger, der schnelle Dollar oder die Liebe zur Musik?«

»Er ist vielleicht bloß sentimental, weil der Kram seinem Vater gehört hat«, schlug ich vor und fuhr auf den Freeway.

Sie zuckte mit den Achseln. »Und? Die Götter der Musik haben eine Schwäche für sentimentale Gefühlsmenschen und Unterdrückte.«

»Was?« Irgendwie funktionierte die Lenkung des Jeeps nicht. Komisch.

»Das sagt mein Dad immer. Vielleicht wird der Sohn der Tybalts irgendwann ein Musikliebhaber. Oder er ist es schon.«

Verdammt. Sie hatte recht. Ich liebte alles, was sie sagte, und wollte weiter darüber reden, aber meine ganze Konzentration richtete sich darauf, was mit diesem Auto nicht stimmte. Denn irgendwas stimmte NICHT.

»Fen?«, fragte sie.

»Das hat er noch nie gemacht – was?«

»Was ist los? Was hast du gemacht?«

»Ich hab gar nichts gemacht!«

Der Jeep ging aus. Der Motor soff ab. Keine Servolenkung mehr, die Bremsen blockierten.

Ich schaffte es, den Wagen auf den Randstreifen zu steuern und zum Stehen zu bringen. Aber dann wusste ich nicht weiter.

»Irgendeine Idee, was kaputt sein könnte?«, fragte Jane.

»Absolut keine«, Panik durchzuckte mich. »Das ist noch nie passiert. Ich fahr ihn schon ein paar Jahre und es gab nie Probleme.«

Ich versuchte ihn neu zu starten. Er muckerte, sprang aber nicht an.

»Hast du genug Benzin?«, erkundigte sie sich.

Ich deutete auf die halb volle Tankanzeige. Nein, das war was Ernstes. Ich klappte die Motorhaube hoch, wusste aber nicht recht, wonach ich eigentlich suchte. Alles Überprüfbare sah okay aus. Nichts kokelte oder war zerfressen. Ich hatte Öl. Es fehlten keine Riemen.

Der Jeep war tot, tot, tot.

»Ich werde wohl einen Abschleppwagen rufen müssen«, erklärte ich Jane, als sie vorsichtig und auf die vorbeirasenden Autos achtend mit Frida ausstieg. »Es tut mir echt leid. Das ist noch nie passiert.«

Sie hielt sich die Hand vor die Augen gegen die Sonne. »Es ist ein altes Auto. Irgendwann passiert es immer.«

Aber ausgerechnet jetzt? Als ich kurz auf der App mein Konto checkte ... war noch genug drauf für ein paar billige Mahlzeiten. Nicht für einen Abschleppwagen. Es wurde immer schlimmer. »Shit. Ich muss einen Anruf machen.« Ich versuchte es bei Aunt Pari. Der Laden war sonntags geschlossen, sie ging nicht dran. Ich versuchte es bei Aunt Zabel. Nichts. Waren sie zusammen?

Um nichts in der Welt würde ich Mama anrufen. Ich hatte sie schon um einen Gefallen gebeten. Außerdem würde sie mir den Hals umdrehen, wenn sie rauskriegte, dass ich mit Jane unterwegs war. »Ich werde es bei meinem Cousin versuchen. Er schuldet mir sowieso Geld. Warte kurz.«

»Brauchst du es für den Abschleppwagen?«

»Auf keinen Fall werde ich mir Geld von dir leihen«, erklärte ich ihr.

»Nein, ich wollte sagen, lass uns meinen Vater anrufen. Er ist Kfz-Mechaniker. Alte Autos sind sein Ding.«

Ich verschränkte die Arme. »Äh, bist du dir sicher? Ich meine, wegen ... Eddie.« Tja. Und zurück auf null. Nun hatten wir doch gleich wie viele Stunden durchgehalten, ohne seinen Arsch zu erwähnen? Fuck mein Scheißleben. Und diesen Jeep. Wenn ich könnte, würde ich das Ding einfach auf der Stelle in eine Schlucht kippen und anzünden.

Sie zögerte und blinzelte schnell, als sei sie unsicher. Dann schüttelte sie lächelnd den Kopf und wischte sich den Schweiß von der Stirn. »Ich helfe doch bloß dem Bruder meines Boyfriends. Was soll daran schlimm sein. Wir sind, äh ... Wie nennt man das doch gleich, wenn man zusammen abhängt, weil man quasi verwandt ist, und außerdem tun wir ja nichts Verbotenes?« Sie stemmte die Hände in die Hüften und atmete lange aus.

»Nein, tun wir nicht. Also irgendwas Verbotenes.« Ich hielt inne. »Es sei denn, du willst? Mein Nachmittag entwickelt sich sowieso gerade zur Katastrophe.«

Sie kicherte.

Ich meinte es nicht als Witz, aber ich tat so. Schau mich an, wie ich hier rumkaspere. Ich bin so was von loooooooooocker, so überhaupt nicht tragisch und auf der Stelle bereit, dir meine unsterbliche Liebe auf offener Straße mit Blutritualen und einem Ring aus Feuer zu beweisen.

»Ich weiß, dass wir nichts Verbotenes tun«, sagte sie. »Aber es wird sowieso niemand *denken,* weil wir dieses Dings sind – Frida, Baby, bleib vom Freeway weg, sonst wirst du überfahren!« Jane zerrte an der Leine und schnippte mit den Fingern. »Wie hat sie ohne mich überlebt? Egal, niemand wird uns was unterstellen, weil – gibt ja schließlich auch nichts, was man uns unterstellen könnte.«

»Weil – wir tun ja nichts Verbotenes?«, wiederholte ich, einem Ohnmachtsanfall nahe.

»Genau.« Sie lachte nervös und tro-tro-trommelte mit dem Finger auf ihrem Bein.

Ich hatte Herzrasen. Heilige Scheiße, *sie fand, dass wir etwas Verbotenes taten.* Und wenn sie das dachte, taten wir es mit ziemlicher Sicherheit auch. Wir schwangen auf derselben verbotenen Wellenlänge.

Heiliger Himmel. Meine Knie zitterten.

»Schwager und Schwägerin«, erklärte ich ihr. »Das war das Wort, nach dem du gesucht hast, stimmts?«

Ihre Miene hellte sich auf. »Genau! Schwager.«

Oh ja. Das klang *eindeutig* verboten. Nach irgendeiner Porno-Kategorie.

»Los, wir rufen jetzt meinen Vater an«, schlug sie vor. »Er wird deinen Jeep reparieren. Er ist ein Genie.«

»Ruf ihn an.« Ganz richtig. Holen wir uns den Segen deines alten Herrn. Was kümmerte es mich? Konnte nicht schlimmer sein als mein Vater. Heute setzte ich alles aufs Spiel und mit einem Mal erfüllte mich eine seltsame Freude darüber, dass der Skeleton King eine Panne hatte.

Ihre Ohren färbten sich leicht rosa, während sie darauf wartete, dass ihr Vater abnahm. »Bloß eines … egal was, nenn ihn nicht ›Chauffeur‹, okay?«

Track [14] »SOS« | ABBA

Jane

»Der Kurbelwellensensor muss neu verkabelt werden«, erklärte Dad, als er unter der Motorhaube von Fens Jeep hervorkam. »Vielleicht brauchst du auch einen neuen Sensor. Die Kabel sind zerfressen und verursachen einen Kurzen. So was hab ich nicht dabei, aber wir können bei einem Autozubehörladen vorbeifahren und die Ersatzteile holen. Die Kabel und der Kabelbaum dürften so um die fünfzig kosten? Beim Sensor reden wir allerdings von ungefähr hundert.«

Fen atmete hart aus. »Das hab ich gerade nicht. Meine Tante bezahlt mich am Dienstag. Vielleicht kann ich es mir leihen und bei meiner anderen Tante abarbeiten, aber das kann ein, zwei Tage dauern ...« Er schüttelte den Kopf. »Tut mir leid, ich wollte Sie nicht grundlos hierherlotsen, Mr Marlow. Aber auch wenn ich den Wagen jetzt hier stehen lassen muss, ist es gut zu wissen, was kaputt ist, bevor ich ihn in eine Werkstatt abschleppen lasse.«

Auf dem Freeway zischten die Autos an uns vorbei. »Kein Problem. Heute ist mein freier Tag.« Er musterte Fen. »Bin bloß überrascht, weiter nichts.«

»Dass ich pleite bin, obwohl meine Familie Kohle hat? Die Story hat Jane wohl noch nicht erzählt.«

Dad lehnte sich gegen die Kühlerhaube und sah erst mich an, dann Fen. »Ich weiß ein bisschen was darüber, aber es kam nicht von Jane.«

»Dad«, flehte ich. Er hatte sich so nett verhalten. Keine Szene.

Keine komische Stimmung. Das hier war das genaue Gegenteil von dem Treffen mit Eddie am Flughafen. Alles war rundgelaufen bisher. Fen hatte Dad nicht »den Chauffeur« genannt oder irgendwelche anderen geschmacklosen Witze über Hausangestellte abgelassen, und Dad war nicht ausgeflippt, als ich ihm erzählte, dass wir mit einer Panne auf dem Seitenstreifen standen.

»Wissen Sie«, sagte Fen, »was auch immer Sie über mich gehört haben, stimmt vermutlich sogar. Eddie und ich kommen nicht miteinander klar und Jane weiß das. Ganz ehrlich, wäre Brudermord legal, würde ich ihn durch die Straßen jagen wie bei *The Purge*.«

Mein Vater zog eine Augenbraue hoch.

Frida kläffte und kratzte, auf den Hinterbeinen stehend, an Fens Schienbein. Er kraulte ihr den Kopf. »Wenn es jemand verdient hat, gilt es nicht als Mord, stimmts, Hündchen?«

»Er macht Witze«, erklärte ich meinem Vater. »Er hat einen ziemlich finsteren Sinn für Humor.«

Dad wischte sich die Hände an den Jeans ab. »Ich bin durchaus fähig, Ironie zu verstehen, Jane. Ich verstehe bloß nicht, warum ihr beide auf dem Seitenstreifen gestrandet seid.«

»Ich hab dir doch von dieser Frau mit der Plattensammlung erzählt –«, setzte ich an.

»Zwischen uns läuft nichts«, erklärte Fen meinem Vater. »Falls Sie sich deshalb Sorgen machen.«

Ich erstarrte, mein Mund stand noch immer offen. Warum sagte er so was?

Aber er hörte nicht auf, sondern redete einfach weiter. »Wir sind uns im Plattenladen wiederbegegnet. Ich war überrascht, sie zu sehen, ist schließlich zwei Jahre her ... also, seit dem Unfall am Wehr. Wir haben gemeinsame Interessen. Musik. Eddie. Oder jedenfalls meine Familie – meine Mom.«

»Ich mag deine Mutter«, sagte Dad. »Sehr nette Frau.«

»Sie ist echt der Hammer«, bestätigte Fen. »Vor ein paar Jahren sind wir mal bei Ihnen im Auto mitgefahren. Ich hatte mir bei einer Benefizveranstaltung in der Stadt das Bein verletzt. Sie erinnern sich vermutlich nicht mehr.«

»Da täuschst du dich. Ich erinnere mich an alles«, widersprach Dad und musterte ihn mit einem zusammengekniffenen Auge.

Argh. Das lief ja völlig aus dem Ruder. Ich hatte ein ungutes Gefühl im Magen.

»Fen hilft uns bei der Suche nach deinem heiligen Gral«, platzte ich in meiner Panik heraus.

Eine Augenbraue meines Vaters zuckte nach oben. »Ach, wirklich?«

»Double Deuce«, bestätigte Fen. »Kann nichts versprechen, aber ich habe ein paar Internet-Connections. Ich versuche, eine aufzutreiben. Ist aber nicht leicht zu finden. Henry-Rollins-Fans trennen sich normalerweise nicht gern von ihren Sachen. Aber das wissen Sie vermutlich.«

Wumm. Nun war mein Vater verloren. Die beiden fachsimpelten eine Minute. Zwei. Zehn. Lang genug, um eine Flasche Wasser herauszuholen und einen kleinen Plastiknapf, den ich in meiner Tasche für Frida herumschleppte. Wow, sie hatte echt einen Riesendurst. Lang genug, um Fen heimlich aus meiner kauernden Haltung zu betrachten, als wäre ich eine Vogelbeobachterin, die sich an einen seltenen Vogel heranpirscht … um ihn in freier Wildbahn zu erleben.

Seine Haare waren völlig zerzaust, in den Augen meines Vaters sah er bestimmt wie ein Krimineller aus. Seine schwarzen Klamotten sollten vermutlich seine düstere Stimmung widerspiegeln. Womöglich noch etwas, das gegen ihn sprach.

Aber.

Es gefiel mir, wie ernsthaft er sprach und wie entschieden er mit seinen sexy eleganten Händen gestikulierte. Er wusste, wovon er redete. Und wenn er etwas nicht wusste, hatte er auch keine Angst, das einzugestehen. Er hörte zu. Sein Blick war scharf und wachsam. Er verschränkte oft die Arme vor der Brust. Aber er behandelte meinen Vater nicht von oben herab. Dafür war ich dankbar.

Fen war Vieles. Theatralisch. Dunkel. Nicht easy oder golden. Er musste anders angepackt werden.

Genau wie ich.

Meine Beobachtungen wurden unterbrochen, als Frida beschloss, dass sie mal musste. Ich zog sie weg von der Straße und hinter ein paar Manzanita-Büsche. Als wir zurückkamen, saß Fen im Jeep und Dad steckte unter der Motorhaube und rief: »Versuch es jetzt noch mal!«

Fen drehte den Schlüssel und der Jeep sprang an.

»Oh Mann!«, rief Fen. »Sie haben es geschafft!«

»Hab doch gesagt, dass er ein Genie ist«, grinste ich.

Dad schlug die Motorhaube zu. »Na ja, wird nicht ewig halten. Die Kabel müssen erneuert werden. Vielleicht säuft er in fünf Minuten ab, vielleicht in einem Monat. Lässt sich nicht vorhersagen. Jane und ich fahren mal besser hinter dir her, um sicherzugehen, dass du es nach Hause schaffst. Und sobald du genug Geld zusammenhast für die Kabel, gib mir Bescheid. Dann komm ich in die Stadt und wechsle sie aus. Wird nicht lange dauern.«

»Gern«, sagte Fen. »Das klingt gut. Ich bin Ihnen wirklich dankbar, Mr Marlow.«

»Nenn mich Leo. Und gern geschehen.«

Ich streckte Fen den erhobenen Daumen entgegen und er hielt die Hand hoch. Alles klar? Eindeutig bloß zwei Menschen, die Zeit miteinander verbringen und eine Vorliebe für Musik teilen und gemeinsame Bekannte haben. Wie ich Dad gesagt hatte.

Alles war in Ordnung.

Doch als ich in den SUV stieg, in dem Dad von der Lodge hergekommen war, und wir uns auf dem Freeway hinter Fen einfädelten, konnte ich meinem Vater ansehen, dass er sich Gedanken machte.

»Oje.« Ich ließ mich mit Frida auf dem Schoß hinter dem Gurt in den Sitz sinken. »Was ist? Hat er was gesagt, das deine zarten Gefühle verletzt? Hat er den Namen Marlow beschmutzt – oder noch schlimmer, etwas gegen Henry Rollins oder die Punk-Szene von L.A. gesagt?«

Mein Vater schüttelte langsam den Kopf. »Der kennt sich aus mit seinem Zeug. Schlauer Kerl. Zumindest, was Musik angeht.«

»Aber …?«

»Kein Aber.«

Okay. Das war schräg.

»Weiß er über deine Aphasie Bescheid?«, erkundigte sich mein Vater und behielt den Jeep vor uns im Auge.

»Ja. Er ist sogar von selbst draufgekommen«, sagte ich. »Aber ich habe es ihm auch erzählt.«

Ich wollte Dad nicht sagen, dass es Fen gewesen war, der mich aus dem Wasser gefischt hat. Keine Ahnung, warum. Vielleicht, weil er zu viel hineininterpretieren würde. Vielleicht gefiel es mir auch, dass es für den Moment unser Geheimnis war. Außerdem steckten Dad und ich unsere Nasen nicht in die Angelegenheiten des anderen.

So lief das bei den Marlows.

»Er ist kein schlechter Mensch«, erklärte ich Dad und streichelte Fridas glatten Körper. »Serj hat ihn aus familiären Gründen zu Hause rausgeschmissen. Irgendein Drama zwischen Eddie und ihm. Fen und seine Mutter haben immer noch ein gutes Verhältnis.«

»Ist das dieselbe Mutter, die dir dabei hilft, eine Wohnung für dich und ihren *anderen* Sohn zu finden?«

Ich versank noch ein wenig tiefer im Sitz, ich hatte ein schlechtes Gewissen, obwohl es keinen Grund dafür gab. Warum eigentlich? Wir hatten uns doch bloß Platten angesehen. Wir hatten uns dieses Mal nicht mal die Hand gegeben. Keinerlei Berührungen.

»Ich weiß, wie das klingt. Es ist einfach … kompliziert«, erklärte ich Dad.

»Ist es immer«, murmelte er mit faltenzerfurchter Stirn. »Ist es immer.«

Fen Sarafian:
Hey, meinst du, das Angebot deines Vaters gilt noch?
Hab die Dollars für die Ersatzteile.

Jane Marlow:
Ging aber schnell! Ein Tag. Hast du blankgezogen für Trinkgeld?

Fen Sarafian:
Hab ein paar von meinen Platten verkauft. Läuft ungefähr aufs Gleiche hinaus.
Respekt für Sexarbeiter, aber das war reine Verzweiflung
Ich = autsch

Jane Marlow:
UFF. Du = Mrs Tybalt

Fen Sarafian:
Ich werde anfangen Marlboros zu rauchen und Jugendliche unter Gebrüll von meiner Ranch verjagen!

Jane Marlow:
WIE VIEL KRIEGE ICH FÜR DIE ABGESCHNITTENEN FUSSNÄGEL?
ALLES IST VERKÄUFLICH, AUCH MEINE SEELE

Fen Sarafian:
Ich hab ein bisschen Schiss, noch mal hinzugehen, aber ganz ehrlich: die richtige Elvis-Wachswalze?
Dafür würde ich meine Seele auch verkaufen.

Jane Marlow:

Seelenausverkauf! Falls sie schmalzige Weihnachtsplatten
verkaufen will, sag mir Bescheid
Dad hat sich hingelegt, Kopfschmerzen, ich frag ihn morgen früh
wegen des Jeeps
Aber ich weiß, dass er Ja sagen wird. Er fand dich in Ordnung.

Fen Sarafian:

Ein Vater, der mich nicht hasst! Wunder über Wunder ...

Jane

Dass mein Vater und Fen Nummern ausgetauscht hatten, erfuhr ich erst, als Dad am nächsten Nachmittag aus der Stadt anrief und mir mitteilte, dass er auf dem Weg zum Plattenladen war, um den Jeep zu reparieren. Genauer gesagt zu dem Parkplatz neben Victory Vinyl, wo wir Fen, nachdem wir ihm in die Stadt hinterhergefahren waren, abgesetzt hatten, weil er meinte, er habe dort Arbeit zu erledigen und seine Tante würde ihn abholen – und es näher zu den Werkstätten wäre, falls er den Jeep abschleppen lassen müsse.

Vermutlich war ich davon ausgegangen, dass Fen mich kontaktieren würde, nicht Dad, um alles Weitere abzusprechen. Jetzt hatte ich ein komisches Gefühl. Vielleicht würden sie reden, wenn ich nicht dabei war. Nicht, dass mein Vater ein großes Klatschmaul gewesen wäre. Oder überhaupt ein Klatschmaul. Trotzdem. Es war ein merkwürdiges Gefühl.

Ich hatte nichts zu tun. Velvet war mit Freunden unterwegs und hatte mich mit der wichtigen Aufgabe zurückgelassen, ihren Kleiderschrank aufzuräumen. Doch dann hielt mich Exie in der Küche an und fragte, ob Starla und ich ihr helfen könnten, Essen in ein kleines Nebengebäude zu bringen, wo sich Mad Dog gerade ein zeitweiliges Studio einrichtete, um ein Album abzumischen. Ich zog einen kleinen roten Wagen mit Getränken hinter mir her und Exie und Starla schleppten Tüten.

Die Vögel zwitscherten, als wir den gewundenen Pfad zwischen den Bäumen hinunterliefen. Hier und da kam die Sonne durch. Auf einer umgekippten Kiefer wucherten Pilze, die Frida jedes Mal begeistert inspizierte, wenn wir bei unseren Runden diesen Weg nahmen. Vorgestern Morgen hatten wir eine Herde Schmetterlinge gesehen – oder wie immer eine Versammlung von Schmetterlingen heißt. Der magischste Ort in dieser Ecke des Anwesens war jedoch die Stelle, wo Mad Dog sich gerade einrichtete: die Grotto Cabin.

Die Hütte war ausgesprochen rustikal und klein, bloß ein Schlafzimmer und ein uraltes Bad, alles andere war offen und spärlich eingerichtet – aber selbst die wenigen Möbel waren beiseitegeschoben worden, um Platz zu machen für Mad Dogs Equipment zum Abmischen und die verschiedenen Musikinstrumente, die er zur Aufnahme von Backing Tracks verwendete, wenn er an unterschiedlichen Remixes tüftelte. Auf der Rückseite war eine Terrasse, die sich zum felsigen Seeufer öffnete; unter einer von Schlingpflanzen bewachsenen Felsnase führte ein Pfad zu einer flachen Grotte. An einem schmalen Felsvorsprung, auf dem nur ein paar Leute Platz fanden, um etwas zu trinken oder im Wasser zu faulenzen, waren Lampen angebracht. Hatte man genug, konnte man aus der geheimen Höhle herauspaddeln und von dort direkt in den See schwimmen.

Nachdem wir schnaufend alles von draußen hereingeschleppt hatten, deutete Exie auf die Kücheninsel. »Lasst uns alles hier hinstellen. Ich habe eine Liste zum Abhaken. Norma wird auch gleich kommen, um sich um die Wäsche zu kümmern und alles abzustauben. Die Funkgeräte funktionieren hier draußen nur nach dem Zufallsprinzip, ich will lieber fertig sein, bevor sie ohne Vorwarnung hier auftaucht.«

Wohl wahr. »Das ist aber ’ne Menge zu essen«, bemerkte ich und machte Frida von der Leine los, damit sie alles auskundschaften konnte. »Zieht Mad Dog hier für den Rest des Sommers ein oder was?«

»Du weißt, wie er drauf ist, wenn er arbeitet«, sagte Exie und packte portionierte Mahlzeiten aus, dazu Tüten mit Obst und zurechtgeschnittenem Gemüse. »Er wird bis drei Uhr morgens hier sein. Manchmal wird er hier schlafen ...«

»Manchmal wird er um fünf Uhr morgens im Kimono hierherspazieren und von einem Grizzly angefallen werden?«, unkte ich und stellte die Wasserflaschen auf die Arbeitsfläche.

Starla lachte und fuhr mit den Fingern durch ihren blau-grünen Pferdeschwanz. »Rosa meinte, diese Hütte kann er ganz für sich haben, weil sie Grotten eklig findet.«

»Kann man ihr nicht verdenken«, sagte Exie. »Nach allem, was sich in der Playboy-Grotte abgespielt hat?«

»Was hat sich denn dort abgespielt?«, fragte ich. Frida schnüffelte in der Küche herum.

Exie seufzte. »Du bist einfach zu jung. Playboy-Villa. Hugh Hefner? Er hatte eine berühmte Grotte im Untergeschoss. Vor Hefners Tod erkrankten nach einer Party zweihundert Gäste. Sie hielten es zunächst für eine Grippe, aber das Gesundheitsamt von L.A. nahm eine Untersuchung auf und stellte fest, dass es Legionellose war – die Gäste hatten sie sich durch Bakterien in der schmutzigen Grotte eingefangen.«

»Igitt!« Starla und ich verzogen das Gesicht.

»Danke, dass du mir diese Hütte vermiest hast«, beschwerte ich mich. »Ich fand sie kuschelig. Meinst du, es ist sicher, Frida herumschnüffeln zu lassen?«

»Das ist schon in Ordnung.« Exie scheuchte den kleinen Hund mit einer Handbewegung von der Couch.

»War Mad Dog jemals in der Playboy-Villa?«, wollte Starla wissen.

»Soll das ein Witz sein?«, fragte Exie. »Mad Dog auf einer Party?«

Wir kicherten alle. Wenn er es irgendwie vermeiden konnte, ging er nie zu großen öffentlichen Zusammenkünften.

»Wie viele Sexpartys wohl in dieser Grotte stattgefunden haben?«, sinnierte Starla. »Wenn wir hier mal gründlich suchen würden, fänden wir bestimmt total lustige Nacktfotos aus den Fünfzigern. Kamal hat mir erzählt, dass er vor einigen Sommern ein Kondom ohne Verfallsdatum gefunden hat, das unter seinem Nachttisch klebte. Er hat die Marke online recherchiert, die Produktion wurde bereits vor vierzig Jahren eingestellt.«

Exie packte die restlichen Tüten aus. »Falls es hier vor Jahren Sexpartys gab, dann nur, weil die Leute sich gelangweilt haben.«

»Oder?«, stimmte Starla zu. »Rosa sagt, in dieser Hütte gibt es kein Internet.«

»Aber wir wissen alle, dass Mad Dog den ganzen Tag lang über die alte Festnetzleitung drüben bei Norma anrufen wird, so nach dem Motto ›Mutter Oberin, würden Sie mir bitte meine Lieblingswolldecke bringen? Es ist k-k-kalt hier unten‹.«

Wir lachten alle. Lieber Norma als ich. Es war ein langer Weg vom Haupthaus zu dieser Hütte. Um nichts in der Welt wollte ich regelmäßig irgendwelches Zeug für ihn herschleppen. Nervend genug, ständig Sachen für Velvet aus dem Kutschenhaus zu holen.

»Also, Jane ...« Exie zählte ihre Essensdosen und hakte sie von der Liste ab. »Wie kommt es eigentlich, dass Leo das Auto von einem der Sarafian-Jungs repariert? Du bist ja allmählich mit der ganzen Familie dicke.«

»Und ich dachte, du wärst mit dem älteren Bruder zusammen«, sagte Starla. »Ist der Jüngere nicht wegen Unmengen von Drogen zu Hause rausgeflogen oder so was?«

»Drogen?«, fragte ich beleidigt.

Sie zuckte mit den Schultern. »Es sind immer Drogen.«

»Fen nimmt keine Drogen und er ist kein schlechter Mensch.«

»Fen ist kein schlechter Mensch«, wiederholte Starla und schnitt eine Grimasse in meine Richtung. »Hast du das gehört, Exie?«

»Hab ich. Hör auf, das Mädchen aufzuziehen.«

»Und wenn wir schon mit dem Finger auf jemanden zeigen in Sachen feiern gehen«, sagte ich, »dann sollte sich dieser Finger mal mehr hier in die Nähe richten«, brummte ich. »Zum Beispiel aufs Haupthaus.«

Die beiden hielten inne und sahen mich an. Dann fragte Exie: »Gibt es was, das du uns erzählen musst?«

Ich bereute schon, dass ich überhaupt etwas gesagt hatte, und schüttelte unbehaglich den Kopf. Aber niemand konnte einem ein Geheimnis so gut entlocken wie Exie. Sie legte auf der Arbeitsfläche ihre Hand auf meine und sah mir in die Augen. »Dann erzähl mal. Du wirst dich besser fühlen, wenn du es losgeworden bist.«

»Wir erzählen auch nichts weiter«, versicherte Starla. »Was in der Grotte gesagt wird, bleibt in der Grotte.«

Ich stöhnte und stellte die letzten Wasserflaschen zusammen. »Erst mal muss ich sagen, dass ich Kokain bisher für einen Mythos gehalten habe, etwas, das nur in Filmen aus den Achtzigern vorkommt.«

»Oh, Jane«, seufzte Starla. »Ich hab dir ja schon gesagt, dass deine Schule dich nicht auf die reale Welt vorbereitet hat. Warte ... von wem reden wir hier? Nicht von Rosa. Mad Dog? Niemals. Er schafft nicht mal ein Glas Wein.«

Exie stöhnte gereizt. »*Velvet.*«

»Richtig.« Ich hielt die Hände vors Gesicht. »Was soll ich tun?«

»Ist es schlimm?«, fragte Exie. »Von wie oft reden wir denn?«

»Keine Ahnung«, gestand ich. »Zu Hause ist es mir nie aufgefallen. Aber Fen hat mich gewarnt, dass das Zeug überall am See kursiert und dass Velvet sich von bestimmten Leuten fernhalten sollte. Doch mit ziemlicher Sicherheit ist sie gerade mit genau denen zusammen.« Ich gab ihnen einen kurzen Bericht von der Battle of the Bands und Velvets wiederholten Videocalls in letzter Zeit, die mich misstrauisch gemacht hatten.

Exie schüttelte den Kopf. »Mad Dog wird ausrasten.«

»Total«, bestätigte Starla. »Er darf es nicht herausfinden.«

»Nein, du musst es ihm sagen«, widersprach Exie. »Was, wenn ihr etwas zustößt? Dann wärst du verantwortlich dafür.«

Argh. Zu viel Stress. »Du darfst nichts sagen. Offiziell weiß ich von nichts. Fen war derjenige, der sie gefunden hat, als sie … das mit der Kreditkarte und dem Spiegel …?«

»Sich was reingezogen hat?«, half mir Starla auf die Sprünge.

Ich nickte. »Was tu ich jetzt?«

»Geh auf jeden Fall vorsichtig vor«, riet mir Starla. »Wir sollen unsere Nase nicht in Familienangelegenheiten stecken. Denk an Normas Regeln.«

»Glaubst du, Mad Dog schert sich um Regeln, wenn es um die Sicherheit seiner Kinder geht?«, fragte Exie. »Dann bist du noch nicht lange genug in diesem Haushalt. Er würde es wissen wollen.«

»Was, wenn es nur einmal war, so ein Partyding?«, fragte ich. »Was, wenn sie es nicht noch mal tut?«

Exie brummte unzufrieden vor sich hin. Ihre Augen wurden schmal. »Dieser Fen, der dir mit Velvet geholfen hat – dort ist dein Vater gerade?«, fragte sie. »Und repariert das Auto des Jungen, während der Bruder im Ausland ist?«

»Oh-ho!«, lachte Starla. »So formuliert klingt es ein bisschen abgefuckt.«

Warum ging es jetzt wieder um mich? »Nein – da ist nichts abgefuckt. Mein Vater hilft ihm bloß. Und wir machen nichts Verbotenes. Ich habe versucht, mit Eddie darüber zu reden, aber er schreibt nicht zurück! Er hat mich über ein paar Sachen angelogen, vielleicht deshalb. Aber wenn er nicht Schiffbruch im Sturm erlitten hat und auf dem Rücken einer langsamen Schildkröte umhertreibt, muss er längst auf der Insel sein.«

»Was?« Exie sah mich stirnrunzelnd an. »Jetzt mal langsam. Was du sagst, ergibt überhaupt keinen Sinn.«

»Check lieber mal ihre Nase«, schlug Starla lachend vor.

»Ist auch egal«, sagte ich. »Fen und ich sind bloß befreundet!

Da läuft nichts. Okay, wir haben uns die Hand gegeben. Bitte. Seid ihr zufrieden? Wir haben uns die Hand geschüttelt, und wir haben uns angebrüllt, und es war ein bisschen emotional. Aber niemand sonst versteht, was wir durchgemacht haben.«

Sie starrten mich beide an, aber ich würde keine weiteren Erklärungen abgeben.

»Wir sind praktisch Bruder und Schwester«, sagte ich, weil ich mich noch immer nicht an die blöden anderen Wörter erinnern konnte. »Ihr wisst schon, wenn es mit Eddie und mir jemals ernst wird, dann wären Fen und ich …«

»In eine megaheiße Affäre verstrickt?«, fragte Exie.

Ich hielt einen Finger hoch. »Wir reden bloß über Musik. Das ist alles.« Frida bellte neben meinem Fuß, als wolle sie meine Geschichte bekräftigen. »Seht ihr? Sie kann es bestätigen.«

»Für mich klang das eher wie ein Vorwurf«, lachte Starla.

»Nein«, widersprach ich. »Frida ist immer dabei und passt auf. Was sollte da passieren?«

Exie kicherte amüsiert.

»Verdammt, Mädchen«, brummte Starla ganz aufgeregt. »Das ist ja fast ein Drama wie aus der Playboy-Villa. Als Nächstes wirst du die Brüder noch in die Grotte schleppen.«

Sie zogen mich auf. Gutmütig. Aus Spaß. Doch unter dem Rumalbern krampfte sich mein Magen zusammen. Ich musste es noch mal versuchen und Eddie schreiben. Wenn ich ihn erreichen würde, wäre alles besser. Ich könnte ihm sagen, dass ich ab und zu was mit Fen gemacht hatte, und müsste kein so schlechtes Gewissen mehr haben. Und Eddie könnte mir seine Seite der Geschichte erzählen.

Aber würde ich sie wirklich hören wollen?

Track [16] »Story of My Life« | Social Distortion

Fen

Ich hatte das Ganze nicht richtig zu Ende gedacht. Als ich Janes Vater eine Nachricht schickte und ihn wegen der Reparatur vom Skeleton King fragte, hätte ich vermutlich vorher versuchen sollen, den Jeep zu Aunt Zabels Haus zu fahren. Dort war es ruhig. Hier, auf dem winzigen Parkplatz des Plattenladens neben dem Strip, war es alles andere als das.

Autoverkehr. Fußgänger. Und der schlimmste Verkehr überhaupt: Aunt Pari. Mr Marlow war noch keine Dreiviertelstunde da, doch meine liebenswerte, aber extrem wichtigtuerische Tante war schon tausendmal auf dem Parkplatz aufgekreuzt, erst, um ihm Wasser zu bringen, dann eine alte Decke – »Falls Sie unter den Jeep müssen. So machen Sie sich nicht schmutzig.«

Er versicherte ihr, dass er die Decke nicht brauchte. Es war ihr egal. Eine Eigenschaft, die sie mit meiner Mutter gemein hat. Die genau genommen alle drei Kasabian-Schwestern gemein haben. Wenn sie glauben, du brauchst etwas? Dann kriegst du es, verdammt noch mal. Widerspruch ist zwecklos.

»Wie lange machen Sie das schon?«, erkundigte sich meine Tante bei Mr Marlow und spähte über seine Schulter auf den Motor. »Autos reparieren, meine ich.«

»Schon mein ganzes Leben. Seit der Highschool«, erklärte er ihr. »Ich war schon immer gut im Rumtüfteln.«

»Mad Dog muss viele Autos haben, um Sie Vollzeit anzustellen«, sagte sie.

»Auntie«, warnte ich und spürte einen Anflug von Panik. »Das geht dich nichts an.«

Vielleicht war ich zu verlegen wegen dem, was Jane mir erzählt hatte – dass ihr Vater Eddie hasste. Ich war zwar kein Eddie, den Heiligen sei Dank, aber ich war immer noch ein Sarafian. Mr Marlow konnte beschließen, dass ihm meine Nase nicht passte, und Jane befehlen, nicht mehr mit dem schrecklichen Fen Sarafian abzuhängen.

Ich wollte den Typen einfach nicht verärgern.

Bei Vätern hatte ich keine große Erfolgsbilanz vorzuweisen.

Zum Glück war Mr Marlow nicht beleidigt, dass meine neugierige Tante ihre Nase in seine Angelegenheiten steckte. »Ich kümmere mich um den gesamten Fuhrpark der Familie und des Personals«, sagte er. »Und ja, ich übernehme die ganze Wartung, außerdem hab ich ein paar alte Autos für Mad Dog überholt. Und da er so gut wie blind ist, fahre ich ihn auch.«

»Stimmt«, murmelte sie. »Vor vier oder fünf Jahren hatte mein Schwager, Serj, über den Sommer auch einen Fahrer. Aber ich kann mich beim besten Willen nicht daran erinnern, was aus dem Typen geworden ist …«

»Dad hat ihn mitten auf dem Strip aus dem Auto gejagt, weil er den Anweisungen nicht folgte«, rief ich ihr in Erinnerung. »Er saß zwei Stunden lang vor dem Bait Shop und wartete auf eine Mitfahrgelegenheit zurück nach Fresno.«

»Huch.« Aunt Pari biss die Zähne zusammen und sah verlegen aus. »Habe ich ganz vergessen. Mein Schwager ist ein sehr fordernder Mann, Mr Marlow. Das haben Sie bestimmt schon gehört.«

Janes Vater hob den blonden Kopf aus dem Dunkel der Motorhaube. »Ich versuche, Klatsch zu überhören, aber manchmal lässt es sich nicht vermeiden.«

»Man kann nicht durch eine Schlammpfütze waten, ohne sich die Füße schmutzig zu machen«, stimmte ich zu.

»Und unsere Familie kann eine ziemliche Schlammpfütze sein«, sagte Aunt Pari milde lächelnd. Dann drückte sie mir eine ausgedruckte Online-Bestellung in die Hand. »Kannst du das bitte im System in Ordnung bringen? Der Status hängt bei ›versandt‹, aber ich habe es nie in die Post gegeben. Es ist diese Platte mit dem beschädigten Cover – du erinnerst dich?«

Wollte sie mich loswerden? Oh ja. Ihre Augen hatten diesen ausgeprägten *Nur für Erwachsene*-Blick. Warum konnte sie den Mann nicht einfach in Ruhe mein Auto reparieren lassen und verschwinden?

Ich warf ihr einen Blick zu, der sagte *Du wirst mich mit einer Axt spalten müssen, die aus den Seelen der Verdammten geschmiedet wurde, um mich hier wegzukriegen.*

Doch sie war immun gegen meine dunklen Kräfte. »Danke, Babe.«

Ich schnappte mir stirnrunzelnd den Ausdruck und schlenderte auf die Hintertür des Ladens zu. Als ich um einen Lieferwagen herumlief, hörte ich Janes Vater sagen: »Wenn wir schon von Schlammpfützen reden, ich wüsste gern, warum Fen nicht mehr zu Hause wohnt.«

Ah, Shit.

Ich blieb hinter dem Van stehen, um zu hören, was meine Tante darauf antwortete.

»Das ist kompliziert«, erwiderte sie. »Kurz gesagt läuft es darauf hinaus, dass Serj die zwei ältesten Jungs zu einem gnadenlosen Konkurrenzkampf antreibt. Ich habe selbst keine Kinder, aber die meisten Eltern, die ich kenne, versuchen alles, um ihre Kinder gleich zu behandeln. Dieselben Geschenke, dieselben Vergünstigungen. Oder? Man behandelt sie gleich.«

»Ich hab nur das eine, aber logisch.«

»Nicht so Serj. Er hat eine andere Erziehungsphilosophie und egal, wie sehr Jasmine widersprochen hat, er hat die beiden Jungs so erzogen, dass sie für alles gegeneinander antreten mussten –

gab es eine Band, die beide kennenlernen wollten, ließ Serj nur den Jungen mit der besten Note backstage. Er hat Eddie einen Alfa Romeo geschenkt, der mehr wert ist als der Plattenladen, allerdings erst, nachdem Eddie ›sich bewiesen‹ hatte – bei irgendeinem Wettkampf, den Serj sich ausgedacht hatte, weil er sehen wollte, welcher der Jungs mehr T-Shirts auf dem Festivalgelände verkaufen konnte.«

»Puh«, brummte Mr Marlow.

Aber das war nur die halbe Geschichte! Meine Tante erzählte ihm nicht, was Eddie getan hatte: dass er nämlich bei dem Test geschummelt hatte, um backstage zu dürfen, und dass er mich zwei Stunden in einem Festivalschuppen eingeschlossen hat, bis mich der Hausmeister fand – nur damit er das alberne Verkaufsspiel mit den T-Shirts gewinnen konnte.

»Serj hat sie als Konkurrenten erzogen, nicht als Brüder«, erklärte sie Mr Marlow stattdessen. »Wirklich kein Wunder, dass die Jungs Blut sehen wollten. Es ist einfach eskaliert. Eddie versuchte immer, der Bessere zu sein – weil er mehr Aufmerksamkeit von Serj wollte. Es dauerte nicht lange, bis die Jungs ständig Streit hatten und sich gegenseitig Betrug vorwarfen. Das war an der Highschool. Wie viel Betrug kann es da geben?«

Sie würde sich wundern.

»Ganz ehrlich, ich ließe mich lieber in ein Kriegsgebiet versetzen, als noch mal auf die Highschool zu müssen«, sagte Janes Vater.

Danke.

»Tja, im Wesentlichen lief es darauf hinaus, dass sie sich ständig anbrüllten«, sagte meine Tante. »Um den Frieden zu wahren, zog Fen zu meiner Schwester Zabel. Und da er nach der Schule sowieso immer herkam, gab ich ihm einen Job.«

»Was ist mit seiner Mutter? Wie sieht sie das alles?«

»Sie möchte ein glückliches Heim, also versucht sie, alle ruhig zu halten, und spielt ständig die Schiedsrichterin. Aber sie leidet darunter, was mit den Jungs passiert ist. Sie möchte Fen zu Hause haben, doch sie hat ihn zu uns geschickt, damit er sicher ist.«

»Wird Serj, äh, körperlich? Ich meine, ist er gewalttätig?«

Zählt es, dass er einen anschreit?

»Nein, nichts dergleichen. Es ist bloß dauernd Streit. Und das ist einfach anstrengend. Sie hat ja auch noch die Zwillinge – ihre jüngeren Kinder! Sie wollte nicht, dass sie die Jungs ständig streiten sehen. Es war nicht gesund.«

»Verstehe.«

»Aber dass Fen von zu Hause rausgeflogen ist? Das war nie so schlimm, wie es überall in der Stadt rumerzählt wurde. Wenn Sie also hören, Fen hätte dies oder das getan, stimmt es vermutlich nicht. Er ist ein lieber Junge. Bisschen theatralisch, aber das ist immer noch besser als langweilig.«

Schönen Dank auch, Auntie.

»Ich höre nicht auf Klatsch«, versicherte er ihr.

Danke, Mr Marlow. Jane konnte von Glück sagen, dass sie ihn hatte. Ehrlich gesagt war ich ein bisschen neidisch.

»Sie haben nur ein Kind?«, erkundigte sich meine Tante. »Kommen Sie miteinander klar?«

»Ja«, sagte Mr Marlow. »Ich würde alles für sie tun. Deswegen ist diese ganze Sache so schräg für mich. Ich kann mir meine Welt nicht ohne Jane vorstellen.«

Tja, das konnte ich definitiv nachvollziehen. Ihr Gesicht kam mir in den Sinn und schon spürte ich das entsprechende freudige Ziehen in meiner Brust. Wenn ich nicht aufpasste, würde ich was ziemlich Dämliches veranstalten, zum Beispiel meine äußerst chaotischen Gefühle für Jane gleich hier und jetzt vor Mr Marlow, meiner Tante erklären und vor einer Horde lärmender Touristen, die Eiscreme auf den Parkplatz kleckerten.

Besser, ich sagte es Jane unter vier Augen.

Bienen in meiner Brust ...

Scheiß auf alles. Ich wollte gerade zum Laden sprinten, als ich erneut die Stimme meiner Tante hörte.

»Ich habe aber auch einigen Schlamm über Ihre Jane gehört«, sagte sie.

»Ach ja?«, erwiderte Mr Marlow.

»Dass Mad Dog sie wie eine Tochter behandelt.«

Schweigen.

Schreckliches. Fucking. Schweigen.

Verdammt, Aunt Pari! Warum hat sie das erwähnt? Es war ihm ganz offensichtlich unangenehm. Ich überlegte, um den Van herumzurennen und sie mit einer Ausrede zu unterbrechen. Doch dann meldete er sich schließlich zu Wort.

»Jane ist mein Mädchen. Ich war in der Nacht ihrer Geburt dabei, und auch ein paar Jahre später, als ihre Mutter starb. Ich habe ihre Windeln gewechselt, sie in den Schlaf gewiegt und ihr bei den Hausaufgaben geholfen. Und da ich mich nicht um den Tratsch über Fen oder Eddie oder gar Serj schere, sollten vielleicht auch Sie dem Tratsch über Jane keine Aufmerksamkeit schenken. Solange niemand verletzt wird, lasst sie machen.«

Verdammt, ja! Zehn Punkte für den Henry-Rollins-Fan.

Lasst uns einfach machen.

Niemand wurde hier verletzt. Wie konnte man verletzt werden, wenn man nichts Verbotenes tat?

Fen Sarafian:
Hallo

Jane Marlow:
Selber hallo

Fen Sarafian:
Und ... was machst du heute Abend?

Jane Marlow:
Fernsehen im Personalraum. Du?

Fen Sarafian:
Sitz in einer Scheune und frag mich, was du machst

Jane Marlow:
Scheune?

Fen Sarafian:
Lange Geschichte. Verlässt du die Lodge auch manchmal abends? Oder ist das verboten?

Jane Marlow:
Keine Ahnung. Hatte bis diesen Sommer nie ein Auto zur Verfügung

Fen Sarafian:
Ein paar von uns haben dank cooler Väter frisch reparierte Fahrzeuge
Was hältst du davon, wenn ich dich abhole? Es gibt da einen Sammler, den ich dir gern vorstellen würde
Keine Double Deuce, aber ich denke, er wird dir gefallen.

Jane

Ich hatte genug dubiose Hintereingänge von Clubs gesehen, wenn mein Vater mit mir im Schlepptau Mad Dog von irgendeinem Treffen mit einer Band abholte, oder wenn ich mit Velvet backstage Musikern bei den Proben für ein Live-Album zugesehen habe, das ihr Vater aufnahm.

Aber nie hatte ich das Gefühl gehabt, mitten in der Nacht in zwielichtige Gegenden verfrachtet zu werden. Vielleicht war ich auch einfach nur nervös, in der Dunkelheit mit Fen unterwegs zu sein. Hätte ich doch bloß jemandem gesagt, was ich vorhatte. Nicht, weil ich mir Sorgen wegen Fen machte. Wenn ich es jemandem gesagt hätte, hätte ich kein schlechtes Gewissen zu haben brauchen.

Ich konnte immer noch jemand eine Nachricht schicken. Nicht meinem Vater. Vielleicht Starla?

»Alles gut?«, fragte mich Fen. »Du checkst dein Handy ...?«

Ich schob es in die Tasche. »Nee, alles in Ordnung. Was hat es mit den ganzen Überwachungskameras auf sich? Hier ist kein Menschenschmugglerring oder so? Nur zu deiner Info, ich bin als Kidnapping-Opfer völlig wertlos.«

»Noch was, das wir gemeinsam haben. Mein Vater würde den Kidnappern vermutlich eher was zahlen, damit sie mich wegbringen.« Am oberen Ende der Terrassentreppe drückte er auf einen Summer an der Hintertür. »Yo! Wir sinds, Mann«, sagte er in die Gegensprechanlage. »Lass uns rein.«

»Wo ist die Platte in fast neuwertigem Zustand?«, antwortete eine tiefe Stimme. »Du hast mir Wunder was versprochen, Fennec.«

»Lass uns rein und sie gehört dir.« Und zu mir: »Halt lieber den Hund fest, bis wir wissen, wie Peaches und Herb es aufnehmen.«

Das hörte sich nicht gut an. Als wir durch das Tor traten, blieb Frida unter meinem Arm. Ich entdeckte Peaches und Herb – zwei Langhaarkatzen, die schnell das Weite suchten, als Frida bellte – und ihren Besitzer, einen alten Hippie, der ein wenig dem Mann ähnelte, der das Sierra Mono Indian Museum neben dem Tunnel durch die Riesensequoia leitete. Er schien sowohl Schwarz als Native zu sein.

»Moonbeam Bowland, das ist Jane Marlow«, stellte mich Fen vor und führte uns in ein Wohnzimmer unter freiem Himmel.

»Hab schon viel von dir gehört«, sagte der Mann und lächelte mich zurückhaltend, aber freundlich an.

Viel? Das machte mich nervös. Ich spähte zu Fen. Er spähte zum See. Frida kläffte die Katzen an, die auf einem Bambusregal voller Pflanzen thronten. »Hör auf!«, schimpfte ich sie. »Es ist zehn Uhr abends. Du wirst die Nachbarn aufwecken.«

»Hier gibts keine Nachbarn, die man wecken könnte«, versicherte mir Moonbeam.

»Willkommen im Eremitendasein, Jane«, sagte Fen und setzte sich auf ein Sofa. »Moonbeam ist ein veganer Vampir, der die ganze Nacht den See betrachtet«, erklärte er und deutete auf das Teleskop neben dem Verandageländer, das auf die andere Seite des Sees gerichtet war. »Falls du wissen willst, ob jemand Leichen versenkt, ist er der Richtige.«

»In Condor gab es seit zehn Jahren keine Leichen mehr«, versicherte Moonbeam und bedeutete mir, mich zu setzen. »Alles bestens, seit Mrs Abrams ihren Ehemann versenkt hat.«

Ich war einigermaßen sicher, dass sie Witze machten, aber

nicht *ganz.* »Sollte ich Fragen stellen …?« Ich setzte mich neben Fen und ließ Frida zu unseren Füßen herumschnüffeln, behielt die Leine allerdings weiter ums Handgelenk.

»Abrams hat ihn nicht umgebracht. Sie war bloß geizig«, erklärte Fen. »Kein Geld für die Beerdigung.«

Ich schnitt eine Grimasse. »Diese Stadt ist so schräg.«

»Das ist ja so toll an ihr«, sagte Moonbeam und setzte sich in einen Sessel uns gegenüber. Er musterte mich, was mich etwas verlegen machte. Hinter ihm fiel warmes Licht aus dem Haus. Ich versuchte, nicht hineinzuspähen, aber da waren Regale voller Schallplatten und auf seiner Anlage spielte etwas, das ich nicht kannte.

»Penguin Cafe Orchestra«, erklärte Fen. »Moonbeam hört sich nichts nach 1985 an. Er ist eine wandelnde Zeitkapsel.«

Der Mann kümmerte sich nicht um die Bemerkung. Vielleicht, weil er zu beschäftigt damit war, mich anzustarren. Dann klatschte er in die Hände. »*Außer Atem.* Jean-Luc Godard! Wie hieß sie noch mal? Jean Seberg. An sie erinnerst du mich mit deinen Haaren.«

Ich fasste mir nervös in den Nacken, dann merkte ich, was ich tat. »Ja? Den habe ich nicht gesehen, aber davon gehört habe ich. Er ist wichtig, oder? Französisch.«

»Nouvelle Vague«, bestätigte Moonbeam und nickte. »Bahnbrechend und schockierend, über zwei Liebende – einen hässlichen jungen Kriminellen, der sich für härter hält, als er ist, und das Mädchen, das er liebt, schön und scheinbar quirlig, aber in Wirklichkeit wohl ebenso nihilistisch wie er.«

Ich schüttelte den Kopf. Sollte das ein Kompliment sein? »Klingt nicht ansprechend.«

»Jane kann mit Nihilismus nicht viel anfangen. Sie ist für Romantik und Weihnachtsbeleuchtung«, erklärte Fen.

»Was für ein Zufall! Alles, worauf du stehst«, neckte ihn Moonbeam.

Fen zeigte ihm den Mittelfinger und tat, als würde er verschwörerisch mit mir flüstern. Doch er sprach laut genug, dass Moonbeam ihn hören konnte. »So ist er immer, erwarte nicht, dass sich seine Manieren bessern. Aber er teilt deine Philosophie, nicht alles zu Geld zu machen. Er liebt Musik und hasst Geld.«

»Falsch. Ich hasse Geld nicht«, sagte Moonbeam. »Ich bezahle damit, was ich brauche, nicht mehr, nicht weniger. Aber darüber hinaus ist es nutzlos. Wozu brauche ich Stapel davon? Ich gehe hier nicht weg.«

»Nie?«, fragte ich.

Er schüttelte den Kopf. »Hat dir Fen nicht von mir erzählt?«

»Was gibts da zu erzählen, Moonbeam?« Fen klopfte sich auf den Schoß, um Frida einzuladen. Sie sprang freudig hoch, stellte sich an seiner Brust auf und leckte ihm das Gesicht. »Whoa! Das ist zu viel, Hündchen.«

»Ganz ruhig, Frida«, beschwichtigte ich sie und berührte aus Versehen Fens Hand, als ich sie wegschob.

Es schien ihn nicht zu stören. Sein Blick war durchdringend heute Abend, er beobachtete mich. Musterte mich. Nahm nie die Augen von mir, selbst wenn ich mit Moonbeam sprach. Ich spürte seinen Blick auf meinem Gesicht, er ließ eine kleine warme Welle von Schaudern über meine Arme laufen.

»Geht doch«, sagte Fen leise und kratzte sie hinterm Ohr, während er mit Moonbeam redete. »Sie weiß, dass du die ganze Nacht auf bist, und dass du unübersehbar ein Hippie bist, der auf seiner Veranda wohnt und sich zu viele alte Filme anschaut. Irgendwann wirst du vermutlich beschließen, dass sie cool genug ist, sich deine Platten anzusehen. Ich hab ihr schon erzählt, dass Victory Vinyl bereits Geschäfte mit dir gemacht hat, bevor es das Festival gab, damals in den Neunzigern. Aber nun hält er möglichst viel Abstand zum Festivalgelände.«

»Fen formuliert es absichtlich vage«, sagte der Mann mit angespannter Stimme, was mich aufblicken ließ. »Ich war der erste

Prozess des Condor-Festivals, der Fall wurde außergerichtlich beigelegt.«

Huch. Irgendwas bewegte sich in der eingestaubten Ecke meines Hirns. In den Anfängen des Festivals hatte ich irgendwann mal etwas von einem Vergleich gehört. Ich erinnerte mich aber nur undeutlich an den Grund. Da ich es nicht zugeben wollte, sagte ich bloß: »Hat mir noch keiner von erzählt.« Was der Wahrheit entsprach.

»Dachte ich mir. Weißt du, im zweiten Jahr des Festivals habe ich geheiratet«, erklärte er, »und meine Frau stürzte von irgendwelchen erhöhten Sitzplätzen, die sie auf dem großen Feld errichtet hatten. Die Menge drängte vorwärts, rannte das Ding um und sie stürzte herunter. Ihre Lunge kollabierte. Sie konnte nicht rechtzeitig gerettet werden. Sie versuchten, es auf eine Überdosis zu schieben, aber sie hatte Asthma.«

»Oh Gott. Das ist ...« Ich schüttelte den Kopf und konnte das Bild der Massenpanik nicht aus dem Kopf bekommen. »Das tut mir sehr leid.«

Er nickte. »Ich weiß, dass du deine eigene Tragödie am Wehr erlebt hast.«

»Ich hatte Glück«, sagte ich leise. Ich spähte zu Fen und stellte fest, dass er mich ansah.

»Hattest du«, brummte Moonbeam. »Tina leider nicht, und sie fehlt mir immer noch. Musik war unser Ding und sie wollte unbedingt zum Festival. Und so schräg es klingt, auf eine Art ist sie wenigstens bei etwas gestorben, das sie geliebt hat.«

Es klang wirklich schräg. Es war schrecklich und herzzerreißend und es machte mich so traurig für ihn. Aber das konnte ich nicht sagen. Deshalb flüsterte ich bloß: »Es tut mir sehr leid, Moonbeam.«

»Schon gut«, erwiderte er. »Ich habe es dir nicht erzählt, um dich traurig zu machen. Aber es ist trotzdem schön, wenn man es mit jemandem teilen kann.«

Vielleicht half es ihm ein wenig, darüber zu sprechen. So wie er lebte, kannte er bestimmt nicht viele Menschen, mit denen er reden konnte. »Wie lange wart ihr verheiratet?«, fragte ich.

»Zwei Wochen. Sie lebte in Fresno, aber im Sommer kam sie immer an den See, um zu wandern. Sie mochte Vögel und schwamm gern. War gern draußen im Freien. Sie schaute sich auch gern Konzerte im Freien an, so haben wir uns kennengelernt. Ich arbeitete in einer Bar am Strip namens Anchor und sie kam rein, um sich die Bands von hier anzuhören.«

Die Bar kannte ich. Nicht persönlich, aber sie war in der Nähe von Betty's, meinem Verderben. Einige Bars am See hatten Bühnen auf den Hafenanlagen oder auf Terrassen mit Seeblick.

»Ja, für mich war Tina die Frau meines Lebens«, sinnierte Moonbeam. »Wenn ich jetzt zurückdenke, wusste ich es schon, ein Jahr bevor ich sie das erste Mal nach einem Date gefragt habe, aber ich wollte meine Freiheit. Das bedaure ich am meisten. Nicht das Festival. Sondern dass ich zu lange gewartet habe. Wir hätten mehr Zeit miteinander haben können.«

»Meine Mutter ist an einem Aneurysma gestorben, als ich fünf war«, sagte ich. »Ich kann mich kaum noch an sie erinnern. Nur an kleine Dinge, zum Beispiel, dass sie mir vorgelesen hat, und an den Sessel, in dem sie saß – er hatte ein Kissen mit Rosen drauf. Ihr Gesicht kenne ich eigentlich nur von Fotos.« Ich schüttelte den Kopf. »Wie dem auch sei, es ist dreizehn Jahre her, aber mein Vater vermisst sie immer noch. Er sagt das auch oft – dass er sich wünscht, sie hätten mehr Zeit gehabt.«

Moonbeam nickte und musterte mich. »Ja, es ist seltsam, wie sich das hält. Man kommt allmählich darüber hinweg, aber es verschwindet nie ganz. Deshalb bleibe ich hier. Ich gehe nicht zum Festival. Mag die Menschenmassen nicht. Ehrlich gesagt mag ich viele Menschen nicht.«

»Vor allem nicht meinen Vater«, bemerkte Fen. »Wir haben viel gemeinsam.«

»Stimmt«, sagte Moonbeam mit einem kleinen Lächeln. Dann schaute er zu seiner roten Katze hoch. »Ich denke, die bleiben da oben sitzen, du kannst die Kleine ruhig frei herumlaufen lassen. Die Türen sind alle geschlossen, weiter kommt sie nicht. Ich mag es übersichtlich. Trinkst du gern Pfefferminztee?«

»Äh …?«

»Mit Zucker ist er genießbar.« Fen stieß mich leicht mit der Schulter an, bevor er mir vom Sofa aufhalf. Dabei spähte er die ganze Zeit zu seinem Freund, der uns beobachtete. »Komm schon, Moonbeam, ich habe die Platte im Rucksack, die du wolltest. Darf ich ihr deine Beatles zeigen?«

»Ganz ruhig, Mann. Du hast es immer so eilig …«

Es ließ sich leicht nachvollziehen, dass Moonbeam das so empfand, derart abgeschieden mit bloß zwei Katzen als Gesellschaft. Während wir unseren Tee tranken, redete er offen darüber, dass er das Haus, außer für kurze Spaziergänge, seit Jahren nicht verlassen hatte – weil es auch nicht nötig war, da alles zu ihm kam und die Abfindung, die er von Sarafian Events erhalten hatte, ihm bis zu seinem Tod reichen würde. Sein kleiner Rückzugsort hatte etwas Anziehendes. Ich verstand, warum Fen den Mann mochte, und warum er viel Zeit hier draußen verbrachte, um den Kopf klar zu bekommen.

»Musik und Gespräche«, erklärte mir Fen, als wir Moonbeams Plattensammlung durchgingen, die ordentlich in Plastikhüllen verpackt war, um sie gegen Wettereinflüsse zu schützen. »Und die Sterne.«

Aber auch die Traurigkeit. Denn auch die gab es hier. Eine dauerhafte sanfte Traurigkeit, die an den Platten und den Möbeln haftete wie eine Umarmung, die zu lange dauerte. Der See heilte diesen Mann nicht. Moonbeam saß hier und hegte seinen Schmerz, wachte über den Geist seiner toten Frau. Er ließ nicht los.

In diesem Moment verstand ich die schräge Logik von Mad Dogs Bemerkung. »Stell dich wieder aufs Board«, flüsterte ich.

»Was?« Fen warf mir einen seltsamen Blick zu.

Ich schüttelte den Kopf. »Bloß was, was mein Vater immer sagt. Aber … wenn ich dich bitten würde, mich heute Abend irgendwohin zu fahren, würdest du es tun? Es wird dir nicht gefallen.«

Einen Moment lang erwiderte er nichts. »Ich fahre dich überall hin, wo du willst.«

Nachdem wir unsere Teetassen gespült hatten, bedankten wir uns bei Moonbeam und fuhren um den See. Ich checkte mein Handy, ob ich irgendwelche Nachrichten hatte – abends unterwegs zu sein, machte mich ein bisschen paranoid. Keine Ahnung, warum. Niemand schien meine Abwesenheit zu bemerken. Und warum auch? Es war noch nicht mal elf, nicht übermäßig spät, vor allem für einen warmen Sommerabend. Auf dem Strip war immer noch ein wenig Verkehr, als wir durch die Stadt zurückfuhren. Ich entdeckte die Anchor Bar, in der Moonbeam früher gearbeitet hatte, und aus einem anderen kleinen Pub die Straße hinunter war Live-Musik zu hören.

Sonst hatte nicht mehr viel geöffnet: ein Diner bis Mitternacht, die Tankstelle auf dem Weg zum Freeway und ein paar Restaurants. Doch als wir vom Strip abbogen und die dunkle Straße am Blue Snake River entlangrumpelten, fort von den Lichtern der Stadt, wurde vor uns der eine Ort sichtbar, der nicht geöffnet war.

Der Condor-Staudamm.

»Kannst du rechts ranfahren und parken?«, fragte ich.

»Ernsthaft?«

Ich nickte. »Ich will das Wehr bloß sehen.«

»Es ist für die Öffentlichkeit geschlossen«, sagte er und fuhr langsamer. »Man kann im Park daneben herumlaufen, aber über das Wehr kommt man erst morgen früh wieder.«

»Hat mir Dad erzählt. Aber vielleicht könnten wir uns einfach im Park auf eine Bank setzen? Ich muss es tun. Bitte, Fen. Du hast gesagt, dass du mit mir auf Geisterjagd gehen willst. Also …?«

Er zögerte und überlegte, dann fuhr er noch ein Stück die Straße hoch und parkte den Jeep auf dem kleinen verlassenen Parkplatz, den Besucher tagsüber nutzten. Es war kein richtiger Park auf dieser Seite des Damms, eher eine kleine Grünfläche mit ein paar Bäumen und Gras, auf dem man den Hund Gassi führen oder die Beine ausstrecken konnte, während man sich den Staudamm ansah und Fotos machte. Ein paar Bänke und ein Mülleimer. Wenn man das Wehr überquerte, kam man auf eine bewaldete Fläche zwischen Fluss und See, die liebevoll Neverland genannt wurde. Dort gab es Blumen, eine Angelstelle und einen gewundenen Pfad, der zum Condor Visitor Center führte.

Doch um über das Wehr nach Neverland zu gelangen, bedeutete, den überdachten Holzgang zu benutzen.

Vor dem nun ein Tor angebracht war.

Von dem ich heruntergefallen war.

Fen stellte den Motor ab. Ich hielt Frida fest, die aus dem Jeep springen wollte. Wir starrten auf die Rückseite des Wehrs, das mit einem kuriosen Arts-and-Crafts-Wachhaus mit Spitzdach und zehn quadratischen Fenstern verbunden war. Das Wehr war bloß dreißig Meter lang oder so – sehr pittoresk und hübsch, kein gewaltiger Hoover Dam oder dergleichen. Touristen liebten es, Fotos davon zu machen. Neben dem Geländer gab es ein Schachbrett aus Stein und zwei Steinbänke, wo die Anwohner dem ruhigen Plätschern des Wassers lauschen und eine Runde Schach spielen konnten.

Nun war es hier dunkel und still.

»Warst du je wieder hier?«, fragte ich und versuchte, Fridas leises Wimmern zu überhören. Sie wollte losgemacht werden und alles auskundschaften.

»So, so oft«, sagte Fen leise. Er stieß einen tiefen Seufzer aus. »Komm. Es gibt eine Stelle neben dem Geländer. Ich zeig sie dir.«

Wir waren allein. In der Ferne raste der Verkehr über die Autobrücke eine Viertelmeile stromaufwärts. In der entgegengesetzten Richtung konnte ich, wenn ich genau hinhörte, Musik hören, die vom Strip über den See hallte. Keine Band bei Betty's heute Abend, bloß Musik aus ein paar kleineren Bars. Doch ich wollte sie nicht hören, ich konzentrierte mich auf das beruhigende Geräusch des Damms.

Fen und ich liefen über das kurze taufeuchte Gras, Frida schnüffelte im Dunkeln herum, ich wickelte mir die Schlaufe ihrer Leine ums Handgelenk. Er blieb am Geländer stehen, unter dem Holzgang floss das Wasser gemächlich durch ein Dutzend kleine Schleusentore. Das Wehr konnte den See um über drei Meter absenken oder anheben, je nachdem, wie viele Schleusentore geöffnet waren. Die Stadt bot kostenlose Führungen an, wie es funktionierte, Dad hatte mich als Kind zu einer mitgenommen.

»Hast du es so in Erinnerung behalten?«, fragte Fen.

Ja und nein.

Als ich das letzte Mal hier war, hatte ich nicht das Gefühl, dass mein Oberkörper in einem Schraubstock steckt. Dafür sah das Wehr nun hübscher aus, als ich es in Erinnerung hatte. Ein friedlicher Ort, um sich auszuruhen. Ein Dazwischen-Platz. Eine Schwelle.

Es sollte kein Ort für betrunkene Partys und grölende Jugendliche sein, die wie die Verrückten herumrannten und den Bands zujohlten, die sie über das Wasser hörten, während sich ihre Kumpels über den überdachten Gang ins Dunkel von Neverland schlichen und Sex im Wald hatten, wo sie leere Bierdosen und benutzte Kondome zurückließen, die die Parkpfleger am nächsten Tag wegräumen mussten.

»Ich saß dort«, sagte ich und deutete zum Ende des Holzgangs. »Auf dem Geländer. Und dann bin ich runtergefallen. Das wars, oder?« Es war nicht sehr tief.

»Ungefähr drei Meter«, sagte er. »Du bist auf die Steine dort aufgeschlagen und Richtung See getrieben.«

»Wo bist du reingesprungen?«

Er rieb sich das Gesicht. »Dort, in der Mitte des Gangs. Ich bin geschwommen … bis irgendwo da unten.« Er deutete ein Stück weiter. »Zuerst konnte ich dich nicht finden. Ich hatte Angst, dass du in den See getrieben sein könntest. Es war dunkel und verwirrend, und eines der Schleusentore stand offen, deshalb gab es eine leichte Strömung. Nicht stark. Aber du bist an den Steinen hängen geblieben.«

An den Steinen hängen geblieben. Weil ich bewusstlos war.

»Wie hast du mich rausgeholt?«, fragte ich.

»Hab dich getragen … und versucht, deinen Kopf über Wasser zu halten, dann hab ich dich auf die Felsbrocken dort hochgezogen, auf die Insel. Es war die einzige Stelle ohne Geländer.«

»Und du wusstest, wie man jemanden reanimiert?«

Er nickte. »Als mein Vater das neue Boot kaufte, hat Mama uns gezwungen, Kurse zu machen.«

In der Ferne sah man die Lichter des Verkehrs auf der Autobrücke flackern. Der Schraubstock um meinen Oberkörper drückte noch fester zu und ich wusste, dass ich mit dem Wasser erst Frieden schließen konnte, wenn ich das Geheimnis preisgab, das mir in der Kehle steckte und mit aller Macht herauswollte.

»Es ist nicht aus Ungeschicktheit passiert«, gestand ich.

Fens Arm neben meinem erstarrte auf dem Geländer. Er gab weder eine Antwort, noch sah er mich an. Das wollte ich auch nicht, sonst könnte ich ihm den Rest nicht erzählen.

»Ich wollte wissen, wie es sich anfühlt zu fallen«, fuhr ich kleinlaut fort. »Ich wollte nicht sterben. Eddie und ich waren gerade im Wald gewesen … Es ist nicht wirklich was passiert. Er war zu betrunken. Aber dann ließ er mich dort einfach im Dunkeln zurück, weil er mit seinen Kumpels zusammen sein wollte.«

Fen gab einen Laut von sich, sagte aber nichts.

Ich schaute zu Frida herunter und wischte meine Tränen weg. Ich konnte mich nicht mehr beherrschen. »Ich habe es nie jemandem erzählt, weil es so bescheuert ist. Ein Aussetzer, der mein Leben total verändert hat. Ich wollte nur seine Aufmerksamkeit haben. Was bin ich doch für eine Idiotin.«

Er wiegte den Kopf hin und her, während er mein Geständnis zu begreifen versuchte. Es war zu spät, um es zurückzunehmen. Und vermutlich war ich auch froh, die Bürde los zu sein. Das Geheimnis hatte ein unerwartetes Gewicht, das mich lange heruntergedrückt hatte.

Ich wollte mich bei ihm bedanken, dass er mir zuhörte. Dass er mich nicht verurteilte. Er drehte sich vom Geländer weg und starrte mich an, wilde Gefühle, die ich nicht benennen konnte, verzerrten sein Gesicht.

War er ... sauer auf mich?

»Das habe ich noch nie jemandem erzählt«, sagte ich. »Bist du wütend, dass ich es dir erzählt habe?«

»Ich bin irgendwas.«

»Was soll das bedeuten?«

»Es bedeutet genau das. Irgendwas.«

»Fen –«

»Ja, ich bin sauer, okay? Wenn du das, was du mir gerade erzählt hast, nicht für wichtig halten würdest, hättest du es nicht verheimlicht.«

Wohl wahr. Das ließ sich nicht abstreiten.

»Du hast mich gefragt, warum ich dich gerettet habe?«, fragte er mit einer Stimme, die wie Donnerhall klang. »Weißt du noch? Du konntest nicht nachvollziehen, warum ausgerechnet ich für dich ins Wasser springen würde.«

»Stimmt, das habe ich mich gefragt.«

»Ich habe es getan, weil ich total verknallt in dich war, alles klar?«

Seine Worte versetzten mir einen Stoß. Das konnte nicht wahr sein. Bis zu diesem Sommer hatten wir nie etwas zusammen unternommen. Kaum ein Wort miteinander gewechselt. Jahrelang nicht. »Wie?« Ich sah ihn fragend an. »Seit wann?«

»Schon immer. Seit wir Kinder waren und ich mich am Bein verletzt habe bei der Benefizveranstaltung. Du warst mit Velvet und Mad Dog da, erinnerst du dich noch?«

Ja. Ich erinnerte mich tatsächlich. Wir waren fünfzehn und uns zwar vorher schon ab und zu begegnet, aber es war das erste Mal, dass wir mehr als ein paar Minuten miteinander verbrachten. »Wir haben über K-Pop geredet ... Du hast dir das Bein an einem rostigen Nagel aufgerissen – das war ... als mein Vater deine Mutter und dich gefahren hat.«

Er brauchte mir nicht zu antworten. Ich wusste, dass ich recht hatte.

Ich dachte an seine Reaktion, als ich das erste Mal bei Victory Vinyl reingeschaut hatte. Wie seltsam intensiv es zwischen uns war. An sein Ophelia-Tattoo. Warum ich nicht aufhören konnte an ihn zu denken, obwohl ich eigentlich an meinen Freund hätte denken sollen.

»Warum hast du mir das nicht gesagt?«, flüsterte ich.

»Wie sagst du jemand, dass er deine ganze Welt ist, wenn sie den Typen neben dir anstarrt?«

»Wie konnte ich deine ganze Welt sein, wenn du mich überhaupt nicht kanntest?«

»Wie konntest du wegen eines Jungen, den du überhaupt nicht kanntest, so traurig sein, dass du seinetwegen ins Wasser gefallen bist?«

Der Schraubstock quetschte meine Brust, bis ich kaum noch Luft bekam.

Fen stürmte davon, lief das Geländer bis zum Wehr hinunter, wo ich nur noch seine dunkle Silhouette im grauen Schatten erkennen konnte. Er beugte sich über das Geländer und brüllte Obszönitäten ins Wasser.

Frida wimmerte zu meinen Füßen. Ich kniete mich neben sie, nahm sie in den Arm und erklärte ihr, dass alles gut war. Damit ich mich besser fühlte. Dann spürte ich Fens Hände, die mich hochzogen.

Er packte mich an den Schultern und starrte mich mit dunklen Augen an, ohne etwas zu sagen. Das hier war nicht auszuhalten. Sein Schweigen.

Ich wollte ihm erklären, dass es mir leidtat.

Dass ich ihn zuvor nicht wahrgenommen hatte. Dass ich sein Leben vermasselt hatte. Und schließlich dafür, dass ich in die Stadt zurückgekommen war und ihn nicht mal erkannt hatte.

Aber ein Teil von mir war auch wütend. Und diesem Teil tat *nichts* leid. Schließlich hatte ich um nichts davon gebeten.

Ich hatte ihn nicht gebeten, mich zu retten.

Er schüttelte immer wieder den Kopf, sagte aber nichts.

Er ließ die Hände sinken und ich schloss die Augen. Er würde mir gleich erklären, dass es vorbei war – mit uns beiden. Keine Geisterjagd mehr, keine Platten. Wir waren keine Freunde. Wir waren nicht mal ... diese Wörter, an die ich mich nicht erinnern konnte. Wir hatten nichts Verbotenes getan.

Wir hatten einfach nichts.

Doch plötzlich schlang er den Arm um mich und zog mich an seine Brust. Er umarmte mich? Es war so seltsam und unerwartet; ich wusste nicht, was ich tun sollte. Ihn auch umarmen?

Bevor ich entscheiden konnte, wie ich reagieren würde, sagte er leise: »So habe ich dich im Wasser gehalten.«

Ich sackte gegen ihn und konnte mich nicht mehr beherrschen.

Ich weinte.

Er weinte.

Und als ich nicht mehr stehen konnte, ließen wir uns ins dunkle Gras fallen und umklammerten einander. Ich hielt ihn, bis sein T-Shirt von Tränen durchnässt und mit Make-up verschmiert war. Er hielt mich, bis es so kalt wurde, dass er mir die Hände unter dem T-Shirt auf den Rücken legte, um sie zu warm zu halten. Wir hielten einander, bis Fridas Leine sich dermaßen um unsere Beine verheddert hatte, dass sie jeden Befreiungsversuch aufgab und neben mir einschlief.

Aber wir taten nichts Verbotenes.

Nicht in dieser Nacht.

Unbekannte Nummer:

Miss Jane, hier ist Jasmine Sarafian. Miss Norma hat mir deine Nummer gegeben.
Ich habe eine hübsche Wohnung gefunden, die wir uns anschauen könnten.
Soll ich dich Mittwoch um zwei vor der Lodge abholen?

Jane Marlow:

Oh! Okay, ja. Danke.
Ich muss mit Velvet klären, ob ich während der Arbeitszeit weg darf
Also wegen persönlicher Angelegenheiten, ich passe nämlich auf ihren Hund auf/bin ihre persönliche Assistentin
Aber sollte klargehen

Jasmine Sarafian:

Richte Velvet aus, wenn sie ein Problem hat, soll sie sich bei mir melden.
Bring den Hund mit.

Track [18] »Mother Stands for Comfort« | Kate Bush

Jane

Jasmine blieb vor der Tür des Apartments im ersten Stock stehen, der Schlüssel steckte im Schloss. »Erzähl mir noch mal, was er genau gesagt hat.«

»Genau« war nicht meine Stärke, vor allem nicht, wenn es um Wörter ging. Aber ich versuchte, mich daran zu erinnern, was Eddie zu mir gesagt hatte. »Ich *glaube*, er sagte, ohne die Zustimmung Ihres Mannes ginge gar nichts, und dass er erst mal ein paar Sachen geradebiegen müsse. Oder ihn einwickeln müsse? Dass er mir nichts versprechen könne, sich aber was einfallen lassen würde? Und dass es unser kleines Geheimnis sei?«

Aus Jasmines Kehle kam ein gedämpfter Laut.

»Haben Sie von ihm gehört?«, fragte ich und schwitzte leicht. »Das war meine Hoffnung. Meine Nachrichten scheint er nämlich nicht zu bekommen.«

Das Geräusch in der Kehle steigerte sich zu einem Knurren.

Das hier lief nicht gut. Seit meinem nächtlichen Besuch am Wehr mit Fen war ich völlig durch den Wind, unfähig, die simpelsten Befehle von Norma zu befolgen. Unfähig, seinen Duft aus meinen Nasenlöchern zu bekommen. Ich wusste noch genau, wie er sich anfühlte und wie mein Körper sich in seinen schmiegte. Und nun hatte sich mein ohnehin verwirrtes Hirn neu verkabelt, um all diese Neuheit ... aufzunehmen.

Ich war überwältigt. Von ihm. Von uns. Was wir waren oder sein konnten.

Wie konnte ich zu dieser Wohnungssuche zurückkehren? Eddie war seit über einer Woche weg. Keine Antwort auf meine Nachrichten, ich hatte es allerdings auch aufgegeben, ihm welche zu schreiben.

Am liebsten hätte ich wieder an Eddie gedacht wie früher, bevor Fen das makellose Bild von ihm in meinem Kopf beschmutzt hatte. Der alte Eddie war golden und unperfekt perfekt – ein bisschen einfältig, ja, und man bekam ihn nicht zu fassen, klar. Aber er hatte ein perfektes Lächeln, das mir immer gute Laune machte, und er wusste genau, was er sagen musste.

Jetzt konnte ich diesen Eddie nicht mehr in meinem Kopf hervorzaubern. Ich sah immer nur Eddie, den Kokainabhängigen, oder Eddie, den Lügner. Eddies, die ich nicht kannte. Wenn ich doch bloß fünf Minuten mit ihm hätte telefonieren können, eventuell hätte das Einiges geklärt.

Eventuell?

Falls seine Mutter Neuigkeiten über ihn hatte, wollte ich natürlich trotzdem die Chance nutzen, herauszufinden, was er auf den Philippinen trieb. Stimmung: hin- und hergerissen.

Jasmine war sehr geduldig und freundlich und in ihrer Nähe zu sein war hypnotisierend – etwas an ihrer Stimme oder dem frischen, blumigen Duft, den sie verströmte, oder ihr stylisher Pencil Skirt. Wie sie mich anlächelte. Es war so anders als meine abwiegelnde Ziegelmauer von Vater oder das geschäftige Los-Los-Los des Alltags in der Lodge, wo mich Exie und Starla aufzogen. Jasmine hatte alle Zeit der Welt, das war verführerisch.

Zu verführerisch. Ich traute dem Frieden nicht. Vielleicht, weil ich nicht mehr sicher war, ob ich noch mit Eddie zusammenziehen wollte. Außerdem war da das, was ich mit Fen getan hatte. Was ja eigentlich nichts war. Aber andererseits eben auch nicht nichts. Ich wusste es nicht! Ich wusste es einfach nicht.

War ich ein schlechter Mensch, weil ich mit Fen im Gras gelegen hatte? Weil ich mit ihm geweint hatte?

Ihn gehalten hatte.

Den Bruder meines Freundes.

Wir haben uns nicht geküsst. Wir haben nicht mal geredet. Aber wir blieben bis nach Mitternacht dort, und als er mich in der Lodge absetzte, konnten wir uns nicht in die Augen sehen. Er schrieb mir bloß später eine Nachricht – so gegen vier-Uhr-morgens-später –, die lautete: **Danke.**

Was bedeutete das?!

Und, *ohmeinGott*, Frida trieb mich in den Wahnsinn. Dass sie auf den Fliesen vor der Tür scharrte und bettelte hereingelassen zu werden, machte die ganze Sache nicht einfacher.

»Vielleicht sollten wir einfach warten, bis er zurückkommt«, schlug ich noch einmal vor und wischte mir mehr Schweiß von der Stirn. »Oder zumindest bis er mir zurückschreibt, wenn er sich auf den Philippinen eingewöhnt hat? Vielleicht ist er ein bisschen sauer, äh, dass ich es nicht für mich behalten habe.«

Sie ließ den Schlüssel in der Tür stecken und lehnte sich dagegen, dann hob sie den Finger. »Lass dich nie von einem Mann beschwatzen, ein Geheimnis zwischen euch zu bewahren, von dem nur er profitiert. Das ist nämlich kein Geheimnis. Sondern eine Lüge.«

»Aber –«

»Nein.« Ihr Kopf wackelte, als sie den Finger hin und her bewegte. »Es ist mir egal, ob er mein Sohn ist. Es wäre mir auch egal, wenn es mein Mann wäre. Schwestern bewahren Geheimnisse. Liebende bewahren Geheimnisse. Aber Geheimnisse sollten zu gleichen Teilen geteilt werden. Sie sind nicht einseitig. Sie sind nicht für den einen eine Last und für den anderen ein Vorteil.«

»Wie kann das ein Vorteil sein –«

»Lass dir meinen Rat einfach durch den Kopf gehen. Irgendwann wirst du ihn verstehen. Das Mauscheln hat Eddie von seinem Vater gelernt. Aber ich habe auch ein paar Sachen gelernt.«

Sie schloss die Tür auf. »Dann schauen wir uns mal deine neue Wohnung an, meine Süße.«

So, wie mein Herz pochte, hätten wir ebenso gut ein Halloween-Spukhaus betreten können.

Das Apartment erweckte allerdings nicht den Eindruck, als würden als Monster verkleidete Leute hinter der Tür hervorspringen. Ein großer offener Raum, weiße Wände, frisch gestrichen. Holzböden, die bei jedem Schritt auf anheimelnde Art knarrten. Mit der kleinen modernen Küche auf einer Seite und einem gestrichenen weißen Kamin auf der anderen erinnerte es mich an einen Loft. Blanke Ziegelwände an der Außenwand mit zwei großen Fenstern, die über den See blickten.

»Was meinst du?«, fragte Jasmine, während Fridas Krallen über den Boden klackerten. »Ziemlich groß für eine Einzimmerwohnung, oder? Eigentlich sind es auch fast zwei. Hier hinten ist noch ein kleiner Raum, der ein Büro oder ein Arbeitszimmer werden könnte – spielst du ein Instrument oder malst du?«

»Hm, nein. Ich wünschte, ich würde«, sagte ich. »Aber ich lese gern.«

»Ich auch. Fen habe ich nach dem Fennec-Fuchs in meinem Lieblingsbuch, *Der kleine Prinz,* benannt. Serj hat die Namen unserer Kinder ausgesucht, nur Fens nicht. Er war mein kleiner Fuchs.«

Huh. Das hatte ich nicht gewusst.

»Auf jeden Fall gibt es viel Wandfläche für Bücherregale«, stellte sie fest, als sie auf die großen Fenster zuging. »Und einen hübschen Ausblick auf den See. Würde hier nicht ein Klavier nett aussehen? Ein Flügel?«

Ihre Bemerkung schubste irgendetwas in meinem Gedächtnis an, aber die Erinnerung war verschwommen.

»Vielleicht?«, sagte ich vorsichtig.

»Magst du klassische Musik?«

»Ich mag alle Arten von Musik«, erwiderte ich. Warum fragte

sie mich das? Es fühlte sich wie ein Köder an, als warte sie auf eine bestimmte Antwort. Es machte mich noch nervöser, als ich ohnehin schon war. Und warum versuchte sie, mir dieses Apartment aufzudrängen? Der Freundin, die Eddie offenbar seinen Eltern gegenüber zu erwähnen vergaß. Sie ließ immer wieder durchblicken, dass sie über Eddies Geheimnistuerei Bescheid wusste, und trotzdem wollte sie ihn mit dieser schönen Wohnung belohnen?

Ich war verwirrt. Vielleicht, weil mein Vater und ich das nicht so handhabten.

Sie hörte auf, mich zu meinen Interessen zu befragen, und starrte einfach nur aus dem Fenster. »Du hättest alles auf dem Strip in Laufnähe. Die Straßenbahn hält vor dem Haus, falls du in der Innenstadt arbeiten würdest, hättest du dein Verkehrsmittel. Einen Block weiter gibt es einen Lebensmittelladen an der Ecke.«

Klang wundervoll. Irgendwo musste der Haken sein. »Wo liegt Ihr Haus von hier aus?«, erkundigte ich mich, um Konversation zu betreiben. Ich wusste, dass sie in einer mehrere Millionen teuren Villa irgendwo auf der anderen Seite des Sees wohnten – das wusste jeder. Genau wie jeder wusste, dass Mad Dog die Sommer in der Lodge verbrachte. In Condor gehörte das zum Allgemeinwissen. Wenn Eddie Fotos postete, war manchmal ihr Wohnzimmer im Hintergrund zu erkennen. Ich war aber noch nie persönlich dort gewesen.

Sie kniff die Augen zusammen und deutete mit dem Finger. »Es ist nicht gut zu erkennen, aber wir sind genau auf der anderen Seite des Sees. Es ist eine Villa auf der Südseite. Unter dem Mission Bluff.«

Alles klar. Mission Bluff, wo die Battle of the Bands stattfand. Ich musste an Fen denken und wie er mir an jenem katastrophalen Nachmittag geholfen hatte, Velvet zu suchen. Leider war ich fast sicher, dass Velvet heute Abend mit ebendiesem Kokain-Mädchen vom Mission Bluff abhängen würde. Noch ein Problem, von dem ich nicht wusste, wie ich es lösen sollte.

»Wie sehen deine Pläne aus?«, erkundigte sich Jasmine. »Ich weiß, dass dein Unfall deine Zukunft überschattet. Es war bestimmt nicht einfach, die Sprachtherapie durchzustehen.«

Das erwischte mich unvorbereitet. »Sie wissen von meiner Aphasie?«

Sie nickte und schob sich die dunklen Haare über die Schulter. »Von Fen, nicht von Eddie. Er hat mir überhaupt nichts über dich erzählt, fürchte ich. Eddie und Serj haben ihre Geheimnisse vor mir.«

Das gefiel mir nicht. »Warum?«

»Keine Ahnung, aber ich habe den Verdacht, dass es mit Mad Dog zu tun hat.« Ihre Augen wurden schmal. »Ich rede nicht gern um den heißen Brei herum, deshalb frage ich dich einfach von Frau zu Frau, und wenn du möchtest, kannst du mir antworten. Bist du Mad Dogs Tochter?«

Mein Hals und meine Ohren begannen zu glühen. »Nein. Das ist ein ...« Wort. Wie lautete das Wort dafür? »Leute reden. Aber es ist nicht wahr. Mein Vater sagt, nichts auf der Welt könne ihn davon abbringen, mein Vater zu sein.«

Sie entspannte sich und ließ den Kopf zurückfallen, um einen Moment leise die Decke anzulachen, aber nicht auf gemeine Art. »Ich bin froh, dass ich die Wahrheit weiß, denn ich bewundere Mad Dog zwar, aber ich mag deinen Vater sehr. Manchmal sieht man Leuten einfach an, wie sie gestrickt sind – wenn man wirklich genau hinschaut. Und ich bilde mir ein, dass ich darin ziemlich gut bin.«

»Mein Vater mag Sie auch«, sagte ich.

Sie schaute auf meine Hand. »Mir ist aufgefallen, dass du mit den Fingern einen Rhythmus trommelst. Ist das, um dein Gedächtnis zu unterstützen oder dein Sprechen?«

»Beides. Es hängt zusammen.« Ich hielt die Hand auf meinem Bein still. »Es ist ein kleiner Trick, den ich mir selbst beigebracht habe. Wenn ich gestresst bin, hilft Musik, und manchmal kann ich den Satz singen, den ich sagen möchte – in meinem Kopf? Und dann fällt mir das fehlende Wort ein.«

»Faszinierend. Jemand aus meinem kirchlichen Frauenclub hat uns von einer Freundin erzählt, die in San Francisco Musik für therapeutische Anwendungen studiert. Meines Wissens tut sie es, um mit alten Menschen im Hospiz zu arbeiten. Musik kann eine sehr wohltuende Wirkung haben.« Sie legte den Kopf schief. »Unser Kirchenchor hält immer Ausschau nach jüngeren Mitgliedern ... Singst du zufällig?«

Ich schüttelte den Kopf. »Nicht, wenn mich irgendjemand hören kann, Ma'am.«

»Verstehe«, sagte sie lächelnd. »Sag mal, Miss Jane, wie meintest du das, als du vorhin sagtest, Eddie habe dir nicht zurückgeschrieben?«

Ich zögerte. »Er hat auf keine meiner Nachrichten geantwortet, seit er letzte Woche abgereist ist. Ich hatte gehofft, Sie könnten mir sagen, ob alles in Ordnung mit ihm ist.«

»Aha ...« Sie runzelte die Augenbrauen. »Mir antwortet er, ehrlich gesagt, auch nicht. Serj meinte, unser Anwalt hätte sich gemeldet, dass sie auf der Privatinsel angekommen sind – es gab wohl ein paar kleine Probleme mit dem Zoll, aber jetzt ist alles gut.«

»Oh?«

»Vielleicht werde ich versuchen, Gordon zu erreichen, damit er mir ein paar Infos gibt.«

»Mad Dogs Anwalt? Der wird Ihnen alles sagen.« Ich hatte auch schon in Erwägung gezogen, Norma zu bitten, ob sie Gordon eine Nachricht für mich schicken könne, aber dann wäre ich Norma einen großen Gefallen schuldig gewesen. Und das wollte ich nicht.

»Richtig«, stimmte Jasmine zu. »Mach dir wegen Eddie keinen Kopf mehr, ich sag dir Bescheid, sobald ich was höre, okay?«

»Danke.«

Sie deutete mit dem Kopf auf die Wohnung. »Und jetzt wollen wir uns mal das Schlafzimmer anschauen und du erzählst mir von deinen College-Plänen. Hast du welche? Oder willst du lieber das Leben studieren?«

Wir schlenderten durch die Wohnung und ich erzählte ihr ganz offen, dass ich nicht sicher war, was ich tun wollte. Ich erzählte ihr von meiner Highschool in L.A. und wie schwer mir der Abschluss gefallen war. Und wie gern ich früher zur Schule gegangen war.

»Ich will nicht für den Rest meines Lebens eine Hausangestellte sein«, sagte ich. »Das ist das Einzige, was ich mit Sicherheit weiß. Ich liebe Musik, aber ich bin keine Musikerin, und ich bin nicht sicher, ob mich das, was Mad Dog macht, wirklich interessiert. Die meiste Zeit ist er gestresst und macht sich Sorgen wegen Geld. Eddie meinte, er würde mir beibringen, wie die Eventbranche funktioniert, aber ich weiß nicht recht.«

Jasmine schnalzte mit der Zunge. »Eddie sollte erst mal selbst lernen, wie die Branche funktioniert, bevor er irgendjemandem was beibringen kann. Er ist ehrgeizig, aber er arbeitet sich immer noch ein und weiß nicht, wo er landen wird. Wir haben fast hundert Angestellte. Marketingleute. Booker. Presse. Buchhalter. Grafikdesigner. Verkaufsleute. Eine Personalabteilung. Es ist ein großes Unternehmen.«

»Natürlich.«

Wir gingen durch das leere Schlafzimmer. »Vielleicht solltest du ein paar allgemeine Collegekurse belegen, um deine Nische zu finden.«

»Vielleicht.« Die Richtung, die dieses Gespräch nahm, verunsicherte mich. War das eine Zurückweisung? Von seiner Mutter? Ich wurde nicht schlau daraus.

»Nicht alle wissen schon mit achtzehn, wo sie hinwollen. Serj hat Fen und Eddie unter Druck gesetzt. Eddie ist darauf eingegangen. Fen hat sich gewehrt – vehement. Man kann nichts erzwingen. Nur Anstöße geben. Aber manchmal kommt was ins Rollen.«

»Fen?«

Sie nickte. »Eines Tages wird er sein Ding machen, doch für den Moment ist es wichtig, dass er sich frei entfalten kann. Ich bin sehr stolz auf ihn. Ich bin auch auf Eddie stolz, aber die beiden sind sehr verschieden. Ich habe das Gefühl, dass ich ihn nicht genug gelenkt habe. Jetzt liegt es wirklich an ihnen selbst. Ich muss mich auf die Zwillinge konzentrieren. Sie werden bald Auto fahren und dann werde ich sie verlieren ...« Sie seufzte. »Mutter zu sein ist nicht einfach.«

»Ja, Ma'am.«

Ihr Blick wanderte zu meinem Gesicht. »Ich habe dich offenbar verwirrt, aber das war nicht meine Absicht. Du bist jederzeit willkommen, für das Festival zu arbeiten, falls du das möchtest. Du brauchst mich nur zu fragen. Ich wollte das nicht ausschließen.«

»Äh ... vielen Dank. Ich hatte nicht vor, also –«

»Wir werden sehen. Machen wir uns jetzt keine Gedanken darüber.« Sie lächelte. »Eins nach dem anderen.«

Ich atmete zittrig aus. »Okay.«

Sie deutete auf die Wände. »Das ist ein hübsches Eckschlafzimmer. Ein Fenster zum See und eines zum Gebäude nebenan – was nicht ganz so schön ist, aber man kann ja etwas vor dem Fenster anbringen, oder? Komm. Lass uns schauen.«

Wir liefen durch das leere Schlafzimmer. Frida sprang sofort auf die eingebaute Fensterbank und schaute hinaus. Jasmine hatte recht. Zwischen den beiden Gebäuden war nur eine schmale Lücke und das Fenster gegenüber befand sich fast auf derselben Höhe. So viel zu Privatsphäre. Was war in diesem Gebäude? Wo genau waren wir auf dem Strip? Jasmine hatte uns hergefahren, aber ich hatte vor lauter Nervosität nicht auf die Umgebung geachtet. Der Raum hinter dem Fenster gegenüber sah nach einem Büro aus.

Einem Büro voller Schallplatten.

Mich überkam ein komisches Gefühl.

Während ich weiter zu dem Büro hinüberstarrte, zog Jasmine

ihr Telefon heraus und rief irgendwo an. »Entschuldige mich bitte«, flüsterte sie.

Jemand kam in das Büro gerannt und nahm das Telefon ab. Ein großer, dunkelhaariger Mann.

»Hallo, Schätzchen«, flötete Jasmine ins Telefon. »Läuft es gut auf der Arbeit? Ja? Warum bügelst du deine Hemden nicht? Hat Zabel kein Bügelbrett bei sich im Haus? Ich weiß, dass Pari eines dieser Teile für unterwegs im Plattenladen hat. Ich glaube, es steht in dem Schrank hinter dir.«

Oh mein Gott.

Der Typ, der im Büro gegenüber telefonierte, drehte sich um und warf einen paranoiden Blick aus dem Fenster. Es sah aus, als würde sein Gesicht vor Hitze zerfließen. Vielleicht war es aber auch nur der Schreck.

Jasmine winkte.

Ich starrte bloß entsetzt.

Frida drückte die Schnauze ans Fenster.

»Na dann, ich zeige Miss Jane gerade eine Wohnung, in die sie vielleicht mit Eddie einzieht«, sagte Jasmine. »Wir stehen im Schlafzimmer. Schönen Tag noch. Hab dich lieb, Fen-jan.«

Frida bellte das Fenster an. Vermutlich sah sie ihr Spiegelbild, aber es klang wie »Hilfe«.

Genau, Frida. Genau.

Mein Handy summte in der Hosentasche. Einmal. Zweimal. Noch einmal.

»Oh. Geh ruhig dran«, ermutigte mich Jasmine. »Es ist bestimmt wichtig.«

Das Gespräch entgegenzunehmen war das Letzte, was ich wollte, aber es summte immer wieder – und als ich das Handy aus meiner Hosentasche zog, leuchteten mehrere Nachrichten von Fen auf meinem Display auf.

Sag ihr, dass ich den Gefallen, um den ich sie gebeten habe, zurücknehme

Neue Anfrage für einen Gefallen

Nein. Richte ihr aus, dass ich nicht mit ihr rede

Sie ist für mich gestorben

Richte ihr das aus!

Nein. Warte. Richte ihr das nicht aus!

Ich nehm es zurück

Aber das werde ich ihr erst mal nicht verzeihen

Jasmine verrenkte sich den Hals, um einen Blick auf mein Telefon zu erhaschen, dann trat sie abrupt zurück. Ein träges Lächeln wanderte über ihr Gesicht. »Ah, mehr wollte ich nicht wissen.«

»Ma'am?«, fragte ich nervös.

»Nichts. Hast du Lust, mal zum Lunch vorbeizukommen? Ich würde dir gern die Zwillinge vorstellen. Vielleicht irgendwann mal, wenn Serj auf der Arbeit ist. Ja?«

»Äh ... gern.«

»Perfekt. Ich schreib dir.« Sie wandte sich vom Fenster ab, hob die Arme und drehte eine Pirouette, während mein Handy immer weiter summte. »Also sag – wie gefällt dir diese schnuckelige kleine Wohnung? Ideal für ein junges Pärchen, das nach seinem Platz in der Welt sucht, oder?«

Wow. Diese Frau war wirklich eine ausgebuffte Strippenzieherin. Ich sah sie fragend an, bekam aber kein Wort heraus. Dann starrte ich durch das Fenster zu Fen hinüber. Er starrte, eine Hand auf die Scheibe gepresst, zurück. So nah, und trotzdem unerreichbar. »Ja«, murmelte ich, mein Atem ließ das Fenster beschlagen. »Ideal.«

»Dachte ich mir«, sagte Jasmine hinter mir. »Mütter haben einen Instinkt bei so was.«

Nicht dass ich das hätte wissen können.

Track [19] »Mon Autre« | Juniore

Fen

Ich checkte mein Handy noch mal und wartete, dass sie antworten würde. Es waren sechs Minuten vergangen, seit sie den Raum verlassen hatten. Was machten sie, den Mietvertrag unterschreiben? Dieses Apartment war letzte Woche noch bewohnt gewesen. Das wusste ich, weil ich vor ein paar Tagen gesehen hatte, wie Umzugsleute Möbel raustrugen, danach verschwanden die Jalousien.

Es war nicht das erste Mal, dass ich hineingeschaut hatte. Ich hatte monatelang voyeuristische Blicke in diese Wohnung geworfen, wenn das Pärchen, das dort gewohnt hatte, die Jalousien hochzog. Nicht, was ihr denkt. Mich interessierte einfach ihr Alltag. Wie sie ihre Pflanzen gossen, die Katze, die auf der Fensterbank schlief. Es ging mir nicht um Sex.

Ich hatte Mama gesagt, dass ich gern in diesem Haus wohnen würde, weil es neben dem Laden war. Außerdem sah es so friedlich aus. Nach Freiheit. Ich konnte mir vorstellen, dort zu wohnen und mich von meiner Familie abzunabeln. Für mich symbolisierte es eine unabhängige Zukunft.

Jetzt sah es nach Verrat aus.

»Hör auf, ständig hin- und herzulaufen.« Aunt Pari spähte über den Rand ihrer Brille auf den Computer, auf dem sie gerade Kästchen auf einem Lieferschein anklickte. »Du läufst noch den Büroteppich durch.«

»Der ist sowieso schon abgetreten.«

Der Bürostuhl quietschte, als meine Tante sich drehte und das

Bein ausstreckte, um mich anzuhalten. »Du treibst mich in den Wahnsinn, Fen. Verzweiflung trifft es schon nicht mehr. Ich hab dich lieb, aber du musst runterkommen. Geh und iss was zu Mittag. Das ist jetzt eh fällig. Tom kann nicht den ganzen Nachmittag an der Kasse stehen. Vergiss die Wohnung und hör auf, nach diesem Mädchen zu schmachten.«

»Du hast leicht reden. Du hast nicht Jasmine als Mutter!«

Sie lachte und schob die Brille in die kurzen schwarzen Locken, die meinen ähnelten. »Nein, bloß als ältere Schwester, was weiß ich da schon? Was glaubst du, warum ich bei deinem Onkel gelandet bin? Sie mischt sich in alles ein und sie ist eine Kupplerin. Was immer sie ausheckt, kümmere dich nicht darum.«

»Du liebst Uncle Charlie.«

»Leider ja. Aber ich werfe es ihr trotzdem vor. Geh was essen.« Sie trat mir gegen den Knöchel, um mich loszuscheuchen, aber kurz vor der Tür rief sie mir hinterher: »Übrigens, diese Tybalt-Witwe möchte, dass du morgen noch mal vorbeikommst und ihre Plattensammlung organisierst. Allein. Das wäre doch was für dich. Eine einsame alte weiße Lady auf der Jagd – wenn du dich um sie *und* ihre Platten kümmerst, ist bestimmt ein bisschen Extra-Cash drin. Dann kannst du mir auch das Geld für diese Curtis-Mayfield-Platten zurückzahlen.«

»Von all meinen Tanten mag ich dich am wenigsten.«

Sie warf mir ein paar zusammengefaltete Geldscheine hin. »Du bist auch nur mein zweitliebster Neffe. Bring mir einen Ice Tea mit, dann schiebe ich dich auf Platz eins.«

Ich rannte die Treppe hinunter und durchquerte die Verkaufsfläche, ohne mich um die herumwuselnden Kunden zu kümmern und die Tatsache, dass Tom an der Kasse völlig überfordert war. Ich musste zur Wohnung und verhindern, was immer Mama da gerade tat. Doch als ich hinaus in die Sonne stürzte und meine Sonnenbrille aufsetzte, erwarteten mich auf dem Gehweg ein Pixie-Schnitt und ein haarloser Hund.

»Hey«, grüßte Jane mit großen Augen und atemlos. Rote Wangen. »Ich wollte dich … abpassen.«

»Ist dir gelungen.« Ich spähte hinter sie. »Wo ist sie?«

Jane warf einen kurzen Blick über die Schulter. »Deine Mom? Ich habe gewartet, bis sie weg war.« Sie kicherte nervös. »Kommt mir jetzt albern vor. Ich weiß nicht, warum es wichtig ist … Ah, sie wollte mich zur Lodge zurückfahren, aber ich hab ihr erzählt, dass mich mein Vater abholt. Dass ich in der Stadt noch, äh, wie heißt das, wenn man Sachen machen muss. Eine Liste von Pflichten …?«

»Besorgungen.«

Ihre Miene hellte sich auf und sie lächelte. »Das meinte ich.«

Oh Mann, ich wollte sie wieder berühren. Nur ihre Haare. Ihre Hand halten. Meine Fingerspitze auf ihrem Handrücken. Irgendwas.

»Fen? Ich habe keine Ahnung, was gerade gelaufen ist.« Sie schaute zu der Wohnung hoch. »Aber es war nicht meine Idee. Sie hat mir eine Nachricht geschrieben – ich wusste nicht, dass das Apartment hier sein würde.«

Ich nickte. Und leckte mir die trockenen Lippen.

Puh, sie sah echt mitgenommen aus. Vielleicht ebenso sehr wie ich. Es nahm mir etwas die Nervosität. Zumindest ging es uns ähnlich. »Willkommen in der Sarafian-Familie«, sagte ich. »Das ist eine typische Jasmine-Aktion.«

»Es war, keine Ahnung … als wollte sie mich auf die Probe stellen?«

»Nein, das hat sie gemacht, um mich zu ärgern. Ist okay. Das kann ich ab.«

Jane schüttelte den Kopf. »Nein, ich glaube, sie weiß Bescheid.« Sie kam näher. »Über uns.«

Uns.

Hast du das gehört, Welt? Es gibt ein uns!

Jane war nicht in der Stimmung, meine Aufregung zu teilen.

Ein Kunde steuerte auf den Laden zu, ich machte ihm Platz.

»Hey, hast du Lust, ein Stück mit mir zu laufen?«, fragte ich. »Irgendwohin, wo wir in Ruhe reden können?«

Sie nickte. Kein Zögern. Das war gut.

Ich hatte absolut keine Lust, hier rumzustehen, wo Aunt Pari uns sehen konnte.

»Wann musst du in der Lodge zurück sein?« Ich bückte mich, um Frida beim Laufen den Kopf zu kraulen.

»Bald«, sagte sie. »Aber ein bisschen Zeit habe ich noch. Können wir uns was zu trinken holen? Es ist so was von heiß heute. Warum ist es so heiß?«

Ich spähte die Straße entlang. »Mutter Natur rächt sich – vermutlich an meiner überkandidelten Familie, weil sie jedes Jahr Tausende von Menschen in die Wälder lockt. Komm, hier lang.«

Schweigend liefen wir auf die Ecke zu, ich lenkte sie zu einer leuchtend blauen Hausfront. Auf dem Schild über der Tür stand:

THE BAIT SHOP
WAS WIR NICHT HABEN, BRAUCHT MAN NICHT.
NOMADEN WILLKOMMEN.

Der Tante-Emma-Laden von Condor. Eigentlich eher ein Gemischtwarenladen. Die Gründer waren Hippies aus San Francisco. Flower-Power und LSD, freie Liebe und was weiß ich. Sie eröffneten den Bait Shop 1969 und er ist einer dieser Orte, wo die Zeit stehen geblieben zu sein scheint. Man hasste oder liebte ihn, aber er war Kult am See.

Ich schob die Sonnenbrille in die Haare, als wir eintraten. Ein paar tiefenentspannte Kunden bummelten durch die Gänge mit regenbogenfarbenen Regalen, auf denen sich eine seltsame Mischung aus Müsli-Riegeln, Krimskrams, Flip-Flops und Bio-Lebensmitteln stapelte. Strandtücher und leuchtende Sonnenschirme hingen von der Decke, daneben war eine alte Maschine für gebrannte Mandeln. Es gab sogar einen Drehständer mit allen möglichen Eisenwaren – falls man unbedingt einen einzelnen Nagel oder eine Schraube kaufen musste, und wem passierte das nicht? Außerdem gab es neben dem geschlossenen Schiebefenster mit dem riesigen Cannabisblatt noch die obligatorische hausgemachte Kombucha und Joghurt.

»Ich liebe diesen Laden«, murmelte Jane. »Vor allem dafür, dass Frida von den Gerüchen auf dem Boden abgelenkt wird und keine Leute ankläfft oder irgendwas aus den Regalen zu holen versucht. So habe ich mehr Zeit zum Rumstöbern.«

»Vermutlich wurde hier seit dreißig Jahren nicht gewischt«, erklärte ich ihr. »Hast du auch Hunger oder bloß Durst? Ich hol uns was.«

»Nur Durst, danke. Frida muss ich auch Wasser geben. Vielleicht können wir uns raussetzen? Gibt es die Tischchen hinter dem Laden noch? Sie erinnern mich an Pariser Cafés. Nicht dass ich je dort gewesen wäre. Also an Paris in meiner Fantasie. Bloß mit mehr Kiefern, ha.« Sie wischte sich die Stirn. »Um diese Jahreszeit sitzt nie jemand draußen. Zumindest war das früher so. Vielleicht hat es sich geändert wie alles andere rings um den See, seit ich das letzte Mal hier war. Ist dir heiß?«

Sie redete ohne Punkt und Komma, total aufgeregt und nervös. Voll süß. Ich würde noch tot umfallen, weil sie so süß war. An der kleinen Theke neben der Kasse kaufte ich von Condors Jimi-Hendrix-Doppelgänger ein riesiges Limonenwasser und eine Flasche Wasser. Ich hielt die Hintertür auf und Jane duckte sich unter meinem Arm hindurch, dann liefen wir zu der weitläufigen Terrasse am See.

Endlich allein. Wir.

»Ah, super. Das ist die beste Aussicht auf dem ganzen Strip.« Sie klang etwas ruhiger, als sie einen kleinen Napf aus der Tasche nahm und für Frida Wasser einfüllte.

Mit der Aussicht hatte sie recht. Die hölzerne Terrasse war zur Hälfte an Land, die andere ragte über den See. In der Ferne glitten ein paar Segelboote übers Wasser. Es war ein perfekter Junitag ohne eine einzige Wolke am Himmel. Die Berge wirkten wie aus einem Märchenbuch mit ihren schneebedeckten Kuppen.

Mein Hirn ratterte auf Hochtouren. Wegen der Wohnung und meiner Mutter. Weil Jane gerade neben mir saß. Ich versuchte, meine Gefühle zu sondieren und was ich sagen wollte, brachte aber keinen Ton heraus. Jane stellte den Hundenapf auf die Terrasse und trank durch einen gestreiften Strohhalm die Hälfte des Limonenwassers. Ich trank nach ihr. Ihre Augen waren auf mich gerichtet und es fühlte sich unglaublich intim an, meinen Mund an derselben Stelle zu wissen, wo gerade ihrer gewesen war.

Hinter uns öffnete sich knarrend die Tür, ein Paar trat aus dem Laden. Sie setzten sich auf eine Bank an der Wand, unter ein Schild, auf dem RIPPLE stand. Wie das Lied von Grateful Dead. Ruhiges Wasser. Kiesel. All so was. Ich war kein Fan von den Dead, aber das war ihr bester Song. So friedlich und schön ...

Aber dem Ripple-Paar hätte ich am liebsten den Hals umgedreht, weil sie meine Zweisamkeit mit Jane gestört hatten.

Ihren Ellbogen umfassend lächelte sie das Paar verkniffen an.

»Wir können die Treppe dort runtergehen«, schlug ich vor und deutete zum Ende der Terrasse, wo ein Weg um den See führte. Die Läden hier hatten alle zwei Eingänge – einen Haupteingang vom Strip und einen Hintereingang vom See. Außer ein paar Einheimischen lief um diese Jahreszeit niemand diesen Weg entlang. Manchmal sah man frühmorgens Jogger, aber im Moment lag er im Schatten der Bäume und Häuser.

Wundervoll verlassen.

Ich hielt den Limo-Becher am Rand, während wir nebeneinander hergingen, und beobachtete Jane aus den Augenwinkeln. Ihr schwarzes Polo-Shirt war mit Mad Dogs Logo bestickt, als wäre sie sein Eigentum oder so. Es pisste mich an, was vermutlich dumm war, vor allem, wenn ich mir das Namensschild auf meinem eigenen Shirt ansah: Eigentum des Plattenladens.

»Weiß sie Bescheid?«, fragte Jane.

»Worüber?«

Jane blieb stehen und blickte über die hüfthohe Brüstung entlang des Wegs. Der See war ein paar Meter entfernt. Steine und Bäume und Schuppen verdarben die Aussicht. Frida stand schwanzwedelnd vor einem Käfer, der zwischen Grashalmen herumkrabbelte.

»Über deine Gefühle«, sagte sie. »Deine Mutter, meine ich.«

»Welche?« Ich wollte, dass sie es aussprach.

Sie sah mich an. »Ich versuche nur zu verstehen, was hier abgeht. Mein Vater tut so was nicht.«

»Du meinst, wie ... eine Wohnung mieten, von der dein Sohn dir vorgeschwärmt hat, nur um sie ihm dann um die Ohren zu hauen, weil das Mädchen seinen Bruder gewählt hat?«

Sie war beleidigt. »Ich hab nicht *gewählt*. Das war keine Bachelor-Show. Niemand hat mir eine Rose in die Hand gedrückt und gesagt: ›Hier, reich sie demjenigen, den du willst.‹ Ich bin keine verwöhnte Debütantin, die Einladungen zu Galaveranstaltungen bekommt.«

»Nein?«

Das hätte ich nicht sagen sollen. Sie war sauer. Nicht sehr, aber genug, um die Augen zu verdrehen und sich schweigend abzuwenden. Ein Schulterzucken, verschränkte Arme. Immer noch süß, um ehrlich zu sein.

»Hey, woher soll ich wissen, was du mit Eddie unternimmst? Vielleicht geht er mit dir auf Bälle und zu schicken Partys. Ins Ballett in der Royce Hall.«

Sie musterte mich mit gerunzelter Stirn. »Woher kennst du die Royce Hall?«

Mein Herz pochte wie verrückt. »Lern mich kennen und find es raus.«

»Ich kenne dich«, antwortete sie.

»Du kennst mich ein bisschen.«

»Du kennst *mich* ein bisschen«, konterte sie.

»Ich glaube, ich habe dich aufmerksamer beobachtet als du mich.« Ich traute mich, die Hand nach ihrer auszustrecken, bloß um mit der Rückseite meiner Finger über ihre Knöchel zu streifen. Ganz leicht, leicht, *leicht*.

Sie holte zittrig Luft.

Aber sie zog die Hand nicht zurück.

Also kam ich noch ein bisschen näher und atmete neben dieser kleinen Baiser-Welle über ihrem Auge ein. Durch die Kiefernäste über uns spähte die Sonne herunter, es war so was von heiß. Ich wollte das Salz auf ihrer Stirn schmecken.

Vielleicht war es okay, wenn ich meinen Blick einfach nur auf die Welle richtete und nicht auf ihr Gesicht?

Ich hielt es nicht mehr aus. Die Grenzen verschwammen. Ich musste vorsichtiger sein.

Ein kühler Wind vom See raschelte durch die Kiefern.

Ihre Stimme war kaum mehr als ein Flüstern. »Ich habe das Gefühl, dass du die ganze Zeit da warst und ich konnte dich bloß nicht sehen. Aber jetzt kann ich es.« Ihr Zeigefinger hakte sich um meinen Daumen. Als sie das Gesicht anhob, liefen tausend warme Schauder über meinen Arm.

Es war ein Fehler, ihr in die Augen zu schauen.

Ich ließ den Limo-Becher fallen. Kalte Tropfen spritzten mir gegen die Knöchel, als er auf den Boden aufschlug, aber keiner von uns machte Anstalten, ihn aufzuheben.

Mein Kopf beugte sich nach unten. Tiefer. Mittlerweile waren sich unsere Gesichter zu nah, um noch als keusch und sittsam durchzugehen. Aber sie könnte ja von mir abrücken, oder? Ich sollte sie wegschicken.

»Jane?« Meine Stimme versagte wie bei einem Dreizehnjährigen. Ich schluckte kräftig und wiederholte noch einmal ihren Namen. »Jane.« Dieses Mal war es keine Frage mehr, sondern eine Warnung.

Sie hielt mir das Gesicht entgegen und es war so klein. Ich nahm wahr, wie sich ihre Lippen öffneten und wie flach sie atmete ... im gleichen Tempo wie ich, es war ein erwartungsvoller Rhythmus.

Ich spürte ihn wie eine Aufforderung in meinem Körper. Sie sendete etwas aus, das in meiner Brust zog. Mir entfuhr ein leises Stöhnen. Sie murmelte eine Frage zurück, die nicht zu verstehen war. Ich wollte bloß ... alles. Ich wollte sie mit Haut und Haaren. Wollte, dass sie mich wollte. Mein Wunsch ließ mich zittern und ich hatte Angst, dass sie sich mir entziehen würde. Zu Sinnen käme. Gehen würde.

Also umfasste ich ihr Gesicht und schloss die Augen, genoss es – den Rausch, ihr so nahe zu sein, das ›*fast*‹ der ganzen Situation.

Aber mein Mund fand ihren. Leicht, leicht, leicht. Berührte ihn, atmete. Ich gab ihr einen zarten kleinen Kuss. Ein wenig unbeholfen, als versuchte ich, mich auf unbekanntem Terrain zurechtzufinden.

Und dann war es nicht mehr ›*fast*‹.

Es passierte.

Ein richtiger Kuss – sie küsste mich zurück. Ein Kuss, dann noch einer.

Berauschende Küsse, tief und wundervoll und so schnell.

Es fühlte sich an, als wollten wir vor etwas davonlaufen, vielleicht auch etwas einholen. Es war nicht, wie ich es mir all die Jahre ausgemalt hatte, das war plötzlich alles verschwunden. Es gab nur das hier, und es war *alles*. Meine Welt verschob sich, um diese Neuheit aufzunehmen.

Sie schlang die Arme um mich und zog mich näher. Wie sie mich gehalten hatte, als wir am Stauwehr im Gras lagen. Ich starb fast. Heulte fast. War kurz davor, sie zu bitten, sich sofort hier und jetzt wieder mit mir hinzulegen. Ich stand in Flammen und ich wollte sie.

Irgendwo auf einem anderen Planeten hörte ich leise Kinderstimmen, sie lachten. Und das Bellen eines Hundes. Jane und ich lösten uns benommen voneinander – was sich falsch, falsch, falsch anfühlte – und entdeckten auf dem Weg eine Frau mit einer Gruppe Kleinkinder in gelben Shorts und dazu passenden Sommercamp-Shirts. Die Kinder versuchten, Frida zu streicheln, die ihre Leine hinter sich herschleifte.

»Oh Frida, S-Shit«, nuschelte Jane kopfschüttelnd. Als sie einen Schritt machen wollte, stolperte sie.

Ich fing sie an der Taille auf. »Aufrecht funktioniert besser.«

Ihre Wangen waren gerötet. »Weiche Knie.«

»Ja?«

»Ja.«

Mmm. Ich würde auch einen Moment brauchen, um mich zu fangen. »Wer zum Teufel hat diese Kindergartenhorde rausgelassen?«, knurrte ich. »Vermutlich hat meine Mutter sie geschickt, um uns zu stören.«

»Oh Gott.« Janes Stirn legte sich in Sorgenfalten.

Shit. Die Zahnrädchen begannen sich zu drehen. Ihr wurde bewusst, was wir getan hatten – und sie fing an, über die Konsequenzen nachzudenken. »Denk nicht an die Zukunft«, flehte ich. »Bitte.«

Das ist der schönste Tag meines Lebens, dachte ich todtraurig. Ich wollte, dass sie genauso fühlte. Ich wollte, dass sie auch glücklich war.

Sie atmete kurz und schwer aus, die Sorgenfalten auf ihrer Stirn glätteten sich. Sie nickte zweimal, kurze kleine Bewegungen, und nahm meine Hand. »Ich denke nicht.«

Den Heiligen sei Dank.

Ich wünschte, ich hätte dasselbe von mir behaupten können.

Track [20] »I'll Be Your Mirror« | The Velvet Underground & Nico

Jane

Es war bloß ein Kuss. Ich hatte nicht Franz Ferdinand erschossen und einen Weltkrieg ausgelöst. Doch als ich in die Lodge zurückkam und Exie mich bat, ihr bei den Vorbereitungen fürs Abendessen zu helfen, fühlte es sich sehr wohl wie etwas Umwälzendes oder zumindest Unwiderrufliches an.

Was, wenn ich nicht weitermachen konnte wie bisher? Was, wenn ich es nicht wollte?

Ich hatte überhaupt nicht vorgehabt, dass es passieren würde. Doch als ich aus der Wohnung kam und Fen sah, löste sich mein gesunder Menschenverstand in Luft auf. Allmählich hatte er diese Wirkung auf mich. In seiner Nähe konnte ich die ganze Zeit nur daran denken, dass sein Mund immer aussah, als würde er ein Lächeln unterdrücken – selbst wenn er düster und verbittert war. Ich hatte nicht gewusst, dass ein Fast-Lächeln so viel mehr sagen konnte als ein breites Lächeln.

Es gab viele Dinge, die ich nicht gewusst hatte, bevor ich Fen Sarafian traf. Er sorgte dafür, dass ich Vieles infrage stellte.

Die eine Sache, die ich allerdings nicht hinterfragte, war der Kuss. Er war gut. Richtig gut.

Wie konnte ich von jetzt an Zeit mit ihm verbringen und nicht an diesen Kuss denken?

Exie warf mir einen Blick zu und schwenkte die Hand vor meinem Gesicht hin und her. »Was läuft hier? Was ist hier los? Du ähnelst einem Zombie, wie du da völlig in deiner eigenen

Welt versunken dastehst. Tagträume in der Küche sind nicht gesund.«

»Ich habe keine Tagträume in der Küche«, murmelte ich zu meiner Verteidigung. »Ich warte bloß auf Velvet. Das ist schließlich mein Job, weißt du. Ich bin jetzt PA.«

»Ach ja?« Eine Augenbraue wanderte nach oben. »Verpasst du vielleicht gerade einen Haute-Couture-Sale? Lass dich nicht von mir abhalten bei deinen wichtigen Assistentinnen-Aufgaben.« Exie entging einfach nichts. »Sie wird mir schon schreiben, wenn sie mich braucht«, erwiderte ich. »Ich glaube, für heute bin ich sowieso fertig.«

Exie kam mit einer neuen Flasche Olivenöl aus der Speisekammer. »Noch irgendwas, das du dir von der Seele reden musst?«

»Nein, nichts«, sagte ich schnell.

Sie warf mir einen langen Blick zu, aber dann zwinkerte sie und gab auf. »Nun gut. Wenn du weder Tagträumen nachhängst noch auf Velvet wartest, kannst du helfen. Möhren – waschen, schälen, in Scheiben schneiden«, kommandierte sie und zupfte ihre Schürze zurecht. »Bitte und vielen Dank.«

Ich steckte mir Ohrstöpsel ein und akzeptierte erleichtert die Aufgabe. Ich musste runterkommen und mir überlegen, wie es weitergehen sollte, so viel wusste ich. Mir irgendetwas Heilendes anhören, wie Jasmine erwähnt hatte. Ich wählte *Ágætis Byrjun* von Sigur Rós, doch statt mich auf die Arbeit zu konzentrieren, konnte ich bloß an Fen denken.

Es kam einfach so überraschend – dass die Küsse überhaupt passiert waren. Der Kuss an sich … Er ließ sich mit keinem zuvor vergleichen. Alles bisher schien bloß Übung gewesen zu sein, das hier fühlte sich wie das Wahre an.

Was, ehrlich gesagt, ziemlich erschreckend war. Die Welt sollte einen auf so was vorbereiten. Warum gibt es keinen Kurs dafür? Wer braucht schon Mathe und Volleyball? Erklärt mir lieber, wie erschreckend ein Kuss sein kann. Darauf kommt es an.

Während ich die Möhren schälte, musste ich immer wieder an seine Hände denken. Was albern war. Aber ich dachte an sie, seit sie in der Nacht am Wehr meinen nackten Rücken berührt hatten. Okay, ja, vermutlich hatte ich schon viel länger über sie nachgedacht. Ich liebte es, wie sich seine Finger auf meiner Haut anfühlten. Als würden sie mich entdecken.

Ich liebte es, wie er meinen Namen sagte. Es weckte Sehnsucht in mir. Etwas Heißes und Bedürftiges löste sich von meiner Brust bis zu meiner Magengrube. Ich war völlig in seinem Bann.

Was nicht sein sollte. Ich durfte keine Zauberei zulassen. Wenn Eddie doch bloß seine Nachrichten beantworten würde, dann – was? Keine Ahnung. Ich spielte mehrere Szenarien in meinem Kopf durch, verdrängte sie dann aber schnell wieder. Das Problem war, in meinem Herzen wusste ich ganz genau, dass ich, nur weil er mir nicht zurückschrieb, noch lange nicht das Recht hatte, zu küssen, wen ich wollte.

Schon gar nicht seinen Bruder. Jemanden, den er hasste.

Bisher mochte ich nichts Verbotenes getan haben, jetzt schon. Und ich wusste es.

Ich war für das hier nicht gemacht.

Was würde ich jetzt tun?

Meine Gedanken wurden von Norma unterbrochen, die durch die Küche stürmte und wild gestikulierend auf Exie deutete. Ich stellte die Musik in meinen Ohrstöpseln ab, um mich zu vergewissern, dass Norma sich nicht über mich beschwerte, weil ich nicht an mein Walkie-Talkie ging.

»... kam um sieben Uhr morgens nach Hause, nachdem sie die ganze Nacht unterwegs war. Kamal sieht sich die täglichen Security-Aufzeichnungen an, wann wir unsere Alarmcodes eingegeben haben.«

»Vielleicht war sie mit dem Hund draußen«, hielt Exie dagegen.

Norma schnaubte. »Velvet ist noch nie in ihrem Leben mit dem Hund rausgegangen. Sie streichelt ihn ja kaum.«

Oh-oh.

»Was soll ich Ihrer Meinung nach unternehmen?«, fragte Exie. »Sie ist eine erwachsene Frau. Und ich bin nicht ihre Aufpasserin.«

Norma richtete den Blick auf mich. »Wenn sie das nächste Mal mit ihren verkommenen Freunden vom See feiert, sagen Sie besser Ihrem Vater oder Kamal Bescheid, damit sie sie abholen.«

»Ich?«

»Meinetwegen auch der örtlichen Polizei, das ist Ihre Entscheidung«, erwiderte Norma achselzuckend. »Aber wenn die Presse Wind bekommt, wird Mad Dog in die Luft gehen.«

Norma verließ die Küche, ohne meine Antwort abzuwarten. Sie ging einfach davon aus, dass ihre Wünsche ausgeführt wurden. Und so war es ja auch meistens. Ich wusste bloß nicht, wie ich mit diesem Problem umgehen sollte.

»Vielleicht wird sich erst mal alles beruhigen«, tröstete mich Exie. »Velvet hat mich vor ein paar Stunden um ein Heizkissen gebeten.«

Velvet hatte furchtbare Regelblutungen – und verließ dann tagelang das Haus nicht. Sie tat mir leid, andererseits war ich ein wenig erleichtert. Vielleicht konnte ich mit ihr reden. Und sie freundlich bitten ... mir nicht das Leben schwer zu machen? Argh, vergiss es. Hier ging es nicht darum, dass ich es bequem hatte. Es ging um Velvets Sicherheit. Andererseits wusste ich nicht recht, was Norma eigentlich von mir erwartete. Dass ich Velvet mit dem Fernglas folgte? Ich wurde zu diesen Partys nicht eingeladen. Vielleicht sollte ich es Fen gegenüber erwähnen, er kannte diese Leute besser als ich.

Vielleicht suchte ich ja aber nur nach einer neuen Ausrede, um ihn wiederzusehen? Besser, ich widerstand dem Impuls.

Später an diesem Abend gab es keine Notwendigkeit mehr. Er konnte mir nicht widerstehen.

Fen Sarafian:

Hey, vielleicht schläfst du schon, aber ich dachte, ich versuchs mal

Jane Marlow:

Ich bin wach. Kann nicht schlafen

Fen Sarafian:

Schlecht? Oder gut?

Jane Marlow:

Eher »Das ist alles neu für mich«?

Fen Sarafian:

Für mich ist das auch alles neu.
Aber das hilft dir vermutlich nicht

Jane Marlow:

Doch. Mir geht gerade so viel durch meinen störanfälligen Kopf

Fen Sarafian:

Ich mag deinen störanfälligen Kopf
Und den Rest von dir auch

Jane Marlow:

Ich wünschte, ich könnte deine Stimme hören

Fen Sarafian:

Und ich deine
Kannst du reden? Ich bin ganz allein

Jane Marlow:

Ich bin in der Personalunterkunft
Die Wände sind dünn wie Papier

Fen Sarafian:
Draußen? Musst du nicht mit dem Hund raus?
Ich finde schon

Jane Marlow:
Gib mir fünf Minuten, bis ich Frida das Hundegeschirr angelegt habe
Ich ruf dich an

Fen Sarafian:
Ruf früher an. Ich sterbe

Am nächsten Tag fühlte sich Velvet immer noch nicht besser. Fen war bei Mrs Tybalt und schlug vor, mich im Anschluss abzuholen, damit wir den letzten Teil des Tages zusammen verbringen konnten – bei einem geheimnisvollen Ausflug, der »Sonne und frische Luft« beinhaltete.

Es bedurfte nicht viel Überzeugungskraft. Meine Nerven lagen blank und ich wollte ihn nach unserem nächtlichen Telefonat unbedingt sehen ... obwohl ich wusste, dass es falsch war. All diese Gefühle lösten eine stechende Beklemmung in meinem Solar Plexus aus. Ich wusste, dass sie irrational war, aber ich musste bald in seiner Nähe sein, sonst würde mich dieses Stechen zerbrechen.

Fen klang längst nicht so erschöpft wie ich. Cool und unbeschwert hinter der dunklen Sonnenbrille, die seine Habichtaugen verdeckte, ließen sich seine Gefühle nur schwer erraten. Vielleicht lag es auch daran, dass meine so gefährlich zerbrechlich waren, dass ich mich kaum auf etwas Anderes konzentrieren konnte. Er wirkte jedenfalls nicht, als hätte er die letzten vierundzwanzig Stunden damit zugebracht, unseren Kuss in seinem Kopf in Endlosschleife laufen zu lassen, bis das Leben keinerlei Bedeutung mehr hatte.

Nicht, dass ich das etwa getan hätte.

Er hatte die Begutachtung der Tybalt-Sammlung abgeschlossen. Dank einiger Elvis-Platten und der ein oder anderen Rarität war sie coole 2.700 Dollar wert, doch die Witwe war nicht zufrieden. Sie hatte auf wesentlich mehr gehofft.

»Es gab Geschrei«, erzählte er mir, als wir im Jeep von der Lodge wegbretterten. Er schaute in den Rückspiegel, als könne uns jemand erwischen. Davor hatte ich, ehrlich gesagt, auch Angst. Ich erinnerte ihn an die Überwachungskameras der Lodge, aber er wies darauf hin, dass wir für alle, die uns vielleicht beobachteten, lediglich »Schwager und Schwägerin« waren, die etwas zusammen unternahmen.

Der alte Witz.

Trotzdem waren wir uns bisher nicht näher gekommen als die Plätze, auf denen wir gerade saßen, zwischen uns die Handbremse. Keine Berührung, nichts. Ich glaube, wir hatten beide Angst, uns in die Augen zu schauen. Ich hatte definitiv Angst, auf seine Hand zu schauen, die auf dem Schaltknüppel lag. Nichts da! Das war unbekanntes gefährliches Territorium!

»Wo fahren wir hin?«, fragte ich.

»In eine kleinkindfreie Zone.«

Keine Unterbrechungen. Ich bekam Magenflattern. Irgendwie traute ich mir selbst nicht über den Weg. Oder uns. Aber ich forderte ihn trotzdem nicht auf, den Jeep zu wenden. Und als mir Eddies Gesicht einfiel, wischte ich es beiseite, zusammen mit dem schlechten Gewissen, das immer stärker wurde.

Ich würde mich später darum kümmern.

In der Stadt überquerten wir die Brücke hinter dem Damm und zum ersten Mal wollte ich mich nicht in Embryohaltung zusammenrollen. Fen warf mir einen Blick zu und nickte, als würde er es verstehen. Dann bog er rechts ab und fuhr ein paar Blocks vom Strip weg.

Das war gewohntes Terrain, vor allem, als wir an einem großen Feld mit Reifenspuren vorbeikamen, das als Parkplatz diente.

Gegenüber war ein kleiner gepflasterter Platz vor einem großen Parktor, das aussah wie der Eingang zu einer mittelalterlichen Stadt. Auf dem Schild daneben stand CONDOR PARK UND AMPHITHEATER.

»Äh …? Ich dachte, du bist vom Festivalbusiness exkommuniziert worden? Was wollen wir hier?«

»Wurde ich auch«, versicherte er mir. »Wir brechen durch. Mach dich auf Feuerwaffen gefasst.«

»Was?«

»War ein Scherz.« Er fuhr über den gepflasterten Parkplatz. »Größtenteils.«

Ein Teil des Parks war öffentlich zugänglich, außer bei kostenpflichtigen Veranstaltungen, und so spazierten Besucher durch die von Park-Rangern überwachten Drehkreuze, andere standen mit Kinderwagen und Sonnenhüten neben Minivans und wollten zu einer Marionettenshow auf der Kinderbühne im Wald. Doch Fen fuhr an allen vorbei, auch am Zentrum für darstellende Künste und dem glänzenden Bürogebäude, in dem sein Vater arbeitete, bis er ein verschlossenes Tor vor einem der Infields des Festivals erreichte: Avalon.

Nicht öffentlich zugänglich.

Fen sprang aus dem Wagen und rannte zu dem Tor, er trug lange schwarze Shorts und ein ausgeblichenes schwarzes T-Shirt mit Mozarts Kopf, darunter der Name in einer Heavy-Metal-Schrift. Er tippte einen Code in das Torschloss. Die Schranke hob sich und er schaffte es gerade noch rechtzeitig in den Jeep und hindurch, bevor sie sich wieder senkte. Er lachte in sich hinein. »Whoo! Mich könnt ihr aussperren, aber nicht meine Mutter, ihr Arschgesichter!«

»Das war …?«

»Der Code meiner Mutter. Sie werden ihn nächste Woche ändern, aber dann gibt sie ihn mir einfach wieder. Alles gut, mach dir keine Sorgen. Halt das Hündchen fest. Jetzt wird es holprig.«

Er fuhr langsam über ein Feld, auf dem ich oft als Gast gewesen bin – und einmal backstage mit Mad Dog und Velvet –, aber noch nie vor Beginn des Festivals. Noch niemals so früh. In Condor gab es mehrere Festivalflächen mit Bühnen, doch Avalon war zum Campen. Für die Hälfte des Platzes galt das Motto »Selbst Hand anlegen« – die Zweideutigkeit provozierte immer wieder blöde Witze –, doch vor uns breitete sich das Merry Village aus, wo man kleine mittelalterlich anmutende Zelte mieten konnte, komplett mit Feldbetten und WLAN und in Laufnähe der Pop-up-»Shops«, die an Ständen und aus Trucks heraus betrieben wurden.

Es war so strange, das alles im Aufbau zu sehen. Die vielen kleinen grauen Zelte, die noch flach auf dem Gras lagen und darauf warteten, aufgebaut zu werden. Auf ein paar flatterten bereits die roten Flaggen. Mehrere Arbeiter schlugen gerade Pflöcke ein, als wir vorbeifuhren. Sie blickten auf, doch als Fen die Hand hob und winkte, kümmerten sie sich nicht weiter um uns.

»In so einem wollte ich immer schon mal wohnen«, sagte ich. »Aber sie sind dermaßen teuer. Wer kann zwei- bis dreitausend Dollar für ein Wochenende ausgeben? Es ist mir schleierhaft, wie sie die Dinger vollkriegen.«

»Und trotzdem sind sie jedes Jahr innerhalb von Minuten ausverkauft«, sagte Fen. »Und inzwischen sind sie fast reiner Gewinn. Die Zelte sind eine Spezialanfertigung und haben ein paar Hundert Dollar pro Stück gekostet, aber die Feldbetten sind billige Massenware. Die einzigen Kosten sind die Arbeitsstunden, um sie aufzubauen, und der Mindestlohn für die Angestellten, die während des Festivals die Zeltleute einchecken. Eine halbe Million netto in die Tasche meines Vaters.« Er schnippte mit den Fingern. »Und da ist noch nicht der ganze Scheiß dabei, den die Festival-Freaks übers Wochenende kaufen.«

Ich war geschockt. Eddie hatte immer mit den Zelten angegeben, aber so hatte er es mir nie erklärt.

»Ich sollte eine Enthüllungsgeschichte über das Festival schreiben«, sagte Fen grinsend. »Nur um meinen Vater anzupissen.«

Ich lachte. »Hast du deinen Vater nicht schon angepisst?«

»In einem wütenden Moment«, sagte er. »Aber man muss den Einsatz erhöhen, wo ist sonst der Sinn?«

Er machte Witze, aber zum ersten Mal hörte ich Traurigkeit aus seiner Verbitterung heraus. Es stieß mir auf, als wir von den Zelten wegfuhren, ich wollte nicht, dass er Dinge verbarg wie ein verletzter Hund, der auf einer wunden Pfote herumhumpelte und tat, als sei alles okay. Weil Schwäche Tod gleichkam.

Aber ich verdrängte es. Ich bin unter hinkenden Hunden aufgewachsen; ich wusste auch, wie man etwas verbarg.

Am Ende des Feldes bog er auf eine unbefestigte Wirtschaftsstraße, die um den hinteren Teil des Feldes herumführte, dann nahm er eine andere in den Wald hinein. An einer Stelle hatte er einen Schlenker um ein ZUTRITT VERBOTEN-Schild gemacht, was mit dem Jeep kein Problem war. Allmählich hatte ich eine Vorstellung, warum die Reifen immer schlammverspritzt waren.

Nach ein paar Minuten wurden die Bäume höher. Sehr viel höher. Ich entdeckte ein State-Park-Schild – für die Ranger, nicht für die Besucher. Am Straßenrand war eine Ausbuchtung, wo man neben einem Wanderweg parken konnte, dort stellte Fen den Jeep ab.

»Warst du schon mal hier?«, wollte er wissen.

Mitten im Park? »Was genau ist mit ›hier‹ gemeint?«

»Der Hain mit den Riesenmammutbäumen. Es ist nur ein kurzer Spaziergang. Komm.« Er deutete mit dem Kinn zu einem hügeligen Pfad in den Wald. Frida zerrte mich an der Leine vorwärts, schnüffelte in der Luft. Es war neu für sie hier, aber sie war immer bereit, einen unbeirrt ins Unbekannte zu führen. Der Mut kleiner Tiere ist ein unerklärliches Rätsel.

Wir liefen in einvernehmlichem Schweigen an einer verschlossenen Rangerblockhütte vorbei. Ein Stück weiter überholten wir jemanden – einen Radfahrer, der verbissen und in voller Profiausrüstung in die Pedale seines Hardcore-Mountainbikes trat.

Danach waren es nur noch wir und der Wald. Es war üppig grün hier und still, und es roch erdiger, weniger nach Sonne und mehr nach feuchtem Boden und Moos und Pilzen. Ich fühlte mich sofort entspannter, hier schien sich die Welt langsamer zu drehen und friedlich vor sich hin zu faulen, ich brauchte mich also ebenfalls nicht zu beeilen: *tief einatmen, lass dir Zeit.* Wir liefen einträchtig durch Zucker-Kiefern, keiner redete. Weder über den Kuss. Noch über unser mitternächtliches Telefongespräch, das letzte Nacht mehr als zwei Stunden gedauert hatte. Ich konnte mich an die Hälfte dessen, worüber wir geredet hatten, schon nicht mehr erinnern. Neue Gruppen, die wir auf Bandcamp gefunden hatten. Seine Highschool. Meine. Eine Rangfolge bei Obstsäften nach Durstlöschfähigkeit. (Orangensaft, hoch; Traubensaft, ganz schlecht.)

Im Grunde genommen hatten wir über nichts geredet.

Trotzdem komisch, dass die Nichts-Gespräche mit Eddie mich nie zum Lächeln gebracht hatten. Ich kann mich wirklich an keines erinnern, das länger als fünf Minuten gedauert hätte. Eddie telefonierte nicht. Ich früher auch nicht. In letzter Zeit war offenbar alles eine Überraschung.

Es war kein Laut zu hören und Frida wurde allmählich müde und friedlich. Ich ließ sie deshalb von der Leine. Sie bekam es nicht mal mit, die dumme Kleine. Sie trottete einfach im gleichen Abstand vor uns her, machte ab und zu einen Schlenker, ließ sich aber leicht mit Händeklatschen oder einem Pfiff zurückrufen. Es war eine Erleichterung, sie frei laufen zu lassen und zu wissen, dass sie nicht einfach losrennen und nicht zurückkommen würde.

»Klar würde sie zurückkommen. Wo sollte sie sonst Fressen herkriegen?«, fragte Fen. »Sie ist ja nicht blöd.«

»Sie frisst ihre eigene Kotze.«

»Das ist ja praktisch«, sagte er mit einem Fast-Lächeln und schob die Sonnenbrille in die windzerzausten Locken. »Oh, hier sind wir schon. Dort vorne. Bist du bereit?«

»Wofür?«

Wir folgten einer steil nach unten führende Kurve, und da war es – das *Wofür.*

Der größte Baum, den ich je gesehen hatte.

»Er ist einer der weltweit größten Riesenmammutbäume«, erklärte Fin. »Es ist nicht der Red Knight. Der steht näher am Hauptwanderweg auf der anderen Seite des Hains und ist der achtgrößte Mammutbaum. Der hier ist bloß Nummer siebenundzwanzig, deshalb kommen die Touristen nicht her. Aber ich finde diese Sequoia spektakulär. Sie heißt Lady of Hope.«

»Wow«, sagte ich ehrfürchtig, als ich mit Fen und Frida auf den Baum zuging. Wir mussten den Kopf in den Nacken legen, wenn wir die grünen Zweige sehen wollten, die oben in den blauen Himmel ragten.

»Sie macht was her, oder?«

Wunderschön. Auf der Rückseite war der Baum von großen Farnfächern umgeben, doch von vorne war der Boden größtenteils freigeräumt. Die knorrigen Wurzeln waren auf schönste Weise miteinander verschlungen, und in die tiefen Furchen der Rinde konnte ich meine Arme legen. Meine Beine. Ich war es gewohnt, kleiner als die meisten Leute zu sein, aber die Lady of Hope vermittelte mir das Gefühl, mehr als klein zu sein. Demütig.

»Ich war noch nie in diesem Hain«, erklärte ich ihm. »Trotz der vielen Sommer hier am See.«

»Nie?«

»Habe auch den Red Knight noch nicht gesehen. Bloß den Tunnelbaum am Stadteingang.«

Er schnaubte höhnisch. »Der ist definitiv für die Touristen.«

»Mein Vater und ich machen dort jedes Jahr ein Foto von uns«, verteidigte ich mich etwas verlegen.

Ich spürte seinen Blick auf meinem Gesicht. »Was Kitsch anbelangt, ist es vermutlich ziemlich cooler Kitsch.«

»Na ja«, räumte ich lächelnd ein und deutete auf den Riesenmammutbaum. »Gegen sie kommt er nicht an.«

»Unsere Lady.«

»Lady«, wiederholte ich mit Upper-Class-Akzent, um ihn aufzuziehen.

Er nahm es gutmütig auf und verschränkte die Arme vor der Brust. »Ich komme oft her, um sie anzuschauen. Auf der Rückseite gibt es eine kleine Stelle zwischen den Farnen, wo ich gern sitze und nachdenke ...« Er deutete mit dem Kopf. »Sie bewahrt mich davor, total durchzudrehen.«

»Verstehe ich. So etwas wie sie habe ich noch nie gesehen«, sagte ich und lief mit ihm um die Wurzeln herum. »Ihr gegenüber fühle ich mich wie eine Ameise. Diese Bäume stehen schon ewig hier, oder?«

»Ungefähr zweitausend Jahre.«

»Wow.«

»Oder? Sie war schon hier, bevor Kolumbus ins Bett geschissen hat. Als die Wikinger noch in England einfielen. Als die Miwok-Stämme noch oben im Vorgebirge lebten. Sie hat jeden Krieg miterlebt, die Sklaverei, den Holocaust, Amokläufe in Schulen und Waldbrände.«

»Menschen können schon schrecklich sein, findest du nicht?«

»Ziemlich erbärmlich«, stimmte er zu.

»Sie hat all die bösen Dinge gesehen, die wir getan haben ...« Eine Stimme in meinem Kopf flüsterte, dass es in meinem Leben auch genug gab, wofür ich ein schlechtes Gewissen haben sollte.

Fen rempelte mich leicht an der Schulter – unsere erste Berührung an diesem Tag und sie überraschte mich. Als ich aufschaute, sah er mich eindringlich an. »Sie hat auch gute Dinge gesehen«, wandte er mit weicherer Stimme ein. »Friedensverträge. Geflüchtete, die eine Zuflucht fanden. Die Emanzipationsproklamation.

Den ersten Flug der Brüder Wright. Menschen, die sich verliebt haben ...«

Oh. Jetzt konnte ich ihn nicht mehr ansehen. Warum musste er ausgerechnet das sagen? Keine Ahnung, was ich darauf erwidern sollte. Ich suchte krampfhaft nach einem unverfänglicheren Gesprächsthema und ging ein bisschen auf Abstand.

»Ja, und die Lady war schon da, als Brian Wilson *Pet Sounds* geschrieben hat.« Voilà. Musik. Das war ein sicheres Thema. Bei dem wir einfach Freunde waren und nichts Verbotenes taten.

Und trotzdem raste mein Herz wie verrückt.

Fridas Schwanz verschwand unter einem Farn, ihr Kopf tauchte auf der anderen Seite auf. Ich bückte mich, um sie am Ohr zu kraulen, Fen lief hinter uns. »Jetzt mal langsam«, sagte er. »Ich habe bedeutsame Geschichtsereignisse aufgezählt. Nominierst du *Pet Sounds* etwa zum besten Album aller Zeiten?«

»Vielleicht nicht zum besten. Ich sage bloß, dass niemand mit gesundem Menschenverstand leugnen kann, dass es technisch ein unfassbar innovatives Album ist. ›Wouldn't It Be Nice‹ ist einfach ein bittersüßes Meisterwerk und bei ›God Only Knows‹ muss ich jedes Mal losheulen.« Frida schnüffelte auf der Erde herum, während ich vor mich hin schwadronierte. »Aber Mike Love ist ein Arschloch und ein paar Jahrzehnte nach *Pet Sounds* hat ›Kokomo‹ das Vermächtnis der Beach Boys ziemlich ruiniert. Was für ein Idiot.«

»Da hast du recht.«

Fens Stimme war näher, als ich erwartet hatte. Ich spähte über die Schulter zu ihm. Seine Augen wanderten über meinen Hals, unser Blick begegnete sich kurz, dann sah ich wieder weg.

Ich streckte die Arme zur Seite und ließ die Finger über die Farnwedel streifen. »Welches Album würdest *du* zum besten aller Zeiten nominieren?«

»Shit, keine Ahnung. Zu schwierig. Aber irgendwo ganz oben wären *The Velvet Underground & Nico*. Sie haben viele Stürme für mich weggefegt. Und dann vielleicht noch *Tapestry* von Carole King.«

»Mmh. Das hab ich mir noch nie angehört.« Ich wusste natürlich, wer Carole King war.

»Erinnert mich an Roadtrips mit meiner Familie, als ich noch ein Kind war. Das Lieblingsalbum meiner Großmutter.«

»Das ist natürlich ein dickes Lob«, zog ich ihn auf.

»Sag ihr das mal ins Gesicht. Du hältst meine Mutter für einschüchternd? Dann hast du Mina Kasabian noch nicht kennengelernt, den Schrecken von Glendale.«

Ich blieb stehen. »Glendale? Also der Vorort Glendale in L.A.?«

»Hey, ich weiß, es ist nicht Bel Air«, sagte er. »Aber ja. Ich pilgere ein, zwei Mal im Jahr nach Südkalifornien, um meine Großeltern an den Feiertagen oder zu Geburtstagen und so was zu sehen. Die Hälfte der Kasabian-Seite meiner Familie wohnt dort.«

Natürlich hatte mir Eddie nie erzählt, dass er Großeltern in L.A. hat, wenn er mich besuchen kam. Allmählich fragte ich mich, was er mir überhaupt erzählt hatte. Irgendwas? Vielleicht war er bloß eine Fata Morgana und ich war überhaupt nie mit ihm zusammen gewesen? Eddie wer doch gleich?

»Wir waren uns die ganze Zeit näher, als dir überhaupt bewusst war«, sagte er. »Nicht nur während der Sommer.«

»Vermutlich waren wir das wirklich ...« Deshalb wusste er von der Konzerthalle auf dem Campus der UCLA, aber –

»Jane?«

»Ja?« Ich drehte mich um, um ihn anzuschauen, aber er war nicht mehr direkt hinter mir und ich stutzte. Seine warme Hand legte sich um meinen Knöchel und zog meine Aufmerksamkeit nach unten. Er saß zwischen den Baumwurzeln auf der Erde, einen Arm um das angewinkelte Knie geschlungen.

»Setz dich. Bitte.«

»Hier?« Vermutlich war es die Stelle, wo er immer nachdachte.

»Hast du plötzlich Angst vor mir?«

Ich gluckste nervös. »Äh ... nein.« Als ich mich neben ihn setzte, wich plötzlich alle Luft aus meinen Lungen. »Jedenfalls nicht sehr.«

»Lustig, ich hab nämlich eine schreckliche Angst vor dir.«

»Hör auf.«

»Ich meine es ernst. Du machst mir eine Heidenangst. Schau nur.« Er rückte näher an mich heran, nahm sanft meine Hände und drehte sie, bis die Handflächen nach oben zeigten. »Siehst du? Hier bin ich, genau da. Du hast alle Macht. Du kannst mich einfach so zerdrücken«, sagte er leise. Sein Gesicht, das mir ganz nahe war, schaute nach unten. »Du brauchst mir bloß zu sagen, dass du keinen Bock mehr hast. Dass ich nur nebenherlaufe. Zweite Wahl.«

»Sag das nicht«, flüsterte ich. »Es ist nicht wahr.«

Sein Atem stockte, als er etwas erwidern wollte, doch dann überlegte er es sich anders. Und setzte mit rauer Stimme noch mal an. »Ich habe *nichts*. Nichts, was ich dir geben könnte, und keine Macht. Ich habe kein Recht, irgendwas von dir zu verlangen. Aber ich frage trotzdem.«

»Fen ...«

»Was lässt dich morgens aufstehen?«

»Hä?«

»Was sind die Dinge, die den ganzen Scheiß, den du aushalten musst, die Mühe wert machen. Für dich, Aschenputtel, die du im Palast schuftest ... wofür?«

Ich hatte keine Antwort parat. Aber es hatte nichts mit der Wörterfresserin zu tun. Ich wusste es einfach wirklich nicht.

»Du musst doch Gründe haben. Tag für Tag haben wir diese Ödnis von Schule abgesessen und nichts dabei gelernt, weil wir die Hälfte der Zeit sowieso mehr wussten als die Lehrer«, sagte er. »Hast du eine Ahnung, wie oft ich meinen Geschichtslehrer korrigieren musste? Eigentlich sollte es ein AP-Kurs sein, aber er hatte keinen blassen Schimmer vom Kalten Krieg.«

»Hmm …«

Fen atmete aus. »Sorry, ich schweife ab. Was ich eigentlich sagen will … Es gibt nur wenige Dinge, die mein Leben lebenswert machen. Musik. Meine Familie – meinen Vater und Bruder nicht eingeschlossen, die hoffentlich irgendwann im Ofen der Märchenhexe braten werden, bis ihnen die Augäpfel herausquellen –«

»Hey«, flüsterte ich.

»Aber der Rest meiner Familie, ja. Musik bedeutet mir etwas, sie und dieser Baum.«

»Dieser Baum«, wiederholte ich.

»Ich *liebe diesen Baum*«, sagte er bedächtig. »Ich habe eine tiefe spirituelle Bindung zu diesem Baum. Und ich bin mit dir hergekommen, weil ich es mit dir teilen wollte.«

»Ich bin froh, dass du das gemacht hast.«

»Aber Jane, du sollst auch wissen: Wenn du mir erklären würdest, dass ich nur mit dir zusammen sein kann, wenn dieser Baum tot ist, dann würde ich mir eine rostige Axt schnappen und diesen geliebten zweitausend Jahre alten Baum für dich fällen.«

Es war kein Witz. Ihm war schon klar, dass er den Übertreibungszug mit Karacho über die Übertreibungsklippe rasen ließ. Aber das Gefühl dahinter war absolut ehrlich. »He, bitte nicht!«

»Ich würde es für dich tun. Denn ich habe jetzt einen Grund mehr, morgens aufzustehen. Hab dir ja gesagt – du hast alle Macht.«

»*Fen*. Es macht mir Angst, wenn du so redest.«

»Mir macht es Angst, so zu fühlen.«

»Es ist nicht fair von dir, mir so was zu sagen, obwohl du weißt, dass ich mit Eddie zusammen bin.«

Langsames Blinzeln. »Ich weiß, dass es nicht fair ist. Ich wünschte, es wäre – fair. Deinetwegen. Ich wünsche mir, wir wären uns einfach so begegnet, ohne Verpflichtungen und Ballast. Bedauerst du, dass du dich auf mich eingelassen hast?«

Es fühlte sich an, als stünden wir an einer großen Verwerfungslinie, die jeden Moment auseinanderbrechen würde, und dass ich *tatsächlich* Macht hatte. Ich konnte jetzt davongehen und alle möglichen Tragödien verhindern. Leben retten. Heime. Ganze Städte.

Aber ich schaffte es nicht.

»Es tut mir überhaupt nicht leid«, gestand ich.

Er gab einen leisen Laut von sich.

Seine Augen waren dunkel und verschleiert. Er neigte den Kopf zu meinen Händen herunter und küsste jede Handfläche. »Ich schwöre bei sämtlichen Heiligen, wenn du mich nicht bald wieder berührst, gehe ich kaputt.«

»Was, wenn ich bloß eine wandelnde Katastrophe bin?« Ich fühlte mich wie eine Draufgängerin und zu allem fähig. Kurz davor, in Tränen auszubrechen. Kurz davor, mir sämtliche Kleider vom Leib zu reißen. »Vor zwei Jahren am Damm wollte ich eine Show abziehen und es war ein Flop, und jetzt versuche ich mit aller Kraft, dich da reinzuziehen. Ich bin nicht Aschenputtel. Ich bin vermutlich, keine Ahnung ... deine Hexe mit dem Ofen.«

Er schüttelte den Kopf. »Du kannst gar keine größere Katastrophe sein als ich. Hab dir ja gesagt, dass ich schon meine eigenen Geister habe. Lass uns zusammen untergehen wie Bonnie und Clyde. Ein paar Banken ausrauben. Durch die Nacht rennen. Ein paar Häuschen mit Öfen bauen und Hexe und Hexer sein. Du und ich.«

Und Eddie. Wo gehörte Eddie in diesem Bild hin?

Eddie würde mir keinen Bankraub versprechen oder Häuschen-Hexerei. Eddie war golden und gut, lächelte schnell und breit, immer positiv.

Bloß war er das gar nicht, oder? Der goldene Eddie war lediglich jemand, den ich mir ausgedacht hatte. Der wahre Eddie verheimlichte seine Drogenabhängigkeit und verschwand bei der erstbesten Gelegenheit, um auf einer schönen Insel abzufeiern. Dem wahren Eddie war es völlig egal, dass ich seinen Bruder kennengelernt hatte.

Der wahre Eddie hatte gelogen, als er behauptete, er habe mich aus dem Wehr gezogen.

Als ich meine Stirn gegen Fens lehnte, schloss er die Augen.

»Wenn du mich haben willst«, sagte er, »bin ich dein. Und wenn du willst, dass ich wegen Eddie nicht mehr mit dir rede, dann werde ich mich danach richten. Sag mir, was du willst, Jane.«

Ich antwortete ihm nicht. Ich presste einfach meinen Mund auf seinen. So etwas hatte ich noch nie getan – nie. Aber es gab mir das Gefühl, verwegen und mutig zu sein. Und als er meinen Kuss erwiderte und meinen Kopf mit beiden Händen umfasste, ließ ich mich an seine Brust sinken und mein Körper zerschmolz zu einem Lavastrom. Seine Zunge berührte meine und ich stöhnte.

Er streichelte mich und ich war Wachs in seinen Händen.

Dieses Mal waren unsere Küsse nicht fieberhaft. Wir hatten keine Eile. Jedenfalls anfangs nicht. Aber es bedeutete so viel mehr.

Außerdem war es anders, denn nun waren wir eindeutig keine Fremden mehr füreinander. Was machte es schon, wenn unsere Zähne gegeneinanderstießen und meine Zunge in die eine Richtung wanderte, obwohl sie in die andere gesollt hätte?

Wir kicherten bloß – huh, der Klang seines dunklen, tiefen Lachens! – und versuchten es noch mal.

Es machte überhaupt nichts, denn alles fühlte sich gut an – seine weichen Lippen und wie sein geöffneter Mund auf dem Weg zu meinem Ohr meinen Kiefer streifte. Wie sich seine beweglichen Finger unter meinem Shirt in die Kurve meiner Wirbelsäule schmiegten. Wie er flüsterte und stöhnte, als meine Hand nach unten wanderte, um zu berühren, was ich zwischen uns spürte ...

»Jane?«

»Hmm?«

»Wir müssen eine Pause einlegen«, keuchte er atemlos, »oder ich kann mich nicht mehr beherrschen.«

Er hatte recht mit seiner Unterbrechung. Ich wusste nicht

mehr, was ich tat, und wir dachten nicht nach. Und waren nicht vorbereitet. Ich hatte keine Ahnung, wo Frida steckte; wir mussten sie finden, bevor sie sich zu weit entfernte. Als wir uns widerwillig voneinander lösten, uns aber weiter an den Händen hielten, konnte ich nur daran denken, wie glücklich ich war.

Alles fühlte sich schön an.

Wie konnte es also falsch sein?

Ich glaubte nicht mehr, dass es falsch war. Ich war fertig mit allem Goldenen. Das wusste ich nun. Vielleicht hatte ich es schon die ganze Zeit gewusst. Es hatte einfach so geglänzt und geleuchtet, dass ich einen Moment abgelenkt gewesen war. Wie eine Katze, die bis zur Erschöpfung dem Punkt eines Laserpointers hinterherrennt, um dann festzustellen, dass sie nach nichts ausholte.

Behaltet eure Laserpointer.

Gebt mir den Jungen mit der Axt.

Track [21] »Family Is Family« | Kacey Musgraves

Jane

Als Jasmine mir drei Tage später eine Nachricht schickte und mich zum Lunch bei sich zu Hause einlud, muss ich mein Handy eine geschlagene Minute wie eine komplette Idiotin angestarrt haben, denn so lange dauerte es, bis sich die automatische Sperre einstellte. Ich war einfach so beschäftigt damit gewesen, mich bei jeder möglichen Gelegenheit mit Fen davonzuschleichen, dass ich sie und ihren Vorschlag völlig vergessen hatte.

Oder die Tatsache, dass sie es womöglich überhaupt nicht guthieß, dass ich die Finger nicht von dem falschen Sohn lassen konnte. Und wenn wir es nicht irgendwann ein bisschen langsamer angingen, würden es bald mehr als die Finger sein.

Nicht dass es irgendeine Rolle spielen würde. Es war sowieso falsch, egal aus welchem Winkel man es betrachtete. Meine immer stärker werdenden Schuldgefühle bestätigten das. Je häufiger wir uns sahen, umso mehr stellte ich mir vor, dass Eddie es herausfand und wie es ihn verletzen würde. Und das war das Letzte, was ich wollte.

Mit ihm zu telefonieren oder zu schreiben hätte so viel geändert. Das war zumindest mein Gefühl. Entweder hätte er eine Erklärung für alles, was Fen mir erzählt hatte, und meine früheren Gefühle für ihn würden zurückkehren – oder eben nicht. Doch in die Funkstille hinein konnte ich dieses Gespräch nicht führen.

Ein Teil meines Hirns erinnerte mich daran, dass Eddie mich schon oft genug geghostet hatte. Und zwar ... sehr oft. Er tauchte ein paar Wochen ab und dann war er wieder supernett. Aber hätte Jasmine irgendwas von ihm gehört, hätte sie mir sicher Bescheid gesagt. Und es war auch keine Entschuldigung dafür, dass er mir nicht auf meine Nachrichten geantwortet hatte. Er hatte gewusst, dass ich für den Sommer an den See kommen würde. Er muss ihm klar gewesen sein, dass ich früher oder später in Fen rennen würde – er hatte mich ja extra gewarnt, mich seinem Bruder zu nähern, natürlich war es ihm klar gewesen. Hätte er mich nicht irgendwie darauf vorbereiten sollen?

Oder war mir gerade jede Ausrede recht, damit ich wegen dem, was ich mit Fen tat, kein schlechtes Gewissen zu haben brauchte?

Vielleicht konnten wir beim Lunch bei Jasmine das Thema Eddie einfach umgehen. Vielleicht konnte ich um ihn herumreden, wie ich bei Norma um Dinge herumredete. Umlenken und ablenken. Darin war ich gut.

Und wer würde bei diesem Lunch überhaupt dabei sein, nur sie und ich und die Zwillinge? Sie hatte ja betont, dass es an einem Tag sein würde, an dem Serj nicht zu Hause war. Vermutlich war das besser so, dann würde er keine peinlichen Fragen wegen des Apartments stellen.

Argh. Log ich mir da selbst in die Tasche? Übertrieb ich mit diesem Lunch?

Ich überlegte, einen Rückzieher zu machen. Ich fragte sogar Fen, was ich tun sollte. Er schrieb bloß zurück: **Jasmine Sarafian versetzt man nicht. Zumindest nicht, wenn du deine Zähne und Zehen behalten willst. Scheint dir wohl nix anderes übrig zu bleiben, als mit meiner überkandidelten Familie abzuhängen.**

Ich wünschte mir *so* sehr, dass Jasmine mich mochte. Ich wollte wieder an den Punkt zurück, an dem ich diese Tochterliebe für sie gespürt und sie mir das Gefühl vermittelt hatte, dass alles gut würde. War das möglich?

Ich würde wohl also gehen. Schließlich war es nur ein Lunch. Vielleicht würde es okay laufen. Und wenn es eine Quälerei war, wie lange konnte ein Mittagessen mit einer überkandidelten Familie schon dauern?

Her mit den Verrückten!

Velvet fühlte sich besser – die Krämpfe hatten nachgelassen – und ging wieder mit ihren Freunden aus. Noch mehr Probleme für mich. Doch als ich ihr erzählte, wo ich zum Lunch hinging, lieh sie mir ein gestreiftes Top, das nicht wie ein ausgeleierter Sack aussah – juhu – und außerdem ziemlich gut zu dem weiten Rock und den schwarzen Ballerinas passte, die ich dabeihatte.

Voilà. Total akzeptabel. Ich sah fast aus wie eine Studentin – Exie sprach es sogar aus und lieh mir ein hübsches rotes Armband, um mein Ensemble zu vervollständigen, als ich Frida Starla übergab. Sie hatte sich bereit erklärt, ein paar Stunden auf das Hündchen aufzupassen. Dad erledigte etwas für Mad Dog, ich war erleichtert, nicht seinem stummen vorwurfsvollen Blick standhalten zu müssen. Dafür musste ich den von Norma ertragen, als sie mich beim Hinausgehen erwischte und heranwinkte. »Hey, kommen Sie mal.«

Erst dachte ich, ich bekäme Ärger, weil ich mitten am Tag etwas Privates unternahm, doch sie drückte mir eine Flasche Wein in die Hand. Nicht irgendeine Flasche, sondern eine richtig teure vom Weingut von Mad Dogs Ex-Frau. »Soll ich die Rosa bringen?«, fragte ich.

»Nein, Sie sollen der Mutter des Jungen etwas mitbringen. Das gehört sich so. Aber verraten Sie Mad Dog nicht, dass ich sie Ihnen gegeben habe.« Sie drehte sich um und zeigte auf die anderen im Raum. »Und von Ihnen sagt auch keine was, verstanden?«

Norma brach die Regeln? WAS WAR HIER LOS?

»Das kann ich nicht annehmen.« Ich war verlegen. Zum einen wollte ich Norma nichts schuldig sein. Und zweitens dachten alle, ich ginge wegen Eddie zu diesem Essen. Und in gewisser Weise ... tat ich das ja auch. Es war bloß alles wesentlich verworrener, weil ich so viel Zeit mit Fen verbracht hatte.

»Nun gehen Sie schon«, sagte sie und drückte mir die Flasche in die Hand. »Und machen Sie uns keine Schande.«

Exie sah mich hinter Normas Rücken mit großen Augen an: *Es geschehen noch Zeichen und Wunder.*

Allmählich wurde es echt schräg und ich wollte nicht zu spät kommen. Nachdem Starla versicherte, dass sie unseren gemeinsamen Wagen nicht brauchen würde, fuhr ich aus der Garage und schrieb Jasmine, dass ich unterwegs war. Sie zu fragen, wo sie wohnte, kam mir blöd vor, ich hatte das Gefühl, ich sollte das wissen. Also schrieb ich Fen. Das war mir auch unangenehm, aber er schien es okay zu finden: **Wenn du dich noch einmal entschuldigst, werde ich dich zur Strafe zwingen, Steely Dan in Endlosschleife zu hören. So wie ich den ganzen Morgen im Plattenladen, dank meiner Tante. FML**

Er schickte mir die Adresse und ich gab sie ins Navi ein. Andere Seite des Sees, die exklusive Gegend unterhalb des Mission Bluff – wie Jasmine es im Apartment gesagt hatte. Das Navi riet mir, nicht die normale Route in die Stadt zu nehmen, sondern stattdessen über das Grundstück auf irgendeine seltsame Nebenstraße Richtung Niemandsland zu fahren.

Es war wieder ein wunderschöner Tag am See und alle Nicht-Nadelbäume waren saftig grün und dicht belaubt. Überall in dem anheimelnden Wald entlang der Privatstraße glänzten die Zweige im Sonnenlicht. Die Straße wand sich um einige Nebengebäude der Lodge, wie das Haushälterinnen-Cottage und eine kleine Hütte, die Poker Shack genannt wurde. An der Kreuzung zur Grotto Cabin bog ich ab, doch statt zum See zu fahren, nahm ich die andere Richtung – in die ich noch nie gefahren war. Zur Rückseite des Grundstücks. Wo mein Weg auf eine schmale öffentliche Straße stieß, die Bluff Road. Es gab kein Ausfahrtstor, ich konnte einfach weiterfahren. Kein Wunder war Kamal so nervös wegen der potenziellen »Sicherheitslücken« rings um die Lodge. Hier konnte jeder hereinspazieren.

Oder hinausspazieren.

Ich fuhr ein paar Minuten, ohne anderen Autos zu begegnen, dann brach zu meiner Rechten die Sonne durch die Bäume und der See tauchte auf. Komisch, ihn von dieser Seite zu sehen. Er war nur ein paar Meter von mir entfernt, und die Straße verlief eine lange träge Weile parallel zum Wasser. Ich kam an einem alten State-Ranger-Gebäude vorbei und auf meiner Linken an einer Auffahrt mit einem schrägen Briefkasten voller schwarz-weißer Dalmatiner-Punkte. Weiter oben, zurückgesetzt im Wald, war ein rotes Haus zu sehen.

Kurz darauf entdeckte ich rechts hinter einem pompösen Tor die Auffahrt zur steinernen Villa der Sarafians.

Sie war nicht mit der Lodge zu vergleichen, bei Weitem nicht. Aber sie war auf andere Art beeindruckend, weil sie so viel näher am Wasser lag und mit ihrem Obergeschoss eher ein klassisches See-Haus war – umgeben von Kiefern und grüner als grünem Gras und beinahe schon zu vielen Trittplatten.

Instagram-schön, vor allem in der strahlenden Mittagssonne.

Das Tor öffnete sich automatisch, als ich vorfuhr. Ich hielt neben einem weißen Catering-Van in der Auffahrt und atmete tief aus. »Du schaffst das«, machte ich mir Mut. Dann schob ich mein Handy in die Rocktasche, nahm den Wein und stieg aus dem Wagen.

Wie viele der größeren Häuser am See hatte auch dieses hier ringsum gepflasterte Terrassen, um möglichst viel Platz im Freien zu haben – und mehr Zeit draußen verbringen zu können, um auf den See und die Berge zu blicken. Unter einer davon befand sich der Hauseingang, zwei Türen hinter dekorativen schmiede-eisernen Gittern. Auf mein Klingeln wurde eine davon geöffnet. Eine ältere Frau mit kastanienbraun gefärbten Haaren und einem schmalen verkniffenen Mund starrte mich eine Weile unter schwarzen Wimpern hervor an.

»Ja?«, fragte sie ein wenig ungeduldig.

»Oh, hallo. Ich bin Jane Marlow. Mrs Sarafian hat mich zum

Lunch eingeladen«, erklärte ich. »Sind Sie Ms Makruhi?« Fen hatte mir erzählt, dass die Haushälterin seiner Familie so hieß. Ich hielt es für einen guten Einstieg.

Sie wirkte überrascht. »Ja, kommen Sie herein. Hier entlang.«

Ugh. Hätte ich das vielleicht besser nicht sagen sollen? Norma würde es nicht gefallen, wenn Leute ihren Namen wüssten. Vielleicht hatte ich gerade einen Fauxpas begangen. Bring nie die Haushälterin oder den Koch gegen dich auf.

Sie führte mich in eine hohe Eingangshalle mit italienischen Fliesen und einem geschwungenen Treppengeländer. Und einem riesigen Glaskronleuchter, der wie ein Seeungeheuer aussah und überhaupt nicht zum Rest des Hauses zu passen schien.

»Das ist unser Chihuly«, sagte eine Stimme vom Ende der Treppe.

Als ich nach oben sah, entdeckte ich Jasmine, die in Jeans, High Heels und einem schulterfreien Top die Treppe herunterkam.

»Falls du ihn scheußlich findest, ich bin unschuldig«, fuhr sie fort. »Vor ein paar Jahren musste Serj unbedingt ein Objekt von diesem Künstler haben, aber mittlerweile sind wir es ziemlich leid, uns jeden Morgen einen explodierenden Oktopus anzuschauen, wenn wir die Treppe runterkommen.« Sie lächelte und streckte mir die Hand entgegen. »Wie geht es dir, Miss Jane? Ich freue mich sehr, dich wiederzusehen.«

Ihre Finger waren warm, als sie meine Hand drückte. »Mir gehts gut. Vielen Dank für die Einladung … ähm, unter Ihrem explodierenden Oktopus.«

Sie lachte. »Gerne. Oh, ist die für mich?«, fragte sie, als ich ihr die Weinflasche reichte.

»Vom Haus. Ich habe sie nicht geklaut oder so. Norma lässt Sie grüßen.«

»Norma«, wiederholte sie und schubste mit ihrer Schulter gegen meine, wie Fen es immer tat. »Weicher Kern unter der harten Schale, was meinst du?«

Da war ich mir nicht so sicher. Bei etwas anderem schon. Irgendetwas roch ausgesprochen lecker nach Zitrone und Minze und Knoblauch. Bevor ich nachfragen konnte, kam eine dunkle Gestalt aus dem Schatten hinter der Treppe.

»Ani-jan, komm aus deinem Hinterhalt«, rief Jasmine. »Ich möchte, dass du Miss Jane kennenlernst.«

Ein schmales Mädchen trat in die Eingangshalle, sie hielt die Hände vor sich. Ein paar Jahre jünger als ich. Die Haare ebenso dunkel wie meine, aber megagerade und lang. Mit den größten braunen Augen, die ich je gesehen hatte, starrte sie mich an wie ein von Scheinwerfern geblendetes Tier. Ihre Nervosität übertrug sich auf mich.

»Hi«, begrüßte ich sie. »Ani? Du bist eine von den Zwillingen, richtig?«

Außer dass sie fünfzehn waren, wusste ich nicht viel über sie, Eddie sprach nur als »die Rotznasen« von ihnen. Sie sah aber überhaupt nicht wie eine Rotznase aus.

»Es ist kein Oktopus«, sagte das Mädchen. Ihre Stimme war leise und sie verbarg einen Teil ihres Gesichts hinter dem Wasserfall aus dunklen Haaren. »Er hat hundertfünf Beine. Ein Oktopus hat acht.«

Ich schaute auf. »Echt? Da ist was dran.«

Jasmine schlang den Arm um die Schultern ihrer Tochter. »Ani mag Zahlen.«

»Ich mag Genauigkeit«, korrigierte sie das Mädchen.

»Sie treibt mich gern in den Wahnsinn, mein kleiner Nerd.« Jasmine küsste sie liebevoll auf die Wange, bis das Mädchen verlegen lächelte und sich losmachte. »Komm, Miss Jane. Wir essen draußen im Garten und genießen das schöne Wetter.«

Ich folgte ihnen durch die Halle in ein luftiges Wohnzimmer mit einer hohen Fensterfront und Blick über den See. So was von genial, das Wasser quasi direkt vor der Tür zu haben. Es war nur die Terrasse dazwischen, ein grüner-grüner Abhang und ein Steg.

Richtig nah. Und im Gegensatz zur Lodge fühlte sich dieses Haus wie ein Zuhause an. Ich hatte Glamour erwartet – signierte Fotos von irgendwelchen Rap-Stars vielleicht. Aber es gab etwas viel Besseres. Familienfotos an der Wand. Bilder der heiligen Perpetua und der heiligen Felicitas unter einem verschnörkelten goldenen Kreuz. Ein Flachbildfernseher, auf dem gerade stumm irgendeine Anime-Serie lief. Eine über den Stuhl geworfene Jacke. Ein Fußball in der Ecke.

Lebenszeichen.

In der Lodge räumten wir Hausangestellten so was alles weg.

»Beweg dich, Ari«, sagte eine tiefe Stimme aus einem dunklen Flur.

Ari ... Das musste Anis Zwillingsbruder sein.

Der Junge ließ ein Brummen hören und taumelte ins Wohnzimmer. »Hey! Fucker!«, beschwerte er sich.

»Keine Kraftausdrücke!«, warnte Jasmine.

Mein Puls ging schneller, als Ari sich zu der Person im Flur umdrehte. Einen Moment lang sah ich nur ein Wirrwarr aus dünnen Jungsarmen, die – so wirkte es zumindest – gutmütig miteinander rangen. Das Ganze spielte sich hinter einer großen Monstera-Pflanze ab, die größer war als ich, deshalb konnte ich nicht viel erkennen. Bloß, dass Ari ebenso schmal war wie seine Zwillingsschwester und dieselben dunklen glatten Haare hatte, die ihm über die Schultern reichten. Sehr Metal.

Mit einem letzten Schubser wurde Ari ins Wohnzimmer geschoben. »Autsch! Lass das, du Blödmann – du hast gewonnen. Mama! Sag ihm, dass er aufhören soll«, beschwerte er sich.

Moment. *Wer* sollte aufhören?

»Schluss jetzt, Jungs. Versucht ein bisschen unterhaltsamer zu sein, wenn wir Besuch haben«, wies Jasmine den atemlosen Zwillingsbruder und die Person an, die siegreich hinter ihm ins Wohnzimmer stolzierte.

Fen. Die Haare völlig zerzaust vom Ringkampf. Im Ausschnitt

des kurzärmligen schwarzen Hemdes, das er locker über weichen grauen Shorts trug, hing schief eine zusammengeklappte Sonnenbrille.

»Das ist mein Bruder«, erklärte mir Ani.

»Äh, ja, schön, dich kennenzulernen«, sagte ich zu Ari, starrte aber Fen an, weil mir ganz schwummrig war an Stellen, wo mir nicht schwummrig sein sollte. In meinem Kopf. Den Füßen. Den Rippen. Oh, ich wäre so gern sauer auf ihn gewesen, weil er mir nicht gesagt hatte, dass er hier sein würde. Wirklich. Aber mein Körper freute sich so, seinen Körper zu sehen – *hallo, Freund* –, dass ich mich nicht aus dem hypnotisierenden Bann befreien konnte, den er gesponnen hatte.

Wer hatte doch gleich einen Hexenofen? Nicht ich. Er war der dunkle Zauberer. Hätte er die Hand gehoben und mir befohlen, vor ihm auf die Knie zu fallen, hätte ich es womöglich getan.

»Fennec«, befahl Jasmine mit einer Stimme, die von weit her zu kommen schien.

»Du brauchst sie einander nicht vorzustellen, Mama«, bemerkte Ani trocken.

Ich blinzelte und warf dem Mädchen einen panischen Blick zu – sie wusste eindeutig, dass zwischen Fen und mir was lief. Dann spähte ich zu Ari, der zu meiner Erleichterung verwirrt aussah. Schließlich sah ich zu Jasmine, deren Miene sich nur als *selbstzufrieden* bezeichnen ließ. Keine Ahnung, warum. Jasmine bewegte sich auf einem anderen Spielfeld als wir Normalsterblichen. Aber sie heckte irgendetwas aus, das mein schlechtes Gewissen anfachte und mir Magenkrämpfe verursachte.

Auf meiner Stirn bildete sich Schweiß.

Das hier würde das längste Mittagessen aller Zeiten werden.

Wir gingen nach draußen auf die große Gartenterrasse. Dort gab es eine Außenküche mit Bar und einen langen Esstisch aus Zedernholz. Das grüne Gras darunter erstreckte sich bis zu einem

Steg, an dem ein schwarzes Rennboot festgemacht war und auf dem vier Liegestühle auf Sonnenanbeter warteten.

»Wie geht dir es so?«, erkundigte sich Fen geheuchelt formell, als wir hinter dem Rudel zurückblieben. Sie konnten uns immer noch hören, ebenso wie die zwei Caterer, die am Grill das Essen vorbereiteten. Hier gab es keine Privatsphäre. Doch als niemand hinsah, fuhren seine Finger über meine Handfläche.

Ich holte scharf Luft und zog meine Hand weg. »Richtig gut geht es mir. Hallo, übrigens.«

Er gluckste in sich hinein, ein dunkles kleines Lachen. Kaum wahrnehmbar, aber ich hörte es. Ich traf die Luft, als ich nach seinem Arm ausholte, aber irgendwann erwischte ich ihn. Er räusperte sich und sah mich an. Das Lächeln in seinen Augen versetzte mich in leise Aufregung.

Sooo ein langes Mittagessen.

»Ich dachte, du wohnst nicht mehr hier«, brachte ich schließlich heraus. »In diesem …« Verdammt. Mir fiel das Wort nicht ein. »Text?«, flüsterte ich leicht verzweifelt.

»Haus?«, riet er, und als ich bestätigend auf ihn zeigte, redete er weiter. »Der Besitzer des Hauses ist nicht in der Stadt; sobald das der Fall ist, schleiche ich mich wieder ein wie ein armes Bettlerkind.«

»Unser Dad ist ein Idiot«, erklärte Ari auf einen Stuhl gestützt.

Jasmine deutete mit dem Finger auf ihn. »Nein. Dein Vater gibt sich Mühe. Wir lieben und respektieren ihn. Er ist ein guter Mann.«

Ani hielt die Hände hoch. »Er ist ein wichtiger Mann. Lass uns präzisere Wörter benutzen, Mama.«

»*Wichtig*«, wiederholte Jasmine lächelnd. »Einverstanden.«

»Absolut nicht einverstanden«, brummte Fen.

»Ja, ich bleibe auch bei ›Idiot‹«, stimmte Ari zu.

Jasmine ließ den Kopf hängen. »Heiliger Georg, hilf mir, diese boshaften Kinder zu zähmen.«

»Können wir essen, bevor wir den Zorn der Heiligen auf uns ziehen?«, fragte Ani. »Ich sterbe vor Hunger.«

»Ja, meine Süße«, sagte Jasmine und winkte mich zu dem Zederntisch.

Ich setzte mich mit dem Rücken zum Haus auf einen Stuhl, sodass der See vor mir lag, und es entging mir nicht, dass Fen um seinen Bruder herumlief, um sich neben mich zu setzen. Im Gegensatz zu Jasmine, die uns gegenüber Platz nahm. Damit sie uns besser beobachten konnte, wurde mir mit zunehmendem Schrecken bewusst.

War das hier ein Test, weil sie den Verdacht hatte, dass Fen und ich zusammen waren? Oder wollte sie Fen provozieren, weil sie wusste, dass er in mich verliebt gewesen war, als wir noch jünger waren? Team Eddie oder Team Fen? Nicht zu wissen, was sie vorhatte, war mehr als frustrierend.

Aber es war nicht nur ihr wachsamer scharfer Blick. Alles war anstrengend. Die Zwillinge waren neugierig und die Caterer brachten große Platten mit Essen und stellten sie auf den Tisch, damit sich jeder nehmen konnte. Es war schön und roch wundervoll, aber ich hatte keine Ahnung, was irgendwas davon war. Falafel? Waren das Salate? Keine Ahnung, aber das war mir auch ziemlich egal, viel schräger fand ich es, bedient zu werden.

Normalerweise war ich diejenige, die andere bediente, die im Hintergrund wartete und nur hier und da einen flüchtigen Blick auf die schöne Aussicht erwischte, obwohl ich lieber am Tisch gesessen und sie von dort genossen hätte.

Ich sollte nicht hier sein, oder? Nicht neben Fen sitzen. Ich hatte eine Affäre, so sah es aus. Ich war eine Hochstaplerin. Eine Schummlerin.

Eine Betrügerin.

Doch selbst als ich mir die schweißnasse Stirn abwischte und kurz vor einem Nervenzusammenbruch war, fiel es niemand auf. Nicht mal Fen. Er war ... außergewöhnlich glücklich. Strahlte förmlich. Als er sein nacktes Bein unter dem Tisch gegen meines presste, fuhr ich zusammen. Er bekam es mit. Ohne mich anzusehen, legte er fest die Hand auf mein Knie, nicht sexy, sondern beruhigend. Ich atmete lange und langsam aus und schloss kurz die Augen.

Ich konnte das schaffen.

Er drückte sanft mein Knie und ich legte meine Hand auf seine. Dann schauten wir uns unter gesenkten Lidern an und ließen uns wieder los. Ich blickte über den Tisch. Hatte Jasmine was mitbekommen? Ich konnte es nicht einschätzen.

»Es riecht wundervoll«, sagte ich.

Fen schüttelte den Kopf. »Keine Angst, wir erklären dir, was das alles ist. Hast du in L.A. schon mal libanesisch gegessen?«

Ich entdeckte vertraute quietschpinke eingelegte Gurken. »Du meinst so was wie Zankou Chicken?«

Er hielt den Daumen hoch und seine Mutter jubelte. »Armenisch! Ganz genau, Miss Jane.«

»Mein Vater ist süchtig nach der Knoblauchsauce dort«, sagte ich.

Sie deuteten auf die entsprechende Schale und dann auf die vielen anderen Gerichte, darunter Hummus, Tabbouleh und ein fleischloses Tatar aus Bulgur.

»Den Fattoush rührst du lieber nicht an, es sei denn, du stehst auf vermatschtes Brot«, riet mir Ani, als die Caterer außer Hörweite waren.

Doch als sie Hühnchen- und Krabben-Kebabs brachten, die nach Zitrone und Rauch dufteten, schlugen alle zu.

»Krabben!«, freute sich Fen.

»Ich fang gleich an zu heulen«, stimmte Ari zu und packte sich den Teller mit angekokelten Krabben-Spießen voll.

»Kriegt euch ein«, sagte Jasmine. »Ihr tut ja gerade so, als würde ich euch nichts zu essen geben.«

Fen erklärte es mir. »Mein Vater hasst Krabben und kriegt

einen Anfall, wenn er sie hier im Haus sieht – brüllt Caterer mitten während einer Party an, und sein Blutdruck erhöht sich gefährlich, so in der Art, weißt du.«

Jasmine seufzte. »Wir haben alle unsere Marotten. Lassen wir uns nicht diesen schönen Nachmittag verderben. Esst einfach eure Krabben und lasst es euch gut gehen. Und wenn einer von euch es ihm erzählt, werde ich es abstreiten und vergessen, dass ich euch je gekannt habe.«

Ani grinste und nahm sich stumm noch zwei weitere Spieße. »Können Sie bitte alle Garnelen grillen, die Sie dabeihaben?«, rief sie dem Caterer zu. Und zu uns: »Was denn? Das sind nämlich keine Krabben, sondern Garnelen.«

Danach wurde alles besser. Krabbe oder Garnele, der begehrte Kebab hatte es verdient, dass man sich den Teller vollpackte – er war einfach so unfassbar lecker, dass einem das Wasser im Mund zusammenlief. Wir ließen es uns schmecken und redeten über Essen ... und über Serj, was Jasmine fast verzweifeln ließ. Aber es drängte sie in die Defensive, und solange sie dort war, hatte ich etwas Luft zum Atmen. Die meisten Bemerkungen waren gutgelaunte Frotzeleien. Fen hielt sich mit seiner Wut auf seinen Vater zurück, und Ari war nur gemäßigt gehässig, einfach ein normaler, leicht reizbarer Teenager. Nichts Ernstes.

Doch als Fen mich »eine aus dem Elfenvolk« nannte, weil meine Fersen im Sitzen nicht den Terrassenboden berührten, wandte sich das Gespräch irgendwann dem fehlenden Sarafian-Bruder zu. Ani begann die Körpergröße jedes Familienmitgliedes herunterzuleiern – sie hatte ebenso wie Fen die hochgewachsene Statur ihrer Mutter geerbt.

»Eddie ist ungefähr sechs Zentimeter kleiner als ich«, erklärte sie.

Ups. Nächstes Thema bitte. Doch nun hing es schon in der Luft, und ich konnte spüren, wie Jasmines Augen mein Gesicht musterten. *Bitte frag mich nicht wegen der Wohnung.*

»Übrigens«, sagte sie leise und ruhig. »Ich hatte eine Rückmeldung von Gordon.«

Mad Dogs Anwalt.

»Ach ja?« Es brachte mich völlig aus dem Gleichgewicht. Ich wollte nicht vor allen darüber reden. Schon gar nicht vor Fen. Ich fühlte mich von ihr in die Ecke gedrängt und gezwungen, die Rolle der geduldigen loyalen Freundin zu spielen, die auf Nachricht von ihrem vornehmen, Kontinente entfernten Verehrer wartete.

Sie nickte. »Sie hatten irgendein juristisches Schlamassel mit dem Zoll. Aber Serjs Anwalt scheint alles geregelt zu haben.«

Äh …? Was?

»Juristisches Schlamassel?«, wiederholte Fen. »Was zum Teufel soll das bitte heißen?«

Jasmine hob die Hände und zuckte langsam mit den Schultern. »Mehr weiß ich auch nicht, Schatz. Dein Vater trifft sich heute deswegen mit jemandem aus der Bay.«

Oje. Das verhieß nichts Gutes.

»Ist mit Eddie alles in Ordnung?«, erkundigte sich Ani, sie klang besorgt.

»Natürlich«, antwortete Jasmine lächelnd. »Dein Vater wird alles regeln. Keine Sorge.«

Mit einem Mal senkte sich ein Schatten über den Tisch. Ich hörte zwar, was sie sagte, aber ich war durcheinander. Es kam mir vor, als hätte mir gerade jemand erzählt, dass ein lange tot Geglaubter lebend aufgefunden wurde. Plötzlich tat Eddie allen leid, sogar mir.

Die ganzen Nachrichten, die ich geschickt hatte … Vielleicht hatte er mich ja doch nicht absichtlich geghostet?

Ich fühlte mich schrecklich. Grauenvoll.

Wie der letzte Abschaum.

Ich war die schlimmste Freundin aller Zeiten.

Fen schob seinen Stuhl zurück und stand auf. »Scheiß drauf!

Da steckt doch mehr dahinter und ich verwette meine komplette Plattensammlung, dass es Eddies Schuld ist.«

»Fennec«, warnte ihn seine Mutter. »Hör auf, deinen Bruder vor Jane schlechtzumachen.«

Er warf ihr einen finsteren Blick zu, seine Muskeln waren angespannt, die Faust auf die Tischkante gestützt. Keiner sagte etwas. Meine Brust fühlte sich an, als würde sie jeden Moment unter dem Druck nachgeben.

Ich musste etwas sagen. Bloß was?

Ich versuchte hier gerade, auf einer Zehenspitze auf einem aktiven Vulkan zu balancieren – und war das etwa besser, als auf dem Geländer des Wehrs zu sitzen?

War es nicht. Ich konnte mich jetzt zu Wort melden und einen Schlussstrich ziehen. Reinen Tisch machen. Jasmine erzählen, dass ich mit Fen zusammen war. Sie wusste es sowieso schon. Oder? Vielleicht? Und falls dem so war, dann war die Einladung heute vielleicht eine Art Unterstützung für Fen. Fen und mich. Der Gedanke – dass noch jemand unser Geheimnis kannte und uns trotzdem nicht ins Gesicht spuckte und erklärte, wie schrecklich wir waren – sorgte dafür, dass mir einen kurzen Moment lang nicht mehr ganz so übel war.

Ich sollte es ihr einfach sagen. Aber ich war eh schon ein Eindringling und alles in diesem Haus fühlte sich so zerbrechlich an. Es gab bereits jede Menge Spaltungen. Das hatte ich vorher gewusst, aber hier in ihrem Zuhause zu sitzen, zusammen mit den Zwillingen? Das machte es plötzlich viel zu real. Vielleicht würde die ganze Familie auseinandergerissen. Und was konnte kostbarer sein? Ich hätte alles gegeben, um nur die Hälfte von dem zu haben, was sie hier hatten, die Familienfotos und das Gefrotzel und die gemütlichen Sofas und die Mutter, die versuchte, alles zusammenzuhalten.

Ich durfte das nicht zerstören. Was sollte ich tun?

»Jane?« Fen runzelte besorgt die Stirn.

»Ich …« Ich sah zu den Augen, die mich rings um den Tisch anstarrten, und fühlte mich wie ein Feigling.

Fens Hand legte sich leicht auf meine Schulter. »Hey. Hast du Lust auf eine Hausbesichtigung?«

Ich schluckte. Warf einen Blick zu Jasmine.

»Das ist eine gute Idee.« Sie klang nicht übermäßig enthusiastisch. »Ihr könnt auch mit dem Boot rausfahren.«

Fen stupste mich an. »Komm«, flüsterte er.

»Ich habe gehört, dass Mad Dog eine Kegelbahn in der Lodge hat«, sagte Ari. »Aber dafür haben wir eine neue Popcorn-Maschine in unserem Heimkino.«

»Da kann man das Popcorn drinlassen und am nächsten Tag schmeckt es immer noch«, erklärte Ani.

Jasmine scheuchte uns mit einer Handbewegung fort, doch ihre Unruhe war unübersehbar. Fen hatte seine dunkle Ernsthaftigkeit von ihr geerbt. Wie sie so mit verschränkten Armen am Tisch saß, schien sich im sonnigen Nachmittagslicht ein Sturm über ihr zusammengebraut zu haben. Ich folgte Fen und den Zwillingen und wir liefen auf einem gepflasterten Weg den Abhang hinunter. Ich war nicht sicher, ob zu schweigen die richtige Entscheidung gewesen war.

Aber was konnte ich jetzt noch tun?

Ich hätte gern mit Fen geredet, doch wir würden in absehbarer Zeit nicht allein sein – das zeichnete sich schon ab. Den tiefen Seufzern nach zu schließen, und wie er zu Aris Kommentaren die Augen verdrehte – der sich unaufgefordert zum inoffiziellen Fremdenführer erklärt hatte –, war Fen das auch klar.

Jedenfalls blieben wir alle zusammen und schlenderten über das Grundstück. Sie zeigten mir ihren Basketballplatz. Die Sauna, die nur an den kältesten Tagen des Jahres benutzt wurde. Das Rennboot ihres Vaters. Eine Feuerstelle am Ufer, wo Ari einmal in einen Nagel getreten war, der sich durch seinen Fuß gebohrt hatte – er zog den Schuh aus, um mir die Narbe zu zeigen.

Oh Mann, diese Zwillinge gaben keine Ruhe. Als wir wieder zum Haus zurückgingen, warf ich Fen einen Blick zu. Das breite Lächeln, mit dem er reagierte, machte mir etwas klar: Er liebte die beiden und er war glücklich, zu Hause zu sein. »Ich glaube, ich sollte dann bald mal gehen«, sagte ich leise, als wir uns die Füße an der Türmatte abwischten. »Dann kannst du Zeit mit deiner Familie verbringen oder was auch immer ...«

Er fasste mich am Handgelenk, sanft, aber fest. »Bitte bleib noch.«

Ms Makruhi steckte den Kopf um die Ecke. »Gleich gibt es Dessert. Torte.«

»Magst du Torte?«, fragte Fen.

»In jeder Art und Form«, antwortete ich. »Bin noch nie einer Torte begegnet, die ich nicht mochte.«

»Sie werden meine Torte lieben«, versicherte mir Ms Makruhi. »Mikado. Was Besonderes. Fens Lieblingskuchen.«

Fen legte die Hände wie zum Gebet zusammen und hob sie ihr entgegen. »Der allerbeste. Ich werde die Hälfte davon verdrücken – bereite dich darauf vor, Völlerei in Aktion zu sehen.«

Ms Makruhi winkte ab, aber sie schien sich zu freuen.

Wir gingen nach oben und ich bekam sowohl Aris als Anis Zimmer gezeigt (heilloses Chaos beziehungsweise penibel aufgeräumt). Nach einer Weile im Spielzimmer gingen wir alle in Fens ehemaliges Zimmer.

»Ich muss noch was mitnehmen«, nuschelte er und steuerte auf einen Schrank zu. »Da ich nur alle paar Monate hier bin, muss ich Zeug mopsen, wann immer ich kann.«

Die Zwillinge bewegten sich ungezwungen und ich sah mich um. Der Raum war riesig im Vergleich zu meiner Kammer in der Lodge. Ein Doppelbett und eine kleine Sitzecke mit einem Schreibtisch. Ein Gaming-Sessel und ein Computermonitor, an den allerdings kein Rechner angeschlossen war. An den Wänden hingen Bandposter und Album-Flats, vermutlich aus dem Laden.

Viele davon signiert, was mich nicht weiter überraschte. Es war bloß seltsam, sie so nachlässig mit Reißzwecken an der Wand befestigt zu sehen, als wären sie nichts Besonderes.

In der Ecke stand neben einem Sitzsack ein Bass, außerdem der leere Ständer eines Keyboards. Im Regal neben mir stapelten sich Noten, Trophäen und Bänder. Ich beugte mich vor, um die Beschriftung zu lesen. Sie stammten aus der Grundschule und der Junior High.

»Du warst im Orchester?«

Er nuschelte etwas in den Schrank, dann zog er den Kopf heraus und sah mich an. »Was? Ja.«

Ani ließ sich aufs Bett plumpsen. »Lass dir nichts weismachen. Fennec ist ein Virtuose.«

»Nerd trifft es eher«, stichelte Ari.

Ich wollte Fen gerade fragen, welches Instrument er gespielt und warum er aufgehört hatte, als wir Geschrei hörten.

Fen richtete sich auf. »Fuck.«

»Oh nein«, murmelte Ari.

»Schleich dich aus der Seitentür«, schlug Ani vor und sprang aus dem Bett. »Ich geb dir Rückendeckung.«

Was war hier los? Aber eigentlich war es schon klar, denn Fen ließ, was immer er aus dem Schrank hatte abstauben wollen, fallen.

Serj.

Fen streckte mir die Hand entgegen. »Komm. Ich bring dich nach Hause. Wir müssen jetzt los.«

»Ich bin mit dem Auto hier.«

»Fuck. Ich muss verschwinden.« Er ging auf Ari zu und drückte seinem Bruder einen Kuss aufs Ohr. »Bye, du Pfeife.«

Ani rannte zu ihm und schlang wie ein Äffchen die Arme um seinen Hals. »Sei vorsichtig. Stirb nicht.«

»Werd mir Mühe geben«, versprach er und drückte sie fest. »Lasst nicht zu, dass er euch scheiße behandelt, okay?«

Ich bekam Panik, als würde Fen auch mich verlassen. Gleichzeitig hatte ich das dringende Bedürfnis, ihn rauszuschaffen.

»Was kann ich tun?«, fragte ich.

»Lenk ihn ab«, sagte er. »Rede mit ihm, während ich abhaue. Shit. Meine Schlüssel! Ich muss mich erst noch ins Wohnzimmer schleichen. Hoffentlich haben sie ihn bloß abgesetzt und er hat den Jeep in der Garage nicht gesehen.«

»Ich bring dich runter«, erklärte Ani, dann zu Ari: »Du gehst mit Fen und hältst Wache.«

Wir verließen das Zimmer, aber als wir das Ende der Treppe erreichten, dröhnte eine laute Stimme durchs Haus.

»FENNEC.«

Wir wirbelten geschlossen herum. Da stand Serj im Rahmen der Wohnzimmer-Terrassentür. Jasmine zog an seinem Arm.

Serj. Wütend wie ein Bulle, Fen im Visier.

»Verschwinde aus meinem Haus!«, brüllte er und deutete mit dem Finger auf seinen Sohn.

»Schönen guten Tag auch«, sagte Fen mit dunkler Stimme.

»Was bildest du dir ein? Du hast hier nichts zu suchen. Ich sollte die Polizei rufen. Ich wusste, dass ich ein Hausverbot hätte durchsetzen sollen.«

»Serj!«, fuhr Jasmine ihn an. »Ich habe ihn eingeladen. Nimm dich zusammen. Denk an deinen Blutdruck und was der Arzt gesagt hat.«

»Und was ist das?« Serj deutete in meine Richtung.

»Hast du dein Hirn in der Stadt vergessen?«, fragte Jasmine. »Das ist Eddies Freundin, Jane. Du hast sie in der Lodge kennengelernt.«

Serj runzelte die Stirn und knurrte: »Ich weiß, wer Mad Dogs Mädchen ist –«

»Ich bin nicht –«, versuchte ich zu widersprechen, doch meine zaghafte Stimme hatte keine Chance gegen seine.

»– aber ich weiß nicht, warum sie hier ist.« Er hob übelgelaunt den Kopf. »Und warum in aller Welt riecht es hier nach Krabben?«

»Wir haben bloß zu Mittag gegessen.« Jasmine klang gereizt. »Mach dich nicht lächerlich.«

»Ich möchte nur Frieden und Normalität, wenn ich nach Hause komme«, kläffte er.

»Keine Sorge, Mama. Ich gehe«, sagte Fen und nahm einen Schlüsselring von einem Beistelltisch. »Mr Wichtig hier kann sich dann wieder damit beschäftigen, seinen Lieblingssohn aus dem juristischen Schlamassel rauszuholen, in das er sich im Ausland gebracht hat.« Seine Stimme triefte vor Säure.

Serj hatte sich schon abgewandt, doch jetzt drehte er sich wieder um. »Könntest du vielleicht ein einziges Mal Mitgefühl mit deinem Bruder haben?«

»Mitgefühl?«, schnaubte Fen.

»Vielleicht könntest du ausnahmsweise mal ein bisschen Klasse zeigen. Versuche, an ihn zu denken statt an dich.«

»Oh, ich platze fast vor Mitgefühl für Eddie. Ich fließe geradezu über. Genau genommen halten wir es vor Spannung kaum aus, endlich zu hören, in welche Schwierigkeiten sich der charmante Dreckskerl dieses Mal gebracht hat.«

»Er sitzt auf den Philippinen wegen Drogenbesitz im Gefängnis«, brüllte Serj Fen an. »Macht dich das glücklich? Dann nur zu – genieß es.«

Fen sah so erschrocken aus, wie ich mich fühlte. Es war wie ein Schlag ins Gesicht.

Gefängnis. Eddie saß im Gefängnis. In einem fremden Land.

Alles, was Fen mir erzählt hatte, war wahr. Über Eddie.

Über Serj, der ein brüllender, wütender Idiot war.

Aber vor allem über Eddie.

Serj zuckte mit den Schultern und machte eine dramatische Handbewegung, als sei sein aufgestauter Ärger verbraucht und er einfach nur noch sehr müde. »Wie gefällt dir das? So was von scheißpeinlich«, brummte er und fuhr sich mit der Hand über den Kopf. »Drogen. Natürlich waren wieder Drogen im Spiel. Er hat mir versprochen, dass er die Finger davon lässt, aber das war eine Lüge.«

Oh mein Gott.

»Papa«, warnte Jasmine ihn und sah dabei mich an. Die Zwillinge. Ms Makruhi, die mit einer Kuchenplatte hinter ihnen hereingekommen war und wirkte, als würde sie gleich umfallen.

Doch Serj redete weiter, mehr mit sich selbst als mit Fen. »Weißt du, was sie dort mit Amerikanern machen, die mit illegalen Drogen erwischt werden? Ihm drohen zwölf Jahre Gefängnis. Minimum!«

»Zwölf?« Jasmine presste die Hand auf die Brust.

»Man geht nicht einfach in ein fremdes Land und ignoriert die Gesetze dort«, sagte Serj. »Wie oft haben wir darüber geredet? Es ist Regel Nummer eins bei Reisen!«

Schweigen legte sich über den Raum.

Mein Kopf war komplett leer. Nichts als Weiß. Ich war wie betäubt. Total geschockt.

Dann legte sich eine schreckliche Traurigkeit über alles. Eddie hatte ein Drogenproblem. Von dem ich nichts geahnt hatte, weil ich ihn überhaupt nicht kannte. Obwohl ich seine Freundin war.

Seine Freundin, die ihn mit seinem Bruder betrog.

Ich war ein schrecklicher Mensch.

Armer Eddie.

Mein Gott.

Als wären wir alle miteinander verbunden und würden dasselbe fühlen, atmete Serj tief aus. Er sackte in sich zusammen und schüttelte den Kopf. »Warum?«

»Mein Baby«, flüsterte Jasmine und wischte sich die Augen. »Mein dummes schönes Baby.«

»Ich werde es in Ordnung bringen, Mama«, versprach Serj mit sanfterer Stimme. »Ich habe mit der Frau im Konsulatsbüro geredet und mit dem Anwalt, von dem ich dir erzählt habe. Ich fliege heute Abend rüber und treffe mich mit Joe und Gordon. Ich werde den Vertrag unterzeichnen und Eddie aus diesem Schlamassel rausholen.«

»Ja, das wirst du«, sagte Jasmine. Sie war verletzt und besorgt, aber nun auch wütend. »Er hätte nicht ohne dich reisen sollen. Er hat schon oft genug bewiesen, wie unreif er ist. Das hier ist die Neuauflage von Weihnachten. Der Vertrag und das Festival sind mir egal – von mir aus kannst du alles an Live Nation übergeben. Aber unser Kind ist auf Abwege geraten.«

Serj schüttelte den Kopf. »Ich schmeiße nicht mein Lebenswerk weg, weil mein Sohn seine Nase nicht im Griff hat. Ich werde ihn rausholen, das Festival wird weiterlaufen und damit ist das Gespräch beendet.«

Ein Stein hatte den Platz meines Magens eingenommen. Mir war übel und komisch und ich kapierte überhaupt nicht, was vor sich ging. Ich drehte mich zu Fen, aber er stand nicht mehr da. Als ich durch den düsteren Flur zur Eingangshalle schaute, schloss sich gerade die Haustür.

Er war weg.

Track [22] »Everything's Just Wonderful« | Lily Allen

Jane

Ich entschuldigte mich und überließ die Sarafians ihrer Trauer. Ich gehörte nicht dorthin.

Ich war eine Fremde. Ein Eindringling.

Eine Betrügerin.

Als ich von der Villa wegfuhr, konnte ich mich gerade noch zusammennehmen, bis ich weit genug auf der Bluff Road war, um an den Straßenrand zu fahren. Und zu weinen.

Ich weinte für Eddie, weil er sich mir nie nahe genug gefühlt hatte, um von seinen Problemen zu erzählen. Und ich weinte, weil ich mich genau wie vor zwei Jahren fühlte, als ich nach seiner Zurückweisung im Wald auf dem Wehr gesessen hatte.

Weil ich offenbar nicht genug für ihn war.

Vielleicht war ich es nie gewesen.

Vielleicht hätte ihm ein anderes Mädchen helfen können. Hätte die Zeichen gesehen. Hätte ihn gedrängt, sich zu öffnen. Ich jedoch hatte, als ich seine Lügen herausfand, einfach aufgegeben und mit seinem Bruder weitergemacht.

Es waren allerdings große Lügen. Nicht nur, was die Drogen anging, sondern auch über den Vorfall, der mein Leben verändert hatte. Das war unverzeihlich. Und was er auf den Philippinen verbockt hatte, war mehr als dämlich. Trotzdem tat mir das Herz für ihn weh.

Die Vorstellung, welche Angst er gerade haben musste, machte mich ganz krank.

Eddie.

Mitten im Schluchzen blickte ich auf und stellte fest, dass ich vor dem Dalmatiner-Briefkasten gehalten hatte, an dem ich auf dem Hinweg vorbeigekommen war. Auf der Seite war in kleiner Schrift ein Firmenname aufgemalt: KASABIAN HUNDERETTUNG.

Es fuhr mir so in die Knochen, dass ich mich aus meiner Gedankenspirale lösen konnte. Ich wischte mir die Tränen vom Gesicht und spähte die lange, steile Auffahrt hoch. Und in der Tat parkte ein weißer Jeep vor einem Zwinger.

Hunde lieben mich.

»Mist«, brummte ich, mein Herz raste. Hier wohnte Fen bei seiner Tante Zabel, eine Meile oder so von der Villa entfernt. Fast hatte es den Anschein, als würde uns das Universum immer wieder zusammenführen.

Schlechtes Timing, Universum.

Ein Teil von mir wollte zu ihm gehen und sich vergewissern, dass er okay war. Es hatte ihn wirklich mitgenommen, und für ihn war es bestimmt doppelt so schlimm, weil er auch noch mit seinem Vater aneinandergeraten war. Ich verstand die Familiendynamik dahinter nicht, aber ich wusste genug über Fen, um zu erkennen, dass ihm das alles schwer zusetzte.

Aber wollte er *mich* sehen? Das Mädchen, das im Mittelpunkt des ganzen Durcheinanders stand? Nach allem, was passiert war, konnte er mein Gesicht vielleicht gerade nicht ertragen.

Vielleicht brauchte ich auch ein bisschen Abstand.

Ich legte den Rückwärtsgang ein, bog wieder auf die Straße und fuhr schnell zur Lodge zurück, wo ich in der Garage den Kopf aufs Lenkrad legte. Zum Glück war mein Vater nicht in der Nähe – seine steinerne Miene, die mich für meine Entscheidungen verurteilte, wollte ich gerade nicht sehen.

Denn sie waren schlecht gewesen. Allesamt. Was sollte ich nun tun?

Ich schlich mich die Treppe in den Personaltrakt hoch und zog meine Uniform an. Auf dem Weg nach unten rannte ich in Norma.

»Sie sind schon zurück?« Sie musterte mich kritisch. »Was ist los?«

»Nichts.«

»Lief es okay?«

Norma würde ich garantiert nichts anvertrauen. Exie vielleicht, aber ich wusste nicht, wo sie war. Und so antwortete ich knapp: »Mrs Sarafian lässt Ihnen für den Wein danken.«

Norma nickte und spähte über die Schulter, als sei sie ertappt worden, dann ging sie ohne ein weiteres Wort davon. Nachdem ich mich mit einem Walkie-Talkie ausgerüstet hatte, entnahm ich dem Stimmengewirr in meinem Ohrhörer, dass Norma noch immer in heller Aufregung war wegen eines toten Eichhörnchens, das im Pool herumschwamm, und sie sich nicht entschließen konnte, ob sie die Poolfirma anrufen sollte oder die Tierrettung, oder ob sie es selbst herausfischen sollte.

Eddie würde womöglich auf den Philippinen im Gefängnis sitzen, bis er über dreißig war, doch hier bei den Larsens machten wir uns den Kopf wegen eines sauberen Pools.

Nachdem ich Frida gefunden hatte, stellte ich meinen Ohrhörer ab und versank, endlich allein, in meinen ängstlichen Gedanken über die Sarafians. Bis die eine Person in die Anrichteküche kam, die ich nicht ignorieren konnte.

»Ruhig hier. Wo sind sie alle?«, fragte Mad Dog, der keine Ahnung von dem Eichhörnchen im Pool hatte. Der König kümmerte sich nicht um alle Details in seinem Schloss.

»Draußen. Brauchten Sie etwas, Sir?«

Er seufzte. »Da fühl ich mich so was von alt, wenn du mich so nennst.«

»Sir?« Ich brauchte einen Moment, bis ich es kapierte. »Oh, sorry. Äh, Mad Dog.«

»Klingt schon besser.«

Er trug ein T-Shirt und weiße Leinenhosen und einen schweren professionellen Studio-Kopfhörer um den Hals. Auf seinem Arm war ein roter Fleck. Zumindest hielt ich ihn für rot. Es war schwer zu sehen wegen der vielen Tattoos. Unübersehbar hingegen waren die länger gewordenen Augenfalten.

»Alles in Ordnung?«, fragte ich. »Schlafen Sie draußen in der Grotto Cabin?«

»Fuck, nein«, sagte er. »Ich hab eine neue Matratze, die wird morgen geliefert. Falls du also an die Tür gehst, schick die Leute damit runter. Das jetzige Teil hat Flöhe oder irgendwas. Ich wurde bei lebendigem Leib aufgefressen. Schau dir das an.«

Er zeigte mir den Fleck auf seinem Arm, man sah, dass er gekratzt hatte.

»Wir haben eine Creme für so was«, erklärte ich ihm. »Ich werde sie holen.«

»Danke, *kattekat*.« Während ich mich umdrehte und in der Schublade mit der Erste-Hilfe-Ausrüstung herumkramte, sagte er: »Du siehst aber auch nicht besonders gut aus. Allergien?«

»Nein.«

»Aha. Wie geht es deinem Hirn? Hast du Frieden mit dem See geschlossen, wie ich vorgeschlagen habe?«

Ich hielt über der Schublade inne. Vielleicht lag es daran, dass wir allein war, was nicht oft vorkam. Vielleicht lag es daran, dass ihn die Stiche nicht mehr ganz so riesenhaft wirken ließen. Vielleicht lag es an dem verwirrenden Nachmittag bei den Sarafians, ich musste einfach mit *irgendjemand* reden.

»Ja.«

»Wie lief es?«

»Es war schwierig, aber Sie hatten recht.« Ich zog die Schublade weiter heraus und spähte hinein.

Er schnalzte hinter mir leise mit der Zunge. »Ah-ha. Freut mich zu hören.«

»Aber heute geht es mir nicht besonders. Ich habe geweint«, gab ich zu.

»Verstehe …« Nun klang er peinlich berührt. »Hm. Tut mir leid. Kann ich irgendwie helfen?«

Ich drehte mich um. »Ich komme gerade von den Sarafians. Serj ist aus San Francisco zurück.«

»Oh.« Er atmete aus. »*Das.* Er hat dir von dem Jungen erzählt.«

»Sie wussten Bescheid? Über Eddie? Dass er im Gefängnis sitzt?«

Er schüttelte den Kopf und zuckte mit den Achseln. »Ich habe es gerade erst erfahren. Vertrau mir, wenn ich dir sage, dass wir die Sache alle so schnell wie möglich geklärt haben wollen. Es wird ein bisschen was kosten, aber wir kriegen das hin.«

Klang nicht gerade, als wäre alles unter Dach und Fach. Oje. »Entschuldigung, dass ich gefragt habe. Ich will gar nicht mehr hören.«

»Wir werden uns kümmern und den Jungen nach Hause bringen.«

Hinter meinen Lidern brannten Tränen, aber ich unterdrückte sie, ich hatte Angst, vor ihm loszuheulen. Das hatte ich noch nie getan. Könnte ich auch nicht. Ich sollte nicht mal so mit ihm reden. Er war der Boss. Der Mann. Der König. Von mir wurde erwartet, dass ich mich im Hintergrund hielt.

Ich weiß, wer Mad Dogs Mädchen ist.

Und dann hallte Serjs Frage *›und was ist das‹* in meinem Kopf nach.

Ich hatte keine Ahnung, wo mein Vater gerade steckte. Aber ich wollte nicht von ihm dabei erwischt werden, dass ich mich an Mad Dogs Schulter ausweinte. Leo der Löwe mochte keine Emotionen zeigen, doch das bedeutete nur, dass er seine Gefühle tief vergraben hatte. Es würde ihm unglaublich wehtun.

»Hey, *hey.*« Mad Dog streckte mit einem seltsam zärtlichen Blick die Hand nach meinem Gesicht aus. *»Min skattepige.«* Doch in letzter Sekunde änderte er seine Meinung und zog verlegen die Hand zurück.

Ich hörte kurz auf zu atmen, dann machte ich mich kleiner und wich vor ihm zurück.

Ich wusste nicht, was genau er da gesagt hatte, aber ich hatte oft genug Dänisch gehört, um zu wissen, was das erste Wort bedeutete.

Mein.

Mein!

Vielleicht hatte es nichts zu bedeuten. Vielleicht war es bloß ein hohler leerer Reflex. Vielleicht betrachtete er mich wortwörtlich als Eigentum, weil ich seine Angestellte war.

Alles davon konnte zutreffen.

Und trotzdem ...

Die vielen merkwürdigen Blicke, die ich mitbekommen hatte, diese ganze komische konkurrierende Energie, die ich zwischen ihm und meinem Dad spürte, all die Gerüchte, die ich gehört hatte. Ich hatte immer alles abtun können, weil sich Mad Dog nie wie ein Vater angefühlt hatte. Er hat mich nie anders behandelt als die anderen. Er war nie vernarrt in mich gewesen. Mad Dog hatte noch *nie* versucht, mich zu trösten. Nicht mal nach dem Unfall am Stauwehr.

Aber jetzt tröstete er mich.

Während uns diese merkwürdige, zu vertraute Nähe einhüllte, wurde mir etwas Größeres klar: Ob es stimmte oder nicht, Mad Dog hielt er für *möglich*, dass er mein Vater war.

Deshalb hatte Serj von mir als Mad Dogs »Mädchen« gesprochen. Serj redete regelmäßig mit Mad Dog. Sie waren Kumpels.

Wenn Mad Dog also davon ausging, dass eine hypothetische Chance bestand, dass er mein Vater war, bedeutete es, dass er mit meiner Mutter geschlafen hatte. Einer Haushälterin.

Jemandem wie mir.

Wut flammte in mir auf.

»Wie haben Sie mich gerade genannt?«, fragte ich vorwurfsvoll.

Er schüttelte den Kopf und zog die Schultern hoch. »Nichts weiter. Das lässt sich nicht übersetzen.«

Von wegen. »Wissen Sie, wie Serj mich heute Nachmittag bezeichnet hat? Als Ihr Mädchen. *Ihres.*«

»Hey«, sagte er und hielt die Hände vor den Oberkörper, als würde ich ihn körperlich angreifen. »Keine Ahnung, warum Serj das gesagt hat, aber bestimmt meinte er damit nur, dass du zum Haushalt gehörst.«

»Klang für mich nicht so.«

»Jane –«

»Ich bin nicht Ihr Mädchen«, erklärte ich ihm. »Leo ist mein Vater. Ich weiß nicht, was Sie mit meiner Mutter gemacht haben, aber ich gehöre nicht Ihnen.«

»Solange du unter meinem Dach lebst, habe ich die Verantwortung für dich. Insoweit bist du schon zu einem Teil meins.«

Was sollte das wieder bedeuten?

»Du bist in meinem Haus aufgewachsen, mit meinen Kindern. Ich habe dich gern. Mehr ist da nicht.« Mit einem Mal war er sehr stoisch. »Und ich bin ganz sicher, mehr hat Serj auch nicht gemeint.«

Ich glaubte ihm nicht. Doch jetzt war er wieder unnahbar, sein altes königliches Ich.

Und errichtete eine Mauer. Herr und Dienerin.

»Als Angestellte in Ihrem Team, die Ihnen zum Teil gehört, frage ich Sie hier gerade nicht um einen Gefallen.« Ich reichte ihm die Hydro-Kortison-Creme und wappnete mich. »Nur um das klarzustellen. Es ist mir nicht egal, was mit Eddie passiert, aber das hat nichts mit Ihnen zu tun.«

Er musterte mich verwirrt. »Okay? Ich dachte bloß –«

»Wenn Sie mich bitte entschuldigen ... Sir?«

Mad Dog ließ den Kopf hängen. »Du brauchst keinen Kniefall

vor mir zu machen«, brummte er theatralisch. »Das habe ich nicht verdient.« Es klang, als lese er den Text eines Theaterstücks ab.

»Sir?«

»Nichts. Danke.« Er klopfte mit der Cremetube auf seine Handfläche und verließ die Küche.

Als seine Silhouette durch den Türrahmen verschwand, sackte ich vor Erleichterung zusammen. Ich bedauerte ein paar Sachen, die ich gesagt hatte ... und ein paar, die ich nicht gesagt hatte.

Dieses Haus fühlte sich nicht mehr wie ein Zuhause an. Vielleicht war es das für mich nie gewesen. Ich wusste bloß, dass ich mich von jetzt an nicht immer so fühlen wollte, wenn er in der Nähe war – dass ich mich nicht fürchten wollte, mit ihm zu sprechen. Ich musste aus diesem Haus weg, fort von ihm.

Noch an diesem Abend.

Jane Marlow:
Ich bin heute Abend unterwegs
Hab Frida dabei
Wo bist du?

Velvet Larsen:
Hab dich liiiiieb
Aaar krj
Ups was lol das war Erika

Jane Marlow:
V, ich lieb dich wie eine Schwester
Aber wenn du nicht mit den Partys aufhörst
werde ich es Norma sagen

Velvet Larsen:
Hä?

Jane Marlow:
Ich rede von dem Koks mit Erika Jones
Eddie sitzt übrigens wegen Drogenbesitz im Gefängnis
Hör auf bevor du auch dort landest

Velvet Larsen:
Shit

Jane

Zabel Kasabians Auffahrt schlängelte sich zu einer offenen Fläche zwischen dichten Bäumen hinauf. Zur Linken stand eine Art Blockhaus. Ein Stück weiter den Grashang hoch befand sich eine große rote Scheune. Und neben der Auffahrt war ein langer Hundezwinger.

Das Grundstück war, so weit ich blicken konnte, von Maschendraht eingezäunt, an einigen Stellen gab es noch zusätzliche Unterteilungen. Zäune innerhalb von Zäunen – Hundeausläufe. Im Moment sah ich aber keine Hunde. Andererseits war es fast dunkel und dass ich überhaupt etwas erkannte, war den großen Campingleuchten zu verdanken, die quer über das Gelände an hohen Strommasten befestigt waren und große helle Lichtinseln warfen.

Eine der Leuchten strahlte Fens Jeep an, er stand noch immer vor dem Hundezwinger. Ich parkte daneben.

Ich erinnerte mich, dass er in einer Nachricht eine Scheune erwähnt hatte. Hmm ... »Zwinger, Scheune oder Haus?«, fragte ich Frida. Ihr war alles recht, was als Frage formuliert wurde, sie scharrte schon, um aus dem Auto gelassen zu werden. Vielleicht war auch der einsame Kläffer, der uns nun bemerkt hatte, der Auslöser. Sie antwortete mit Jaulen auf das Gebell. »Nicht so laut«, mahnte ich sie. »Schsch.«

Ich hatte ein komisches Gefühl, weil es schon so spät war und ich seine Tante nicht kannte – würde sie ein Gewehr herausholen, wenn jemand nach Einbruch der Dunkelheit klingelte? In diesem Moment bemerkte ich Bewegung oben am Hang, an der Scheune ging eine Tür auf.

In der Türöffnung stand eine dunkle Silhouette vor einem goldenen Lichtrechteck.

Mein Herz klopfte. »Also dann«, erklärte ich Frida und zog sie von den geheimnisvollen Hunden im Zwinger weg. Wir fanden ein Tor, das den Weg zur Scheune freigab, und liefen den dunklen Hügel hinauf, wo Fen in Shorts in der offenen Tür der roten Scheune wartete.

Barfuß.

Ohne Hemd.

Es war ein extrem netter Anblick. Der Oberkörper passte zu den Armen, die ich schon kannte. Und ich hatte ihn auch schon oft genug gespürt, aber ihn so wundervoll unbedeckt zu sehen, war noch mal was Anderes. Ich versuchte, nicht zu stieren, während ich langsamer auf die Scheune zuging, aber warum war es Jungs auch erlaubt, halb nackt herumlaufen? Das werde ich nie verstehen, aber ich beschwerte mich nicht. Na ja. Vielleicht ein ganz kleines bisschen wegen des Tattoos von dem toten Ophelia-Mädchen, das gerade so unübersehbar auf seiner Schulter prangte.

Ich musste einfach den Blick woandershin richten.

Er sah erschöpft aus. Die dunklen Haare waren ein windzerzaustes Chaos, sein Gesicht eine ausgemergelte Ansammlung von Flächen und Schatten, ein kubistisches Porträt, das zum Leben erwacht war. Doch in seinem Blick lag eine liebevolle Erleichterung, als sich unsere Augen trafen, und jede Sorge, ich könnte das Falsche getan haben, wurde vollständig aus meinen Gedanken gelöscht.

Ich tat, als wäre der heutige Tag nicht absolut schrecklich für ihn gewesen, und schaute mir Dinge an, die nicht sein nackter Oberkörper waren. Das zweistöckige Gebäude hatte eine Veranda aus Beton, die sich unter das Wellblechdach schmiegte, und war weniger ein ländlicher Kuhstall als ein einfacher zweckmäßiger Schuppen. Neben Fens Tür stand, was man nur als Verandasofa bezeichnen kann: ein Möbelstück, wie man es am Straßenrand fand, wo es auf den Sperrmüll wartete, bis irgendwelche betrunkenen Burschenschaftler es in ihr Verbindungshaus schleppten.

»Was ist das?« Ich deutete auf die Couch, die sich gefährlich zur Seite neigte und aussah, als sei sie eventuell von einer Gruppe wildgewordener Waschbären zerlegt worden. »Lässt du dir von Moonbeam Einrichtungsvorschläge geben? Verdammt, Frida!« Die Leine glitt mir aus der Hand, als sie mit heraushängender Zunge auf Fen zusprang.

»Whoa! Hey, du Schussel.« Er nahm sie auf den Arm und ließ sich das Gesicht von ihr abschlabbern. »Das ist meine Couch zum Nachdenken. Meine Tante wollte sie rausschmeißen.«

»Ach wirklich.«

»Sei nicht so ein Snob. Was läuft hier? Ist das ein Besuch? Du besuchst mich?«

»Ich glaube schon.«

Seine Miene hellte sich ein wenig auf. »Oh, gut. Möchtest du reinkommen?«

»Gern ...« Ich spähte zu dem Haus am Fuße des Hügels. »Wo ist deine Tante?«

»Bei ihrem Freund. Ich sehe sie abends nicht, außer ich gehe zu ihr runter. Wir machen jeder sein Ding. Ich zahle Miete und kümmere mich manchmal um die Hunde, und sie lässt mich hier wohnen. Ganz simpel. Komm rein«, forderte er mich auf. Er hakte die Leine von Fridas Geschirr los und hängte sie an einen Haken neben der Tür, dann ließ er die Kleine in der Scheune frei.

Ich folgte ihm, doch als er die Tür hinter uns schloss, krampfte sich plötzlich mein Magen vor Angst zusammen. Ich dachte immer noch an Eddie und an meinen Zusammenstoß mit Mad Dog – ob ich wirklich hier sein sollte?

Andererseits war es eine Scheune. Was sich auf komische Art anständig anfühlte.

Fairerweise muss gesagt werden, dass es weniger eine Scheune als eine große Werkstatt oder Garage war. Entlang der Wände standen Tische und Metallschränke, in einer Ecke lehnten ein paar Gerätschaften zur Rasenpflege, in einer anderen stand ein Kühlschrank.

Und in der Mitte ein großes Klavier.

Ein Stutzflügel. Schwarz.

Daneben hingen Strahler von den Balken und auf einem abgetretenen Teppich standen einige Aufnahmegeräte. Keyboards. Ein Schreibtisch. Notenblätter mit hingekritzelten Kommentaren. Kisten mit gedruckten Noten. Bücher. Eine Stereoanlage.

Oh mein Gott.

Die Preise in seinem Zimmer in der Villa.

Der Klavieranstecker aus Emaille, den er bei unserer ersten Begegnung an seinem Shirt hatte.

Sein Mozart-T-Shirt.

»Du spielst Klavier?«, fragte ich dümmlich, während Frida im Zimmer herumschnupperte.

Er nickte langsam, die Hände in den Hosentaschen.

»Klavierspielerhände!«, sagte ich.

Sein Lachen war leise. »Ja. Früher haben die anderen Kids Witze darüber gemacht, weil sie sich auf so komische Art strecken. Alien-Finger. Aber gut auf den Tasten.«

Dann traf es mich wie ein Schlag gegen den Oberkörper.

Jasmine, als sie in der leeren Wohnung stand.

Würde hier nicht ein Klavier nett aussehen?

»Alles okay?« Er bückte sich, um mir in die Augen zu schauen. »Hätte ich dir sagen sollen, hm? Ich wollte. Es ist definitiv ein wunder Punkt für mich, weil es ein so großer Teil meines Lebens war, doch mein« – er räusperte sich – »Vater hält es für Zeitverschwendung. Weil es klassische Musik ist. Warum kann ich nicht wie Eddie sein und mich dafür interessieren, noch mehr Idioten durch die Festivaltore zu schleusen?«

»Dein Vater ist ein Scheißkerl«, stellte ich fest.

»*KEUCH!* Wie kannst du es wagen, so über Serj Sarafian zu sprechen«, witzelte er müde. »Er ist wichtig.«

»Tut mir leid«, sagte ich. »Also, womit du dich rumschlagen musst, Vater-technisch.«

Er zuckte mit den Achseln. »Ist okay. Ich komm klar damit.« Dunkle Augen sahen mich unter einem Wimpernfächer zögernd an. »Wie geht es dir? Die Neuigkeiten über Eddie zu hören war vermutlich nicht einfach.«

Schwierige Frage. Ich wusste nicht recht, was ich darauf antworten sollte.

»Du brauchst mich nicht anzulügen«, sagte er leise. »Ich möchte lieber die Wahrheit von dir hören. Sogar jetzt. Wenn du hergekommen bist, um mir zu sagen, dass du wegen der Sache mit Eddie deine Meinung über uns geändert hast, bin ich bereit, das zu hören.«

Das überraschte mich. »Ich bin nicht deswegen hergekommen.«

»Nein?«

Ich schüttelte den Kopf. »Meine Gefühle haben sich nicht geändert. Ich ... alles ist bloß so verwirrend.«

»Versteh ich.« Seine Adamsapfel hüpfte auf und ab, als er schluckte. Einen Moment lang lag Anspannung zwischen uns.

Ich atmete langsam aus. »Ich meine, ich mache mir schon Sorgen wegen Eddie«, räumte ich ein. »Nicht dass ich Zweifel hatte, als du mir von Eddies Problemen erzählt hast, aber es dann mit eigenen Augen zu sehen ...«

»Es ist anders, wenn man Bescheid weiß«, bestätigte er.

»Jetzt ist es greifbar«, stimmte ich zu.

Er kratzte sich im Nacken. »Na ja, mach dir nicht zu viele Gedanken. Mein Vater wird jeden Cent, den er hat, ausgeben und um die Welt fliegen, um seinen Sohn zu retten.«

»Mad Dog hat dasselbe gesagt, als ich in die Lodge zurückkam.«

Fen schien nicht überrascht, dass Mad Dog im Bilde war. »Ich schätze, sie werden ein paar ranghohe Leute bestechen, um ihn rauszuholen, und das wird teuer.« Fen schüttelte langsam den Kopf. »Irgendwann ist es so dumm, dass man einfach aufgibt. Welchen Sinn hat es noch, sich Gedanken zu machen? Mein allmächtiger Vater ist willens, alles auf sich zu nehmen, um meinen Loser von Bruder zu retten – nicht böse gemeint.«

»Ein bisschen böse ist das aber schon«, brummte ich.

»Und gleichzeitig kann sich derselbe Vater nicht überwinden, anderthalb Meilen die Straße runterzufahren, um die Sache mit mir zu klären. Er lädt mich lieber bei meiner Tante ab und macht weiter mit seinem Leben.«

Mein Vater würde das *niemals* tun.

Ich konnte mich nicht auf viel verlassen in dieser Welt, aber auf Leo Marlow immer. Aber ich hatte ihm viel verschwiegen. So lief das bei den Marlows nun mal. Wir mussten einen neuen Weg finden.

»Tut mir leid«, sagte Fen. »Ich sollte nicht meinen ganzen Ballast wegen Eddie bei dir abladen. Das ist nicht fair. Es ist bloß alles neu für mich.«

»Wirklich? Du treibst dich nicht regelmäßig mit den Freundinnen deines Bruders rum?«

»Du bist die Erste, mit der ich mich herumtreibe.«

»Du bist auch der Erste für mich«, erklärte ich Fen. »Und ich bin nicht besonders gut im Herumtreiben. Ich bin gerade mit einem Auto der Lodge einmal um den See gefahren, ohne es im Check-out-Formular einzutragen.«

»Autodiebstahl? Da bin ich anderer Meinung. Wenn du den Wagen nicht eingetragen hast, dann hast du ihn auch nicht genommen. Schlau. Sehr herumtreiberisch.«

»Damit bin ich sozusagen die bessere Herumtreiberin?«

»Man stelle sich vor, dass du *mich* mal als Ruinierer beschimpft hast.«

Ich lachte. »Hab ich das wirklich gesagt?«

»Das hast du *gebrüllt*.«

»Wer im Glashaus sitzt, sollte nicht mit Steinen werfen.« Ich schubste ihn leicht.

Er lachte. »Du kannst gut schreien. Ich habe bloß deine Energie angezapft.«

»Das stimmt nicht, ich wurde erzogen, nicht zu schreien. Hausangestellte sind leise. Aber nachdem ich nun einen Tag mit deiner Familie verbracht habe, verstehe ich, dass ihr euch alle gegenseitig überbrüllen musstet, um wahrgenommen zu werden. Ari hat echt ein lautes Organ.«

»Ani auch, aber sie lässt sich nicht gern in die Karten gucken.«

»Ich mag die Zwillinge. Ich hatte Spaß heute. Bis ... du weißt schon.«

»Erzähl mir noch ein bisschen mehr über das, was dir heute gefallen hat, dann geht es mir gleich besser«, forderte er mich auf, als wir zum Flügel liefen.

»Okay, mal überlegen ... Mir hat gefallen, dass ihr kein Team von Hausangestellten habt, das macht ein Haus nämlich steril und man hat die ganze Zeit Angst, man könnte irgendwo Fingerabdrücke auf dem Glas hinterlassen, die man wegwischen muss, bevor es jemand mitkriegt. Menschen sollten Spuren hinterlassen, findest du nicht?«

»So habe ich noch nie drüber nachgedacht.«

»Und es hat mir gefallen, neues Essen zu probieren.«

»Zankou Chicken«, murmelte er und schüttelte lächelnd den Kopf. »Fast Food. Ich wäre fast gestorben.«

»Hey!« Ich war von Neuem verlegen.

»Das war lustig. Ich zieh dich bloß auf. Und da wir gerade bei Essen sind, voll schade, dass wir die Torte verpasst haben. Ms Makruhi ist sehr stolz auf ihre Desserts. Sie braucht Stunden dafür. Die Torte hätte dir geschmeckt.« Er klang ehrlich traurig. Aber vielleicht eher wegen Ms Makruhi als wegen des Zuckers.

Wir blieben vor dem Flügel stehen. Er war ein Ungetüm, der schwarze Lack glänzte wie ein Spiegel. Der hochgeklappte Deckel gab den Blick auf die vielen Kupfersaiten im Inneren frei. »Komponierst du deine eigene Musik?«, fragte ich.

Er zuckte mit einer Schulter. »Größtenteils Fragmente. Auf mehr kann ich mich gerade nicht konzentrieren.«

»Aber es ist klassische Musik?«

»Ich spiele auch andere Sachen. Ich liebe alle Musikrichtungen. Aber auf dem Klavier ... wenn ich spiele? War es immer klassisch.« Er zog die Hand aus der Hosentasche und fuhr über die Tasten, dann schlug er ein paar tiefe Staccato-Töne an.

»Spiel für mich«, bat ich ihn.

»Mmm ...«

»Bitte?«

Er zögerte, kniff ein Auge zusammen, dann zog er mit dem nackten Fuß die Klavierbank heraus. Als er sich setzte, klopfte er neben sich auf das schwarze Lederpolster mit den geknöpften Rauten. »Vorsicht mit meinem Ellbogen«, warnte er, doch als ich mich klein machte und von ihm abrückte, zog er mich wieder näher. Bis sich unsere Schenkel berührten. »Bleib«, verlangte er.

»Okay. Ich bleibe«, sagte ich leise und betrachtete sein Gesicht. Er war aufgeregt. Da war wieder dieser Habichtblick unter der Müdigkeit. »Das sind ein paar Sätze aus einer Sonate namens ›Der Sturm‹. Es war schon immer eines der Stücke, die ich am liebsten gespielt habe. Vor allem, weil es Mrs Calloway, meiner Musiklehrerin in der Dritten, jedes Mal Angst eingejagt hat.«

»Wieso?«

»Ich improvisiere gern dabei. Also ...«

Es war komisch, hier neben ihm zu sitzen. Beinahe so einschüchternd wie der Riesenmammutbaum: Das Klavier vermittelte mir das Gefühl, klein zu sein. Vielleicht lag es daran, dass nur die Spitzen meiner Ballerinas den Teppich berührten.

Frida streifte meinen Fuß und erschnüffelte das neue Gelände, Fen spreizte die Hände über den Tasten.

Er begann eine langsame, eindringliche Melodie zu spielen.

Die schnell zu brausenden, komplexen unerbittlichen Passagen explodierte, die mich kalt erwischten. Und Frida auch. Sie sprang vom Klavier weg und bellte, doch Fen kümmerte sich nicht darum. Sein Körper und seine Arme bogen sich, als die Finger über die Tastatur hinwegflogen, die Locken hingen ihm in die Augen. Es klang wie ein Sturm. Es fühlte sich auch an wie einer. Wütend und voller Schmerz. Qual.

Auf meinen Armen bildete sich Gänsehaut.

Auf meinen Beinen.

Einige Momente lang wagte ich nicht, mich zu rühren.

Aber ich beobachtete. Ich hörte zu.

Sein Spiel war körperlich, voll. Er schwebte wie ein dunkler Geier über dem Klavier, ich spürte die Anspannung jedes sehnigen Muskels in seinen eleganten Bewegungen, selbst in seinem Oberschenkel, wenn er mit bloßem Fuß das Pedal trat. Und ich spürte die Qual in den Tönen, die er spielte, saugte jeden davon wie ein Schwamm auf, ebenso schnell, wie er ihn spielte. Ich trug sie in mir, durchlief alle Gefühle, die sie herauspeitschten, bis sie sich änderten –

Der Sturm verebbte zu einer sanfteren Bewegung. Fens Spiel wurde langsamer, der Rausch verwandelte sich zu etwas ebenso Dunklem, aber unfassbar Schönem.

Wie stellte er das an? Vor ihm lagen keine Noten. Er konnte sie auswendig. Ich hatte nicht viel Ahnung von klassischer Musik, aber ich erkannte Talent, wenn ich es hörte.

Eine scharfe Eifersucht schnappte zu. Ich schob sie beiseite, doch sie hinterließ ihre Bissspuren in mir. Ich war eifersüchtig auf sein Talent. Aber auch überschwänglich glücklich für ihn. Und dann bekam ich ein wenig Angst.

Weil in meinem Hinterkopf ein Licht anging und mir mit einem Mal bewusst wurde, wie unterlegen ich war. Vielleicht waren wir doch nicht Bonnie und Clyde, die beide ihr Leben nicht auf die Reihe bekamen.

Fen war Eddie viel überlegener, als ich mir je hätte träumen lassen.

Shit, Shit, *Shit*!

Ich konnte die Tränen nicht mehr aufhalten. Die Augen zusammenzukneifen half auch nicht; sie liefen mir trotzdem über die Wangen. *Bitte sieh sie nicht.* Ich versuchte, mich nicht zu rühren, und drehte mich zur Seite, um mir die Augen abzuwischen. Doch die Klaviersonate endete abrupt.

»Oh Mann, es tut mir so leid«, sagte ich.

Er drehte sich zu mir und legte mir die Hand auf die Wange. Ich wollte mein Gesicht darin verbergen, doch er ließ es nicht zu. »Whoa, rede mit mir. Du killst mein Ego. Ich dachte, es würde dir gefallen. Ich weiß, ich habe gesagt, dass das Stück meiner Lehrerin Angst gemacht hat, aber dich wollte ich nicht ängstigen.«

»Es ist verdammt genial«, sagte ich und knurrte frustriert, als noch eine Träne herunterrollte. »Du bist ... Ding. Dieses Ding. Was deine Schwester sagte. Ein Genie. Verdammt!«

Er bot mir keine Hilfe an, das richtige Wort zu finden. »Ich spiele, seit ich sechs bin, es ist nicht etwa so, dass ich es über Nacht gelernt hätte. Ich bin kein Genie.«

»Du bist der Hammer, das war ... Bitte spiel weiter.«

»Hmm, nein.«

»Ich hab es verdorben, es tut mir leid. Und wer ist jetzt der Ruinierer, hm?«

Er lächelte mich sanft an und strich mit dem Daumen unter meinem Auge entlang. »Nee, es ist ein ruinöses Stück. Superemotional.«

»Du bist *so gut*. Viel zu gut für mich.«

Seine Augen wurden schmal. »Scheiß drauf. Nein ... glaubst du das ernsthaft? Jane, komm schon. Geht es etwa darum?«

»Ich bin eine Hausangestellte mit Mindestlohn. Mein Vater ebenso. Und meine Mutter war es auch. Ich bin eine von den guten Geistern.«

»Wen interessiert das?«

»Mich. Mir ist nämlich heute Nacht klar geworden, dass Mad Dog mit meiner Mutter geschlafen hat, verstehst du?«

Er sah mich fragend an.

Ich atmete scharf aus. »Es ist nicht mal so, dass mich das völlig umhaut. Letzten Endes ändert sich nichts dadurch. Mein Dad ist mein Dad. Er hat mich großgezogen und liebt mich. Mad Dog ist ...« Ich suchte nach dem richtigen Wort.

»Eine gechilltere Version von meinem Vater?«

»Sie sind vom selben Kaliber«, stimmte ich zu. »Dein Vater hat dich nicht einfach rausgeschmissen, oder? Du wolltest weg.«

»Ich konnte keine Minute länger mehr mit ihm in diesem Haus wohnen.« Fen fuhr mit dem Finger meinen Haaransatz entlang und betrachtete eingehend mein Gesicht. »Wenn ich meine Tanten nicht hätte, wüsste ich nicht, wo ich hinsollte.«

Aber er hatte sie. Das war der Unterschied zwischen uns. Er hatte Leute, die ihn auffingen. Menschen, denen er wichtig war. Ein Auto. Ein Dach über dem Kopf. Einen Job. Eine Mutter, die alles für ihn tun würde. Und noch dazu hatte er unglaubliches Talent.

»Du bist nicht das schwarze Schaf«, erklärte ich ihm. »Wie mir Eddie über dich erzählt hat. Das war bloß eine weitere Lüge. In Wahrheit bist du der Goldjunge.«

Seine Finger an meiner Schläfe bewegten sich nicht weiter. »Wie ...?«

»Ich bin nicht auf Augenhöhe mit dir. Du solltest mit jemandem ... von der Juilliard zusammen sein oder so.«

»Jetzt drehst du aber total durch. Darauf kann ich nicht mal antworten.«

»Fen –«

Er hatte plötzlich einen seltsamen Blick. »Heilige Scheiße.«

»Was?«

Er kniff die Augen zusammen, dann entspannten sich seine Schultern und er lächelte mich vorsichtig an. »Du hast gerade angedeutet, dass wir zusammen sind.«

Meine Schultern sackten nach unten. »Oh Gott.«

»Sind wir?«, fragte er. »Denn wenn es so ist ...«

Tja. Waren wir zusammen? Zum ersten Mal, seit ich zurück am See war, wusste ich, warum Eddie nicht auf meine Nachrichten geantwortet hatte. Aus Eddies Sicht hatte er vielleicht einfach nur einen schrecklichen Juni erlebt, doch er konnte immer noch darauf vertrauen, zu seiner treuen Freundin zurückzukehren, wenn dieser Albtraum vorbei war.

Ich hatte lange auf Eddie gewartet. Schon vor der ganzen Sache. Wochenlang. Monatelang. Jahre. Schon vor dem Sturz ins Wehr. Das Einzige, was sich geändert hatte, war meine Einsicht, dass ich andere Dinge mit meinem Leben anfangen konnte. Ich brauchte nicht zu warten, ich konnte fortgehen.

Ich konnte glücklich sein.

Ich stellte fest, dass mein Blick immer wieder zu Fens Oberkörper wanderte. Ich zwang ihn zu seinem Gesicht zurück, aber das war genauso gefährlich. Vielleicht sogar noch gefährlicher.

Fen beugte sich zu mir herunter und küsste meine tränennasse Wange. Küsste meinen Kiefer. Mein Ohr. Er schlang den Arm um meinen Rücken und zog mich näher, bis ich rittlings auf seinem Schoß saß. Und dieselben Hände, die diese stürmischen Tonkaskaden auf dem Klavier gespielt hatten, waren nun überall auf mir. Seine Haut fühlte sich feucht und fiebrig unter meinen Händen an, seine Haare dufteten schwach nach Eukalyptus und Minze.

Ich wollte ihn. Und dort, wo unsere Körper sich berührten, spürte ich, dass er mich auch wollte.

»Komm nach oben mit mir«, sagte er mit rauer Stimme. Seine Augen waren träge und voller Sex.

»Was ist oben?«

»Meine Wohnung.«

Ich blickte auf. Ein Loft.

»Und Kondome«, fügte er hinzu. »Glaube ich jedenfalls. Gott, ich hoffe doch.«

Ich atmete aus. Ich war verunsichert. Konnte nicht klar denken.

»Frida?«, fragte ich und suchte nach ihren spitzen Ohren.

»Sie kann mit nach oben«, sagte Fen, »aber ich teile mein Bett nicht mit einem Hund.«

Ich lachte nervös. Meine Hände zitterten, als ich den Arm um Fens Hals schlang. Er hielt mich fest und stand mit mir zusammen auf, dann verpasste er der Bank einen Tritt und sie fiel mit einem dumpfen Schlag um.

»Nach oben?«, fragte er, als er mich auf den Boden stellte.

Ich nahm seine Hand.

Die Treppe hinauf, zu der offenen Tür über den Dachsparren. Frida rannte mit uns nach oben. Als ich in das Apartment trat, schloss Fen die Tür hinter uns. Es war winzig, kaum größer als meine Dienstbotenkammer. Küchenzeile und Wohnraum gingen ineinander über. Überall standen Bücher- und Plattenregale. Die purpurfarbene Couch war unter Klamotten begraben. Fen schob sie beiseite, nahm Frida hoch und setzte sie darauf. Dann führte er mich zum Schlafzimmer und schloss die Tür. »Eine Sekunde ...«

»Autsch«, jammerte ich, als ich im Dunkeln über etwas stolperte.

Er drückte im Bad nebenan auf einen Schalter, ein Lichtstrahl fiel ins Zimmer. Während er hektisch in seinem Medizinschrank herumkramte, setzte ich mich auf die Kante seines ungemachten

Bettes. Aus dem Laptop auf dem Nachttisch kam Musik, die ich nicht erkannte.

»Erfolg«, verkündete er. Er atmete schwer, seine Haare waren zerzaust.

Er blieb in dem Lichtstrahl stehen und starrte mich an. Dunkle Locken fielen ihm über ein Auge. Auf seinem Nacken und den Schultern glänzte ein feiner Schweißfilm. Vom Spielen der Sonate, den Küssen danach oder der panischen Kondomsuche, vielleicht von allem.

»Dich hier zu sehen …«, sagte er leise. »Das kommt mir wie ein Traum vor. Du bist nicht noch ein Geist, oder?«

»Ich glaube, ich bin real.« Ich lächelte ihn an.

Die Matratze senkte sich unter seinem Gewicht, als er sich neben mich legte, und einen Moment lang war ich nervös. Er nahm meine Hand und küsste meine Handfläche. »Ist das okay?«

»Ja.«

»Möchtest du hier sein? Falls du deine Meinung änderst, ist das okay. Ich habe so lange auf dich gewartet. Es macht mir nichts aus, noch ein bisschen länger zu warten.«

Ich spürte die Verbindung zwischen uns, genau, wie ich sie am ersten Tag gespürt hatte, als ich in den Plattenladen gekommen war. Er rief irgendeinen Instinkt in mir wach, und es fühlte sich genau *richtig* an.

Er küsste meinen Hals, als ich die Arme um ihn schlang. Mein Körper fing Feuer, ich konnte ihm gar nicht nahe genug sein. Als meine Ballerinas von meinen Füßen rutschten und mit zwei leisen Aufschlägen auf den Boden fielen, war ich überhaupt nicht mehr nervös. Ich sehnte mich nach seinen Berührungen.

»Weißt du noch, was ich dir beim Baum gesagt habe?«, flüsterte er, als er die Hand unter meine Kleider schob. »Es hat sich nichts geändert. Du besitzt alle Macht. Du kannst mich zerstören.«

Ich brachte kein Wort heraus.

Ich konnte nur fühlen. Und berühren. Und berührt werden.

Alles von mir. Alles von ihm.

Und als er meinen Namen im Dunkeln flüsterte, unsere Beine sich in den Laken verhedderten und wir uns aneinanderklammerten, war es die süßeste Erleichterung, dass wir keine Mühe hatten, miteinander zu kommunizieren.

Noch nie hatte ich jemandem so vertraut.

Vielleicht rettete er mich gerade von Neuem.

Ich hoffte bloß, dass ich die Mühe wert war.

Jane Marlow:
Eddie, es ist vorbei.

Track [24] »The Whole World« | Outkast

Fen

Alles war perfekt.

Der Mond schien durchs Fenster. Jane in meinen Armen. Ihre kleine Hand auf meiner Brust, ihr Körper an meine Seite geschmiegt. Nichts zwischen uns. Wir waren uns so nah, dass wir quasi den Herzschlag des anderen hätten teilen können. Atemzüge, Gedanken.

Hätte ich diesen Moment aufnehmen können, wie Rillen in Vinyl pressen, in eine Hülle schieben und zu den wertvollsten Platten meiner Sammlung stellen können, hätte ich es sofort getan.

Ich wollte die ganze Nacht wach bleiben und diese Freude auskosten – sie so ausgiebig wie möglich in die Länge ziehen. Doch dann fühlte sich ihr Körper an meinem leichter an, wie ein Farn, der sich entrollt, und ich stellte überrascht fest, dass sie eingeschlafen war. Noch mehr Glückseligkeit.

Ehe ich michs versah, zeigte der Wecker zwei Uhr morgens an und ein kleiner Hund schnupperte an meinem Ohr. »Wie bist du denn hier reingekommen?«, flüsterte ich. Doch Frida schien keine Menschenwörter zu verstehen, denn sie interpretierte es als »kuschel dich zu uns ins Bett«. Wenigstens war sie klein.

Und ehe ich michs noch einmal versah, war es Morgen und sowohl Hund als Jane waren weg.

Nicht weg. Bloß aufgestanden. Im Bad ging die Toilettenspülung, sie hatte ihre Kleider mitgenommen. Meinem müden Hirn ging der Grund auf: Frida bellte die Wohnungstür an.

»Scheiße«, sagte ich.

»Wortwörtlich«, bestätigte Jane und kam aus dem Bad geeilt. »Und zwar die Hundesorte. Frida muss raus. Und ich muss zur Lodge zurück, bevor sie einen Suchtrupp nach mir losschicken.«

»Neiiin«, wimmerte ich.

Sie schob ihr Handy in die Tasche und beugte sich über das Bett, um mir einen Kuss zu geben. »Darf ich heute Abend wiederkommen?«

»Du kannst verdammt noch mal einziehen«, erklärte ich ihr. »Vielleicht verlangt meine Tante Miete von dir. Aber da fällt uns was ein.«

»Lass uns nichts überstürzen«, sagte sie grinsend.

»Ich bin dir um Jahre voraus. Wir haben schon Kinder. Wir reisen um die Welt und lassen sie bei Ms Makruhi. Und jedes Wochenende gibt es Torte. Frida schläft *nicht* bei uns im Bett. Mein Knöchel ist ihretwegen eingeschlafen«, beschwerte ich mich.

Sie lachte. »Ich komme heute Abend wieder. Du kannst mir deine Plattensammlung zeigen. Lass uns damit anfangen, ja?«

Immerhin ein Anfang.

Ich schwebte auf Wolken. Im Weltraum. Flog durch fucking Galaxien. Meinen Vater und Eddie vergaß ich völlig. Fast. Mama war aufgelöst, ich rief sie an, um zu hören, dass es ihr gut ging. Aber sie war zäh wie Leder und tat, als wäre alles bestens.

Eddie war jetzt in den Händen meines Vaters. Und in Mad Dogs. Was vermutlich genauso gut war wie die Hände Gottes. Und falls nicht, war es die Schuld meines Bruders, weil er die falschen Idole anbetete.

Jane und ich verbrachten drei himmlische Nächte miteinander, ohne uns um den Rest des Sees zu kümmern. Am vierten Abend lud uns Aunt Zabel zu einem späten Abendessen zu sich ein. Was in Ordnung war. Ihr Zuhause. Sie wollte das Mädchen und den kleinen Hund kennenlernen, die ständig hier auftauchten und die ganze Nacht blieben. Jane machte sich, glaube ich, Sorgen, dass jemand es herausbekam. Aber Aunt Zabel war cool – wesentlich gechillter als Mama. Ich versicherte Jane, dass Aunt Zabel keine Klatschtante war und nicht zu Mama rennen würde.

Aus dem Abendessen wurde irgendwann eine Tour durch den Zwinger und wenn meine Tante erst mal loslegte über Hunderettung, nahm das gewöhnlich kein Ende …

Kein Mensch will von Kastrationen hören, die schiefgelaufen sind, schon gar nicht, wenn der Plan lautet, gleich im Anschluss die Tür zum Apartment zu schließen und hirnschmelzende Orgasmen auszutauschen. Will man einfach nicht.

Am meisten nervte mich, dass meine Tante damit die magische Grenze um unser kleines Paradies durchbrochen hatte. Und sobald das geschehen war, schien das Universum zu beschließen, die Schleusentore zu öffnen und einfach alles hereinzulassen. Denn genau in dem Moment, in dem wir endlich, endlich entlassen wurden und auf mein Apartment zusteuerten, bekam Jane einen völlig aufgelösten Anruf von Velvet.

»Sie redet wirres Zeug«, sagte Jane und legte auf. »Irgendwas über einen Streit gerade, oder einen Streit, der bevorstand? Sie hat Angst. Erika Jones und sie zoffen sich. Sie kommt nicht weg und will meinen Vater nicht anrufen.«

»Sie muss abgeholt werden«, sagte ich unglücklich.

Jane nickte. »Ich glaube, sie ist …«

»Nicht nüchtern?«

Jane nickte.

»Gut. Und wo ist sie?«, fragte ich seufzend.

»Das ist das Allerschlimmste.« Jane warf mir einen freudlosen Blick zu. »Sie ist bei Betty's.«

Ich erstarrte. »Ernsthaft? In der Bar?«

»Genau.«

»Shit.« Na ja, Betty's war nicht das Wehr, aber es war vermutlich der andere Ort in der Stadt, zu dem Jane nicht wollte.

Ich verband Betty's eigentlich nicht mehr damit, dass Jane fast ertrunken war. Ich hasste den Laden bloß wegen der Leute, die dort abhingen. Leute wie Velvet und Erika Jones. Eddies Freund Tim Albertson, mit dem er das Ding im Ski-Chalet abgezogen hatte. Betty's war zur Party-Zentrale verkommen.

»Wir können Frida in meiner Wohnung lassen«, schlug ich vor. Das Hündchen hatte sich dort mittlerweile eingewöhnt. Ich brachte sie schnell hoch und schloss ab, dann nahmen wir den kleinen Hybrid, mit dem Jane aus der Lodge hergefahren war. Im Gegensatz zu meinem Jeep hatte er ein Dach und Seitenwände; falls Velvet völlig hinüber war, konnte sie so wenigstens nicht auf die Straße fallen.

Es war eine warme Sommernacht und auf dem Parkplatz herrschte Gedränge. Man hörte die Band bis hier, die Gruppe klang verdächtig nach den Clowns, die die Battle of the Bands verloren hatten. »Ist das Tell & Show?«, fragte ich. »Wie schaffen die das, noch Gigs hier in der Gegend zu kriegen?«

»Keine Ahnung, ist mir auch egal.«

»Hey. Alles gut?« Ich machte mir ein bisschen Sorgen, dass Jane Flashbacks wegen des Wehrs erleben würde, aber sie versicherte, alles sei gut. »Falls ich fahren oder irgendwelche Geister verjagen soll, ich bin hier.«

»Ich bin bloß angepisst wegen Velvet«, erwiderte sie und lenkte auf dem Schotterplatz in eine Parklücke. »Diesen Sommer ist es wirklich bergab mit ihr gegangen. Es kommt mir vor, als würde sie zehn Schritte zurückgehen. Dabei ist sie besser als das, was sie gerade hier abzieht.«

Sie schaltete den Motor ab und schrieb Velvet seufzend eine Nachricht. Dann schaute sie mich müde lächelnd an.

»Nicht sauer sein«, sagte ich, »aber du klingst eher wie eine Schwester als ihre Assistentin.«

»Bloß wie jemand, die sich selbst zerstören wollte und nicht zusehen möchte, wenn andere dasselbe tun.«

Das konnte ich verstehen.

Wir stiegen aus dem Wagen. »Sie antwortet nicht auf meine Nachrichten und mein Handy-Akku ist gleich leer«, sagte Jane. »Wie soll ich sie heimbringen, wenn sie nicht ins Auto steigt? Was sollen wir tun? Einfach warten?«

»Schick ihr meine Nummer, falls dein Handy den Geist aufgibt«, schlug ich vor. »So kann sie auf jeden Fall einen von uns erreichen.«

Ich sah mich auf dem dunklen Parkplatz um. Vor dem Haupteingang, wo ein Türsteher Ausweise kontrollierte und Hände stempelte, standen die Leute Schlange. Keine Spur von Velvet, aber dort würden wir sowieso niemals reinkommen. Aber ich kannte einen anderen Weg. »Folg mir.« Ich nahm Jane an der Hand. »Wir gehen durch den Lieferanteneingang.«

Ich mochte aus dem Sarafian-Haus geflogen sein, aber ich hatte immer noch den Namen. Als wir auf die Seitentür zugingen, wo gerade ein Typ aus der Küche eine Zigarette rauchte, brauchte es nur ein bisschen dummes Gelaber.

»Klar, Mann. Geht einfach durch die Küche. Ich hab euch aber nicht gesehen«, sagte er lachend.

Wir liefen Hand in Hand durch die Küche, als sei nichts dabei. Nur der Tellerwäscher blickte auf, doch als ich ihm zuwinkte, wirkte er zu müde, um zu reagieren.

Dann ging es durch eine Schwingtür. Und nach ein paar Schritten durch einen Gang mit Büros und Toiletten standen wir an der Bar. Hier war es laut und lärmig, und es roch nach Ananas und Bier. Alles war mit Kiefer verkleidet und überall funkelten mehrfarbige Strahler, die Menge war eine Mischung aus reichen Partyjungs Mitte zwanzig und traurigen, alten Trinkern im Alter meines Vaters, die noch mal ihre Jugend aufleben lassen wollten.

Draußen, auf dem langen Pier hinter der Bar, war die Bühnenbeleuchtung auf Tell & Show gerichtet, die gerade einen neuen Song anspielten. Der Bass ihrer Verstärker ließ die Dielenbretter penetrant vibrieren. Noch penetranter war das Paar, das sich an der Bar, wo alle sie sehen konnten, Koks reinzog.

»Wir werden uns *nicht* aufteilen«, brüllte ich Jane über die Musik hinweg zu. »Lass uns V suchen und den Abflug machen.«

Jane nickte.

Wir suchten immer noch in dem Kiefernalbtraum nach Velvet, als ich eine Nachricht von einem unbekannten Anrufer bekam: **Wo bist du?**

»Hast du Velvet meine Nummer gegeben? Ich glaube, das ist sie«, sagte ich zu Jane.

»Endlich! Mein Handy hat noch ein bisschen Saft, keine Ahnung, warum sie dir geschrieben hat. Vielleicht hab ich sie verwirrt.«

War ja nicht weiter schwierig. Ich schrieb Velvet zurück: **Im Betty's.** Ich konnte mir gerade noch verkneifen *Auf der Suche nach dir, du Chaotin* dazuzuschreiben. So rappelvoll, wie es war, konnte man kaum jemanden erkennen, wir entschieden deshalb, an der Bar zu bleiben. Als ein Hocker frei wurde, besetzten wir ihn und Jane kniete sich darauf, um über die Köpfe der Leute zu schauen. Ich hielt sie an den Hüften und warf einem runzligen alten Drecksack neben uns einen finsteren Blick zu.

»Dort hinten!«, sagte Jane. »Bei den Toiletten!«

»Fuck.« Ich half ihr herunter und wir drängten uns dorthin zurück, wo wir angefangen hatten.

»Da kannst du nicht rein«, sagte sie. »Damentoilette.«

»Ich bin kein Spanner. Das hier ist ein Notfall«, rief ich. »Velvet Larsen? Wir kommen jetzt rein. Also seht zu, dass ihr was anhabt.«

Ein paar megabetrunkene Collegemädchen unterhielten sich neben dem Waschbecken, und da war auch Velvet und schwitzte wie eine olympische Läuferin.

»GOTT SEI DANK«, rief sie und torkelte in Janes Arme. »Shit, Jane, bring mich nach Hause. Nicht in die Lodge. Sondern nach L.A. Ich hasse es hier. *Bitte.*«

»Steh auf«, sagte Jane. »Boah, du stinkst. Was hast du getrunken?«

»Wasser? Ich bin gerannt. Da war ein Mann mit einem Bärenkopf, der Leute umbringen wollte, und Erika hat mich für irgendeinen Sommerboy sitzen lassen. Ich weiß nicht, wie ich nach Hause kommen soll.«

Wow, sie war echt high bis unter die Haarwurzeln. »Wie wollte er dich denn umbringen?«

Eines der Mädchen neben dem Spiegel meldete sich zu Wort. »Das ist das Maskottchen von Grizzly Craft Beer. Er hat Coupons verteilt. Erika wurde aus dem Club geworfen, nachdem Velvet und sie Streit angefangen haben, und ist mit irgendeinem Touri abgezogen. Velvet ist herumgerannt und hat versucht, der Security aus dem Weg zu gehen.«

»Halt die Klappe, Dana«, blaffte Velvet. »Keiner hat dich gefragt.«

Jane hielt sich die Hände vors Gesicht und seufzte. »Schluss jetzt. Lass uns einfach gehen, okay?«

Damit war Velvet mehr als einverstanden, und sie war definitiv völlig hinüber, wenn auch nicht schlimmer als die meisten anderen Gäste. Wir brachten sie durch die Küche nach draußen, bevor uns jemand entdecken konnte. Alles war gut, außer dass Velvet eine Menge Quatsch redete, der Jane aussehen ließ, als würde sie Erika keinen Vorwurf daraus machen, dass sie Velvet hatte sitzen lassen.

»Hey«, unterbrach ich sie. »Ist gut. Du hast geschrieben. Wir sind gekommen. Lass uns nach Hause fahren.«

Velvet wischte sich das Gesicht ab und blinzelte mich an. »Was? Ich hab dir nicht geschrieben. Hast du mich angerufen?«

»Du hast mir geschrieben«, sagte ich.

Sie schüttelte den Kopf. »Nein.«

Vielleicht war sie einfach zu hacke, um sich daran zu erinnern, sagte ich mir, als wir auf Janes Hybridauto zugingen und aus der schwarzen Limousine daneben eine dunkle Gestalt ausstieg.

Und genau in diesem Moment sagte mir mein Bauchgefühl, wer die Nachricht geschrieben hatte.

Denn mein Bauchgefühl kannte die Gestalt, die gerade aus der schwarzen Limousine stieg.

Groß. Blondierte Haarspitzen. Breite Schultern.

Mein Bauch wusste es, bevor mein Hirn den Schock verarbeiten konnte, machiavellische Grübchen und das charmanteste Gesicht von Condor Lake zu sehen.

»Eddie?«, fragte Velvet benommen. »Ich dachte, du sitzt im Gefängnis?«

Jane schnappte nach Luft.

Aber Eddie würdigte sie keines Blickes. Ich glaube, er bekam überhaupt nicht mit, dass sie da war. Oder Velvet. Er starrte mich bloß mit megaerschrockenem Gesicht an. Diesen Blick hatte ich noch nie bei ihm gesehen. Sämtliche Selbstsicherheit war verschwunden. Da war nichts mehr. Kein Stolz.

Nichts.

Hatte die Festnahme ihn derart fertiggemacht? Was zum Teufel?

»Was machst du hier?«, fragte ich, als er mich reglos anstarrte wie ein seelenloser Außerirdischer im Anzug. »Warum hast du diese Klamotten an? Ist das der Flughafen-Transfer? Bist du gerade angekommen? Wo ist Dad?«

Er öffnete den Mund, aber es kam nichts heraus. Dann schluckte er und versuchte es noch mal. »Ich soll dich holen kommen. Papa liegt im Krankenhaus. Er hatte in dem Privatflieger von L.A. hierher einen Herzinfarkt. Er wird gerade im Krankenhaus außerhalb der Stadt operiert. Sie wissen nicht, ob er es schafft.«

War das ein Witz?

»Was zur Hölle ist mit dir los?« Ich rannte auf ihn zu und schubste ihn so hart, dass er mit dem Rücken gegen den Wagen knallte. Er stöhnte und klappte vor Schmerz zusammen. »Bist du krank im Kopf? Warum erzählst du so was?«

Eddie entfuhr ein Schluchzer – so entsetzlich und tief aus der Kehle, dass ich ihn in meiner eigenen Brust spürte.

Mit einem Mal war mir sehr kalt.

Er machte keine Scherze.

»Oh mein Gott«, flüsterte Jane hinter uns.

Eddie kauerte zusammengekrümmt zu meinen Füßen und heulte. »Ich habe Mist gebaut, er kam, um mir zu helfen, und dann brach er im Flugzeug zusammen und einer der Piloten hat den Defibrillator eingesetzt. Er wäre fast gestorben. Er stirbt vielleicht trotzdem!«

»Wo ist Mama?«

»Mit den Zwillingen auf dem Weg zum Krankenhaus«, heulte Eddie. »Sie hat mich hergeschickt, um dich zu holen. Ich tauge nichts. Das hier ist meine Schuld, Fen. Es tut mir *so* leid.«

Ich wusste nicht, was ich sagen oder fühlen sollte. Da war nur noch Benommenheit und Reflex.

Ich kniete mich neben Eddie, legte die Arme um seine Schultern und weinte mit ihm.

Track [25] »Make It Right« | BTS

Jane

Krankenhäuser sind Orte, die einen zwingen, Veränderungen anzunehmen. Die Art Veränderung, die man weder will noch braucht. Die man aber nicht vermeiden kann. Vor zwei Jahren waren das die Sprachschwierigkeiten nach meinem Sturz gewesen. Davor war die Veränderung der Tod meiner Mutter.

Ich habe mehr Erinnerungen an das Krankenhaus als an sie: an den Trinkbrunnen, die lila Streifen an den Wänden, den kleinen Weihnachtsbaum im Schwesternzimmer. Anker, die mir damals halfen und mir in dem Gefühlssturm des Schocks Halt gaben.

Als es vorbei war, zogen mein Vater und ich uns in unsere Zimmer im Personaltrakt in Mad Dogs Bel-Air-Haus zurück. Dad fing wieder an zu arbeiten und ich wurde zu Velvets Nanny abgeschoben. Damals begann die lange harte Arbeit. Die harte Arbeit dauerte Jahre. Manchmal denke ich, sie ist immer noch nicht vorbei.

Vielleicht hört sie nie auf.

Ich saß in den frühen Morgenstunden mit Velvet in der Halle des halb leeren Condor Medical Center und wartete, ob Serj Sarafian überleben würde. Keine lila Streifen an den Wänden in diesem Krankenhaus, aber Fen hatte bestimmt seine eigenen Anker gefunden, während er mit seiner Familie herumsaß und auf Neuigkeiten wartete. Sie hatten ihren privaten Familienaufenthaltsraum, ganz in der Nähe von uns. Ich brachte bloß nicht den Mut auf, hineinzugehen und nach Fen zu sehen.

Nicht wenn Eddie danebensaß. Ihm konnte ich gerade nicht

gegenübertreten. Vielleicht auch nie wieder. Jede meiner Entscheidungen in den letzten Wochen blähte sich in meinem Kopf auf und ich …

Ich wünschte, das Leben wäre gerade nicht so ein Chaos.

Mein Handy vibrierte und zeigte eine Nachricht von Dad. Er wusste, dass ich mit Velvet hier war, und informierte mich, dass Mad Dog und Rosa nun wach waren und sich auch bald auf den Weg machen würden. Das Krankenhaus lag nur eine halbe Stunde vom See entfernt. Wenn sie doch bloß zu Hause bleiben würden. Es kam mir vor, als würde ihr Kommen Serjs Schicksal besiegeln. Wenn Mad Dog am See blieb, war Serjs Gesundheitszustand nicht weiter wichtig; wenn er herkam, sah es nicht gut aus.

»Irgendwas Neues?«, Velvet, die in eine Jacke gekauert auf dem Wartezimmerstuhl saß, klang erschöpft und heiser.

»Nein«, erklärte ich ihr. »Das war bloß mein Vater. Er fährt deine Eltern her.«

»Shit«, murmelte sie. »Seh ich fertig aus?«

Definitiv. Sie sah furchtbar aus. Aber ich sagte bloß: »Es dauert mindestens noch eine Stunde, bis sie hier sind. Und er macht sich bestimmt mehr Sorgen wegen Serj.«

Sie wimmerte und wickelte sich noch fester in die Jacke. »Wie spät ist es?«

»Halb sechs. Mist, Frida.«

»Exie wird sie füttern.«

»Sie ist in Fens Wohnung.« Hätte ich doch bloß die Telefonnummer von seiner Tante, dann könnte sie notfalls Fens Wohnung aufschließen. Oder vielleicht sollte ich jetzt schnell hinfahren und Frida zu Mad Dog zurückbringen?

»Wow. Fen?«, sagte Velvet. »Kein Kommentar.«

»Kommentar ist auch überflüssig«, gab ich zurück. »Wenn ich mich recht entsinne, habe ich gewisse Leute vor Bar-Maskottchen gerettet, also … überleg mal.«

»Ich weiß nicht, wie oft ich mich noch entschuldigen soll.«

»Momentan sind wir bei null.«

Velvet kicherte heiser. »Huch. Entschuldigung. Nein, nein – ich meine das wirklich ernst. Es tut mir echt leid. Hier zu sitzen ist in jeder Hinsicht ernüchternd. Ich will nicht wie Eddie enden. Oder Fen – was, wenn Dad mich genauso vor die Tür setzt?«

Ich beobachtete sie einen Moment. »Würde er nicht.«

Sie lächelte mich an. »Da könntest du recht haben. Daddy hat einen weichen Kern. Serj ist ein Stein. Deshalb ist vermutlich auch sein Herz explodiert.« Sie starrte an die Decke und ließ es sich einen Moment durch den Kopf gehen. »Kannst du mir was Kaltes zu trinken holen? Ich brauche eine Limo oder Wasser oder irgendwas. Sind wir nicht auf einem dieser Flure an einem Café vorbeigekommen?«

Richtig. Ich war ja immer noch ihre Assistentin.

Sie schnitt eine Grimasse. »*So* hab ich das nicht gemeint. Es war kein Befehl.«

»Keine Angst, hab ich schon verstanden.«

Ich stand auf und ließ Velvet im Wartezimmer zurück und spazierte an ausdruckslosen Gesichtern vorbei, die ihre Handybildschirme anstarrten. Es war ein riesiges Krankenhaus, finanziert von reichen Spendern, die am See lebten. Schilder wiesen den Weg zu den Operationstrakten, den Aufzügen und einer Snackbar. Als ich durch den Gang lief, in dem sich die Sarafians in ihrem privaten Warteraum verkrochen hatten, kam gerade eine dunkle Gestalt aus der Tür. Groß, schmal, männlich. Er steuerte auf mehrere Glastüren zu, die nach draußen führten – zu einem kleinen Meditationsgarten zwischen zwei Gebäuden. Fen?

Vielleicht wollte er einen Moment allein sein? Ich war unsicher, doch ich musste wissen, ob alles in Ordnung mit ihm war, deshalb ging ich leise hinterher. Die frühmorgendliche Luft war kühl auf meinen Armen. Es war hübsch hier draußen, friedlich. Skulpturen und Pflanzen, kleine goldene Lichter, die den Weg beleuchteten. Zwei Bänke. Ich ging zögernd auf die besetzte Bank zu.

»Hey«, sagte ich.

»Überrascht mich, ehrlich gesagt, dass du hier bist«, sagte die Gestalt.

Ich erstarrte. Das war nicht Fen.

Sondern Eddie.

Wie hatte ich sie verwechseln können? Ich bekam Panik und wich einen Schritt zurück, Eddie drehte den Kopf. Die Wegbeleuchtung warf Licht auf sein Gesicht. Er sah ausgemergelt aus – ein totales Wrack. Sein Blazer war verschwunden, die Krawatte baumelte wie eine Galgenschlinge um seinen Hals.

Ich hatte keine Ahnung, was ich zu ihm sagen sollte. Aus reinem Überlebensinstinkt versuchte ich das Bild des liebenswürdigen lächelnden Jungen hervorzuzaubern, den ich gekannt hatte, und klebte dieses Bild auf den Jungen, der jetzt zusammengesunken vor mir auf der Bank saß. Aber es half nichts.

Er blieb ein Fremder. Und zwar kein sehr freundlicher. Vielleicht spielte es sich nur in meinem Kopf ab wegen all der Schuldgefühle in Sachen Fen, aber ich hatte das Gefühl, dass er eine gewisse Feindseligkeit in meine Richtung ausstrahlte.

»Gibt es …, äh, dein Vater?«, fragte ich verlegen und stolperte über die Worte, die außer Reichweite waren.

»Unverändert«, erklärte er.

»Ah, okay. Gut, dann lasse ich dich –«

»Was? Keine Umarmung? Immerhin bist du schon seit einer Minute hier.« Er streckte den Arm aus und winkte mich heran.

Umarmung? Hilfe. Ich hatte keine Ahnung, was ich tun sollte. Stellte er mich auf die Probe? Aus seiner Stimme ließ es sich nicht heraushören, sie war angespannt, ja. Aber in Anbetracht der Umstände war das nicht weiter überraschend. Ich wurde nicht aus ihm schlau.

Hatte er meine Nachrichten im Ausland nicht bekommen?

Keine Ahnung.

Ich würde einen Teufel tun, nachzufragen.

Was sollte ich dann machen? Zu erraten versuchen, was in seinem Kopf vor sich ging?

Tun, als wäre alles normal?

Er hatte mein Zögern bestimmt bemerkt, also beugte ich mich schnell zu ihm herunter, um ihn zu umarmen. Fehler aller Fehler. *So viel* unangenehmer, als ich es mir hatte vorstellen können.

Eddie umschlang mich wie früher – seine langen Arme einmal um mich herum – und drückte mich so fest an sich, dass ich beinahe das Gleichgewicht verloren und auf ihn gefallen wäre.

»Es ist nett von dir, dass du hier bist«, sagte er mit einer Stimme, die überhaupt nicht nach ihm klang. »Du riechst echt gut.«

Oh nein. Gar nicht gut. *Aufhören.*

Ich löste mich vorsichtig aus seiner Umarmung und überlegte, was ich sagen sollte – um das Unbehagliche an dieser ganzen Situation zu überspielen. »Und wie, ähm, geht es dir so? Das ist bestimmt ganz schön viel auf einmal.«

Er atmete scharf aus und zuckte mit den Schultern. »Ich kann es nicht mal sagen. In meinem Kopf ist ein kleiner Junge, der durch den dunklen Wald läuft. So fühle ich mich gerade. Verloren und allein.«

»Das klingt …« Schrecklich. Entsetzlich. Er tat mir von Herzen leid, denn ich war mich sicher, dass er das absolut ehrlich meinte. Vielleicht zum ersten Mal, seit wir uns kannten. »Es tut mir wirklich leid, Eddie.«

Er lehnte sich auf der Bank zurück. »Warum tut es dir leid? Du hast doch nichts falsch gemacht. Oh, warte …« Er sah mich an. »Du meinst das mit Fen und dir.«

Shit. Er wusste Bescheid!

Mit einem Mal hatte ich weiche Knie.

Ich war nicht darauf vorbereitet, dieses Gespräch mit ihm zu führen. Aber hier waren wir nun.

»Eddie –«

»Ist in Ordnung.« Er hatte dunkle Ringe um die blutunterlaufenen Augen. »Ich hab deine Nachrichten gesehen. Man hat mir im Gefängnis ein Handy erlaubt. Sie waren überhaupt echt cool und nett zu mir dort. Ich liebe die Philippinen. Schräg, was?«

Ich wusste nicht, was ich darauf antworten sollte, aber meine Gefühle übermannten mich. Ich blinzelte die aufsteigenden Tränen weg. »Eddie, bitte glaub mir. Das mit Fen war nicht geplant. Nichts von dem hier. Als du auf die Philippinen geflogen bist, hätte ich da geahnt, dass wir hier landen würden, dann –«

»Ich habe dir gesagt, dass du dich von ihm fernhalten sollst.«

»Du hast mir aber den Grund nicht gesagt«, warf ich ein. Durcheinander. Auch ein wenig ungehalten. »Du hast mir nicht erzählt, was mit deiner Familie los war. Warum Fen vor die Tür gesetzt wurde. Welche Rolle du dabei gespielt hast. Die Drogenprobleme –«

»Ich bin nicht irgendein Junkie, okay? Meine Güte. Ein paar Amerikaner, die ich aus dem Internet kannte, haben sich mit mir in Manila getroffen. Wir wollten bloß auf der Insel feiern, mehr nicht. Ich wurde halt erwischt.«

»Ich weiß auch über Weihnachten Bescheid.«

Er wirkte ehrlich überrascht. »Das war bloß eine schlechte Nacht«, murmelte er.

»Du hast mich nicht aus dem Stauwehr gezogen«, sagte ich leicht zitternd. »Du hast *gelogen*. Warum, Eddie? Warum hast du mir Lügen erzählt?«

Eddie erwiderte eine ganze Weile nichts. Ein Flugzeug hinterließ Kondensstreifen am dunklen Himmel, in der Ferne kündigte eine Krankenwagensirene einen neuen Patienten an. Als das Heulen leiser wurde, rieb sich Eddie mit der Hand übers Gesicht.

»Es war okay, solange niemand außer Fen und mir wusste, was in dieser Nacht passiert ist. Aber jemand hat gesehen, wie Fen dich herauszog, und du weißt ja, wie sich Klatsch verbreitet. Und kurz darauf hatte ich dann meinen Vater am Hals.«

»Warum sollte ihn das kümmern?«

»Papa hat mir gesagt, dass es das Verhältnis zwischen Sarafian Events und Mad Dog belasten würde, wenn Mad Dog herausfände, dass du ins Wehr gefallen bist, weil du durcheinander warst wegen ... wenn du meinetwegen reingefallen bist. Papa fand, ich müsse mein Schlamassel selbst in Ordnung bringen. Wenn du glauben würdest, ich hätte dich gerettet, dann würde es den Schlag mildern, falls Mad Dog es irgendwann mitbekam.«

Ich sah ihn ungläubig an. »Du hast was mit mir angefangen, weil sich dein Vater Sorgen machte, es könne einen Kollateralschaden mit Mad Dog geben?«

Weil er mich für Mad Dogs Tochter hielt.

»Anfangs schon«, gab Eddie zu. »Aber wenn ich dich nicht gemocht hätte, hätte ich nicht weitergemacht. Und ich mochte dich wirklich, weißt du. Das war echt.«

»Ich mag dich *immer* noch, Eddie.« Tränen rannen mir über die Wangen. »Diese Gefühle gehen nicht einfach weg. Ich dachte, wir seien uns nahe. Ich habe mich so auf unsere Zukunft gefreut. Ich dachte, wir würden zusammenziehen.«

Er schnaubte. »Wäre wahrscheinlich ein bisschen eng zu dritt.«

Das saß, aber vermutlich hatte ich es verdient. Man kann nicht auf zwei Hochzeiten gleichzeitig tanzen, oder?

»Weißt du, was?«, sagte er mit geheuchelt positiver Stimme. »Es ist in Ordnung. Lass uns nicht streiten.«

»Was?« Ein Teil wollte es für möglich halten. Ein anderer wusste es besser.

»Vielleicht spricht der Kummer aus mir«, sagte er. »Aber wenn mein Vater das hier übersteht, will ich einfach nur noch für ihn da sein. Und für meine Mom und die Zwillinge. Vielleicht sogar für Fen. Ich denke, es ist an der Zeit, dass wir unseren Zwist beiseitelegen und uns auf die Familie konzentrieren. Und die Wunden heilen lassen.«

»Da würde Fen sicher zustimmen«, sagte ich taktvoll, obwohl ich meine Zweifel hatte.

»Du hast keine Ahnung, unter was für einem scheiß Druck ich stand. Der Einzige, der das verstehen kann, ist Fen. Und wir sind uns so lange an die Kehle gegangen – weswegen? Kleinscheiß?«

Mmh … okay. Vom College zu fliegen würde ich nicht unbedingt klein nennen.

Eddie lächelte mich bloß müde und seltsam an. »Ich will nicht mehr mit meiner eigenen Familie konkurrieren«, erklärte er. »Papa will immer, dass ich die Nummer eins bin … aber manchmal ist man es einfach leid, diesem Ziel hinterherzurennen, verstehst du?«

»Nicht alles ist ein Wettkampf«, stimmte ich zu.

Eddie überraschte mich, als er nach meiner Hand fasste und meine Finger ein wenig zu vertraut streichelte. »Exakt. Hey, das ich liebe ich an dir. Ich habe ganz vergessen, dass du immer genau das Richtige sagst.«

Das stimmte nun *überhaupt* nicht. Dafür sorgte meine Wörterfresserin schon.

»Falls mein Vater die OP überlebt, habe ich eine Menge Arbeit vor mir, mich wieder zu beweisen. Richtig viel. Es wäre leichter für mich, wenn Fen dieses Mal mein Verbündeter wäre, nicht mein Gegner. Mama wäre glücklicher und somit netter zu Papa. Der wäre netter zu mir. Alles wäre besser, wenn Fen und ich nicht streiten würden …«

Einen Moment lang glitt ihm die Maske vom Gesicht, und ich sah, was Fen mir die ganze Zeit über Eddie zu erklären versucht hatte – machiavellisch hatte er ihn genannt. Und vielleicht war Eddie das wirklich, denn hier saß er und traf Entscheidungen über das Verhältnis zu seinem Bruder, die nur darauf beruhten, was ihm am meisten bringen würde.

Aber ich war mir nicht sicher, ob das wirklich Skrupellosigkeit war. Und vielleicht lag darin der Unterschied zwischen der Art, wie ich Eddie sah, im Vergleich zu Fens Blick auf ihn.

Fen sah einen bösartigen Drahtzieher.

Ich sah einen Jungen, der Hilfe brauchte, und nicht wusste, wie er darum bitten sollte.

Jemand steckte den Kopf aus der Tür und rief nach Eddie. Als ich in die Dunkelheit spähte, erkannte ich Ms Makruhi.

Eddie erhob sich mit weit aufgerissenen Augen von der Bank.

»Eduard«, sagte sie atemlos und aufgeregt. »Dein Papa ist aufgewacht. Er wird es schaffen.«

Oh, Gott sei Dank. Erleichtert beobachtete ich Eddies Gesicht. Er ließ leicht den Kopf hängen, als würde er ein Gebet sprechen, dann nickte er der Haushälterin zu.

»Sagen Sie Mama, dass ich gleich komme«, wies er sie an.

Die Haushälterin verschwand ebenso schnell, wie sie aufgetaucht war, und ich stand wieder allein mit Eddie da. »Das ist wirklich eine gute Nachricht«, sagte ich zu ihm.

Er schob ungelenk die Hände in die Hosentaschen. »Ich wusste, dass er es schaffen würde. Er musste einfach.«

Ich nickte. Nun stand eine andere Art von Unbehagen zwischen uns. Das Unbehagen, wenn man Normalität heuchelte, um den Small Talk am Laufen zu halten. »Mad Dog ist übrigens auf dem Weg hierher, er wird bald hier sein. Dann werde ich dich jetzt mal zu deiner Familie gehen lassen.« Ich trat einen Schritt zurück.

»Danke.«

»Ich bin so froh für dich.«

»Bist du?« Er musterte mich. Eine Provokation.

»Aber natürlich.«

»Na ja, eine gute Seite hat das wohl alles«, sagte er. »Jetzt, wo mein Vater okay ist, werde ich mich mit Fen aussöhnen. Und da ihr miteinander abhängt, werden wir uns vermutlich wesentlich öfter sehen, oder?«

»Meinst du?« Ich provozierte ihn, wie er mich provoziert hatte, doch es kam nicht mit der gleichen Selbstsicherheit heraus. Ich trommelte einen kleinen nervösen Rhythmus auf meinem Bein.

»Klar. Du und ich?«, sagte Eddie in einem finsteren Ton, der zwischen unheilvoll und drohend schwang. »Wir sind ja quasi Schwager und Schwägerin.«

Track [26] »They Can't Take That Away from Me« | Ella Fitzgerald

Jane

Serj Sarafians Herzinfarkt war schwerwiegend gewesen und seine Genesung dauerte länger als gewöhnlich. Seine Ärzte behielten ihn beinahe zwei Wochen in der Klinik: zuerst dort, wo er operiert worden war, anschließend in einem Kardio-Reha-Programm am See.

Ab da wurde es hektisch für Fen, weil jeder, der Serj kannte, in die Stadt kam und ihn im Krankenhaus besuchte. Mehrere Tage lang tauschten Fen und ich nur ein paar Sätze aus, und mit dem Nachrichtenschreiben war auch so gut wie Schluss.

Fen war beschäftigt und geistesabwesend, er wohnte in seinem Kinderzimmer in der Villa und half seiner Mutter mit den Zwillingen.

Und.

Er holte Versäumtes mit Eddie nach.

Ich konnte mir nur ausmalen, wie Fen diese Unterhaltung mit seinem älteren Bruder führen würde ... *Lange nicht gesehen. Während du im Knast warst, hatte ich Sex mit deiner Freundin.*

Puh, puh, puh!

Aber natürlich nicht wirklich. Fen würde so etwas nicht sagen. Konnte er nicht. *Würde* er nicht. Er würde sich erwachsen verhalten – seiner Familie zuliebe. Immerhin war sein Vater fast gestorben. Er würde kein Drama anfangen. Bestimmt war jetzt alles anders, und ich konnte mir vorstellen, dass Eddie vielleicht, nur vielleicht, recht damit hatte, sich mit Fen aussöhnen zu wollen.

Und vielleicht, nur vielleicht, würde Fen einsehen, dass es das Richtige war. Und sie würden auf keinen Fall über mich reden. *Bitte. Nicht.*

Wäre irgendetwas Schreckliches zwischen ihnen vorgefallen, hätte ich bestimmt davon gehört, oder? Soweit ich es aus meinem beschränkten Kontakt mit Fen beurteilen konnte, lief alles gespenstisch beschaulich im Haus der Sarafians. Ich versuchte also, meine Ängste zu verdrängen, und ließ ihm seinen Freiraum. Vermutlich kostete es ihn viel Energie, sein Verhältnis mit Eddie in Ordnung zu bringen.

Aber ich würde lügen, wenn ich behaupten würde, dass es nicht noch einen anderen Grund gab, warum ich Fen Freiraum ließ. Denn es gab einen. Nach dem Gespräch im Krankenhaus *graute* mir davor, Eddie zu sehen. Tief in meinen Knochen. Die ganze Situation zwischen uns war so chaotisch und explosiv, dass ich mehr als zufrieden war, keinen der beiden Brüder zu sehen, während sich alle an das neue Normal von Fen und mir gewöhnten.

Aber am Vorabend von Serjs Entlassung aus dem Krankenhaus riet mir mein Vater, wie alle anderen eine Nervensäge zu sein und zu ihnen nach Hause zu fahren. Es war der einzige Weg, wenn ich mit Fen reden wollte. Ich wusste, dass er recht hatte. Es war an der Zeit, mich wie ein großes Mädchen zu benehmen und mich dem Chaos zu stellen, das ich angerichtet hatte.

Da Starla mit dem Hybrid unterwegs war, setzte mich mein Vater bei den Sarafians ab. Ich war extrem nervös, als ich die Auffahrt hinunterlief und auf die Klingel drückte, doch als Ms Makruhi öffnete und sofort davoneilte und mich in der Halle stehen ließ, blieb mir keine Zeit, meine Befürchtungen zu hätscheln. In der Villa drängten sich Verwandte und enge Freunde. Soweit ich von der Haustür aus sehen konnte, plauderten die Besucher im Wohnzimmer und auf der Gartenterrasse, alle aßen und tranken.

Feierten die Sarafians eine Party? Vielleicht sollte ich meinen Vater anrufen und ihn bitten, mich gleich wieder abzuholen.

»Hey«, sagte eine Stimme vom Ende der Treppe.

Ich schaute an der gläsernen Oktopus-Skulptur vorbei nach oben und entdeckte Fen, der mich über das Geländer im ersten Stock anlächelte. Er fuhr sich mit der Hand durch die dunklen Locken, als er heruntergerannt kam und einem Paar auswich, das am Ende der Treppe plauderte. »Was machst du denn hier? Warum hast du mir nicht geschrieben?«

»Weil du in letzter Zeit nie antwortest, was in Ordnung ist. Ich dachte, du bist beschäftigt«, erklärte ich ihm. »Aber vielleicht hätte ich trotzdem schreiben sollen, du hast recht. Ich wusste nicht, dass ihr Besuch haben würdet.«

»Pfft.« Er winkte ab. »Das ist kein Besuch. Das sind alles Verwandte. Die meisten kommen von auswärts, und sie wollen den großen Mann besuchen. Ich denke, meine Mutter wird den größten Teil dieser Schmarotzer in ein paar Stunden rausschmeißen, aber mach dir keinen Kopf, alles gut. Meine Großeltern und du, ihr seid immer willkommen.«

War ich? Ich war *so* wichtig? Großeltern-Level-wichtig? Ich kam mir wie eine Hochstaplerin vor, nach all unseren Betrügereien verdiente ich das nicht. Vielleicht sollte ich überhaupt nicht hier sein und mich unter seine Familie mischen.

Und wer ist jetzt der Ruinierer?

Fen bekam von meiner Verunsicherung und meinen Nöten nichts mit. Er schaute hinter mich, als wolle er sich vergewissern, dass die Luft rein war. Als das Paar auf der Treppe nicht hinsah, beugte er sich zu mir und küsste mich.

Küsste mich.

Genau hier. In der Halle.

Unter dem explodierenden Oktopus.

»Tut mir leid«, flüsterte er mit einem Lächeln auf den Lippen, als er sich von mir löste.

»Mir nicht«, flüsterte ich zurück. »Alles okay mit dir?«

Er nickte, seine Augen leuchteten kurz auf. »Ich freu mich, dass du hier bist. Auch wenn es hektisch ist. Nur zur Warnung. Ich werde dich allen vorstellen, komm ...«

Mist. Menschen. Verwandte. Warum taten wir uns das an? Ich war so glücklich, ihn zu sehen, dass es fast wehtat. Trotzdem war ich dermaßen nervös und unsicher, hier zu sein, dass es quasi einer Einladung an die Wörterfresserin gleichkam. Am besten sagte ich so wenig wie möglich und hoffte, dass alles gut gehen würde. Wusste seine Mutter über uns Bescheid? Mit ziemlicher Sicherheit hatte sie schon vorher etwas geahnt, aber das war ... ewig her. Jetzt war jetzt. Nach dem Herzinfarkt. Alles war anders.

Ich wollte nicht, dass Jasmine mich hasste.

Und ich wollte auf keinen Fall mit Eddie reden.

Fen führte mich ums Haus und stellte mich jedem einzelnen Mitglied der Sarafian-Familie und der Kasabian-Familie auf dem Planeten Erde vor. Drei Cousinen. Serjs Halbschwester. Ein paar Großtanten und Aunt Pari, die ich zwar schon gesehen, aber nie offiziell kennengelernt hatte.

Außerdem traf ich kurz Serjs Eltern und stand eine Weile bei den Kasabian-Großeltern, denen Victory Vinyl früher gehört hatte und die nun in Südkalifornien wohnten.

»Wir sind praktisch Nachbarn«, erklärte Fens Großmutter, Mina Kasabian. Sie war beinahe so groß wie Jasmine, bloß kräftiger, und hatte kurze graue Haare. »Wir wohnen fast in Burbank, aber am Ende unserer Straße ist eine Bäckerei, für deren süße Teilchen sich sogar die Fahrt auf der 101 lohnt.« Sie gab mir eine erschöpfende Beschreibung, was sie dort alles verkauften. »Du musst uns besuchen kommen.«

Diese Frau sollte der »Schrecken von Glendale« sein? Wäre ich nie drauf gekommen. »Ich habe gehört, Sie mögen Carole King«, sagte ich zu ihr.

Sie holte Luft. »Da hast du richtig gehört. Die Stereoanlage steht gleich hier. Wollen wir die Göttin auflegen?«

»Serj hasst Carole King«, informierte Jasmine ihre Mutter und ließ sich mit Ani aufs Sofa fallen. »Außerdem ist sie so traurig. Spielt irgendwas Fröhliches, zu Ehren von Serjs Heimkehr morgen. Fen, mein Augenstern? Du bist der DJ.«

»Dann wird es Tom Waits«, kam prompt zurück.

Es entspann sich eine lebhafte, nicht ganz ernste Debatte, zum großen Teil zwischen Leuten, die keine Ahnung hatten, wer Tom Waits war, ein paar von ihnen verwechselten ihn mit Tom Jones. Nach langem Hin und Her lag schließlich Ella Fitzgerald auf dem Plattenteller und alle waren zufrieden.

Fen und ich wurden getrennt und ich hing eine Weile mit Ani und Ari ab. Und am Ende – vielleicht aus Gewohnheit, vielleicht weil ich unbewusst sowohl Eddie als auch angstbedingte Aphasie-Patzer vermeiden wollte – landete ich bei Ms Makruhi in der Küche und half ihr, Essen auf einen Buffettisch zu tragen. Ich schenkte Getränke nach. Sammelte Abfall ein. Spülte Geschirr. Sie war sehr effizient und hatte eine offene, ehrliche Art, und wir arbeiteten gut zusammen, als ich mich daran gewöhnt hatte, wie sie Dinge haben wollte.

»Du bist ein sehr aufgewecktes Mädchen«, sagte sie schließlich, als es dunkel wurde und ich Fen seit über einer Stunde nicht gesehen hatte, weil ein paar Freunde von ihm vorbeigekommen waren. »Tu das nicht.«

»Wie bitte?«

Sie deutete auf die Küche. »Das hier. Geschirr spülen.«

»Sie spülen doch auch Geschirr.«

»Ich bin nicht mehr jung und ich hatte keine andere Wahl. Ich war allein in einem fremden Land. Die Sarafians haben mich aufgenommen. Du hast das nicht nötig, also kümmere dich um dich selbst.«

»Aber ...?«

»Fen erzählt mir manches«, sagte sie.

Ich spürte, wie meine Wangen und mein Hals zu glühen begannen. Meine Ohren standen in Flammen. Die Art, wie sie es gesagt hatte, zeigte mir deutlich, dass Fen ihr zu viel erzählt hatte. Es machte mich nervös. Ich würde ihr gegenüber nichts in Bezug auf Fen zugeben. »Meine Mutter war auch Haushälterin, bevor sie starb«, erwiderte ich bloß.

»Und?« Ms Makruhi zuckte mit den Achseln. »Wäre sie noch am Leben, würde sie dir raten, aufs College zu gehen. Ich betrachte diese Kinder als meine eigenen. Ani ist intelligent wie du. Es ist nichts falsch daran, Geschirr zu spülen. Ich schäme mich nicht für meine Arbeit. Aber wenn du schlau bist, mach etwas, worauf du stolz bist. Sei stark.«

»Ich bin stark.«

»Du bist schwach«, widersprach sie. »Geh aufs College. Warum hat dich dein Vater nicht dazu gedrängt?«

Ich wusste nicht, wie viel sie über meine Gehirnprobleme wusste. »Ich war krank.«

»Dann geh auf eine Spezialuni.« Sie zuckte noch einmal mit den Achseln.

Puh, sie war wirklich frustrierend. Und nahm auch kein Blatt vor den Mund. Ich wollte nicht hier sitzen und dieser Frau meine Lebensgeschichte erklären. Abgesehen davon gab es keine Spezialuni für Menschen mit Aphasie. Außerdem hatte ich so viel Sprachtherapie hinter mir, dass ich mittlerweile vermutlich andere Leute unterrichten konnte. Warum mischte sich diese Frau in meine Angelegenheiten ein?

»Fen sollte ebenfalls auf die Uni gehen«, erklärte sie. »Das habe ich Jasmine auch gesagt. Ich hatte nicht die Möglichkeiten, die ihr habt. Wärt ihr meine Kinder, würde ich euch aus der Tür schubsen. Kein Rumbrüten mehr. Das Leben ist zu kurz. Macht was draus.«

Sie ließ sich auf keine Diskussion ein und wurde langsam ein bisschen emotional. Über Hausangestellte machte sich keiner

Gedanken. Bestimmt hatte es auch sie mitgenommen, was Serj zugestoßen war, in gewisser Weise betrachtete sie diese Familie schließlich als ihre. Trotzdem wurde von ihr erwartet, dass sie weiterarbeitete. »Ich werde darüber nachdenken«, sagte ich bloß. »Danke für den Ratschlag.«

»Gut«, antwortete sie und nahm etwas aus dem Kühlschrank. »Hier ist ein Stück von dem Muskatkuchen, den ich gestern gebacken habe. Ich habe es für dich und Fen eingepackt. Bitte geht jetzt.«

Ich nahm den mit Folie abgedeckten Teller, den sie mir reichte. »Äh …«

»Bevor er vor seinen Großeltern einen Streit mit Eddie vom Zaun bricht. Bring ihn in seine Wohnung bei Zabel, wenigstens für eine Nacht. Wenn Serj morgen zurückkommt, wird es schwierig. Ich werde Jasmine eine Schlaftablette geben und auf die Zwillinge achtgeben. Als Familie wieder zusammenzuwachsen dauert seine Zeit.«

Ich war so müde und wollte unbedingt fünf Minuten mit Fen allein sein – nur um mich zu vergewissern, dass alles okay mit ihm war. Und vielleicht noch für einen Kuss.

Aber brachte ich die Willenskraft auf, ihn hier loszueisen? War es überhaupt das Richtige? Fen schien gerade darin aufzugehen, mit allen hier zusammen zu sein, und vielleicht war es das, was er brauchte, genau wie Jasmine. Von Menschen umgeben zu sein. Von den vielen Cousins und Cousinen und Freunden aus der Schule. Menschen, die ihn mochten. Seinen superlieben Großeltern. Und den Zwillingen. Sogar von Eddie.

Aber als ich durch die Villa lief, um ihm zu sagen, dass ich meinen Vater anrufen und zur Lodge zurückfahren würde, entdeckte ich ihn auf der Terrasse zwischen zwei Freunden, die gerade gekommen waren, deren Namen ich jedoch nicht kannte. Er nickte und lächelte ein aufgesetztes Lächeln, hörte aber eindeutig nicht zu.

Denn er war damit beschäftigt, über die Terrasse hinweg zu Eddie zu starren, der mit einem ihrer älteren Cousins eine Flasche Bier kippte.

Bloß Bier. Kein Kokain. Aber Eddie war so oder so nicht mein Problem.

Trotzdem machte ich mir, nach allem, was vorgefallen war, ein bisschen Sorgen. Wäre ich an seiner Stelle und mein Vater hätte gerade einen schweren Herzinfarkt gehabt, weil er mich in einem fremden Land wegen Drogenbesitz aus dem Gefängnis herausgeholt hatte, würde ich vermutlich wenigstens so tun, als sei ich total nüchtern.

Aber ich wollte Eddie definitiv nicht allein darauf ansprechen. Dabei wäre ich mir dumm vorgekommen.

Vielleicht sollte ich Fen unter vier Augen fragen, ob wir einschreiten sollten?

Als ich unauffällig Fens Aufmerksamkeit auf mich zog, achtete ich darauf, dass Eddie mich nicht sehen konnte. Seine Lider flatterten, er sah aus, als könne er jeden Moment umkippen.

»Entschuldigung«, unterbrach ich den Typ neben ihm. »Ich muss ihn mal kurz entführen.«

»Sie hält dich aber an einer kurzen Leine, Bro«, brummte einer von ihnen.

»Küchenhilfe«, brummte der andere.

Ich merkte, wie meine Ohren zu glühen begannen, aber ich war zu müde, um es an mich heranzulassen. Ich hielt Fen bloß den Arm entgegen und er kam zu mir und schmiegte sich an mich, als wir davongingen.

»Danke, danke, danke«, flüsterte er in meinen Nacken. »Das ist einer der längsten Tage meines Lebens.«

»Reizende Freunde.«

»Sie sind nicht meine Freunde. Bloß Typen, mit denen ich früher zur Schule gegangen bin. Keine Ahnung, warum sie hier sind. Vermute mal, dass Eddie sie eingeladen hat. Blödes Arschloch. Ich habe große Lust, ihm diese Bierflasche aus der Hand zu reißen und auf den Schädel zu schlagen.«

Tja, verdammt. Vielleicht hatte Ms Makruhi doch recht gehabt. Haben Haushälterinnen meistens. Hätte ich mir denken können.

Fen stöhnte. »Eddie kann von Glück sagen, dass ich platt bin. Ich kann mich kaum noch auf den Beinen halten, Jane. Fen Zombie, grrr. Fen braucht Schlaf.«

»Da kann ich dir helfen. Ich wurde angewiesen, dich zur Scheune zurückzufahren, damit du dich ein bisschen ausruhst.« Ich zeigte ihm den Kuchen. »Ich kann dich aber auch in dein Zimmer hochbringen, falls du zu müde bist und lieber hierbleiben möchtest. Dann rufe ich meinen Vater an, dass er mich abholen soll –«

»Bring mich in die Scheune«, bestätigte er. »Grandpa Sarafian besetzt das Gästezimmer und meine anderen Großeltern schlafen in meinem ehemaligen Zimmer. Ich hätte mit der Couch vorliebnehmen müssen.«

»Dann komm.« Ich hatte das Gefühl, gebraucht zu werden. »Wir bringen dich in deine Wohnung.«

Ich fuhr das Monstrum von Jeep mit der – wie Fen behauptete – niedrigsten Geschwindigkeit, mit der er je gefahren wurde, seit er vom Laufband rollte. Aber Fen genoss es, den kühlen Nachtwind zu spüren, und nachdem wir am Hundezwinger geparkt hatten, liefen wir sogar noch langsamer zur Scheune hoch. Uns ging beiden der Batteriesaft aus.

»Verdammt, war ich bloß zwei Wochen von hier weg?«, fragte er, als wir in der Scheune die Treppe hochstapften und das kleine Apartment aufschlossen. »Ich war nach dem Abend im Krankenhaus kurz hier und habe ein paar Sachen geholt, aber es fühlt sich an, als sei es ein Jahrhundert her.«

»Wie ist es, wieder mit deiner Familie zu Hause zu sein?«

»Komisch. Gut. Verwirrend.« Er starrte auf den Boden, dann schüttelte er den Kopf. »Alles gleichzeitig. Mama hat uns zu einer

Familiensitzung zusammengerufen und uns erklärt, dass es meinem Vater zuliebe Veränderungen geben muss. Mit anderen Worten, kein Streit mit Eddie, um das Herz meines Vaters zu schonen. Also schlucke ich meine Rachepläne runter und krieche zu Kreuze wie ein artiger kleiner Junge. Wir werden – halt dich fest – eine Familientherapie machen.«

Er versuchte, die Therapie wie eine lästige Pflicht klingen zu lassen, aber ich meinte Hoffnung aus seiner Verachtung herauszuhören.

»Vielleicht hilft es.« Innerlich machte ich mir Sorgen, dass all die Kompromisse, die er wegen Eddie ertragen musste, auch mich einschließen würden, zumindest ein bisschen. »Das ist bestimmt nicht einfach.«

»Wir waren noch nicht dort, also mal sehen, wie es läuft. Wer hätte gedacht, dass meine Welt in so kurzer Zeit völlig auf den Kopf gestellt werden würde.« Er zog seine Schuhe aus. »Mein Vater hat ein neues Herz bekommen. Ich wurde wieder in den Haushalt aufgenommen, aus dem ich verbannt worden bin. Eddie hat beschlossen, dass es nicht mehr in unserem Interesse liegen kann, Feinde zu sein ...«

»Hat er mir erzählt«, gab ich zu und stellte den Kuchen in den Kühlschrank.

Die Luft knisterte vor Energie. »Wann?«

Argh. Unangenehm. »Im Krankenhaus. Wir haben ein bisschen geredet, während dein Vater am ersten Abend aus der Narkose aufgewacht ist.« Ich wollte ihm nicht sagen, dass ich Eddie umarmt hatte. Nicht dass irgendetwas Verbotenes an dieser Umarmung gewesen wäre. »Aber da wir gerade darüber reden, was die letzten Wochen passiert ist, ich glaube, deine Milch ist sauer. Sie ist geronnen.«

Fen fiel nicht auf mein lahmes Ablenkungsmanöver herein. »Da hast du also mit ihm gequatscht. Interessant ...«

Oh-oh. War es wirklich interessant? Ich wollte nicht darüber reden. Vielleicht war jetzt ein guter Zeitpunkt, um über Eddie und dieses Bier zu sprechen.

»Manchmal lässt sich schwer feststellen, wann Eddie Informationen manipuliert und Dinge schlimmer darstellt, als sie wirklich sind«, sagte Fen. »Heute Morgen hat er mir zum Beispiel was erzählt, was ich echt schräg fand.«

»Oh, was denn?«

»Er sagte ... Nein, er deutete an ...« Fen seufzte und redete nicht weiter, als zögere er, es auszusprechen.

»Was?«

»Eddie sagte ›Na dann viel Glück‹. Und danach noch ein paar eklige andere Sachen, die andeuteten, du wärst eins dieser etepetete Mädchen, die sich für die Ehe aufheben, und dass er deswegen mit dir hatte zusammenziehen wollen, um ... manche Sachen zu beschleunigen?«

»Wow, okay.« Ich spürte Wut in mir aufsteigen. »Erstens würde ich widersprechen, dass ich vorhabe, mich für die Ehe aufzuheben, wie wir beide wissen.«

»Wie wir beide wissen.«

»Du warst nicht mein erstes Mal.«

»Du für mich auch nicht? Ist ja auch unwichtig. Ich dachte bloß ...« Er kniff die Augen zusammen und schüttelte den Kopf. »Ich hätte es nicht erwähnen sollen. Ich habe den Fehler gemacht, mich von Eddie belabern zu lassen, ihm zuzuhören. Ich hätte mir nie träumen lassen, dass ich ein solches Gespräch führen würde.«

»Ich auch nicht.«

»Es ist egal«, wiederholte er. »Ich war bloß überrascht.«

»Dass Eddie und ich keinen Sex hatten.«

Er deutete auf mich. »Yep. Das.«

»Wir haben andere Sachen gemacht, aber –«

»Will ich nicht wissen.« Er hielt die Hand hoch. »Dasselbe habe ich ihm auch gesagt. Es ist mir egal und ich will keine Details wissen.«

Ich nickte. Der Moment der Verlegenheit zog sich in die Länge.

»Ich weiß, dass es egal ist, aber ich könnte die Wand hochgehen, dass er versucht, mir die Schuld daran in die Schuhe zu schieben, obwohl er mich buchstäblich weggestoßen hat –«

»Ich bitte dich, Jane, beende diesen Satz nicht.«

»Ich wollte bloß sagen ... Erst war er heiß und dann kalt. Ich habe ihn bloß die paar Mal gesehen, wenn er in L.A. war. Einmal haben wir in seinem Auto rumgeknutscht und beim nächsten Mal wollte er mich nicht mal umarmen. Als er auf die Philippinen geflogen ist, hat er mich nicht zum Abschied geküsst. Obwohl ich ihn ewig nicht gesehen hatte. Seit diesem Moment hasste ihn mein Vater.«

»Verstehe.«

»Teilweise lag es vielleicht an mir?« Ich schüttelte den Kopf. »Vielleicht spürte er, dass ich ihm die Sache mit dem Wehr nie verziehen habe. Nicht dass es seine Schuld war, dass ich reingefallen bin. Aber bevor ich runterstürzte, war er betrunken und hat mich im Wald allein gelassen. Ich wollte, dass er sich dafür entschuldigt oder mir zeigt, dass er besser sein kann.«

»Hat er aber nicht.«

»Eddie ist tricky. Er ist so nett, aber er redet immer um den heißen Brei herum ... Manchmal lässt sich schwer sagen, ob er einfach bloß keine Ahnung hat. Also habe ich es ihm durchgehen lassen. Vieles. Aber ein Teil von mir hegte einen Groll. Ich glaube, das war mir damals nicht klar.«

Fen schnaubte. »Er bringt das Beste in Menschen zum Vorschein. Aber ich glaube dir. Tut mir leid, dass ich das überhaupt erwähnt habe. Was er gesagt hat, ist mir an die Nieren gegangen, obwohl ich es besser hätte wissen müssen.«

»Entschuldige dich nicht«, sagte ich. »Jetzt, wo Eddie zurück ist, wird es anders sein.«

»Es ist schon anders.« Er klang müde, als trüge er die Last der Welt auf den Schultern. In seinem Kopf. In seiner Seele.

Nach einem weiteren langen Moment des Schweigens seufzte er und fragte: »Wo ist Frida?«

»In der Lodge.«

»Ich hatte mich daran gewöhnt, ihr putziges Gesicht hier zu sehen. Das ist noch so eine Sache, die in den letzten beiden Wochen passiert ist. Keine Frida in meinem Bett.«

»Und ich hatte meine Periode.«

Er zog langsam die Augenbraue hoch.

Ich zuckte mit den Schultern. »Zumindest bin ich nicht schwanger. Nicht dass ich mir wirklich Sorgen gemacht hätte, wir haben ja aufgepasst. Aber trotzdem. Puh.« Ich tat, als würde ich mir die Stirn abwischen.

»Ich hätte da eine Idee«, sagte er mit einem Funkeln in den Augen. »Wollen wir zusammen duschen und ins Bett gehen?«

Ich nickte mehrmals. Ich wollte auslöschen, was in den letzten beiden Wochen passiert war. Serjs Herzinfarkt. Dass Eddie von den Philippinen zurückgekommen war.

Ich wollte zurück in unsere glückliche Bubble.

Aber Dinge ändern sich. Das wusste ich, und er auch.

Track [27] »Mystery Achievement« | The Pretenders

Jane

Die Wochen zwischen Serjs Entlassung aus dem Krankenhaus und dem Festival waren tough. Fen erklärte mir unzählige Male, dass er nicht wusste, wie er den Wiedereinstieg in seine Familie ohne mich durchstehen würde. Und ich glaube wirklich, ich habe ihm dabei geholfen – so gut es eben ging. Er war auf seinem eigenen Trip und ich unterstützte ihn nach bestem Wissen.

Ein wenig war es wie bei meiner Aphasie. Wer es nicht durchlebt hat, kann kaum helfen – außer man ist Arzt. Ich erinnerte mich noch an die Hilflosigkeit auf dem Gesicht meines Vaters nach dem Unfall; ich wusste damals, dass er mir helfen wollte und darunter litt, aber dafür hatte ich einfach keinen Kopf.

Nun war *ich* in der Position meines Vaters, ich konnte nicht viel für Fen tun. Er schaute mich an, wie ich meinen Vater angeschaut hatte: Er war froh, dass ich da war, aber ihm fehlte die Kraft, mir zu sagen, wie ich ihm helfen konnte.

Und so nickte ich einfach, wenn er über Nacht in der Villa bleiben musste, weil sein Vater sich nur schwer von dem Herzinfarkt erholte, und Jasmine wollte, dass Fen für die Zwillinge da war, auch wenn es mich innerlich aushöhlte. Alle zerrten an Fen, jeder von uns wollte ein Stück von ihm.

Selbst die Presse.

Nach Serjs Entlassung aus dem Krankenhaus lungerten die Journalisten bis zum Beginn des Festivals am See herum und schossen Fotos von der Lodge. Von Velvet. Von dem Heckflossen-

Mercedes – jedes Mal, wenn Mad Dog in die Stadt fuhr. Von den Sarafians, sobald sie die Villa verließen. Ich kannte das aus L.A. Doch Mad Dog hatte Leute, die sich darum kümmerten – meinen Vater, Kamal und seinen Vater, und Anwälte, wenn es eskalierte –, und so lief es meistens einigermaßen gesittet ab. Mad Dog zerlegte keine Hotelzimmer und war auch sonst nicht ständig in den Schlagzeilen, insoweit war nicht mehr zu lesen als »Producer lässt in Sherman Oaks eine Schachtel Doughnuts fallen«.

Doch Fen war nicht daran gewöhnt und hatte schlechte Laune deswegen. Dass Jasmine einen Security-Mann für die Villa anheuerte, machte es bloß noch stressiger. Alles zusammen formte sich zu einem fetten Haufen Stress für Eddie und Fen, vor allem, weil sie langsam, langsam wieder zu ihren alten Verhaltensmustern zurückkehrten. Aufeinander herumhackten. Kleine Sticheleien. Abfällige Kommentare. Hinterhältiger Kleinkram.

Ich hoffte so sehr, dass es dabei nicht um mich ging, aber in meinem tiefsten Inneren befürchtete ich, dass es so war.

Der Druck einer drohenden Konfrontation ließ seltsamerweise ein wenig nach, als Eddie und Velvet anfingen, miteinander abzuhängen. Dass sie sich angefreundet hatten, bekam ich erst am Unabhängigkeitstag mit, als Mad Dog und Rosa die Sarafians zu einer Grillparty in die Lodge einluden, bei der es so viel zu essen gab, dass Exie zwei Leute aus der Stadt engagieren musste, um ihr mit den Grills draußen zu helfen. Als wir uns unten auf dem Steg das Feuerwerk anschauten, kriegten sich Eddie und Velvet vor Lachen gar nicht mehr ein und erzählten irgendeine Geschichte, was sie am Abend zuvor gemacht hatten.

Zusammen. Eddie und Velvet hingen zusammen ab.

»Wir sind bloß befreundet«, versicherte mir Velvet, während ich Frida zu beruhigen versuchte, die Feuerwerk mit der zitternden Wut verabscheute, die bloß ein kleiner Hund aufbieten konnte.

»Ist mir wirklich egal«, sagte ich. Ziemlich jedenfalls. Ein bisschen komisch war es schon, sich die beiden zusammen vorzustellen. Aber wie auch immer. »Ich mache mir eher Sorgen, wie ihr zusammen nüchtern bleiben wollt. Ich habe Eddie trinken sehen, als sein Vater im Krankenhaus war.«

»Aber es ist ein Feiertag und Wochenende«, sagte sie. »Alle trinken. Aber niemand übertreibt es. Und ich für meinen Teil habe Erika Jones seit dem Abend im Betty's nicht mehr gesehen.«

Es stand zu befürchten, dass die Sache alles nur unnötig komplizierter machte. Ich fragte mich sogar, ob Eddie an diesem Wochenende nicht noch zu unstabil war. Vor ein paar Stunden hatte Jasmine verkündet, dass sie und Serj – obwohl der sich in der Villa ausruhte, weil das Feuerwerk sein Herz überforderte – eine Entscheidung zur Zukunft des Festivals getroffen hatten.

Und die sah nicht gerade rosig für Eddie aus.

»Ab nächstem Jahr werden wir unsere aktive Beteiligung runterfahren und das Festival gemeinsam mit Denis Oglethorpe organisieren«, hatte uns Jasmine abends am Pool bei Mad Dog erzählt. »Er führt bereits eine Eventfirma mit fünfzig Angestellten in Oakland, sie stellen ohne staatliche Subventionen zwei Festivals in San Francisco auf die Beine.«

»Auf diese Weise vermeiden wir Live Nation und bauen unsere Marke aus«, erklärte Mad Dog neben ihr. »Wir werden unter S.L.O. firmieren: Sarafian, Larsen und Oglethorpe Events.«

Eddie ging in die Luft. »Soll das ein scheiß Witz sein? Wessen Idee war das? Hat Papa das gutgeheißen?«

»Ja, hat er. Es war eine Gruppenentscheidung«, bestätigte Jasmine. »Es wird den laufenden Stress für deinen Vater reduzieren und wir müssen nur wenige Mitarbeitende entlassen. Die meisten werden im Oglethorpe-Ableger unterkommen.«

»Was ist mit mir?«, fragte Eddie. »Wo passe ich in diese Firma rein?«

»Ob die neue Firma wohl Kriminelle einstellt?«, brummte Fen und kratzte sich theatralisch am Kinn.

»Willkommen in der Zukunft«, sagte Jasmine, ohne sich um Fens Kommentar zu kümmern. »Auf diese Weise werden wir wachsen. Möchtest du es dieses Mal wirklich lernen? Dann fang mit Mindestlohn an, am unteren Ende der Leiter und arbeite dich hoch.«

Eddie kochte vor Wut. Aber er hielt den Mund, vielleicht seiner Familie zuliebe, um sie zusammenzuhalten, bis sich sein Vater erholt hatte, wer weiß. Ich wollte glauben, dass er dazulernte und sich entwickelte.

Aber später am Abend, als er sich das Feuerwerk anschaute und Velvet betonte, dass er nur ein paar Feiertagsbierchen getrunken hatte, machte ich mir Sorgen wegen der Dunkelheit hinter seinen Augen.

Vielleicht wollte ich bloß etwas sehen, was nicht da war.

Vielleicht.

Dad und ich nahmen uns endlich die Zeit, unser alljährliches Foto am Mammutbaum-Tunnel zu machen. Das Timing war genau richtig. Ein paar Tage später wären lauter Fremde auf dem Foto gewesen, denn in der Festivalwoche war Condor Lake total überlaufen.

Tausende und Abertausende von Besuchern.

Sie ähnelten einer Heuschreckenplage und verstopften jede Straße und jeden Parkplatz. Der Strip? Vergiss es. Stoßstange-an-Stoßstange bis zum Festivalgelände. Was bedeutete, dass sämtliche Läden am Strip rappelvoll waren.

Vor allem Victory Vinyl. Für den Plattenladen war es eine der geschäftigsten Wochen im Jahr. Da Fen meistens arbeiten musste, fuhr ich mit Starla und Velvet zum Festival – und mit Eddie, ausgerechnet.

Ging doch nichts über VIP-Backstage-Pässe.

Den ersten Festivaltag verbrachten Starla und ich größtenteils zusammen. Es war genauso heiß und schweißtreibend, wie ich es in Erinnerung gehabt hatte: überall Körper und Verkaufsstände, ein permanentes Anstehen für überteuertes Wasser und die Sehnsucht, in einem dieser Avalon-Zelte abzuhängen – auch wenn ich ihr Geheimnis jetzt kannte.

Mit einem leisen Stich im Herzen wünschte ich mir, die Zeit zu diesem Tag mit Fen zurückdrehen zu können, als wir durch den Wald gefahren waren, damit er mir seinen Baum zeigen konnte. Damals, als wir noch in unserer kleinen Bubble lebten.

Am zweiten Abend des Festivals konnte sich Fen vom Plattenladen abseilen. Dad fuhr uns in einem von Mad Dogs SUVs mit Eddie und Velvet zum Amphitheater, er wirkte besorgt, als er uns im Rückspiegel musterte. Er sah etwas, das ich nicht sah, und es machte mir Angst. War es Velvet? War sie high? Eddie war unruhig, leckte sich ständig die Lippen und meinte, er brauche Wasser. Doch draußen war es heiß, vielleicht sah ich Probleme, wo gar keine waren.

Velvet hatte mir mehrmals versichert, dass sie mit Eddie nichts nahm. Sie hatte es geschworen. Sie hatte ehrlich geklungen.

Ich versuchte also, die Gedanken zu verdrängen. Fen war müde, weil er den ganzen Tag gearbeitet hatte, aber er versuchte, den toten Punkt zu überwinden. Er hielt meine Hand und ich war froh, Zeit mit ihm zu verbringen. Wenn *ihm* nichts auffiel, war vielleicht wirklich alles okay.

Und alles bloß mein Kopfkino.

Wir hängten uns Badges um, die uns quasi als Halbgötter des Festivals auswiesen – dieses Erinnerungsstück würde ich definitiv aufheben –, und betraten das Amphitheater durch den Bühneneingang auf der Rückseite. Eine Weile machte es Spaß, durch die unterirdischen Tunnel an Garderobenräumen vorbeizulaufen und an ein paar Roadies, die freundlich zu Fen und Eddie waren. Velvet kannte irgendwoher einen der Bandmanager. Die Sarafians und die Larsens, eine große, glückliche Musikfamilie.

Und ich, die einzige Außenstehende.

Doch als wir von der Seitenbühne über Tausende von Besuchern blickten, war alles vergessen und ich verspürte wieder freudige Aufregung. Hier ging es um Musik, etwas, das ich liebte. Eine Band, die ich liebte, noch dazu in einer warmen Sommernacht, und all diese Menschen waren ins Nirgendwo gepilgert, um dabei zu sein. Für sie war das Märchen von Condor Lake real. Man konnte sich zwar jederzeit allein in seinem Zimmer Dutzende von Live-Clips auf YouTube anschauen. Und das war in Ordnung – wirklich. Doch dabei fühlte man nie, was alle gerade hier fühlten.

Die Verbindung.

Die Energie.

Die Freude, mit anderen Menschen zusammen zu sein.

Das Schreien der Menge übertraf alles, was man auf einem kleinen Laptop sehen oder durch Ohrstöpsel hören konnte. Denn es war nicht nur die Band, auf die es ankam. Sondern auch die Leute da draußen, die zuhörten. Ohne sie wäre es einfach nur eine Bandprobe gewesen.

Zusammen war es eine gemeinschaftliche Erfahrung. Ein Geben und Nehmen.

Ein Gespräch.

Und für jemanden wie mich bedeutete ein Gespräch alles. Irgendwann hatte ich die Hoffnung aufgegeben, jemals wieder sprechen zu können. Aber ich konnte Wörter verstehen. Ich konnte Musik hören – genau das hier. Das konnte ich immer haben. Und es hatte mir in der Therapie mehr Frieden gegeben als alles, was mir die Ärztinnen und Ärzte erzählten. Solange mir die Musik blieb, hatte ich Freude, eine Verbindung und ein Gespräch.

Welche Magie!

Ich beobachtete die Menge und die Band, und ich beobachtete auch Fen. Ich sah die Ehrfurcht auf seinem Gesicht, bestimmt empfand er etwas Ähnliches wie ich. Vielleicht wusste er endlich zu schätzen, was sein Vater aufgebaut hatte, selbst wenn er zu dem Mann keinen Draht fand. Vielleicht ließ sich ein wenig

Frieden in der Sache finden, die Serj erschaffen hatte. Das Festival war mehr, als Leute für Luxuszelte »abzuzocken« oder dicht aneinandergedrängte Körper vor Bühnen zu packen. Wäre es nur das gewesen, hätte es nicht so lange überdauert.

Manches war wirklich gut hier.

Velvet winkte Fen heran, um ihm ein Stück weiter hinten irgendeinen Promi vorzustellen. Ich blinzelte in die Dunkelheit und ließ ihn ziehen. Ich war zu verzaubert von dem Konzert und der Menschenmenge. Gegen Ende des Songs stellte sich jemand hinter mich und ich spürte ein Kinn auf meiner Schulter.

Mein Kopf sagte mir, dass es Fen sein sollte, aber mein Instinkt verneinte. Fen roch nicht nach Bier.

Ich zuckte zusammen und musterte aus dem Augenwinkel die Wange an meiner.

Eddie.

Bevor ich mich losmachen konnte, hatte er schon die Arme um mich gelegt und hielt mich fest, presste seinen Körper gegen meinen Rücken. Es war viel zu intim. Keine Umarmung unter Freunden.

Eddie hatte mir bisher noch nie Angst gemacht. *Nie.* Hatte er so viel getrunken, dass er betrunken war? Oder was passierte da gerade? Ich wusste bloß, dass es sich nicht richtig anfühlte. Ich schubste ihn in Panik weg, aber als ich ihm ins Gesicht schaute, lachte er.

Ein Scherz? Ich fand es nicht lustig.

Am Ende des Songs beugte er sich zu mir herunter und drückte seinen Mund an mein Ohr, dann sagte er laut genug, dass ich es über die Menge hinweg hören konnte: »Wir könnten was nebenher laufen haben, so wie Fen und du, als du mit mir zusammen warst. Fen benutzt dich sowieso nur, um mir eins reinzuwürgen. Lass uns ein bisschen Spaß haben.«

Dann verschwand er wieder.

Arschloch.

Nun war ich *voll* im Panikmodus. Aber Eddie ging einfach davon, als sei nichts geschehen. Drohte er mir? Oder war es ein Scherz? Vielleicht war er high – ich wusste es wirklich nicht.

Ich hielt nach Fen Ausschau und als ich ihn entdeckte, bemerkte ich die Wut in seinen Augen. *Er hatte es gesehen.* Als er auf Eddie zuging, sah es aus, als wolle er ihn in Stücke hacken.

Sie waren zu weit von mir entfernt und es war zu laut hier backstage. Ich konnte sie nicht hören. Ich sah bloß die harten Linien auf Fens Gesicht und wie er mit dem Finger auf Eddie deutete.

Wie Eddie ihm ungerührt entgegenschlenderte – oder zumindest so tat.

Als sie aufeinandertrafen, schubste Fen Eddie.

Schubste ... er stieß ihn brutal nach hinten.

Ich wollte schreien, sie zum Aufhören bewegen, aber die Wörterfresserin wachte auf und sorgte für Chaos. Die Worte, die ich schließlich herausbrachte, gingen im Lärm des Konzerts unter.

Plötzlich stürzten sich die Brüder aufeinander.

Man sah eine Faust. Eddies, denke ich mal. Fens Kopf flog nach hinten. Dann taumelte er und die Bühnenhelfer rannten auf die Jungs zu und trennten sie voneinander. Sie versperrten mir die Sicht.

Alles in mir zog sich vor Schmerz zusammen. Genau das hatte ich vermeiden wollen. Das hier.

Diesen Albtraum.

In dem ich die Hauptrolle spielte. Die *Ruiniererin.*

Voller Entsetzen sah ich zu, wie die Security die Jungen auseinanderhielt, bis sie sich etwas beruhigt hatten. Fens Haare standen wild um den Kopf, er war noch immer fuchsteufelswild. Eddie lachte. Beide hatten den anderen verletzt – psychisch und physisch. Eine einzige Katastrophe.

Würde es jetzt nach Eddies Rückkehr immer so sein? Die beiden Brüder gingen sich wieder an die Gurgel und ich war der Keil in der Mitte. Warum erschreckte mich das eigentlich so? Bildete ich mir tatsächlich ein, ich könnte ohne Konsequenzen wie eine Biene von einem Bruder zum anderen schwirren?

Warum sind Dreiecksgeschichten in Filmen immer so amüsant und leichtfüßig? Im wirklichen Leben ist es nicht so. Da sind sie tragisch und furchtbar. Hätte ich die Zeit zurückdrehen und alles auslöschen können, was in der Nacht am Wehr passiert war, hätte ich mir zwei Jahre Elend erspart.

Ich hatte mein Gehirn geschädigt. Ich hatte Mad Dog Tausende von Dollar gekostet mit meinen Arztrechnungen – die durch die beschissene Krankenversicherung meines Vaters natürlich nicht abgedeckt gewesen waren. Darüber hinaus war mein Vater krank vor Sorge um mich gewesen, ich hatte Freunde verloren und war in der Schule zurückgeblieben.

Aber es betraf nicht nur die Menschen in meiner Umgebung. Es betraf auch die Sarafians. Wie lange war ich doch gleich Eddie hinterhergelaufen? Selbst nachdem er mich an jenem Abend am Damm hatte abblitzen lassen, war ich während der Sprachtherapie noch immer hin und weg von ihm gewesen – während Fen einen kleinen Nervenzusammenbruch wegen des Vorfalls am Wehr gehabt hatte.

Trug ich dazu bei, einen Keil zwischen die beiden zu treiben, zumindest ein wenig? Der bloße Gedanke verursachte mir Übelkeit.

Hätte ich die Zeit zurückdrehen können und nicht Eddie, sondern Fen in jener Nacht gesehen – und zwar Fen, so wie er wirklich war –, dann wäre jetzt vielleicht alles anders. Vielleicht wäre er nicht jahrelang von Geistern verfolgt worden. Vielleicht wäre er in einem Musikprogramm an der Uni. Und würde Auszeichnungen einheimsen für sein Klavierspiel. Und wäre nie zu Hause rausgeflogen.

Wer weiß, vielleicht wäre Serj nicht mal im Krankenhaus gelandet.

Drei Menschen, das klappt nie. Man brauchte sich bloß anzuschauen, was mit Mad Dog, meinem Vater und meiner Mutter passiert ist. Das wollte ich auf keinen Fall wiederholen. Aber es gab einen anderen Weg, einen, bei dem die beiden Jungen, die mir etwas bedeuteten, nicht verletzt werden würden.

Die Vergangenheit konnte ich nicht ändern, aber die Zukunft.

Ein Dreieck gibt es nur mit drei Seiten.

Dad hatte immer gesagt, er würde mich überall abholen, ohne Fragen zu stellen. Das war die Abmachung. Ich zögerte, ich wollte sicher sein, dass ich das Richtige tat. Doch während die Musik hinter mir weiterspielte und die Band sich nicht um die Schlägerei an der Seite scherte, fühlte ich es tief in meiner Brust.

Ich wusste, dass es das Richtige war und dass ich es mir wieder ausreden würde, wenn ich zu lange wartete.

Also schrieb ich ihm: **Hol mich bitte ab. Ich will nach Hause nach L.A. Ich will nicht mehr für Mad Dog arbeiten.**

Track [28] »All My Little Words« | The Magnetic Fields

Jane

Dad und ich schrieben ein paar Mal hin und her. Er machte sich tausend Gedanken. Genau wie ich. Doch je länger ich darüber nachdachte, umso entschlossener war ich. Ich musste es tun, um uns alle zu retten.

Es war allerdings nicht einfach.

Als Velvet kam und Eddie beiseitenahm und die Security Fen losließ, wusste ich, dass es das Schwierigste war, das ich jemals getan hatte.

»Alles okay mit dir?« Ich formte die Worte mit den Lippen über die Band und die Menge hinweg, als ich auf der Seitenbühne auf ihn zuging.

Fen warf das Taschentuch weg, das er auf seinen blutenden Mundwinkel gedrückt hatte, und schüttelte verächtlich den Kopf. Er gab mir ein Zeichen, dass er okay war. Seine Augen suchten meine. Er war noch immer durcheinander. Besorgt. Wütend. Widerstreitende Gefühle auf einem blutverschmierten Gesicht. Sorge überkam mich und zog an meinem Herzen, aber ich musste standhaft bleiben.

Ich deutete auf mich und machte eine Handbewegung, dass ich gehen würde. »Ich mach den Abflug. Können wir reden?«

»Was?« Er schüttelte den Kopf, dann legte er mir die Hand auf den Rücken und schob mich weiter backstage. Wir duckten uns an der Security und den Roadies vorbei und liefen eine Treppe hinunter, dann durch eine kleine Tür, die auf den unterirdischen

Gang führte, durch den wir gekommen waren. Hier unten war es kühl und wesentlich ruhiger, auch wenn die Musik immer noch zu hören war. Fen fand ein Plätzchen hinter irgendwelcher Ausrüstung und lehnte sich gegen die Wand.

»Alles in Ordnung mit dir?«, fragte ich.

»Bloß eine geplatzte Lippe, denk ich mal«, sagte er. »Bist *du* okay?«

»Du hast es gesehen.« Keine Frage.

Er nickte.

Ich zögerte. Ich wollte ihn nicht anschreien, weil er mich vor Eddie hatte retten wollen. Aber ich wollte nicht gerettet werden müssen und ich wollte kein Spielzeug sein, das sie einander zuwarfen. Ich wusste, dass Fen es nie absichtlich tun würde, aber Eddie?

Er war nicht bei Sinnen.

»Eddie steht total neben sich«, sagte ich. »Ich glaube, der Herzinfarkt deines Vaters und die Neuausrichtung von Sarafian Events setzt ihm ganz schön zu. Er braucht Hilfe. Vielleicht einen Entzug. Ich glaube, er hat ein Suchtproblem.«

Fen sah mich fragend an und rieb sich die Augen, dann nickte er. »Ja, da könntest du recht haben. Ja, definitiv.«

»Du musst Hilfe für ihn organisieren, bevor ihr zwei wieder aneinandergeratet. Für mein Gefühl ist er dabei, sich selbst zu zerstören, und er wird versuchen, dich mit in den Abgrund zu ziehen.«

»Shit«, murmelte Fen. »Was hat er vorhin auf der Bühne zu dir gesagt?«

Ich schüttelte den Kopf. Das würde ich ihm nicht erzählen. Es würde bloß noch mehr Verbitterung hervorrufen. Und in meinem Innersten glaubte ich nicht, dass Fen mich benutzte, um sich an seinem Bruder zu rächen. Eddie hatte mich nur provozieren wollen. Falls es ihm gelungen war, Zweifel in meinem Kopf zu säen, sollte Fen sie nicht sehen.

»Ist nicht wichtig«, erklärte ich. »Kümmere dich einfach um ihn. Er ist Familie, und die ist dir wichtig. Weißt du noch? Du hast gesagt, der Baum, deine Familie und Musik seien dir wichtig. Deinen großen Baum hast du, wann immer du ihn brauchst. Und nun hast du auch wieder deine Familie, die dich unterstützt – deine wunderbar schräge Familie.«

Er sah mich fragend an. Verschränkte die Arme. »Warum redest du so?«

»Weil Eddie auch ein Teil deiner Familie ist. Aber er ist total fertig. Du bist der Starke, nicht er. Du hast Einfluss auf deine Mutter ... nicht er. Sag ihr, sie soll was seinetwegen unternehmen. Er braucht keine liebevolle Strenge. Das hat eindeutig nicht funktioniert. Schau ihn dir an. Es geht ihm nicht gut.«

Fen nickte. »Okay, alles klar.«

»Aber außerdem? Du solltest dir seinetwegen keine Sorgen machen müssen. Das ist der Job deiner Eltern.« Ich bohrte ihm einen Finger in die Brust. »Du musst Musik machen. Ich weiß nicht, ob es die Uni ist oder eher Training oder irgendwas anderes, das du brauchst. Find es raus. Denn Ani hat recht. Du bist ein Virtuose. Siehst du? Die Wörterfresserin hat das Wort nicht gefressen.« Ich lächelte.

Er griff nach meinem Unterarm und hielt ihn fest. »Ich weiß, dass ich an meiner Musik arbeiten muss. *Ich weiß es.* Warum sagst du das auf diese Art? Was ist los?«

Meine Augen füllten sich mit Tränen. Und kurz darauf liefen sie mir über die Wangen.

»Ich gehe nach Hause.«

»Nach Hause?«

»Zurück nach L.A.«

Seine Hand auf meinem Arm begann zu zittern. »Warum?«

Ich schüttelte den Kopf. »Übernächste Woche oder so packt Mad Dog die Lodge sowieso zusammen. Das weißt du. Er fährt immer im August zurück. Wenn ich hierbleibe, schiebe ich das

Unvermeidliche bloß hinaus. Ich muss nach Hause. Hier gibt es keinen Platz für mich.«

»Natürlich gibt es den! Du kannst bei mir wohnen.«

»Und was mache ich da?«

»Keine Ahnung – dir einen Job suchen? Im Plattenladen aushelfen.« Er blinzelte ein paarmal schnell, seine Augen wurden dunkel und feucht. »Was hättest du denn mit Eddie gemacht? Hm? Anfang des Sommers hast du damit herumgeprahlt, du würdest hier mit ihm zusammenziehen.«

Er war wütend. Durcheinander. Verletzt.

Ich konnte die brennenden Tränen nicht aufhalten, die mir übers Gesicht rannen, meine Nase hörte gar nicht mehr auf zu laufen. »Ich hatte keinen Plan.«

»Dann hab jetzt auch keinen!«

»Keinen Plan zu haben war ein schrecklicher Plan«, versuchte ich zu erklären.

»Aber für Eddie war er gut genug?«

»Für Eddie war er tatsächlich gut genug, weil er sowieso nur rumhängt und nichts tut. Aber für dich ist er nicht gut genug, weil du mir meilenweit überlegen bist.«

Er hob den Kopf zur Decke und knurrte. »Hör auf mit dem Scheiß. Das. *Stimmt. Nicht!*«

Ich legte ihm meine freie Hand aufs Gesicht, sie zitterte ebenso sehr wie seine. »Es stimmt, aber es muss nicht so sein. Ich werde nach Hause zurückfahren und aufs College gehen. Ich weiß noch nicht, wo und wie ich das Geld zusammenbekommen soll, aber da wird mir was einfallen. Und dann werde ich herausfinden, wer ich bin – und sie wird toll sein.«

»Sie ist schon toll«, sagte er weinend. »Ich weiß, ich war kein sehr guter Boyfriend in letzter Zeit. Die OP meines Vaters und was zu Hause vor sich geht, hat mich abgelenkt. *Es tut mir so leid.*«

»Nein, das braucht es nicht. Hör auf damit. Natürlich warst du abgelenkt.«

»Aber –«

»Hier geht es nicht um dich. Sondern um mich. Ich weiß, das klingt wie eine Zeile aus einem Theaterstück, aber ich meine es wirklich so. Du musst dich auf dich konzentrieren und ich muss raus aus Mad Dogs Haus«, erklärte ich ihm. »Ich kann das nicht länger machen. Ich muss auf eigenen Füßen stehen. Ich möchte auf Augenhöhe mit dir sein.«

Er zog mich an sich und ich schlang die Arme um ihn. Wir weinten beide wie bei einer Beerdigung. Vielleicht war es auch so. Irgendetwas starb gerade.

»Ich liebe dich, verdammt noch mal«, sagte er. »Das weißt du, oder?«

»Ich liebe dich auch«, sagte ich.

»Nicht nur ein bisschen. Ich kann mir keine Zukunft mehr ohne dich vorstellen.«

»Genau deshalb muss ich gehen.«

»Jetzt? Heute?«

Ich nickte an seiner Brust. »Ich glaube, es ist besser so. Falls ich kann. Ich werde versuchen, jetzt gleich zu gehen.«

»Ohne dich von irgendjemandem zu verabschieden? Ani und Ari? Meiner Mutter? Ich verstehe nicht, warum es jetzt gleich sein muss. Bitte, rede mit mir.«

»Wäre es in einer Woche besser? Jetzt, wo ich dir das alles gesagt habe?« Ich lehnte mich zurück und sah ihn an. »Wir haben die Tatsache verdrängt, dass ich am Ende des Sommers nach L.A. zurückgehen werde. Und hier ist es nun, das Ende. Und jetzt, wo es zwischen uns steht, würden wir beide bloß die Tage zählen und uns davor fürchten. Es wäre, wie auf unsere Hinrichtung zu warten. Wir wären unglücklich.«

»Ich werde mitkommen.«

»Nach L.A.? Ich weiß nicht mal, wo ich wohnen werde. Wie gesagt, ich werde nicht nach Bel Air zurückgehen. Ich werde nicht mehr für Mad Dog arbeiten.«

»Aber unsere Familien gehören zusammen. Was ist mit Velvet? Und Frida?«

»Das ist nicht meine Familie, und Frida ist nicht mein Hund.« Meine Kehle schnürte sich so fest zusammen, dass ich einen Moment lang keine Luft mehr bekam. Frida hatte ich ganz vergessen. Wenn ich das hier durchzog, würde ich sie verlieren. Und Exie. Und Norma. Und Starla.

Ich schluchzte erstickt auf.

Ein paar Leute mit Kabeln eilten an uns vorbei über den Korridor. Man hörte ein paar Anweisungen über die Funksprechgeräte, die denen in der Lodge ähnelten. Fen und ich versuchten, uns zusammenzunehmen, und wischten uns die Gesichter an den Kleidern ab. Als wir wieder allein waren, sah er mich unglücklich an.

»Gibt es irgendetwas, das ich sagen kann, damit du deine Meinung änderst?«

Ich schüttelte den Kopf.

»Wir können eine Fernbeziehung führen.«

»Das funktioniert nicht besonders gut, glaub mir.«

Er ging ein paar Schritte und brüllte in seine Hände, dann kam er zurück. Seine Haare waren ein Albtraum. Seine Augen waren blutunterlaufen vom Weinen. Noch nie hatte er so schön ausgesehen.

»Ich habe dir gesagt, dass du die Macht besitzt, mich zu zerstören, oder?«, sagte er.

Ich schluchzte wieder. »Ich habe diese Macht nie gewollt.«

»Pech für dich.«

»Es tut mir so leid, dass du meinetwegen Geister siehst.«

»Ich würde mit Freuden für den Rest meines Lebens mit Geistern leben.«

Ich schüttelte energisch den Kopf. »Komplett geisterfrei. Das ist das Ziel. Kein Spuk mehr.«

»Nein. Die Geister sind, was wir erlebt haben. Sie sind wir, du und ich! Seine Geister wird man nicht los – man freundet sich mit ihnen an. So hätten wir das angehen müssen. Bitte versuch nicht, vor dem, was wir haben, davonzulaufen.«

»Ich laufe nicht davon.«

Ich bezweifle, dass er mir das glaubte. »Wann kommst du zurück? Dieser Abschied ist nicht für immer. Lass uns verhandeln.«

»Sarafian, durch und durch.« Ich lächelte unter Tränen.

»Ein Monat.«

»Ich möchte aufs College gehen.«

»Können wir zusammen machen. Eine der besten Privatunis im Bundesstaat ist nur fünfundzwanzig Minuten mit dem Auto vom See entfernt.«

»Warum bist du dann nicht dort?«

Seine Schultern sackten nach unten. Er konnte mir keinen Grund nennen.

»Wie wäre es mit nächstem Sommer?«, schlug ich vor. »Wenn dann noch irgendetwas zwischen uns ist, treffen wir uns hier wieder und versuchen es noch einmal. Aber du musst mir versprechen, dass du an deiner Musik arbeitest.«

»Versprochen. Und ich werde definitiv auf dich warten. Ich habe so lange gewartet, dass ich notfalls auch noch jahrelang weiterwarte. Das hier ist keine Trennung.«

»Okay«, sagte ich und lachte durch den nächsten Tränenausbruch. »Und wenn du dich doch von mir trennen willst, schreib einfach eine Nachricht. Funktioniert, wie wir wissen.«

»Scheiß drauf. Wenn ich dich das nächste Mal sehe, gehöre ich immer noch dir.«

»Wenn ich dich das nächste Mal sehe, ist hoffentlich dieses tote Mädchen nicht mehr auf deinem Arm.«

Er wischte sich die Nase. »Oh. Shit. Ich werde es mir mit einem Lötkolben von der Schulter brennen.«

Ich schloss die Augen. Einen Moment lang glaubte ich, ich würde nicht die Kraft aufbringen, es wirklich durchzuziehen.

Doch jedes Mal, wenn ich mir vorstellte, wie es mit uns weitergehen würde, funktionierte es nicht. Jedes Szenario, das ich durchspielte, endete damit, dass ich in der Falle saß. Zwischen ihm und Eddie. Und ohne jede Chance, mich zu entwickeln. Ich wusste, dass ich ihn wirklich liebte, denn es fühlte sich an, als würde ich mich von mir selbst trennen.

Es fühlte sich unnatürlich an.

Aber wie konnte ich bleiben, wenn es bedeutete, einfach nur Zeit mit ihm zu verbringen? Diesen Luxus hatte ich nicht, ich wurde nicht in eine wohlhabende Familie geboren. Ich besaß kein Talent wie er. Selbst ohne die Sache mit Eddie musste ich aus meiner Wohlfühlzone heraus und mich anstrengen, um mehr zu sein.

»Danke, dass du mir das Leben gerettet hast.« Ich löste mich von ihm, bis unsere Finger ins Leere griffen. »Wir sehen uns nächsten Sommer.«

»Bis nächsten Sommer.«

Track [29] »Santa Monica« | Everclear

Jane

Ich hatte mich über viele Dinge in meinem Leben getäuscht. Aber zwei dieser Dinge stellten sich am Ende trotzdem als gut heraus. Das Erste war die Annahme, mein Vater würde mir nie verzeihen, dass ich ihn darum bat, mich den weiten Weg nach L.A. zurückzufahren. Er war nicht mal sauer.

Okay, er riss sich nicht gerade darum, Mad Dog um Urlaub zu bitten, und er fand es wohl auch nicht toll, mitzuerleben, wie ich Mad Dog erklärte, dass ich fristlos kündigte.

Das Entscheidende war, dass Dad nicht sauer reagierte. Dass er mir verzieh. Und noch in der Nacht ein Auto mietete und mich nach L.A. zurückfuhr, wo er ein paar Tage bei mir blieb.

Das Zweite, worüber ich mich getäuscht hatte und was sich als positiv herausstellte, war die Entdeckung, dass mein Vater nicht nur eine offensichtlich intakte Beziehung mit dieser geheimnisvollen J.H.-Person hatte, die ihm ständig schrieb; diese Person stellte sich als ein real existierender Mann namens Jay heraus.

Jay, der Promi-Helikopterpilot, war nicht nur real, sondern hatte auch ein echt nettes 2-Zimmer-Apartment in Ocean Park, Santa Monica, nur ein paar Blocks vom Pier entfernt, in dem er uns wohnen ließ. Es war nicht direkt am Meer, aber ziemlich nahe dran. Es befand sich in einem dreistöckigen verputzten Haus mit zwei anderen Gartenapartments und hatte auf der Rückseite eine hübsche kleine Terrasse mit Blick auf eine sonnige palmengesäumte Gasse. Man sah sogar einen schmalen Streifen von dem bloß einen halben Block entfernten Strand.

Ein paar Tage nach unserer Ankunft saßen Dad und ich nachmittags auf dieser Terrasse, beobachteten die Surfer und die Obdachlosen und schlürften in der trockenen Hitze Kirsch-Kool-Aid. Die Santa-Ana-Winde kamen früh. Ich hatte vergessen, wie viel lauter es in der Stadt war mit den plärrenden Autoradios und Nachbarn, die sich spätabends noch anbrüllten. Die vielen Gerüche. Ganz anders als das Leben am See. Das war das Kalifornien, das ich kannte. Wer brauchte Condor Lake. Ich definitiv nicht.

Jay war noch in Südamerika, ich hatte ihn also noch nicht persönlich kennengelernt. Er ließ uns trotzdem bei sich wohnen, während ich überlegte, was ich mit meinem Leben anfangen wollte. Ich konnte die Wohnung noch ungefähr drei Wochen nutzen, bevor er zurückkam. Danach war ich auf mich selbst gestellt.

»Oh, hier ist was, Küken«, sagte Dad auf der anderen Seite des Tischs, wo er die Stellenanzeigen durchging. Die Sonne ließ ihn blinzeln. »Ein Teilzeitjob in einer Tierhandlung. Die Bezahlung ist nicht schlecht. Moment, das ist weit weg, in Pasadena.«

»Das ist in der Nähe von Glendale.«

»Und? Was ist in Glendale?« Er verzog das Gesicht. »Der Forest-Lawn-Friedhof …«

Fens Großeltern.

»Nichts«, sagte ich schnell. Ich konnte nicht darüber nachdenken. Nicht vor Dad. Ich musste mich zusammennehmen, schließlich hatte ich uns hierher verschleppt. Und nun musste ich dafür sorgen, dass es funktionierte.

Dad half mir, meinen Lebenslauf zusammenzustellen der vermutlich der kürzeste aller Zeiten war. Hundesitterin und persönliche Assistentin. Ende. Wir mussten ihn ein bisschen mit meiner Ausbildung aufblähen. Exie hatte mir versprochen, mir für zukünftige Arbeitgeber ein exzellentes Zeugnis auszustellen. Überraschenderweise hatte Norma das auch angeboten.

»Ich brauche sowieso einen Vollzeitjob«, erklärte ich Dad, der weiter die Annoncen durchging. »Hör auf, nach Teilzeit zu schauen, damit kann ich nie eine Wohnung bezahlen.«

»Miete vergesse ich immer«, brummte er. Unten auf der Straße sauste ein Scooter vorbei. »Bin nicht gewohnt, dafür zahlen zu müssen. Vielleicht könntest du dir die Wohnung mit jemandem teilen? Einer deiner alten Schulfreundinnen?«

»Die wohnen in Studentenwohnheimen, Dad. Sie waren alle sehr leistungsorientiert, du erinnerst dich? Ein paar gehen auf Colleges in anderen Bundesstaaten.«

»Stimmt. Und ist es wirklich zu spät, um noch an einer der Unis hier angenommen zu werden? Nicht an der UCLA, aber vielleicht an der Cal State? Vielleicht wenn Mad Dog ein gutes Wort für dich einlegen würde?«

»Es ist ungefähr ein halbes Jahr zu spät.« Mir fiel wieder ein, wie Fen dafür gesorgt hatte, dass Eddie von der Uni flog. Ich musste grinsen ... aber nur kurz. Egal. Ich wollte keine Diskussion mit Dad darüber anfangen, dass es Regeln gab. Dad war nicht auf der Uni gewesen, es war eine fremde Welt für ihn. »Es ist okay. Viele Leute fangen erst mal auf einem Community College an. Selbst berühmte Leute.« Das würde ihm ein besseres Gefühl geben. »Außerdem ist es viel billiger und vielleicht deckt die Unterstützung die Studiengebühren. So wie es aussieht, kann man sich bei den meisten noch bis Ende August anmelden.«

»Die einzig anständigen Community Colleges, die ich kenne, sind im Valley«, stieß er mit zusammengebissenen Zähnen hervor. »Aber das ist so weit weg ...«

»Eine halbe Stunde.«

»Auf der 101. Vielleicht gibt es eines, das näher ist. Was willst du studieren?«

»Ich werde ein paar allgemeine Kurse belegen, bei denen ich sicher weiß, dass sie später an der Uni anerkannt werden. Und dann überlege ich weiter. Rede mit Leuten von der Studienberatung oder Lehrenden – anderen Studierenden. Und schaue, was mir gefällt.«

Er nickte. »Okay. Aber wie willst du gleichzeitig Kurse belegen und Vollzeit arbeiten?«

AHH! Ich hielt mir den Kopf. »Keine Ahnung, okay? Aber ich habe ein bisschen was gespart von dem Job bei Mad Dog, und alle anderen schaffen es doch auch irgendwie?«

Allmählich fragte ich mich, ob ich einen Riesenfehler begangen hatte. In diesem Puzzle fehlten zu viele Teile und ich bekam es immer noch nicht in den Kopf, dass mein altes Leben verschwunden war.

Die Sarafians.

Der See.

Mad Dog.

Velvet.

Exie und Norma ... die einzige Familie, die ich je gehabt hatte.

Frida.

Komisch, dass es so wehtun konnte, einen kleinen Hund zu verlieren. Wie hatte ich zulassen können, dass ich so an ihr hing? Sie war nicht mal mein Hund. Die ersten paar Nächte ohne sie hatte ich kaum schlafen können. Ich schaute mich ständig nach ihr um und erwartete, sie um meine Füße scharwenzeln zu sehen ... Erwartete, ihr Bellen zu hören. Als wir in jener Nacht vom See weggefahren waren, hatte ich in meiner Trauer Captain Pickles mitgenommen. Doch dann hatte ich mir Sorgen gemacht, dass sie ihn vermissen könnte, und hatte ihn overnight zurückgeschickt. Als ich mit dem Teil im FedEx-Laden auftauchte und nach einem passenden Karton fragte, schaute die Frau so, als hätte ich eine völlig abwegige Frage gestellt.

Und Fen?

Nun ja.

Ich konnte nicht lange an ihn denken. Vor allem nicht tagsüber. Nur nachts, wenn ich Musik hörte und zu schlafen versuchte, erlaubte ich mir, in Erinnerungen an ihn zu schwelgen. Und zu leiden.

Tagsüber nahm ich mich zusammen und tat vor meinem Vater, als sei ich stark und alles sei in bester Ordnung. Tagsüber war verlorene Zeit.

Tag und Nacht. Ein sich wiederholender Zyklus aus Selbstmitleid und Selbstbestrafung. Extrem gesund. Vermutlich gab es eine bessere Methode, irgendwann würde ich sie schon noch herausfinden.

Ich hoffte bloß, dass es Fen besser ging als mir.

Meinem Vater entfuhr ein tiefer Seufzer, als er aufstand und sich über das Terrassengeländer beugte. Er sah den Leuten hinterher, die zum Strand liefen, um den Nachmittag dort zu verbringen. »Jane, ich möchte, dass du weißt, dass ich hinter dir stehe. Wenn es das hier ist, was du willst, werden wir dafür sorgen, dass es Wirklichkeit wird. Ist dir aufgefallen, dass du keine Wortaussetzer mehr hattest, seit du mich gebeten hast, dich nach L.A. zurückzufahren?«

Mmh. War mir tatsächlich entgangen.

Andererseits lief es mit der Wörterfresserin sowieso besser, seit ich mit Fen zusammen war. Mich meinen Geistern zu stellen hatte womöglich ein paar Nervenbahnen freigeräumt. Es hatte mir auf jeden Fall geholfen, einigen Stress abzubauen und mehr Selbstvertrauen zu gewinnen.

»Deine Mutter war nie auf der Uni«, sagte er. »Ich glaube, ihr war ein Abschluss einfach nicht wichtig, aber sie war willensstark, und was du gerade machst, würde ihr gefallen. Ein Teil von mir wird zwar immer das Bedürfnis haben, dich im Auge zu behalten, doch dich ganz zu verlieren wäre sehr viel schlimmer. Können wir uns darauf einigen, dass wir uns, auch wenn du auf dem College bist, immer Zeit nehmen werden, uns zu sehen?«

»Dad«, sagte ich. »Ernsthaft. Ich bleibe doch hier in der Gegend.«

»Du würdest staunen, wenn du wüsstest, wie viele Beziehungen schon auf diesen Freeways gestorben sind.«

»Gut, dass ich einen Profi-Chauffeur kenne, was?«

Er lächelte mich an. »Ja, vermutlich.«

Es war fast Zeit für sein tägliches Telefongespräch mit Jay, also beendete ich die Jobsuche, damit er ein bisschen Zeit für sich hatte. Vielleicht brauchte ich das auch. Um nachzudenken.

Ich lief zum Strand und suchte mir einen Platz, um mir den Sonnenuntergang über dem Meer anzuschauen. Es war warm und windig, der Pazifik war rauer und größer als der Condor Lake. Kein Vergleich. Aber ich vermisste die glatte Seeoberfläche und die hohen Bäume. Ich vermisste, wie still und unberührt es dort war. Dort hatte ich genug Raum zum Atmen. Komische Vorstellung, dass die Festival-Freaks nun alle wieder fort waren. Ohne sie fühlte sich die Stadt bestimmt verlassen an.

Jemand rief etwas quer über den Strand.

Als ich den Kopf hob, um zu sehen, was los war, sah ich einen dunklen Streifen über den Sand auf mich zukommen, irgendjemand rannte hinterher und schwenkte einen Strohhut. Ich stemmte mich sicherheitshalber im Sand auf, mein Puls beschleunigte und ich wusste nicht, ob ich flüchten oder helfen sollte. Während mein Kopf alles verarbeitete, kam der dunkle Streifen näher –

Und sprang mir ins Gesicht.

»Frida!«

»Oh mein Gott!«, rief Velvet aus der Ferne. »Du Mistvieh!«

Irgendwo in meinem Hinterkopf war ich vermutlich geschockt, Velvet hier zu sehen, aber im Moment war ich zu sehr in Hundeliebe versunken. Frida leckte mein Gesicht ab und wedelte so wild mit dem Schwanz, dass sie auf mich fiel. Ich nahm sie in die Arme und küsste ihren Kopf. »Du hast mir so gefehlt. Oh Gott, du riechst nach Lavendel. Da wirst du bald Ausschlag bekommen, oder? Du bist allergisch gegen Lavendel! Wer hat dir das angetan? Oh, Süße!«

»Was für ein Luder«, keuchte Velvet atemlos, als sie sich in weißen Shorts und einem Shirt, das ihr über die braune Schulter rutschte, neben mich in den Sand fallen ließ. Sie legte den Strohhut auf ihre Knie und schob die Sonnenbrille in die Haare. »Krieg dich ein, Hund. Das ist doch bloß Jane. Muss ich deswegen schon wieder zum Tierarzt?«

»Wieder?«, fragte ich alarmiert und streichelte Fridas warmen Rücken. Sie wedelte wie eine Verrückte mit dem Schwanz und fiepte verzweifelt. Sie fühlte sich so schön an.

»Stehen Hunde auf deine Stimme? Oder liegt es daran, dass du ebenso klein bist wie sie?«

Ich hätte vermutlich beleidigt sein sollen, aber ich war zu selig. »Was ist mit dem Tierarzt?«

»Sie hat nicht mehr gefressen, obwohl sie kerngesund ist. Vermutlich war sie bloß traurig, weil du gegangen bist. Ist sie allergisch gegen Lavendel? Warum sagt mir das niemand? Hallo übrigens. Leo hat mir verraten, dass du hier unten am Strand bist. Coole kleine Wohnung habt ihr. Ich liebe Santa Monica.«

Ich sah sie fragend an. »Seit wann bist du wieder in L.A.?«

»Seit gestern. Daddy meinte, er sei fertig mit der Arbeit, und die Festival-Freaks waren auch alle weg, also eine gute Zeit, um abzuhauen. Außerdem war er vermutlich misstrauisch wegen der Partys.«

»Oh«, sagte ich. »Ich habe ihm nie erzählt –«

»Schon gut.«

»Aber ich habe wirklich nichts gesagt, ich schwöre.« Dann fiel mir allerdings ein, dass das nicht ganz stimmte. »Kann sein, dass ich Exie was über die Battle of the Bands erzählt habe …« Ich ließ den Kopf hängen.

»Uff.«

»Tut mir leid, aber ich habe mir Sorgen um dich gemacht. Deshalb habe ich dir die Nachricht geschrieben, und dann noch diese Aktion bei Betty's …«

Velvets Schultern sackten nach unten. »Das war echt ein Tiefpunkt. Aber noch nicht der allertiefste. Sagen wir so, irgendwann hab ich kapiert, dass ich mit bestimmten Leuten gerade nicht zusammen sein muss. Momentan ist eine komische Zeit für mich. Ich lasse mich treiben und habe keine Ahnung, was ich tun soll.«

So hatte sie noch nie mit mir geredet.

Die Goldarmreifen klimperten, als sie mit dem Arm ausholte. »Du hast keine Vorstellung, wie es ist, im Schatten meiner Eltern zu leben. Die beiden vereinen einfach zu viel Talent unter einem Dach. Was habe ich da zu bieten? Ich habe nämlich *keines* dieser Talent-Gene geerbt – wie unfair ist das eigentlich? Ich bin in nichts gut.«

»Das stimmt nicht. Es macht Spaß, mit dir zusammen zu sein, und alle mögen dich. Du planst richtig gute Partys.«

»Ich bin gut im Umgang mit Menschen?«

»Ich glaube, es ist mehr als das. Es ist eine Fähigkeit. Du hast ein Auge, wie man was plant, und du kannst gut mit Leuten reden. Alle mögen dich.« Das klang irgendwie komisch.

»Nicht *alle*. Meine persönliche Assistentin ist einfach ohne Vorwarnung abgehauen ...«

»Tut mir leid. Ich habe echt ein schlechtes Gewissen deswegen.« Ich rieb Frida den Bauch und sie drehte sich in meinem Schoß um und streckte hechelnd alle viere in die Luft. »Es ist schwer zu erklären, aber mir geht es gerade ähnlich wie dir. Außerdem war mit Fen und Eddie plötzlich alles so kompliziert.«

Ihre Augen wurden schmal. »Ja, kann ich nachvollziehen. Eddie macht sich gerade ziemlich zum Affen am See, nur zur Info.«

Ich seufzte. »Er braucht Hilfe. Das habe ich Fen schon gesagt, bevor ich gegangen bin.«

»Ja. Fen ...« Sie zog die Nase kraus.

»Was ist mit Fen?« *Atmen. Keine Panik. Einfach den Hund streicheln. Ganz ruhig bleiben.*

»Auf der Fahrt hierher hab ich kurz im Plattenladen reingeschaut. Er hat sich nach dir erkundigt.«

»Und?«

Sie schüttelte den Kopf. »Er ist einfach ziemlich durch den Wind ohne dich. Leidet. Mehr nicht.«

Mutlosigkeit überkam mich. Ich war auch durcheinander ohne ihn. Und es tat weh zu wissen, dass es ihm nicht gut ging.

»Alles okay?«, fragte sie. »Ich hätte dir das nicht erzählen sollen. Es geht mich nichts an, warum ihr euch getrennt habt. Auch wenn Eddie behauptet, es wäre, weil du noch was von ihm willst.«

»Das muss Eddie sich vermutlich einbilden«, sagte ich.

»Er ist total am Boden. Er tut zwar, als würde er es auf die leichte Schulter nehmen, aber er hat echt zu kämpfen.«

Das überraschte mich. Die ganze Unterhaltung überraschte mich.

Sie drehte sich zu mir. »Hey. Komm doch mit mir nach Spanien. Ich fahre in ungefähr zwei Wochen. Bloß ich und meine Freundinnen Angela und Hayden. Sei wieder meine persönliche Assistentin. Du kannst dich um Frida kümmern und dir dabei Barcelona anschauen.«

»Spanien?«

»Ich werde vermutlich ein paar Monate dort bleiben, danach geht es vielleicht nach Griechenland. Wer weiß. Angela kann wegen ihrer Medikamente nicht feiern und Hayden ist seit ihrer Magenoperation clean. Nur damit du Bescheid weißt. Es wird nicht wie am See. Nur gute Vibes und wieder Boden unter den Füßen bekommen. Du könntest dich einfach bloß um meine Kleider und den Hund kümmern. Genau wie im Sommer.«

Ich schaute sie einigermaßen sprachlos an. »Warum willst du mich dabeihaben?«

»Weil …« Sie fuhr mit den Fingern durch den Sand. »Wie du schon gesagt hast, wir machen beide eine Art Krise durch. Und schließlich sind wir doch so was wie Schwestern, oder?«

Mein Puls ging schneller. Sie warf immer leichtfertig mit Variationen dieses Wortes um sich – *manita* –, aber so hatte sie es noch nie formuliert. »Sind wir das?«

Nach einem kurzen Moment machte sie einen Rückzieher. »Na ja, auf jeden Fall im Geiste. Komm mit mir nach Spanien! Sieh nur, wie sehr Frida dich braucht. Ich komme nicht mal mehr mit diesem Hund klar. Sie ist todunglücklich ohne dich und sie hasst mich. Letzte Nacht hat sie mich tatsächlich gebissen, kannst du dir das vorstellen?«

Ich drückte Frida an meine Brust und spürte ihre Wärme. Sie fühlte sich so gut an und sie hatte mir so gefehlt. Velvets Angebot kam unerwartet. Eine Wahnsinnsgelegenheit für mich, die Welt zu sehen – falls sie es wirklich ernst meinte. Es war eine unerwartete Chance, meinem Leben hier zu entfliehen. Ein bisschen Freiheit zu haben und mich vielleicht auf andere Art zu finden als an der Uni.

Eine Möglichkeit, aber nicht die richtige für mich.

Denn wenn ich es mir vorstellte, sah ich nur, wie ich Velvet und ihren Freundinnen in Spanien hinterherrannte. Selbst ohne Drogen würde es vermutlich genau wie am See laufen, bloß in einem anderen Land.

»Tut mir leid«, erklärte ich Velvet. »Ich weiß es wirklich zu schätzen, dass du mich fragst. Und es ist echt voll nett, dass du deswegen extra hergekommen bist – und damit ich Frida sehen kann. Aber ich kann nicht mitkommen. Es ist wirklich verlockend, und ich liebe Frida über alles, aber ich muss gerade was Anderes machen.«

Sie sah mich an, als sei sie überrascht, und nickte dann. »Ich glaube, ich verstehe das. Du willst alles, was am See passiert ist, hinter dir lassen, richtig? Du willst deine Gehirnverletzung überwinden und abhaken. Musstest du deshalb gehen? Weil Fen dich ständig daran erinnert hat, dass du ins Wehr gefallen bist?«

»Nein, eigentlich nicht.« Ich wollte meine Gehirnverletzung

nicht vergessen. Oder das Stauwehr. Und Fen wollte ich schon gar nicht vergessen. Ich wusste nicht mal, ob ich es überhaupt konnte.

Mit Frida im Arm schaute ich Velvet an, plötzlich kam mir ein Gedanke.

»Ich habe so eine Art Plan für die Zukunft. Kann ich dir erzählen, was ich vorhabe?«, fragte ich sie. »Vielleicht hast du eine Idee, wie es funktionieren könnte. Ich habe versucht, mit meinem Vater darüber zu reden, aber irgendwie komme ich nicht weiter. Ich brauche deine Hilfe. Geh es wie eine Party an, auch wenn es mein Leben ist. Setz deine magischen Planungsfähigkeiten ein.«

Sie lehnte sich im Sand zurück. »Schieß los, *manita*. Zwei Köpfe sind besser als einer.«

Zum ersten Mal seit ich sie kannte, hatte ich das Gefühl, dass wir auf Augenhöhe waren.

Vielleicht nicht wie Schwestern, aber wie Freundinnen.

Und eine Freundin konnte ich gerade wirklich brauchen.

Leo Marlow:
Hey. Ist das immer noch deine Nummer?
Hier ist Janes Vater

Fen Sarafian:
Mr Marlow?

Leo Marlow:
Wollte nur mal hören, wie es dir so geht
Alles gut bei dir?
Der Jeep läuft?

Fen Sarafian:
Dank Ihnen läuft der Jeep super
Mir gehts gut. Der See ist wie immer
Wie gehts Jane?

Leo Marlow:
Ist auf dem Community College im Valley
Sie legt sich richtig ins Zeug
Ich bin stolz auf sie

Fen Sarafian:
Das ist super
Sie fehlt mir
Aber ich will, dass es ihr gut geht

Leo Marlow:
Sie weiß nicht, dass ich dir geschrieben habe
Wollte bloß mal hören

Fen Sarafian:
Vielen Dank
Das bedeutet mir viel.

Leo Marlow:
Kein Thema

Fen Sarafian:
Jane hat Glück, dass sie Sie hat

Jasmine Sarafian:
Miss Jane? Hier ist Fens Mutter
Hab gesehen, dass es schlimm brennt bei euch da unten
Wollte hören, ob es dir gut geht

Jane Marlow:
Hallo! Wie schön, von Ihnen zu hören
Alles gut hier. Keine Evakuierungen, wo ich wohne
Mad Dog ist in Bel Air auch sicher

Jasmine Sarafian:
Den Heiligen sei Dank

Jane Marlow:
Oben am See alles okay?

Jasmine Sarafian:
Ja. Allen geht es gut
Du wirst vermisst

Jane Marlow:
Ich vermisse auch alle

Jasmine Sarafian:
Übrigens, bin stolz auf dich, dass du auf dem College bist
Hat mir Norma erzählt, als ich Mad Dog angerufen habe

Jane Marlow:
Danke. Das bedeutet mir viel.

Track [30] »Into My Arms« | Nick Cave and the Bad Seeds

Fen

Oktober

Die Condor Wings Clinic war so ungefähr der letzte Ort, wo ich meinen Samstagmorgen verbringen wollte. Und mein Vater war ungefähr der letzte Mensch, mit dem ich ihn verbringen wollte. Mein einziger Trost war, dass es ihm unübersehbar genauso ging.

Armselige Idioten, wir beide.

Man hätte uns ebenso gut in Smokings stecken und von uns verlangen können, vor Tausenden einen Stepptanz hinzulegen. Es wäre weniger anstrengend gewesen als die Familientherapie mit Eddie, dem Entzugspatienten.

Er war seit einem Monat im Wings und würde voraussichtlich in ein paar Wochen entlassen werden. Anfangs war er unglücklich dort. Und mit unglücklich meine ich, dass er in der ersten Woche abgehauen ist und mit zwei Cousins eine Spritztour gemacht hat.

Doch mittlerweile ging es ihm besser. Er fand das Essen genießbar, er mochte den Typen, mit dem er sich das Zimmer teilte – einen dreißigjährigen Koch aus einem der Restaurants am Strip. Sie kamen miteinander klar. Sie verehrten beide ihre Ärztin. Sie war es gewesen, die uns die Familientherapie nahegelegt hatte, insoweit konnte ich sie nicht besonders leiden. Aber wenn sie Eddie half, wunderbar. Dann war ich ein Fan von ihr.

»Ich werde einfach hier draußen warten, Sir, um Sie zu Ihrem nächsten Termin zu bringen«, erklärte der Fahrer meinem Vater, als ich vom Rücksitz kletterte.

»Gut, Beck«, antwortete mein Vater. »Wir sind in einer Dreiviertelstunde zurück.«

Nach dem Herzinfarkt hatte meine Mutter Beck als Fahrer angeheuert, er war der Onkel einer der Frauen in ihrer Kirche. Die Garage wurde gerade umgebaut, damit er in einer Wohnung auf dem Grundstück leben konnte. Mama war der Überzeugung, dass Serjs aggressives Fahrverhalten ein weiterer Punkt war, der Stress bei ihm auslöste, und hatte ihm mehr oder weniger die Autoschlüssel weggenommen.

Ups.

»Bringen wir es hinter uns«, brummte er und rieb sich das Gesicht, als wir durch die Automatiktür des Behandlungszentrums gingen.

Außer einem Lavendel-Duftpotpourri grüßte uns eine gutgelaunte Assistentin an der Rezeption. Sie registrierte uns und händigte uns Besucher-Ausweise aus. Die Lobby des Zentrums war piekfein – sehr weiß und ruhig, hier war garantiert eine Menge Geld im Umlauf. Für einen Samstagmorgen war wenig los im Zentrum.

Augenkontakt mit Leuten war hier immer komisch, weil sie eine bunte Mischung aus Verängstigt, Verzweifelt, Supernervös und Hoffnungsvoll boten. Mein Vater hasste es garantiert, weil er erkannt wurde und jeder wusste, dass sein Sohn Entzug machte. Anfangs war das die ultimative Niederlage für Serj Sarafian gewesen und er hätte am liebsten jeden in der Lobby aus blanker Wut umgenietet.

Jetzt? Wollte er bloß noch möglichst schnell wieder in den Behandlungsraum. Rein und raus, erledigt.

Kleine Schritte, du weißt schon.

Heute beinhalteten die kleinen Schritte eine Doppeldosis vertrauliches Geplauder. Sobald wir mit dem Eddie-Termin hier fertig waren, gingen wir geradewegs zu einer Gruppentherapie für Aggressionsbewältigung bei Dr. Sanders. An dieser Sitzung nahmen Mama und die Zwillinge teil. Bloß ein rundum entspannender seelenentblößender Samstagmorgen.

Eine lächelnde Pflegerin führte uns durch verschlungene Gänge zu einem leeren Raum, in dem die Morgensonne auf eine kleine Sitzgruppe aus Sofas und Sesseln fiel. »Sie sind ein paar Minuten zu früh«, erklärte sie uns. »Nehmen Sie Platz, ich werde Eddie und die Therapeutin holen. Okey-dokey?«

»Okey-fucking-dockey«, äffte ich sie nach, als sie die Tür hinter sich schloss. »Wer sich darauf freut, seine Gefühle kennenzulernen, bitte die Hand heben.«

»Diese Pflegerin fasst mich immer am Arm an. Ist das irgendwie therapeutisch?«, fragte mein Vater

»Hmm ... Menschliche Nähe?«, fragte ich amüsiert. »Vermutlich ist das einfach ihre Art, nett zu sein.«

»Mir egal, ich mag es nicht«, grummelte er.

»Dann solltest du es in der Sitzung erwähnen.«

Er sah mich an. »Warum machst du das ständig?«

»Was mach ich denn?«

»*Das.* Deine kleinen Klugscheißer-Kommentare.« Er stach mehrmals mit einem unsichtbaren Messer auf die Luft ein. »Kleine Sticheleien, immer und immer wieder. Auf alles, was ich sage, hast du eine schlaue Bemerkung parat.«

Ich zuckte mit den Achseln und verschränkte die Arme vor der Brust. »Du lieferst mir eben gutes Material.«

»Hmpf.« Mein Vater schüttelte den Kopf. »Du bist zu schlau, Fennec. Wenn du dieses Rumgeblödel auf irgendwas Wichtiges umlenken würdest, könntest du was draus machen.«

Solche Bemerkungen? Die waren ein Köder, aber ich würde nicht anbeißen. Er wollte einen Streit provozieren. Bis vor Kurzem hatte ich das nie durchschaut. Doch seit ich mehr Zeit in der Villa verbrachte, war es nicht mehr zu übersehen.

Ich wohnte nicht ständig zu Hause – das könnte ich vermutlich gar nicht mehr. Für mich war das in Ordnung. Abendessen mit der Familie am Wochenende und ab und zu mit den Zwillingen abhängen war genug. Das Apartment in der Scheune erfüllte weiterhin seinen Zweck: sorgte für Ruhe zwischen meinem Vater und mir. Doch ein paar Sachen hatten sich geändert.

Die ganze Therapie. Das half. Ein bisschen.

Und meine Musik. Das half sehr viel.

Ich versuchte, alles in mir in neue Stücke hineinzuschreiben und viel zu üben. Ich hatte sogar angefangen, mich selbst aufzunehmen und die Videos zu posten. Nächste Woche hatte ich mit der Dekanin einer Musikfakultät einen Termin: Sie würde sich mit mir unterhalten und mir beim Spielen zuhören.

Ich hatte Jane versprochen, an meiner Musik zu arbeiten. Und genau das tat ich.

Wenn ich die Musik nicht hätte, säße ich in einem tiefen Loch der Verzweiflung ohne Jane. So klammerte ich mich bloß am Rande des Abgrunds fest und versuchte, nicht hineinzufallen.

Aber es ist vermutlich keine Übertreibung, wenn ich sage, dass ich Jane an manchen Tagen so sehr vermisste, dass es sich anfühlte, als würde ich tausend Tode sterben.

Velvet erzählte mir ab und zu, was Jane gerade so machte, aber es war ziemlich oberflächlich; außerdem war Velvet jetzt in Spanien und so musste ich mich auf Janes soziale Medien verlassen, um mir ein kuratiertes Bild von ihrem Leben zu machen. Das, wie sich herausstellte, im Großraum von L.A. stattfand ... von Santa Monica bis Burbank. Jedes Mal, wenn sie ein Foto postete, schwirrten Bienen durch meinen Oberkörper. Aber ich blieb auf Distanz. Hinterließ keine Kommentare. Folgte ihr nicht. Keine Überraschungstrips nach Südkalifornien.

Okay, einmal musste mich Moonbeam tatsächlich körperlich zurückhalten, sonst wäre ich mitten in der Nacht zu ihr gefahren. Aber trotzdem. Ich war nicht gefahren, und nur das zählte.

Ich spielte einfach meine Musik. Und zum ersten Mal in meinem Leben fühlte es sich an, als hätte ich einen echten Grund dafür. Nachts setzte ich mich vor den Flügel und rief jeden Geist herbei, den ich kannte, und hielt eine fucking Séance ab.

Wenn ich fertig war, betete ich zu sämtlichen Heiligen, dass Jane ebenfalls mit ihren Geistern kommunizieren konnte.

»Müssen sie ihn erst aufwecken und anziehen?«, fragte mein Vater und wippte nervös mit einem Bein. »Warum dauert das so ewig?«

»Er kommt bestimmt jeden Moment«, beruhigte ich ihn und scrollte durch mein Handy, um ein Gespräch zu vermeiden.

»Es ist der Song«, murmelte er nach ein paar Sekunden.

»Was?« Als ich aufblickte, sah ich, dass er finster den Deckenlautsprecher anstarrte.

»The National«, erklärte er. »Ich wollte sie vor ein paar Jahren für das Festival buchen, aber der Gitarrist und ich ... hatten eine Auseinandersetzung.«

Holla. Sonst redete er nie über seine Misserfolge. Wie viele es wohl davon gab? Wie viele Bands hatte er im Lauf der Jahre angepisst? Schräg, dass es mir nie in den Sinn gekommen war. Vielleicht, weil er ständig nur mit seinen Erfolgen herumprahlte.

»Komisch, dich das sagen zu hören ...«, meinte ich zu ihm. »Ich habe letzte Woche für den Laden die Plattensammlung von Mike Winfrey begutachtet. Das meiste waren Wiederveröffentlichungen, aber er hatte alles, was National auf Vinyl rausgebracht haben.«

Mein Vater schnaubte. »Warum überrascht mich das nicht? Mike ist ein sentimentaler Trottel.«

»Musik zieht sentimentale Gefühlsmenschen und Unterdrückte an.« Ich dachte an Janes Bemerkung.

»Stimmt«, sagte er ruhig. »Irgendwas Interessantes in Mikes Sammlung?«

Ich war überrascht, dass es ihn interessierte. »Das Bemerkenswerteste war eine EP von Joy Divison aus 1978. Ein paar Tausend wert. Außerdem hatte er ein paar frühe Punk-Singles – ich hatte schon Hoffnung, dass ich etwas finden würde, wonach ich suche, aber Fehlanzeige.«

Mein Vater strich sich über den Schnurrbart. »Wonach suchst du?«

Führte ich tatsächlich dieses Gespräch mit ihm? Die Wandlung vom Ausgestoßenen zum tolerierten Familienmitglied innerhalb weniger Monate war schräg.

»Ich bin auf der Suche nach einer seltenen Platte mit L.A.-Punk aus den 1980ern«, erklärte ich ihm. »Ich suche seit dem Sommer online danach und hatte schon fast jemanden, der sich von seinem Exemplar trennen wollte, aber dann hat er in letzter Minute seine Meinung geändert.«

»Ist das für den Laden? Also diese Platte? Versuchst du, sie für einen Kunden zu finden?«

Ich schüttelte den Kopf. »Sie ist für Jane. Genauer gesagt für ihren Vater.«

Seine Stirn legte sich in Falten.

»Nicht Mad Dog«, erklärte ich ihm. »Für ihren richtigen Vater, Leo. Den Mann, der meinen Jeep repariert hat. Ich habe letzte Woche in der Therapie von ihm erzählt.«

Ich redete über *alles* in der Therapie. Jane. Das Wehr. Meinen Denk-Baum. Moonbeam. Meine Musik. Warum noch irgendetwas zurückhalten? Sollte er doch alles hören. Sollte Eddie es doch auch hören. Bei jeder Session sagte ich meinen Teil, stellte den Sachverhalt dar und erläuterte, wie es mir ging. Nicht mehr, nicht weniger. Wenn ich heulte, heulte ich eben.

Die persönlichen Dinge hob ich für Jane und mich auf. Die gehörten nur uns.

Nach einem Moment des Schweigens sagte mein Vater: »Weißt du, wen du wegen deiner Platte fragen solltest? Miss Tiger.«

»Wer ist Miss Tiger?«

»Sie wohnt in dem grünen Chalet auf dem Old Bone Hill.«

Ich hatte schon von ihr gehört, sie war eine ältere trans Frau und lebte auf der anderen Seite des Sees.

»Früher wurde sie Disco Queen genannt«, erklärte mein Vater. »In den Siebzigern hatte sie einen Club in San Francisco, in den Achtzigern eine Bar. Passionierte Vinyl-Sammlerin.«

»Warum wusste ich das nicht? Kennt Aunt Pari sie?«

Er zuckte mit den Schultern. »Miss Tiger ist eine Einzelgängerin, aber wenn du möchtest, kann ich sie anrufen und fragen, ob du dir ihre Sammlung mal anschauen darfst.«

Kopf. Explodiert.

Serj Sarafian ... tut ... mir ... einen Gefallen? Dem Sohn, dem er mal damit gedroht hat, ihn juristisch aus seinem Leben zu entfernen? Irgendwann war sogar ein Hausverbot im Gespräch gewesen, als ich mitten in der Nacht heimlich ein paar Sachen aus meinem ehemaligen Zimmer hatte holen wollen.

»Ja, okay.« Hoffentlich bekam er nicht mit, wie überwältigt ich von seinem Angebot war.

Hoffentlich tappte ich nicht in eine Falle oder fiel auf irgendeinen Trick herein.

Aber er sagte bloß: »In Ordnung. Dann werde ich sie mal anrufen.«

Manche Väter sagten ihren Kindern, dass sie sie liebten. Manche überschütteten sie mit Geschenken. Manche gingen zu jedem Spiel und jubelten vor Stolz. Doch nichts drückt so sehr »Du bist mir wichtig« aus, wie mit seinem Einfluss in der Musikindustrie Türen zu öffnen.

Hey – da sagte ich nicht Nein. Mein Vater war ein riesiger Berg. Man konnte ihn nicht über Nacht versetzen. Sein Angebot war eine minimale Bewegung, aber das reichte mir erst mal.

»Natürlich nur, wenn du noch Zeit darauf verwenden möchtest«, fügte er hinzu. »Erst mal musst du ja davon ausgehen, dass du diese Jane nie wiedersehen wirst. Und vielleicht ist es alles in allem auch besser so. Manche Beziehungen sind einfach zu chaotisch.«

Wenn ich in den Wochen, in denen ich hierhergekommen war und mein Herz ausgeschüttet hatte, eines gelernt hatte, dann die Tatsache, dass *alle* Beziehungen chaotisch waren.

Wenn ich mit meinem Vater und meinem Bruder in einem Raum sitzen konnte, ohne über fünfzig Methoden zu fantasieren, wie ich sie köpfen würde, dann konnte ich auch zu Jane zurückfinden.

Her mit dem Chaos.

Track [31] »Everything Has Changed« | Taylor Swift

Jane

Januar

Die Sonne glänzte auf dem Recycling-Laster, der gerade die Straße herunterkam und überall vertrocknete Tannenzweige verlor. Es gibt nichts Traurigeres, als zuzusehen, wie ein ausgedienter Tannenbaum im Januar abtransportiert wird.

»Jetzt sind die Feiertage in Burbank wohl wirklich vorbei«, sagte ich wehmütig zu Frida, die in ihrem Weihnachtsglöckchen-Geschirr auf dem Gehweg hechelte. Wir hatten sie bis zum Letzten ausgekostet. Obwohl Dad diesen Teil von L.A. als »hinter dem Mond« bezeichnete, war das San Fernando Valley weniger als eine Stunde von Bel Air entfernt und ich hatte meinen Vater im Dezember fast jede Woche gesehen. Wir fuhren zur Candy Cane Lane und schauten uns die Weihnachtsdeko an, Norma lud mich am Weihnachtsabend in die Villa zum Essen ein, wo ich Starla, Exie und sogar Velvet wiedersah, die zwischen monatelangen Trips durch Spanien und Griechenland kurz und mit tausend Geschichten nach L.A. zurückgeflogen kam – und immer noch clean war.

Es war ein schöner Abend gewesen.

Mad Dog redete immer noch nicht viel mit mir. Seit dem Gespräch über meine Mutter wahrte er Abstand, und dass ich gekündigt hatte, schien ihn persönlich zu treffen. Es war bloß eine Vermutung – ich ging nicht davon aus, dass er es mir je so deutlich sagen würde.

Trotzdem schenkte er mir zu Weihnachten einen Umschlag, der zwei Dinge enthielt: (1) einen Ausdruck, auf dem mein Name auf der Liste der Personen stand, die befugt waren, seinen Privatjet zu benutzen, und (2) die Kreditkarte, die ich Norma zurückgegeben hatte, als ich im Juli den See verließ.

Er meinte, es wäre vielleicht hilfreich für die Uni. Falls ich sie mal brauchte. Nur für den Notfall.

Komisch, dass etwas so Nüchternes wie eine Kreditkarte so viel ausdrücken konnte. Er war zwar nicht bereit, mit mir ins tiefe Ende des Pools zu springen – das war meinem Vater vorbehalten –, aber es war eine Einladung, neben ihm im Liegestuhl Platz zu nehmen. Wenn man bedenkt, wie kompliziert unsere Geschichte womöglich war, reichte mir das.

Bisher hatte ich noch keines seiner Weihnachtsgeschenke benutzt. Aber vielleicht passierte es noch.

Nun waren die Feiertage vorbei und es war das letzte Wochenende, bevor das Wintersemester am Community College weiterging. Frida und ich waren gerade auf dem Weg zu einer Enklave von Geschäften an einer viel befahrenen Straße, die von der Adresse her nicht mehr zu Burbank gehörten. Aber ich war mittlerweile ein Fan der Bäckerei dort.

Levon's Donuts and Desserts of Glendale.

Es war ein unscheinbarer Laden. Gitter vor den Fenstern, neben dem Eingang eine traurige Palme mit einem Eisenzaun drum herum. Innen sah es nicht viel besser aus: ein langer schmaler Ladenraum mit Glastheken aus den 1970ern auf der einen und Tischen auf der anderen Seite. An den Wänden hingen Kinderzeichnungen von Donuts; Kinder haben wirklich eine lebhafte Fantasie, was Donuts-Monster angeht, muss ich sagen.

Normalerweise standen an einem Samstagmorgen bloß ein paar Leute an der Theke, doch heute herrschte Gedränge in dem schmalen Laden. Ich bekam ein bisschen Panik, dass das, was ich wollte, ausverkauft sein würde, und stellte mich schnell mit Frida an, die einem wesentlich größeren Hund hinterherhechelte, der mit seinem Besitzer zwei Leute vor uns stand.

Die Bäckerei duftete nach frischen Gewürzen und Zucker und die Weihnachtsbeleuchtung war noch nicht abgenommen worden. Dafür liebte ich die Betreiber, auch wenn die Schlange sich nur langsam vorwärtsbewegte. Trotzdem wurde der Stapel der rosa Gebäckschachteln immer kleiner, weil die Angestellten hinter der Theke eine nach der anderen füllten, was mich nervös machte.

Auf Zehenspitzen spähte ich unruhig über die Schlange vor mir. Ich musste unbedingt eine dieser Schachteln haben, schließlich postete ich jedes Wochenende ein Bild davon. Es hatte sich zu etwas wie dem alljährlichen Baumfoto von Dad und mir entwickelt – *kein* Dessertfoto zu machen ging einfach nicht.

Außerdem war ich ernsthaft süchtig nach dem Kuchen. Er war meine Belohnung, dass wieder eine Woche geschafft war. Und die brauchte ich, denn so musste ich die Dinge angehen, Woche für Woche. Das College fiel mir nicht leicht. In einer neuen Umgebung zu leben auch nicht – allein und zum ersten Mal in meinem Leben nicht im Haushalt von Mad Dog. Mit einer Sprachstörung umzugehen war ebenfalls nicht einfach.

Ich musste viel unter einen Hut kriegen. Ich wusste das.

»Warum ist es denn heute so voll?«, murmelte ich frustriert und reckte den Hals, um die Kuchenauslage zu inspizieren. Frida war unruhig, sie wollte mich zu etwas hinzerren, das ihre Aufmerksamkeit erregte. Doch ich wollte bloß ein Stück von der Mikado-Torte mit Karamell. Vielleicht auch Muskatkuchen, der zwar nicht so gut war wie der von Ms Makruhi, aber er kam ihm schon ziemlich nahe. »Man könnte denken, die Welt geht unter.«

»Morgen und am Montag finden in den armenisch-orthodoxen Kirchen Feiertagsgottesdienste zu Weihnachten und dem Dreikönigstag statt«, erklärte jemand hinter mir, während Frida mir in ihrer Aufregung die Leine um die Beine wickelte.

»Ach ja?« Ich drehte mich um und wollte mich aus der Leine

befreien. Die Person hinter mir hatte sich zu Frida heruntergebückt und streichelte sie. Streicheln? Na ja. Sie konnten gar nicht mehr voneinander lassen. »Frida«, mahnte ich und wollte sie ausschimpfen, weil sie so aufdringlich war. Vor allem, weil der Betreffende gut angezogen war. Teure Schuhe. Uhr. Komisch, was einem auf den ersten Blick an jemandem auffällt. Doch dann schaute die Person nach oben.

Fen Sarafian.

Er war kaum noch wiederzuerkennen. Seine normalerweise zerzausten Haare waren zu dramatisch schwungvollen Wellen gebändigt, diese Frisur erinnerte nicht mehr an ein Vogelnest, sondern ähnelte eher einem Vogel-Penthouse in einem Hipsterviertel.

»Du bist noch am Leben.« Er rückte seinen Rucksack zurecht, als er sich zu voller Größe aufrichtete, die im Vergleich zu meiner nach wie vor beeindruckend war.

»Ja, bin ich.« Ja, ich lebte noch. Ich hatte Herzklopfen. Jeder Teil von mir war hellwach. Entweder kippte ich gleich um, weil meine Knie nachgaben, oder ich würde vor lauter Angst aus der Bäckerei rennen.

»Und du bist, äh, auch noch – am Leben.« Ich fing mich allmählich. »Ich hab mir deine Videos im Internet angesehen.«

»Ach ja, die.« Er kratzte sich am Hals und kniff ein Auge zu. »Die hast du dir angeschaut?«

»Jedes davon.«

Warum war er so bescheiden? Er hatte mit den Videos, in denen er in der Scheune an seinem Flügel kurze, aber fesselnde Klavierstücke spielte, innerhalb kürzester Zeit eine beachtliche Anzahl von Followern gesammelt. Als ich das erste Mal eines sah, dachte ich, ich würde sterben. Es fühlte sich an, als würde er unsere Privatsphäre mit der Welt teilen.

Doch dann wurde mir klar, dass es seine Sphäre war, nicht unsere. Das schmerzte noch mehr.

»Du hast eine riesige Fangemeinde im Internet«, sagte ich.

»Ich bin nur wegen meines Familiennamens so schnell bekannt geworden.«

»Und weil du ...« Umwerfend aussiehst. Wunderschön. Dunkel. Sexy. »Talentiert bist.«

Er deutete nach vorn, wo die Schlange sich weiterbewegt hatte. Ich machte einen verlegenen Schritt zur Seite, um aufzuschließen, und zog Frida hinterher, die nicht von Fens braunen Lederschuhen wegzukriegen war. Was ich durchaus nachvollziehen konnte.

»Warum bist du hier?«, fragte ich.

Er zwinkerte mir zu und deutete auf die Theke. »Mikado-Torte.«

»Ich auch«, sagte ich lächelnd. Dann schüttelte ich den Kopf. »Ich meinte, was machst du *hier*. In L.A.?«

»Ach so. Ich verbringe die Feiertage bei meinen Großeltern«, erklärte er. »Nach dem Wochenende fahre ich wieder zurück. Grandma Mina hat mich überredet, noch zum Sonntagsgottesdienst morgen dazubleiben. Und ein zweites Weihnachtsessen kann man schließlich nicht ausschlagen.«

»Festessen.«

»Du liebst Weihnachten.«

»Du weißt es noch.«

»Ich erinnere mich an alles«, sagte er leise.

Meine Ohren wurden warm und es fiel mir schwer, ihm ins Gesicht zu schauen.

Er räusperte sich. »Warum bist *du* hier? Bei Levon's, meine ich.«

»Oh.« Ich lächelte und drehte mich, um nach der Schlange zu schauen. Rückte ein Stück auf. »Hm, meine Wohnung ist nicht weit weg von hier. Sie liegt in Burbank, aber das sind bloß, keine Ahnung, drei Blocks?«

»Verstehe.« Er ließ den Blick über mich wandern.

»Es ist nicht meine Wohnung. Velvet hat es arrangiert. Ich wohne im Studio ihrer Freundin Hayden, solange die beiden durch Europa tingeln. Im Herbst waren sie in Spanien, jetzt sind sie in Griechenland. Wie dem auch sei, es ist nur eine Viertelstunde mit dem Auto zu meinem Community College in Glendale – voll schräg. Die Welt ist klein, oder?«

»Kleiner, als man sich vorstellen kann. Was studierst du?«

»Nur allgemeine Kurse, ein bisschen Psychologie.« Ich war etwas verlegen, ihm das jetzt zu erzählen. »Ich möchte danach auf eine richtige Uni wechseln und einen Abschluss in Musiktherapie machen. Das ist ein Studiengang, der sich zur Hälfte aus Musik und zur anderen Hälfte aus Psychologie zusammensetzt, danach muss man eine Zulassung beantragen.«

»Aha, okay.«

»Ich würde vermutlich in einer Klinik arbeiten und Demenzpatienten und autistischen Kindern helfen ... Leuten mit Parkinson? Musiktherapie kann die motorischen Fähigkeiten verbessern.«

»Vielleicht hilft es auch Menschen mit Aphasie?«, fragte er.

Ich nickte. »Genau.«

»Ich bin echt überrascht.« Er nickte lebhaft. »Ich wusste, dass du am College bist, aber ich wusste nicht, was du studierst. Das ist ziemlich genial, Jane. Es ist perfekt.«

Ich spürte eine gewisse Anspannung. Ich brauchte seine Zustimmung nicht, aber es fühlte sich trotzdem gut an. »Die Idee stammt eigentlich von deiner Mutter. Sie wusste nicht, wie der Studiengang genau heißt, aber sie erwähnte eine Bekannte in der Kirche, deren Verwandte das studiert. Es gibt nur drei Unis im Bundesstaat, die den Abschluss anbieten. Deswegen fange ich schon mal am Community College an, bis ich mich nächsten Herbst dort bewerben kann.«

»Ja?«

»Ja.«

Er lächelte mich nicht an – oder nur verhalten. Doch als er nickte, fühlte es sich wie Respekt an. Ich schaute kurz weg, ich war stolz und ein bisschen glücklich, aber auch ein bisschen verlegen. Als ich wieder in seine dunklen Augen schaute, beobachtete er mich immer noch.

Da war er. Der Funken. Das intensive Gefühl in meinem Bauch, das mir riet, aufmerksam zu sein. Er hier. Dieser Typ hier. Er ist wichtig.

Die Person hinter ihm prallte unbeabsichtigt gegen ihn, Fen drehte sich um, und während sie Entschuldigungen austauschten, stieß Fens Hand kurz gegen meine.

Ein Funke. Eine Flamme. Ein Freudenfeuer.

»Sorry«, murmelte er.

»Mrm«, nuschelte ich. Ich hätte gern die Hand ausgestreckt und seine genommen. Oh, es waren immer noch dieselben eleganten, seltsam langen Finger. Klavierspielerhände.

Ich wandte den Blick ab.

Die Schlange bewegte sich vorwärts.

»Wie läuft es am See?«, erkundigte ich mich und versuchte das Gefühlschaos in den Griff zu bekommen, das in mir aufloderte. *Alles ist gut. Man sieht es nicht.*

Er nickte. »Gut. Besser. Mein Vater gewöhnt sich allmählich an die Umstrukturierung des Festivalgeschäfts. Mama hilft ihm. Den Zwillingen gehts gut. Sie sind alle für die Feiertage hergekommen.« Er sah mir in die Augen. »Eddie nicht, falls du dich das fragst. Er ist bei meinen anderen Großeltern – den Sarafians – in ihrem neuen Haus in Vancouver. Er hat sechs Wochen Entzug im Wings gemacht, jetzt wird er bei ihnen wohnen.«

»Dauerhaft?«

Fen zuckte mit den Achseln. »Das bezweifle ich, aber im Moment gefällt es ihm dort. Es geht ihm ganz gut, glaube ich. Wir versuchen, ihm ein bisschen Raum zu lassen.«

Etwas in meiner Brust verschob und entspannte sich. Es

machte mich wirklich glücklich. Eddie war aus den sozialen Medien verschwunden und wir hatten keinerlei Kontakt mehr gehabt, seit ich den See verlassen hatte. Aber ich wünschte ihm, dass er gesund wurde.

Ein apartes Mädchen mit langen braunen Haaren und langen Wimpern kam in die Bäckerei, ging auf Fen zu und schob ihren Arm durch seinen Ellbogen. »Da bist du. Ich dachte schon, du hättest mich sitzen lassen. Kannst du mir nächstes Mal bitte sagen, wo du hingehst, bevor du verschwindest?«

Oh.

Sämtliche Gefühle, die gerade durch mich getobt waren, verstummten. Er blickte auf ihren Arm, dann wanderte sein Blick zu mir.

»Oh, hallo«, sagte das Mädchen. »Störe ich?«

Unerwartet füllten sich meine Augen mit Tränen. Ich versuchte *alles,* um sie zurückzuhalten. Meine Kehle war wie zugeschnürt, der Raum schien sich zu drehen.

Ich murmelte etwas. Zumindest versuchte ich es, dann nahm ich Frida auf den Arm und ging so schnell ich konnte zur kleinen Damentoilette, die zum Glück nicht besetzt war. Drinnen versuchte ich mich zu fassen.

Ich hatte zu lange gewartet.

Zu spät.

Er war weitergegangen.

Was hatte ich erwartet? Wir hatten uns monatelang nicht gesehen. Menschen versprechen sich zwar, zusammenzubleiben, aber Gefühle ändern sich.

Ein Klopfen an der Tür ließ mich zusammenfahren, Frida bellte.

»Jane Marlow? Ich komm jetzt rein«, erklärte Fen, als er die Toilettentür einen Spalt öffnete. »Also seht zu, dass ihr was anhabt. Gilt auch für dich, Frida. Beruhig dich – ich bins. Hier.«

Er hielt Frida etwas hin, das sie sich sofort schnappte und in die Ecke trug. Ich wollte aufstehen, klatschte aber auf den Hintern.

Wundervoll.

»Autsch«, stöhnte ich und versuchte mit dem Weinen aufzuhören. »Geh weg. Du darfst hier nicht rein.«

»Es ist ein Notfall. Ich bin kein Spanner.«

Ich beruhigte mich etwas, wischte mir die Augen ab und sah zu Frida herunter. »Was hast du ihr gegeben?«

»Ein Käse-Leckerli.« Er lehnte sich gegen die Tür. »Kriegt man umsonst an der Theke, wenn man fragt.«

Ich verzog das Gesicht. »Ich komme seit zwei Monaten jedes Wochenende her, aber das hat mir noch keiner verraten.«

»Woher kennst du überhaupt die Lieblingsbäckerei von Grandma Mina?«

Seine Großmutter hatte mir bei der Party vor Serjs Entlassung davon erzählt. Aber das wollte ich ihm nicht sagen. Ich zog mich unsicher hoch und schlug seine Hand weg, als er mir helfen wollte. Anschließend wusch ich mir am Waschbecken geschäftig die Hände. »Ich glaube, das Mädchen ist wichtiger.«

»Frida?«

»Das Mädchen! Dein neues Mädchen.« Ich seifte mir verzweifelt die Hände ein. »Sag mir einfach, wer sie ist, dann haben wir es hinter uns und ich kann mit meinem Leben weitermachen. Es ging mir nämlich gut, bis du hier reinkamst.«

Er schnaubte. »Ach, wirklich?«

Ich bespritzte ihn mit Wasser, er wich mir aus.

»Du warst nie gemein«, sagte ich. »Also, gut, ich habs verstanden. Du hast dich weiterentwickelt. Aber du warst nie *gemein*.« Ich drehte das Wasser ab und zog zu viele Papierhandtücher aus dem Wandspender.

»Ich ertrage es nicht mehr!«, rief er und warf die Hände hoch.

»Ich auch nicht!«, brüllte ich zurück. »Geh einfach.«

Er baute sich vor mir auf. »Das ist Emily.«

»Mir doch egal. Mach Platz.«

»Meine Cousine.« Er sprach besonders deutlich.

Ich blieb wie angewurzelt stehen. Sah ihn an. Und, oh, ich spürte die Hitze kommen. Hals. Ohren. Wangen. Das volle Programm. »Deine Cousine?«

»Du hast sie an dem Abend in der Villa kennengelernt, genau wie Grandma Mina, aber offenbar erinnert ihr euch beide nicht mehr daran.«

»Deine Cousine«, wiederholte ich und hätte alles gegeben, um die letzten Minuten aus meinem Leben zu löschen.

»Eher ein Puffer, falls es blöd gelaufen wäre.«

Ich hatte keine Ahnung, wovon er redete, aber ich war so verlegen, dass ich mich nicht traute zu fragen.

Er legte den Kopf schief und sah mir in die Augen. »Ich habe sie als Puffer mitgebracht, als ich heute herkam, um dich zu suchen. Von deinen extravaganten Dessert-Fotos im Internet wusste ich ja, dass du jeden Samstagmorgen hier bist. Aber ich habe die letzten anderthalb Stunden im Coffeeshop gegenüber gewartet und du bist nicht aufgetaucht.«

Ich sah ihn fragend an.

»Wenn du willst, dass ich gehe, verschwinde ich«, sagte er. »Ich hatte bloß das Gefühl ... Hättest du nicht gewollt, dass ich weiß, wo du bist, dann hättest du diese Fotos nicht gepostet.«

»Ich wusste nicht, dass du mir folgst!«

»Du folgst mir doch auch nicht.«

Nein, ich stalkte ihn anonym, wie jeder gesunde Mensch. Zu wissen, dass er dasselbe getan hatte, sorgte für kleine selige herzförmige Blasen in meiner Brust.

Fen lehnte sich wieder gegen die Toilettentür und musterte mich. »Ich verstehe mittlerweile total, warum du den See verlassen hast. Damals konnte ich es nicht. Jetzt schon. Triangulierung.«

»Tri ...«

»So nennt man es, wenn eine Person eine andere gegen eine

dritte ausspielt. Sozusagen als Verbündeten? Ich habe es in der Therapie gelernt. Es ist ein Teil dessen, was zwischen Eddie, meinem Dad und mir abgelaufen ist. Mein Vater endete in der Rolle des Strippenziehers, der sowohl mich als Eddie zu manipulieren versuchte. Im Grunde genommen wollte ich dich als Verbündete haben, bei Eddie war es das Gleiche. Und so wurde von zwei Seiten an dir gezogen. Triangulierung.«

»Huh.« Ich trommelte mit dem Finger auf dem Bein. »Und wie bringt man das in Ordnung?«

»Wir schmieden ein Komplott und bringen Eddie um. Problem gelöst«, gab er trocken zurück.

»Okay. Geht es auch ohne Mord?«

Er mimte einen tiefen Seufzer. »Vermutlich können wir Eddie seine Fehler auch verzeihen, ihn bitten, dasselbe zu tun, und versuchen, uns irgendwie zu vertragen. Aber das ist so viel schwerer als ein Roadtrip mit Todesfolge nach Vancouver, der all unsere Probleme lösen würde. Und obendrauf bekämen wir noch das Bonnie-and-Clyde-Rennen mit der Polizei, von dem wir geträumt haben.«

Ich gluckste in mich hinein und wischte mir die Augen. »Bei mir geht bald das College los, ich glaube, ein ungeklärter Mord in meinen Akten wäre meinem Studium nicht zuträglich. Vielleicht lieber das andere Ding, das du erwähnt hast?«

»Also nur, wenn du mit dieser Art von Verpflichtung klarkommst«, sagte er leichthin. Neckend. »Für mich klingt es nach einer Menge Arbeit.«

Er machte Witze, doch jede seiner Gesten löste wilde Gefühle in mir aus – wie er sich die Locken aus dem Auge strich. Wie er nervös mit dem Daumen über den Zeigefinger rieb. Diese Klavierspielerhände ... Warum waren sie mein Untergang?

»Ich habe nicht damit gerechnet, dich heute hier zu treffen«, erklärte ich ihm. »Ich habe gehofft, du würdest meine Posts sehen, aber in meinen Wiedersehensfantasien hast du mir bloß eine

Nachricht geschrieben oder mich angerufen. Das hier ist total überwältigend und unerwartet.«

»Soll ich gehen?«

Ich schüttelte heftig den Kopf.

»Ich bin seit einer Woche in Glendale und eigentlich wollte ich schon letzten Samstag herkommen, hab mich aber nicht getraut. Meine Großmutter hat mich zum nächsten Anlauf überredet. Und ich habe da noch was für dich.«

»Für mich?«

Er nahm den Rucksack von der Schulter und zog den Reißverschluss auf. Nach einigem Herumkramen zog er etwas heraus und stellte den Rucksack neben Frida auf den Boden. »Bitte sehr ...«

Ich akzeptierte, was er mir entgegenhielt, mit Herzrasen. Ich fühlte seinen Blick auf mir, als ich es hin und her drehte.

Es war eine Plastikhülle mit einem einzelnen Stück schwarzem Vinyl darin.

Black Flag. *My War*. Seite 2. Ich drehte sie um. Seite 2.

Es war die legendäre Double Deuce.

Ich brachte kein Wort heraus. Ich versuchte es. Hielt die Hand hoch, um meine Gefühle zum Ausdruck zu bringen, aber ich konnte nur ausholen und auf die Platte deuten.

»Du hast sie ...«, setzte ich an. Würde ich jetzt wegen einer Platte losheulen? »Du hast sie gefunden.«

»Hab ich dir doch versprochen«, antwortete er geduldig. Stolz.

»Der heilige Gral. Ich kann es nicht glauben. Ich hätte nie gedacht, dass ich diese Platte sehen würde. Mein Vater wird flennen wie ein Baby.«

»Ich bin froh.« Er lächelte zufrieden, kratzte sich im Nacken und deutete auf die Platte. »Ich habe jede Nacht danach im Internet gesucht. Habe Mails geschrieben. Nachrichten. Gebote abgegeben. Ich habe so viele Telefonate mit den schrägsten Leuten geführt. Ich habe sogar mit einem Typ in Frankreich telefoniert. Krasserweise war es mein Vater, der mir am Ende geholfen hat, sie aufzutreiben. Jemand am See hat sich auf einen Tauschhandel mit mir eingelassen.«

Oh, wow. Ich konnte es nicht fassen. So ein unscheinbarer simpler Gegenstand. »Komische Vorstellung, dass wir uns vielleicht nie kennengelernt hätten, wenn ich nicht in den Plattenladen gekommen wäre ...«

»Ja«, stimmte er leichthin zu. »Vielleicht. Ich für meinen Teil habe aber beschlossen, dass wir auf jeden Fall zueinandergefunden hätten.«

Wir standen einen Moment da und sahen uns an.

»Ist es noch da?«, fragte ich. »Das zwischen uns?«

»Was meinst du?«

»Ich möchte, dass es da ist«, gestand ich flüsternd und drückte die Platte an mich.

Wir sahen uns an, ohne zu atmen.

»Lass es uns herausfinden«, flüsterte er und legte mir die Hände auf die Wangen. So warm meine Haut war, seine war noch wärmer. Er presste seinen Mund auf meinen und küsste mich. Langsam, zitternd. Es war ein verunsicherter Kuss und er war ein wenig verzweifelt, aber ich erwiderte ihn und alles in mir leuchtete auf und entzündete sich.

Es war warm und gut, und *er* war gut, ja.

Oh ja.

Es war immer noch da.

»Tut mir leid, dass ich dich am See zurückgelassen habe«, hauchte ich gegen seine Lippen. »Ich musste einfach gehen.«

»Ich verstehe das«, murmelte er und legte mir die Hand um den Nacken. »Aber ich liebe dich immer noch, Jane. Sag mir einfach, dass du mich auch noch liebst.«

»Bis zu dieser Sekunde war mir nicht bewusst, wie sehr«, sagte ich. »Ich glaube, ich kann nicht bis nächsten Sommer warten, um mit dir zusammen zu sein.«

Er bedeckte meinen Kopf mit Küssen, süßen, himmlischen

Küssen, und zog mich an sich. »Den Heiligen sei Dank. Das war wirklich ein fucking schrecklicher Plan.«

»Können wir einen neuen machen?«

»Ich habe dir versprochen, auf dich zu warten«, sagte er leise. »Du musstest mir nur deine Bereitschaft signalisieren, indem du Dessert-Fotos gepostet hast, und schon kam ich angerannt. Lass uns einen neuen Plan machen.«

»Okay, aber ich habe ... Lesen. Lernen. Kurse.« Verdammt. Wörterfresserin!

»College.«

»*College*«, wiederholte ich erleichtert, dass ich das Wort wiedergefunden hatte. »Ich habe mein Studium angefangen. Ich habe alles geplant.«

Er legte seine Stirn an meine. Ich presste die Platte an seine Brust. »Verstehe. Warum gehen wir nicht unsere Notizen für die Zukunft durch und schauen, wie es funktionieren kann? Die Couch meiner Grandma ist am Wochenende immer frei, falls das was hilft.«

Mit einem Mal sah die Welt ein wenig heller aus.

»Es wird nie einfach sein, weißt du«, sagte er. »Eddie ist mein Bruder und wird immer in meinem Leben sein. Wir sind alle miteinander verbunden und müssen mit unserer gemeinsamen Vergangenheit klarkommen.«

Ich bekam ein bisschen Angst. Ich wusste, dass er recht hatte damit, aber es war trotzdem beängstigend. Ich musste daran denken, wie erdrückt ich mich in den Wochen nach Serjs Operation zwischen den beiden Brüdern gefühlt hatte. Das wollte ich nicht noch einmal erleben. Aber ich wusste, dass es nicht nur um mich ging.

»Ich weiß, was du meinst«, erklärte ich ihm. »Aber wenn du bereit bist, daran zu arbeiten, dann bin ich es auch.«

Er nickte und einen Moment lang lähmte eine kribbelige Aufregung meine Zunge.

»Was würdest du von einer zweiten Runde Weihnachtsfeierlichkeiten halten?«, fragte er. »Ist zwar mit meiner unausstehlichen Familie, aber dank viel Therapie benehmen wir uns mittlerweile ein bisschen zivilisierter als letztes Mal. Mein Vater und ich schaffen es mittlerweile tatsächlich, uns zwei Stunden am Stück im selben Raum aufzuhalten. Aber du bist unsere Variante von überkandidelt ja schon gewohnt.«

Ja, das war ich. Her mit den Verrückten.

»Ah!« Er trat zurück und zog seine Jacke aus, Frida kratzte an seinem Bein. »Hätte ich fast vergessen. Deine Bitte ...«

Nach etwas unbeholfenem Hin und Her – und einiger Verlegenheit meinerseits – schaffte er es, sein Hemd aufzuknöpfen und herunterzuziehen, um mir seine nackte Schulter zu zeigen.

Ophelia war immer noch da.

Aber das Tattoo war verändert.

Ihre Augen standen nun weit offen.

Fen

Juni

»Nicht auf den Flügel!«, brüllte ich.

»Fennec«, warnte meine Mutter. »Warum bist du aggressiv?«

Ich holte tief Luft. Der Umzugshelfer stellte die Kiste auf den Boden. »Ich bin *frustriert*, nicht aggressiv. Deshalb benutze ich meine innere Brüllstimme, nicht mein äußerliches Gebrüll.«

»Wollte nur sichergehen, mein Lieber.« Sie zog die Plastikfolie von einem gerade gelieferten Sessel. »Ich wünschte, sie hätten alle Möbel auf einmal gebracht.«

Das wünschte ich mir auch. Es war ein einziges Chaos. Die Umzugshelfer hätten ihre Arbeit eigentlich schon gestern erledigen sollen, aber es gab eine Änderung und jetzt rannten sie in die Möbellieferanten, die in zwei unterschiedlichen Teams kamen. Es sollte doch nur alles perfekt sein, war das zu viel verlangt?

Ich schaute auf meinem Handy nach, ob es was Neues von Jane gab. Noch nichts.

»Wo sind die Jalousien?«, fragte Mama.

»Morgen.«

»Ihr könnt nicht in einer Wohnung ohne Sichtschutz schlafen«, erklärte sie.

Mein Vater kam aus dem Schlafzimmer. »Es ist bloß eine Nacht. Lasst das Licht aus oder hängt mit Reißzwecken ein Laken davor«, sagte er schroff.

»Und ruiniert damit die Fensterrahmen?«, fragte Mama entsetzt.

Mein Vater hielt bloß die Hände hoch.

»Klebt Zeitung auf die Scheiben, wie sie es in den alten Filmen machen«, schlug Ani vor.

»Genau«, stimmte Ari zu und hüpfte auf dem neuen Sessel auf und ab. »Dann sieht es aus, als würde hier oben ein Drogenkartell hausen. Würde es noch lustiger machen, hier zu übernachten.«

»Keine Übernachtungen«, erklärte ich.

»In die Kammer da passt ein Gästebett rein.« Ani deutete hinter sich. »Falls ihr eines haben wollt. Zum Beispiel, wenn Eddie von Grandma und Grandpa Sarafian nach Hause kommt?«

Um nichts in der Welt. Eddie und ich kamen miteinander aus, aber *so* gut auch wieder nicht. »Die Kammer wird ein Arbeitszimmer. Von nun an bleibt jeder bei sich zu Hause. Krieg ich dafür bitte ein Amen?«

Mein Vater gab wieder ein unwirsches Seufzen von sich.

»Hey, warte mal ...« Ari legte den Kopf schief, streckte sich über den Sessel und spähte in die Türöffnung des Schlafzimmers. »Wusstest du, dass man von eurem Schlafzimmer in den Plattenladen schauen kann?«

Ja, das wusste ich nur allzu gut. Jemand klopfte an die angelehnte Wohnungstür. »Hal-lo? Wir bringen frohe Kunde.«

Ein blau-grün gefärbter Kopf erschien in der Tür, gefolgt von Starlas Körper. Sie lächelte beim Hereinkommen und trug eine Kiste mit Tupperdosen. Exie folgte mit einer weiteren Kiste, und mit einem Mal erfüllte der Duft von Rosmarin und Minze das Zimmer.

»Was ist das alles?«, fragte Mama, während mein Vater Exie die Kiste abnahm und auf den Küchentresen wuchtete.

»Bloß ein bisschen was zu essen für die nächsten Tage«, sagte Exie. »Vor allem Picknicksachen, die man nicht warm zu machen braucht. Habe auch Pappteller und Servietten dazugepackt, falls ihr keine dahabt.«

»Und selbst gemachte Käsecracker, die so was von lecker sind … Für die würdest du sogar deine Mutter verkaufen«, feixte Starla. Als sie die hochgezogenen Augenbrauen meiner Mutter mitbekam, verbesserte sie sich. »Natürlich nicht wirklich.«

»Vielen Dank«, sagte ich zu Exie. »Das ist echt zu viel.«

Sie winkte ab. »Alles gut. Wollte bloß nicht, dass ihr irgendwelches Junkfood esst. Whoa – schau dir mal das an, Starla. Echt nette Aussicht, oder?«

Starla lief schon auf die Wohnzimmerfenster zu, um nach draußen auf den in der Nachmittagssonne glitzernden See zu schauen. Wenn man genau hinsah, konnte man von hier aus die Villa erkennen – einigermaßen – und Moonbeams Haus. Und nachts sah man die Lichter vom Strip.

Es war wirklich eine Traumwohnung.

Die Umzugsleute aus L.A. waren fertig. Ich unterschrieb die Formulare, während sich Starla und Exie mit meiner Familie unterhielten. Und als die Umzugsleute ihre Sackkarren rausschleiften, verdunkelte ein Schatten den Eingang.

Mad Dog und sein roter Bart kamen herein. Einen Moment lang wirkte er verloren, vielleicht lag es aber auch an der Sonnenbrille, die er standhaft aufbehielt.

»Hallo«, sagte ich. »Sir.«

Er nickte. »Das ist also die Wohnung. Da war ich wohl schneller als Leo und Jane.«

Janes Vater fuhr den Mercedes von Mad Dog von Los Angeles zum See, Jane folgte ihm in ihrem neuen Auto – neu für sie. Es war eine alte Klapperkiste, die Leo als Überraschung für sie aufgemöbelt hatte, weil sie ihr Jahr am Community College beendet hatte. Außerdem würde sie es hier am See brauchen, nicht nur diesen Sommer, sondern auch im Herbst, wenn sie an die Uni ein Stück weiter den Freeway hoch wechselte.

»Hey, großer Hund«, rief mein Vater aus dem Wohnzimmer. »Und wie findest du sie?«

»Klein, aber brauchbar«, erklärte der Producer. Dann fragte er in meine Richtung: »Willst du hier drin filmen?«

»Meine Videos? Ja. Im Apartment unter uns wohnt dieses Jahr niemand. Die Besitzer sind in Afrika, insoweit muss ich mir keine Gedanken über Lärm und so machen.«

»Bloß ein bisschen eng«, stellte Mad Dog mit Ingenieursblick fest.

»Genauso groß wie die Grotto Cabin«, sagte Exie.

Mad Dog stöhnte. »Da werde ich mich diesen Sommer erst aufhalten, wenn wir die Grotte drei-, viermal hintereinander ausgeräuchert haben. Habt ihr hier schon desinfiziert?«

Redete er etwa mit mir? Was zum Teufel wusste ich schon über Schädlingsbekämpfung? Oder irgendwas. Ich hatte gerade blind irgendwelche Umzugsformulare unterschrieben, ohne mich darum zu kümmern, ob sie korrekt waren. Mann, ich hatte keine Ahnung, wie man erwachsen war. Ich war davon ausgegangen, dass im Apartment bei Aunt Zabel zu wohnen mich auf ein Leben einfacher Unabhängigkeit vorbereitet hätte, aber vielleicht hatte ich mir da was vorgelogen.

Momentan handelte ich einfach aus dem Bauch heraus und hoffte, dass ich irgendwas richtig machte.

Meine Eltern diskutierten mit Mad Dog über Desinfektion, eine Diskussion, die irgendwann zu Velvet abschweifte, die auf der Rückreise von Europa war und den Sommer am See verbringen würde. Ich schaute in der Zwischenzeit noch mal auf mein Telefon. Nichts. Allmählich lagen meine Nerven blank und ich verstand nur allzu gut Mad Dogs Kritik an der Wohnungsgröße. Mit den ganzen Leuten? Ja, da war die Wohnung ziemlich klein. Es war definitiv kein Party-Apartment. Oder schick wie das Lodge. Oder gemütlich wie die Villa. Oder groß wie meine Scheune.

Aber die Wohnung hatte etwas, was keine der anderen Behausungen hatte.

Und sie kam gerade mit einem kleinen Hund an der Leine durch die Wohnungstür.

Jane.

Schuhe mit Leoparden-Muster. Kleine Baiser-Locke.

Das Mädchen meiner Träume war nun ein realer Mensch, der eingewilligt hatte, mit mir hier einzuziehen.

Als sich unser Blick begegnete, wusste mein Bauch etwas, das mein rationales Gehirn nicht verstand. Mein Kopf fühlte sich an, als wache er zum ersten Mal auf, und meine Brust surrte vor Bienen. Es war, als würde mein ganzer Körper ein Lied singen, das er auswendig konnte.

»Wir haben es geschafft«, sagte sie mit einem Lächeln, das ich in der Brust fühlte.

»Das sehe ich«, murmelte ich.

Vielleicht hatte der Gott der Musik ein Herz für sentimentale Gefühlsmenschen und Unterdrückte, bestimmt. Aber ich würde noch eine Gruppe hinzufügen.

Menschen, die sich nicht kleinkriegen ließen.

Denn das waren Jane und ich. Nicht Retter und Gerettete. Sondern Menschen, die sich nicht kleinkriegen ließen.

Wir hatten uns durch das gekämpft, was am Wehr passiert war, und hatten Geister und unsere chaotischen Familien überstanden. Wir hatten die Trennung überstanden. Und wenn alles, was wir die letzten Jahre durchgemacht hatten, bedeutete, dass wir jetzt zusammen sein konnten, dann war es das wert.

Versteht mich nicht falsch. Liebe ist schrecklich. Quälend. Verwirrend. Schmerzhaft.

Aber ich würde meine Geister gegen nichts in der Welt eintauschen.

DANKSAGUNG

Vor ein paar Jahren bekam ich Medikamente verschrieben, die eine frustrierende Nebenwirkung hatten: Von Zeit zu Zeit vergaß ich mitten im Satz ein Wort. Nicht alle Wörter. Nicht ständig. Aber hier und da. Ich hatte Mühe, mich an einfache Dinge wie »Auto« oder »blau« zu erinnern. Ich begann alberne Handzeichen zu machen, wenn das richtige Wort außer Reichweite war. Meine Ärztin erklärte mir, dass manche der Patient*innen Teile ihrer Adresse vergaßen oder auch ihre Telefonnummern. Geistige Verwirrung, nannte sie das. Doch für mich klang das Ganze wie etwas, das Menschen mit Aphasie erleben, und ich stürzte mich in die Recherche.

Ich hoffe, ich habe Janes Zustand korrekt und sorgfältig beschrieben, doch falls mir irgendwelche Fehler unterlaufen sein sollten, dann ist das ganz allein meine Schuld.

Vielen Dank an alle, die mitgeholfen haben, die Musik hinter Janes Worten zu erschaffen, besonders an meine *wundervolle* Lektorin Nicole Ellul. Großen Dank auch an Laura Eckes und Elanor Laleu; Morgan York; Eilzabeth Mims; Erica Stahler; Lauren Carr; Justin Chanda; meine Agentin Laura Bradford; und meine Agentin für Rechte und Lizenzen Taryn Fagerness.

Und ganz viel Liebe und jede Menge Dankeschöns an mein persönliches Unterstützerteam: Grainma, Papa, Gregg. Heidi, Hank, Charlotte, Patsy, Don, Gee, Shane und Seph. Eine Extraportion Liebe an Brian, der mich in die Welt der Musik, Clubs und fantastischer Bands, den Plattenverkauf an der Westküste und verschwitzte Festivals eingeführt hat. Wir standen nur ein paar Schritte von David Bowie entfernt, als er auf der akustischen Gitarre gespielt hat, und als wir Elvis Costello trafen, fand er deine Jacke cool. Ein reiches Leben.

Und zum Schluss: Falls du Probleme mit Drogen hast, es gibt viele Hilfsangebote.

SUCHT- UND DROGEN-HOTLINE:

Anrufen: 01805/31 30 31 (rund um die Uhr)

www.sucht-und-drogen-hotline.de

Die Hotline bietet telefonische Beratung, Hilfe und Informationen durch erfahrene Fachleute aus der Drogen- und Suchthilfe. An die Sucht&Drogen-Hotline können sich sowohl Menschen mit Suchtproblemen als auch deren Angehörige, Freund*innen oder Kolleg*innen wenden. Das Angebot ist kostenpflichtig: 0,20 € pro Anruf aus dem deutschen Festnetz und aus dem Mobilfunknetz.

TELEFONSEELSORGE:

Per Telefon 0800/111 0 111, 0800/111 0 222 oder 116 123;

per Mail und Chat unter online.telefonseelsorge.de.

Ob Mobbing, Sucht, Krankheit, Sinnkrisen usw., sobald man an seine Grenzen stößt, kann man anrufen und Hilfe in einem Gespräch suchen. Auch Mail-, Chat- und Vor-Ort-Beratung ist möglich (anonym und vertraulich). Das Angebot ist kostenfrei.